U0858553

大周互娱
DA ZHOU HU YU

子少言 ———— 著

民主与建设出版社
·北京·

图书在版编目（CIP）数据

一鉴情深 / 子少言著. --北京：民主与建设出版社，2018.5

ISBN 978-7-5139-2089-6

Ⅰ.①一…　Ⅱ.①子…　Ⅲ.①长篇小说—中国—当代　Ⅳ.①I247.5

中国版本图书馆CIP数据核字（2018）第062753号

一鉴情深

YI JIAN QING SHEN

出 版 人　李声笑
出　　品　大周互娱
著　　者　子少言
总 监 制　杨翔森　曾筱佳
项目总监　猫懒懒
责任编辑　程　旭
特约编辑　不　夏
封面设计　周　丽
版式设计　李映龙
封面绘制　粥　粥
出版发行　民主与建设出版社有限责任公司
电　　话　（010）59417747　59419778
社　　址　北京市海淀区西三环中路10号望海楼E座7层
邮　　编　100142
印　　刷　长沙鸿安印刷有限公司
版　　次　2018年5月第1版
印　　次　2018年5月第1次印刷
开　　本　880mm×1230mm　1/32
印　　张　9.5
字　　数　321千字
书　　号　ISBN 978-7-5139-2089-6
定　　价　34.80元

第一章
然而，这段感情也是司玥提出结束的
- 001 -

第二章
其实，我挺想的
- 017 -

第三章
天公不作美
- 029 -

第四章
默契与一无是处
- 042 -

第五章
分手了就不会再爱
- 056 -

第六章
真想上去亲一口
- 069 -

第七章
谢谢你不如我爱你
- 082 -

第八章
不信邪
- 099 -

第九章
烛火跳跃
- 107 -

第十章
离别在即
- 114 -

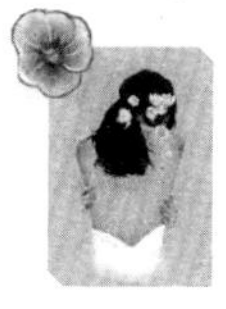

第十一章
惩罚
- 132 -

第十二章
我会留在这里
- 153 -

第十三章
左煜，我喜欢你
- 174 -

第十四章
混蛋
- 192 -

第十五章
十五年前的女人
- 206 -

第十六章
你是我的药
- 223 -

第十七章
决绝
- 237 -

第十八章
不用跟我说
- 253 -

第十九章
震荡
- 267 -

第二十章
两个世界
- 282 -

然而，这段感情也是司玥提出结束的

大雨倾盆，司玥站在泥泞的公路上，旁边是一个红色的皮箱。她全身被淋得透湿，几缕长长的鬈发贴在脸上，还有一丝黏在了红唇边，黑色半透明的真丝连衣裙紧紧贴着身体，显露出玲珑的曲线，虽然妩媚性感，却也狼狈不堪。

离她几米之外，还有二十几个人和她一样狼狈，并慌乱地议论着或打着电话。另有一男一女躺在地上，紧闭着双眼，血从他们身上流出来，在泥泞的路上，染了一大片血色，红得触目惊心。他们面前有一辆大巴，撞在了山体巨石上，右侧车身大幅度地倾斜着。

就在刚才，司玥和站在雨中的其他人所乘的大巴因雨势太大、路面太滑而出了车祸。车子撞上山石的那一刻，所有人都慌乱不已，尖叫声不断，司玥的心也提到了嗓子眼。

这次事故，有两人重伤，十几人轻伤，包括司玥，她的右手臂被划破了皮。在受轻伤的人之中，她算是伤势最轻的，但是她的紧张和后怕丝毫不亚于别人。

过了几分钟，司玥才从刚才的事故中缓过神来。她从手包里拿出手机，输入号码，按下拨打键。电话很快接通，司玥哭丧着脸喊了声：“哥。”

“你这是怎么了？”电话里传来哥哥司焱疑惑的声音。

“我出车祸了。”

“什么？你有没有事？”

“我受伤了。”

“伤得严重吗？”

“很痛。”

“你到什么地方了？我马上过来！”

“这个地方离你那里应该还很远吧？我没坐飞机，一直是高铁，在A站下车换乘到你那里的汽车，坐了一个半小时了……我现在也不知道在哪里。”

“你怎么不坐飞机直达？你手机网络开了吗？把手机网络打开，用地图定位把地址发给我。”电话另一端，正坐在办公桌前的司焱皱着眉。

司玥差点忘了这个办法，她的手机网络从来就没关过。她把手机从耳边拿下来，直接定位，然后将地址发给了司焱。

司焱看到那个地址，深深地皱起眉头：“你现在这个地方离我这里还有六百多公里，大部分都是山路，我开车过来至少得八个小时。”

司玥嘟囔道：“那你就别过来了，我等救援的人。”

“你受伤了我能不过来吗？”

“不算重伤，右手臂划破了点皮。”

手机里陡然一阵沉默，然后，司玥听到司焱咬牙切齿的声音：“司玥！划破皮会很痛吗？”他还以为她伤得很重。

司玥说：“当然疼啊。”她非常怕疼。

“既然你没事我就挂了。不坐飞机，偏要折腾！”司焱说完就挂了电话。

司玥撇了撇嘴，这个司焱就只对家里最小的妹妹司慕好。果然表的和堂的不一样！她哼了一声，把手机放回包里。

三天前，她说好去司焱的新项目地玩，因为在一个星期前她结束了一段恋情，打算换换心情。等她准备出发时，突然改变主意，想一路玩过去，所以没有乘飞机。早知道会出车祸，她就不这么绕着去了，或者不去司焱那里了。

大雨如注，浇得司玥几乎睁不开眼。报警已经有一会儿了，救援的人还没来。这荒郊野岭的，司玥不知道要等多久。

其他乘客也都在焦急地等待。

又过了好一会儿，雨势渐渐小了，司玥隐隐约约听到身后有汽车的引擎声。其他人也听到了，顿时喧哗起来，希望是救援的车。司玥站在人群之外，抹了一把脸上的雨水，转身看到一辆汽车在雨幕中缓缓行驶，看不真切。过了片刻，汽车离得近了些，司玥认出是一辆吉普车。不，是两辆黑色吉普车，两辆车相距五十多米。

不是救援的，大家有些失望。不过，司玥打算寻求那两辆车主人的帮助。

这样的大雨天行车很危险，车速非常慢。司玥等了好一会儿，最前面的那辆车才到了面前。车主看到前面发生了事故，将车停了下来。

司玥赶忙拉着红色的皮箱向停下的吉普车走去。路非常泥泞，她走得很艰难，好在还是到了。前车窗也在这时降下来，一个穿黄色T恤的二十来岁的男生探出脑袋，看到司玥的样子愣了一下。司玥对男生说了刚才的交通事故，问他能不能载她一程。

后面的车窗也降下来了，另一个看上去年纪稍长的穿着蓝色衬衫的男生也探出了头，一见眼前是个大美人，满脸是笑："可以可以，我们的车还能再坐两个人。"

司玥立即感激地道谢。

穿蓝衬衫的男生已经向里边挪了一个位置，给她腾出了一个空位。司玥示意她还有行李，男生立刻让前面的同伴打开后备厢，然后自己开了车门下车，帮司玥把行李搬进后备厢，再和司玥一前一后上了车。

车子里面一共三个人，除了这两个男生，还有一个和他们年纪相仿的女生，女生坐在副驾驶座上。

司玥笑眯眯地说了自己的名字，车上的人也报了姓名，做了个简单的介绍。开车的男生叫季和平，帮她搬行李箱的男生叫胡然，坐副驾驶座的女生叫杨琴，都是考古队的。

听到"考古队"这三个字，司玥有一瞬间的恍惚。

季和平回头问司玥去哪里。司玥算了一下，到司焱那里得花很长一段时间，便说："到最近的酒店就好。"

"这附近都没酒店，越往前走越荒芜，只有一家小旅馆，我们就住在那里。"坐司玥身旁的胡然说。

司玥蹙了蹙眉，这种情况下只得将就了，于是道："那我也去那家小旅馆吧。"

"这样我们就可以一路同行了。"前面的季和平笑着说。

杨琴却皱眉道："我们应该先问问左教授和傅教授吧？"

就在这时，一个男人打着伞，走到了车旁，对季和平道："前面有人重伤，和平，你这辆车载伤员，负责送他们去医院。胡然和杨琴跟着我坐后面的车。”

“是！左教授。”几个学生异口同声。

司玥却在听到男人低沉的嗓音时骤然愣住了。

“你们两个现在立刻下车跟我走。”男人弯了弯腰，目光从副驾驶座的地方转移到后排座，看到司玥时，忽然一怔。

司玥抬眼，不出意料地看到了一张英俊的脸。那张脸，她第一次见到时就喜欢上了。

那是半年前，她去一家博物馆找一个朋友。在上博物馆大门前的台阶时，穿高跟鞋的她脚忽然崴了一下，身子不可避免地向后倒。就在她以为自己会狠狠地摔下高高的台阶时，腰上忽然传来一道力量，她后仰的身子也稳稳地落在了一个结实的怀抱里，那是男人特有的宽厚坚实的怀抱。司玥仰头，对上男人深邃的眸子，那双眼睛让人沉醉，他英俊的脸更是让她喜欢得很。

在那之后，司玥就开始追他，但是他一开始并不接受她。

……

司玥和杨琴下了车，跟着左煜去了后面的车，胡然则和季和平一起送重伤的人去医院。车里已经有一男一女，男的叫马东，二十岁左右，也是左煜的学生，坐在驾驶座。女人三十多岁，是杨琴口中所说的傅教授——傅红雪，坐在后排座的最右边。

司玥拉开车门，在傅红雪身边坐下。杨琴正要跟上去，却听见左煜道：“你坐前面去。”

杨琴疑惑了一下，点头：“好的，左教授。”

杨琴绕了一圈，去了副驾驶座，左煜收了伞，弯腰上车。紧接着，左煜将身上的西装脱下来披在司玥的身上。

司玥皱了皱眉，但是没有拒绝。

其他的人都看到了这一幕，都感到吃惊，左煜竟会关心一个陌生女人。马东回头诧异地道：“左教授，你们认识？”

“我女朋友。”左煜并不避讳，似乎还笑了一下。

车里的几个人大吃一惊，难以置信地看着左煜和司玥。左煜是考古界年轻有为的专家，他们只知他们的左教授虽然有一副英俊的外表，但是将全部精力都放在了古遗址保护、文化保护与传承上，一直独身一人，他们不知他什么时候有的女朋友。不过，马东很快反应过来，嬉皮笑脸地起哄："那我们该叫师母了。"

而司玥不紧不慢地道："是前女友。"

半年前，司玥遇见左煜后，第一眼就喜欢上了他，继而追求他。但是，左煜说对她没兴趣。不过，两个月后的一天，司玥在博物馆附近左煜必经的一个巷口等他。那时天色有些晚，司玥被一个男人拦住，男人对她动手动脚。左煜经过，一拳把那个男人揍趴下了，然后拉着司玥的手就走。

走出不远后，司玥突然甩开左煜的手。左煜停下脚步，转身疑惑地看着她。司玥的双手却忽然攀上他的脖颈，她踮起脚，将她的唇印在他的唇上。在他愣怔之时，她的舌头趁机快速撬开了他的牙齿，和他纠缠在一起。

左煜回过神后，意外地没有推开她，而是和她在那条小巷子里尽情拥吻。她的红唇在他的脖子上留下了数不清的印记。

自那之后，司玥就成了左煜的女朋友。然而，这段感情也是司玥在一个星期前、他们相处不到四个月后提出结束的。

车子开了大约半个小时，在一家旅馆门前的榕树下停下。旅馆周围有很多这样的榕树，没有别的房子。风雨过后，榕树树叶落了满地。旅馆的门半开着，从门口看进去，能看见一个中年女人正坐在前台打盹儿。

一行人下了车，走进旅馆。考古队住宿的事都是杨琴在经手，她犹豫了一下，还是问左煜："左教授，要不要加一间房？"

众人打算上楼的脚步一顿，气氛比在车上时更古怪。当时，司玥在车上说出"前女友"的话后，左煜的脸陡然一沉，其他人见状虽好奇但不好问，以至于一路上车里的气氛都非常不好。

"我自己来就好了。"司玥打破沉默，转身朝前台走去。

"司小姐，还是我帮你吧。"自认为说错话了的杨琴勉强扯出一丝笑来。

司玥不以为意地说了声"不用"，人已经快步走到前台了。

杨琴看了一眼表情冷淡的左煜，朝马东使了个眼色，往楼上走了。傅红雪也看了左煜一眼，对他说"那我们先上去了"后，也上楼了。左煜站在楼梯口，看着司玥那边。

走出几步后，杨琴压低声音道："左教授什么时候有的女朋友？你说那个司小姐到底是什么人？而左教授介绍她是他的女朋友时，她又为什么说是左教授的前女友？”

马东也压低声音说：“什么时候的事我也不知道啊。既然左教授说是女友，那很明显，他们两个只是在闹别扭。这种情况下，女人是想让男人哄的。你说，像左教授这样学究型的人会哄女人吗？”

杨琴想了一下：“完全无法想象。不过，我还真没想到左教授喜欢的竟然是这种妖媚型的女人，我觉得他们两个并不合适。一看那位司小姐就不是什么安分的人。”

“那你以为左教授喜欢哪种类型？合不合适又不是你觉得怎样就是怎样。”马东随意地道。

杨琴睨了马东一眼，说：“我一直以为左教授会喜欢有才学有内涵的女人啊。”

“你怎么知道师母没有才学，没有内涵？”

杨琴一噎，但还是忍不住道：“你倒是喊得顺溜。我跟你说，过于妖媚过于漂亮的女人如果还有才学有内涵，这个世界上简直是少之又少……拥有这样容貌的女人大多是个花瓶。”

“你这是在说左教授喜欢花瓶？”

“我可没这么说。”

两人压低着声音你一言我一语地一边说一边上楼，走在他们后面的傅红雪却还是听到了，不过没说话。

……

司玥从包里掏出身份证，递给坐在前台的中年胖女人，微微一笑：“麻烦给我开一间房。”

女人刚才一直在打盹儿，现在还有些迷迷糊糊的。她半梦半醒间看到司玥的样子，顿时清醒了，盯着司玥看了好一会儿才接过司玥的身份证。女人右手握鼠标，正要在电脑上查入住信息，忽然想起来，已经没有房间了。她点开系统查询，系统也显示满客。

司玥一听房间已经满了，不由得皱了皱眉。左煜听到她们的谈话后走了过来，对司玥说：“那先去我的房间。”

不等司玥说话，左煜就拉着她的手，向右一拐，往楼上走了。司玥嘶了一声，埋怨道：“你能不能温柔点？弄得我好疼。”

左煜手上的力道小了些，拉着司玥上完楼梯，走到他的房间前，松开她的手，拿出房卡开门，侧身让她进去。

司玥挑了挑眉，进了左煜的房间。房间里摆了一张一米五的床。床前不到一米的地方有一个电视柜，上面有一台看上去破破烂烂的电视。电视柜旁边有一张长方形的木桌和一把木椅子，木桌上有一台笔记本电脑。房间非常小，非常简陋。不过，倒是有独立的洗手间。

司玥皱紧了眉，她从没住过这样的房间。但是，到了这样偏僻的地方她也只能将就。她这一路舟车劳顿，早就想休息了，因此也顾不得那么多，一进房就往床上扑，趴在了上面。

左煜走到床头挨着墙角的地方蹲下，那里有一个黑色的行李箱。他拉开拉链，打开行李箱，拿出一套衬衫、西裤，转身放在床上，看着司玥，沉声道："先去洗洗，等你洗完了我再跟你谈谈。"

司玥淋了雨，头发和身上都湿了，虽然上车后披了左煜的西装，但是她里面的衣服是湿的，必须换。而她的行李箱在季和平开的那辆车上，那辆车载着车祸重伤的人去了医院，不知什么时候回来。

司玥知道左煜要跟她谈什么，不过，她无所谓。她看了一眼床上的衬衫和西裤。左煜一米八二的个子，双腿修长，裤子当然很长。这么长的裤子，她怎么穿？她抬头问："有短裤吗？"

"没有。"左煜淡淡地道。

"那有内裤吗？"司玥眨了一下眼睛。

左煜站在床前居高临下地看着她，没说话。

司玥脸不红心不跳地道："四角的那种，我觉得你的内裤我可以当短裤穿……当然，要是新的。"

左煜又从行李箱里拿了一条新的四角内裤出来，然后说："赶紧去。"

司玥这才慢悠悠地起身，抱着左煜给她的衬衣和内裤去了洗手间。

左煜则走到那张木桌前的椅子上坐下，然后打开笔记本电脑，整理这次考古的一些资料。

将近一个小时后，司玥洗完出来，舒服地嗯了一声，又往床上一躺。

左煜听到动静，合上笔记本电脑，转身看向司玥。衬衫对于她来说又大又长，遮到了她大腿根部，而下面修长白皙的腿露在外面，非常漂亮，让人忍不住浮想联翩。然而，他突然想起了她在车上说的话。他喊了声趴在床上的司玥，说："上周你打电话来时，我正带队去一个古墓。那边信号不好，你最后的几句话我没听清。后来一点信号也没有了，之后也一直在那里。你最后那几句话说的什么？"

司玥翻身坐起来，靠在床头上，睨着他，懒洋洋地说：“你不是已经猜到了吗？”她一想起自己说完分手，电话里面就传来嘟嘟嘟的声音就生气。他在外面的时候，很多次通话都是话说到一半他那边就没信号了。

左煜是猜到了。他盯着司玥，不急不缓地道：“那么，司玥，为什么要跟我分手？”

“因为我对你没感觉了啊。”司玥煞有介事地道。

左煜一愣，蹙眉盯着她，沉默许久都没开口。

“你……”终于，他开口，却只说了一个字，敲门声就响了。

左煜起身开门，发现是傅红雪。

“左煜，我刚刚接到巴城博物馆馆长的电话，十天前出土的那两只陶猪的修复有点问题。”顿了一下，傅红雪又道，“另外，我那边的古墓资料也有需要商议的地方，我们讨论讨论吧。”

房间里突然传来女人的咳嗽声，傅红雪一愣，目光往房间里一扫，看到靠着床头半坐在床上、两条光洁的腿不加掩饰地露在外面的司玥时吃了一惊。司玥正挑眉看着她和左煜，目光意味深长。傅红雪不经意地皱了皱眉。

“去你那里说。”

左煜的声音打断了傅红雪的思绪，她回过神来，笑道：“好。”

左煜转头，对司玥说：“你先好好休息，我们回头再说。”然后提起桌上的笔记本电脑跟着傅红雪出了门。

司玥听到砰的一声响，房门被关上了。左煜很敬业，她和他在一起虽然只有三个多月，但是他有两个多月都在外面带队考古。考古所在地的条件不好，通个电话都很费劲。司玥真觉得他不在的日子里，她就对他没感觉了。

司玥看了眼紧闭的房门，翻了个白眼，躺下睡觉。

等司玥睡醒后，房间里仍然只有她一人。左煜还没回来，还在傅红雪的房间里。司玥抬手看了一下手表，已经过去了两个小时，现在是晚上七点半了。

司玥有些饿，便去楼下找吃的。前台的中年女人还在，正端着一碗面条在吃，看到司玥的样子，差点把碗给摔了。司玥穿着左煜的衬衣，下面什么都没穿，至少在中年女人的眼里是这样的。司玥不以为意地问中年女人哪里有吃的，对方回过神来，指了指左边。

原来，这个旅馆虽然小，但因附近没什么居民，更没什么餐馆，所以提供三餐。司玥顺着中年女人手指的方向一看，餐厅门开着，从她的角度可以看到里面已经有人在用餐了。

司玥往餐厅的方向走，忽然听到有人喊她，是左煜的声音。司玥回头，看到左煜和傅红雪并肩站在楼梯上，而他的目光沉沉地锁在她身上。司玥没理他，转回头继续往餐厅走。

餐厅大约有三十平方米，摆放了六张长方形的桌子，进门往左最里边是摆放的饭菜，提供的三餐都是自助形式的。

司玥一进去，顿时将所有人的目光都吸引了过来，包括先来一步坐在一张餐桌旁吃饭的马东和杨琴。司玥若无其事地走到摆放饭菜的地方，看了一眼饭菜。只有两荤两素，品相也不好，一看就让人没胃口。她眉头一皱，随便要了两个素菜一个汤，再盛了饭，端着盘子转身。左煜已经进来了，正朝她走来，傅红雪跟在他身后。司玥好像没看到他一样，移开目光，在就近的一张空桌前坐了下来。

片刻后，有人拉开她对面的椅子坐了下来。司玥不用想也知道是谁，她头也没抬，继续吃。只是菜的味道非常不好，她挑挑拣拣地吃了两口，基本上就只吃米饭了。

“司玥，我回房时没看到你。你怎么穿成这样就下来了？”

“我饿了啊，又不是没穿衣服，就是没穿衣服也得吃饭嘛。”司玥抬头睨了左煜一眼，又吃了一口菜，皱了眉，“真难吃。”

左煜扫了一眼餐厅，人们惊艳又垂涎的目光还在司玥身上。左煜神色冷淡，催促她：“赶紧吃完回房，一会儿我去向红雪借套衣服给你。”

司玥道：“我不穿其他女人的衣服。”

“那你别出门。这里这么多人，还有我的学生，让他们看到你穿成这样成何体统？”

司玥不以为意地轻笑一声：“我喜欢穿什么，还要在乎别人怎么说吗？反正，我和你分手了，成不成体统也不需要你来管。”

“你……”左煜盯着她，“以前没发现你这么任性。”

司玥又扒了几口饭，说：“我这是任性吗？我说的是事实。我吃不下了，真难吃。你慢用吧。”

放下筷子，司玥起身离开。左煜也搁下筷子，大步跟了出去。

傅红雪一个人坐着一张桌子，目光追随着二人，直到他们走到门口才收回来。

另一桌的马东感叹：“师母的身材真好，我们教授真是好福气。”

杨琴很不赞成："穿成这样还大摇大摆的，根本就没有为人师母的资格。"要不是司玥是左煜的女朋友，杨琴还能说出更难听的话来，"她穿成这样出来，简直就是在勾引男人！"

"杨琴，你这是在嫉妒吗？"

杨琴横了马东一眼。

出了餐厅的司玥和左煜一前一后往楼上走。一上台阶，司玥底下穿的什么就都一览无余了。他蹙了蹙眉，紧跟在她身后。

房卡还在左煜身上，到了房间门口，司玥倚在墙上，等左煜拿房卡开门。

进了房间，司玥踢掉脚上的拖鞋，坐在了床边，长腿交叠。因为房间里除了那张椅子和床就没地方坐了。

左煜右手插在裤兜里，左手自然下垂在身侧，站在她面前。

两个多小时前的话题还没谈完。

"现在可以好好谈谈了。"左煜淡声道。

"也没什么好谈的，一周前我就说了分手。"

左煜沉默地看着她，良久，缓缓地道："感情不能意气用事，分手不能随口就说。司玥，你是认真的吗？"

司玥仰首："我当然是认真的。和你在一起后我才发觉我们一点都不合适，我也对你没感觉了。"

"什么地方不合适？"

"性格不合。"

"司玥，对于这段感情，你有认真过吗？"左煜想起她死缠烂打的那些日子，听她如此随意地说出"分手"二字，不由得问出口。这才几个月就没感觉了？当初他不答应她，她锲而不舍地追求难道只是因为不甘心吗？而她是这样的女人吗？

司玥长长的睫毛轻轻扑闪，轻声说："你是我第一个主动追求的男人。"

左煜蹙眉，就凭她的外貌，身边不乏追求她的男人。她追求他只是觉得新鲜？他拧着眉看着她："真的对我没感觉了？"

"嗯。"

空气似乎瞬间凝滞了，两个人沉默地僵持着。最后还是左煜先开口："好像我确实是没时间陪你。但是，不要轻易说出让自己后悔的话。"

他理智地仔细回想，他和她在一起后，很少陪她，经常带队出去，有时候连通电话也很困难。对于这一点，他是愧疚的，也忽然理解了她为什么要提出分手。

司玥没说话。

左煜又说："你好好考虑考虑吧。"

司玥立刻说："不用再考虑。"

左煜薄唇紧抿，然后淡淡地道："司玥，我给你三天时间好好考虑。三天后如果你还要分手，我尊重你的选择。"

"不用三天……"

"我希望你提分手不是因为一时意气，有时候说出口的话就收不回来了。"左煜打断了她的话，目光沉沉地看着她。

司玥移开视线，不和他对视，她还想说什么，动了动嘴唇却终究什么也没说。

晚上，季和平给左煜打电话，说他和胡然两人已经把伤员送到了医院。家属还要一点时间才赶得过去，因此，他和胡然可能明天才能回到旅馆。

左煜说了声好，还说明天不去古墓考察，而是去巴城博物馆，他们要是回来了，直接去博物馆。

挂断电话后，已经是晚上十一点了。左煜把自己的房间留给了司玥，他自己则睡在马东的房间里。马东的房间是标间，有两张一米二宽的床。

"左教授，我听傅教授说那两只陶猪很难修复。我们明天去博物馆就是去讨论修复方案的吗？"马东一直在玩手机游戏，见左煜讲完了电话就把手机放下，问左煜。

"嗯。"左煜坐在床前的木桌旁，继续在笔记本电脑上整理资料。

"哦。"马东又拿起手机打游戏。左煜忽然转过头来，沉声说："不要沉迷于游戏，早点休息。"

马东嘿嘿笑了一下，退出游戏："我正打算退出来。左教授，你也早点休息吧。"

左煜已经转过头了。马东想了一下，还是说了句："其实，女人只要让男人温柔地哄一哄就好了。"说完就立马躺下盖上了被子。

左煜点鼠标的手一顿。

而马东实际上更想说的是：床头吵架床尾和。但是，左煜是他的老师，他不能这么直接。

第二天一大早，左煜就和傅红雪、马东、杨琴等人去了三十多公里之外的巴城博物馆。这个地方虽然偏僻，却也有一家博物馆，而这家博物馆可以说是国内最偏僻的博物馆了。十几天前，左煜让季和平、胡然等人将古墓出土的两只陶猪送到了这家博物馆进行修复，并做暂时保存。

左煜早上临走前给司玥发了条信息，说了他的行踪，并说季和平、胡然两个人会回来，她如果觉得无聊，可以和季和平他们一起去博物馆。

司玥一直睡到快中午才醒，因此，很晚才看到这条信息。有人来敲门，司玥起床开门，只露了一个脑袋出去，看到胡然提着她的红色行李箱站在门口。

“师母，我帮你把行李箱送来了。”

胡然已经知道她和左煜的关系了。

司玥伸手接过，笑道：“谢谢。”

胡然又说：“师母，一会儿吃了午饭我们一起去博物馆吧。”

“这附近没有其他可去的地方吗？”司玥问。她知道左煜在那里，而她和他还在闹分手。

胡然摇头：“只有一个博物馆可以参观。我和季和平在楼下等师母。”

不出门真的会无聊，而她睡了这么久，也不能再睡了，便点了点头。即使她和左煜在闹分手，仔细一想，也没什么大不了的，她其实并不太在意。

午饭依然不合胃口，司玥勉强吃了几口饭就没吃了，走出旅馆，上了停在门前的那辆吉普车。车子仍然由季和平开，胡然倒是想和司玥坐一起，但是他知道了司玥和左煜的关系，就坐到了副驾驶座上。

三十多公里的路程虽然不算远，但是由于昨天的大雨，路上仍然很泥泞，车速不能太快。过了大约一个半小时，司玥一行人才到达巴城博物馆，这时已经下午两点了。

司玥跟着季和平、胡然两人走进博物馆大门，穿过大厅，右拐进一条走廊，沿着走廊一直走到了底。那里有一间房，门是关着的。季和平抬手敲门，门被打开。

司玥看到里面有七八个人，而左煜穿着白衬衫，站在一尊一米多高的破烂而丑陋的陶瓷动物面前，两个袖子被卷起，双手戴着白色手套，正在对在场的人说着什么。

站在那里的他严肃沉稳，声音低沉浑厚，犹如她第一次见他时那样令人沉醉。

“这两只陶猪身上的纹路和马家窑彩陶所采用的纹路相似，这两者的烧制方法也相近。陶猪出现的年代或许并不比马家窑彩陶晚。”

司玥见左煜指着身边破烂的陶猪的肚子对在场的几个人说着什么，而那个所谓的陶猪的嘴也是破的，除了耳朵有点大，没什么其他猪的特征，她也不知什么是马家窑彩陶。

和她一起进入房间的胡然在她身边小声说：“马家窑彩陶是在甘肃临洮的马家窑村发现的，距今有五千多年的历史了。”

司玥哦了一声，对文物历史并没什么兴趣。

胡然又说：“左教授这么快就推断出了陶猪的烧制方法，真厉害。要是这两只陶猪真如左教授说的不晚于马家窑彩陶，那么，彩陶的历史又该改写了。这两只陶猪可就价值不菲了，如果是我私有的东西该多好，那我可就发大财了！”

“你就做梦吧。你要是私吞文物，那些钱恐怕没命花。”站在司玥另一边的季和平说。

“我只是想想。”胡然又道。

司玥不以为意，再值钱又能有多少钱？她对钱也不感兴趣。

“左教授说过，文物的价值不止体现在经济方面，更重要的是文物体现出的文化以及人类的文明。”季和平又说。

胡然呵呵一笑：“和平，你这说教的口吻该赶上我们教授了。”

他们两人在司玥身边低声争论，而左煜仍在说：“对于陶猪的嘴和肚子，修复的时候可采用重新烧制的方法。”

“可是要烧制成什么样子？虽然左教授说是陶猪，但是这两只陶猪的嘴和肚子都缺少，我们无从得知它原始的模样。”一个中年男人说。

“所以，乔馆长，接下来我们还得探讨一下这个问题。”左煜说。

司玥对他们说的实在是没什么兴趣，唯有左煜英俊又认真从容的样子让人赏心悦目，但是，因为她和左煜现在的关系，她也没心情欣赏。因此，司玥转身出了房间。

季和平和胡然在听到“修复”二字后，也和其他人一样开始认真听左煜说话，没有人注意到司玥的举动。司玥出了房间，随意地在博物馆里面走。这个偏僻的博物馆几乎没什么游客，当然里面也没几间展厅，展出的东西也少，地面也有些坑坑洼洼的，简陋寒酸，不像一家博物馆。司玥觉得这样的博物馆还开得下去真让人不可思议。

司玥漫不经心地走过一间间展厅，目光在展厅里面淡淡一扫，没什么能提起她兴趣的。她百无聊赖地一边走一边看，到了一个拐角处，她的肩膀忽然一痛，紧接着就听啪的一声响，有东西掉到了地上。她撞到东西了！

司玥呼了一声痛，低头一看，一地的陶瓷碎片。她立即就想到自己撞坏博物馆的文物了！她抬头，看到面前站着一个二十五六岁的男人，男人一脸震惊，双手还保持着捧东西的姿势。司玥赶紧说："对不起。"

男人这才反应过来，盯着司玥质问："你知不知道你撞碎的是文物？"

司玥暗叫糟糕，谨慎地问："还能修复吗？"

"都碎成渣了怎么修复？"

司玥忽然想到了左煜，或许他能修复。

男人蹲下去捡碎片，司玥也蹲下去帮忙。虽然左煜或许能修复，但是她就是不想让他帮忙。她一边捡一边问男人："真的是文物吗？"

男人抬头看了司玥一眼，郑重其事地道："当然是文物！损毁珍贵文物是会坐牢的。"

"我看到处都有。"这种陶瓷，她外公的房间里就有好几个，故而对男人说的有所怀疑。

男人又看了司玥一眼，说："这是货真价实的文物，不是一般的仿品。一个值三十多万元。"

司玥的左手食指忽然被碎片划破了，鲜血顿时往外冒。她立即用右手捏住受伤的手指，同时站起身来，审视地看着面前的男人。

男人停下手中的动作，抬头看着司玥，也站起身来，沉着脸说："我看你也是不小心，我不会上报的，但是损坏文物必须赔偿！"

"赔偿三十万元吗？"司玥看着他。

"当然。"

"这种陶瓷不过就是一般的艺术品，不是文物。价值不到三十万元，应该在十万元到十二万元之间。"

是左煜的声音。

司玥诧异地回头，左煜不知什么时候过来的，现在正蹲在她身侧，低着头，右手拿着一块陶瓷片仔细翻看。

左煜一说完，司玥对面的男人就皱了眉。因为他知道左煜是考古专家，对是不是文物当然清楚得很。他支支吾吾地道："总之是值钱的！"

司玥看向男人，看来她的怀疑是对的，这根本不是什么文物。她只承担她的过错，损坏文物的罪名她可担当不起！她哼了一声："该赔多少，我一分都不会少你的！但你讹人的事怎么说？"

"我想，我应该把这件事跟乔馆长说说。"左煜看着男人道。

男人只好赔礼道歉，说自己只是跟司玥开玩笑的，左煜暂且饶过他。男人却又支支吾吾地道："左教授，这个艺术品是我朋友的，现在碎了……"

东西的确是司玥撞碎的，左煜也不能不负责，于是他说："我可以修复。"

"左教授，碎成这样了还能修复吗？即使修复好了，也和原来的瓷壶不一样了。"男人说。

左煜只说了个"能"字，然后就开始捡碎片。

男人还不信，正要说什么，几个人迎面而来，第一个就是乔馆长，而且还在喊"左教授"，跟在乔馆长身后的几个人也在喊"左教授"。

左煜站起身来，转身对几个人点了点头。馆长乔大伟诧异地看着地上的碎片，问是怎么回事。左煜把事情说了一遍，还对乔大伟说："我想把它修复好，不过要借用乔馆长的房间和工具。"

乔大伟笑道："没问题。"

左煜说了声"谢谢"，对跟上来的傅红雪、马东、杨琴、季和平、胡然几人道："今天你们先回去。"

"左煜，时间已经不早了。"傅红雪说，"即使要修复也等明天再来吧。或者，把修复的工作交给马东他们。"

傅红雪的意思是，修复这种事不需要左煜出马。而左煜仍道："你们回去吧。"

傅红雪只好作罢，和学生们一起往博物馆外面走。司玥抬脚，想和他们一起走，却被左煜叫住。

"司玥，你留下。"

司玥停下脚步，转身看着左煜。左煜的目光里并没有责备，只是淡淡地看着她。

乔大伟让工作人员将碎片捡起来，放到实验室去。工作人员也就是刚才捧着瓷壶，瓷壶碎掉后，和司玥说话的男人。

工作人员将碎片捡完拿走后，乔大伟对左煜说：“我带左教授去实验室吧。”

左煜点头，又看向司玥：“跟着我。”

司玥也没说什么，跟在左煜和乔大伟身后，去了乔大伟所说的那间实验室。

到了实验室，乔大伟告诉左煜有事可以随时找他，然后就出去了。刚才那个工作人员将碎瓷片放到实验台上后，又将修复的工具找出来给了左煜，然后也出去了。

司玥倚在门的墙边，低着头看着自己受伤的手指。

实验台在实验室的正中央。左煜在实验台前的椅子上坐下，抬头看了几秒低头的司玥，起身走到她面前，这才发现她的手受伤了。

左煜牵过她的手，然后缓缓地低头将那根受伤的手指含在嘴里。温软的唇和温柔吮吸的动作带来一阵酥麻，司玥抬头，半眯了眼看向左煜。

其实，我挺想的

“还疼吗？”过了好一会儿左煜才停止了吮吸，松口放开她的手。

他外表英俊冷硬，眉目之间却蕴藏着一丝温柔，让人心猿意马。不过，司玥很快就回过神来。她生性怕疼，痛觉神经比别人敏感，被他吮吸过的手已经好很多，却还是隐隐作痛，但她没回答他的问题，而是看着他问道：“你让我留下来干吗？”

“祸是你闯的，你不留下来，还打算一走了之？”左煜也看着她，不急不缓地道。

司玥不以为然：“我又不是不负责。我都跟那个工作人员说好了，我会赔偿。也不知道你是什么时候神不知鬼不觉地冒出来的，还说要自己修复。我都已经搞定了的事，你偏要多此一举，现在还来说我想一走了之？而且明明是他讹人。”

左煜说：“修复好了，你可以少赔点钱。”

司玥翻了个白眼：“我又不是赔不起。”

左煜没再说什么，沉默地看了她一会儿，转身走回实验台前坐下，仔细看了一会儿陶瓷片，开始用一些颜料调色。

过了一会儿，司玥的手几乎不怎么疼了。她将手放在身侧，身子依然斜倚在墙壁上，目光投向实验台前的左煜。低着头认真工作的男人别有一番魅力，这是司玥以前追求他时就喜欢看的样子。两个多月的分隔两地，她对他的感觉渐渐变淡，而再次见到这样的场景，倒是让她的心弦又被拨动了一下。

不过，她留在这里又能做什么？在这个狭窄的实验室里陪着他，看他工作？她才没这样的耐心。她转身轻轻开门，左煜听到了动静，头也没抬地说："司玥，待在这里。"

司玥回身看着他，有些惊讶他温柔的语气。这种语气和这句话配合在一起就好像在说，他希望她在这里陪他。想当初，她追他时，他只把她当空气，不管她说什么做什么，他都不理她。后来，她和他在一起了，他对她的态度很好，但是因为相处时间太短，她潜意识里已经忘了，而且，像这样温柔的语气是没有过的。

司玥吃惊之后，挑眉，嘴巴噘起，缓缓地吐出一个字："不。"

"我们说说话好吗？"左煜又用胶水将一块瓷片粘好，这才终于抬起头来。

"不。"

她就是不按他说的做。左煜顿了一下，轻声说："三个多月的恋爱，对于很多人来说还在热恋期吧？而我们却有两个多月没在一起。其实，我挺想……"

司玥依然一副散漫的样子："想我，还是想做什么？"

她挑着眉漫不经心的样子依然妩媚，左煜坐在实验台前的椅子上，远远地凝视着她："想你。"

司玥撇了一下嘴，那样子似乎是不管他想不想她，她都没什么在意的。左煜却又说："想你的时候，也想和你做点什么。"

司玥霎时半眯了眼，她和他上过床，在他离开的头一天晚上，用完晚餐，他送她回家，她主动的。她和他一路从门口到客厅沙发、床上、浴室……那是一个难以言喻的美妙夜晚。但是，那又怎么样？她向他提出了分手。他现在说这个太不合时宜了。

司玥笑嘻嘻地说："教授你大白天的想入非非，知道别人怎么称呼这样的教授吗？'叫兽'，叫声的叫，野兽的兽。"

对于这样的司玥，左煜有些无奈："那你想知道修复后的瓷壶是什么样的吗？不如过来帮我递一下工具？"

"没兴趣。"司玥虽然这么说了，但是没有再次开门离开，而是看了一会儿又低头做修复工作的左煜。因为，不管怎么说，那个什么瓷壶都是她碰碎的，他是在帮她。不过这么一会儿的工夫，司玥已经看到碎了的东西在左煜的手下奇迹般渐渐显露出形状来，那个形状应该就是原来的瓷壶的一部分。

不过，司玥的耐心终究有限，她看了一会儿就在实验室里百无聊赖地走来走去。实验室很小，设备很少，她只扫一眼就将里面的东西全都收入眼底。目光掠过一个墙角时，她忽然顿住了。那里摆放着一个青铜器物，有些眼熟。她的目光在那个东西上面停留了几秒，最后，移开了目光。再后来，她不经意地走到左煜身边，双手放在实验台上。过了一会儿，她从实验台上拿了一个碟子和一些颜料，把颜料倒入碟子里混合搅拌。

左煜无意之中看了一眼，有些诧异。她调出来的颜色和他刚才调的一模一样。

“司玥，你刚才看到我调色了？”左煜问。

“嗯，怎么？”司玥把碟子推到他面前，“能用吗？”

“当然。各个颜料的比例和先后顺序掌握得很好。”左煜笑道。

“哦。”司玥没觉得这有什么值得称道的，因为他刚才做这些的时候她看到了，她的记忆很好。因此，她淡淡地应了一声，然后问：“你还得做多久啊？”

外面的天已经黑了。从博物馆回旅馆还得开一个多小时的车，而且她昨天晚上和今天几乎都没怎么吃东西，感觉很饿。

“饿了吗？把这一块粘好我们就回去。”左煜抬头看了她一眼，又低头工作。

两分钟后，左煜站起身来，走到身后的洗手池前，打开水龙头洗手。

“好了，我们走吧。”左煜洗完后转身。司玥走上前去，绕开左煜，也去洗了下手。

博物馆的馆长乔大伟正好敲门进来，说要请他们吃晚饭。

左煜抬手看了下时间，又看了眼司玥，接受了乔大伟的邀请。

博物馆地处偏僻，乔大伟平时就住博物馆里。他请左煜和司玥两人吃饭也是在博物馆里，饭菜是他自己做的。虽然饭菜的味道也不怎么好，但是比旅馆里的好吃一些，司玥勉强多吃了几口。

吃完饭，左煜开车，司玥坐在后排座。不过，车刚刚开了一会儿轮胎就爆了。左煜握紧方向盘，保持车身稳定。停车后，他立即让司玥下车。

司玥站在黑漆漆的夜里，皱着眉头，她的手忽然被人握住。她侧头，黑夜里，左煜的眼睛很亮，像钻石。下一秒，他的手一用力，把她拥入了怀中。

男人的怀抱依然宽阔结实，让司玥想起了他们之前在一起的时候，被这样的怀抱包围着的感觉非常好。她愣了几秒，刚想挣扎，左煜已经放开了她，站在她面前说："帮我照明一下，我换轮胎。"

说完，一束白光照在了地上，司玥这才发现左煜的手上拿了一个小手电筒。她斜睨着他，对于刚才的拥抱，他就这样只字不提，还让她给他照明？

左煜好像没看到司玥的眼神一样，抬手把手电筒递到她面前，说："我很快就会换好。"

司玥哼了一声，不情不愿地拿过手电筒。左煜转身就去开后备厢，从工具箱里面拿出工具来，开始卸备胎。然后他又把千斤顶放在爆胎的左侧车身下，将车顶起，卸下坏掉的轮胎，最后换上备胎。全程一共用了十分钟。

"好了，我们可以继续上路了。"左煜侧头，冲蹲在身边打手电筒的司玥笑了一下。

司玥立即把手电筒丢给了他，拉开车门上车，又砰的一声关了门。左煜接住手电筒，看了一眼关闭的车门，站起身来，将工具放回后备厢，然后也上了车。

车子启动之后，开出不远，一辆摩托车突然从左煜驾驶的车后面疾驰而来。山路很窄，摩托车差点撞在车上。左煜从后视镜里看到了超速行驶的摩托车，一个急转弯避开，司玥的头狠狠地撞在了车窗上。

"没事吧？"左煜将车停在了路边，回头问司玥。

司玥捂着头，皱眉道："没事。"

司玥抬头看了一眼那辆摩托车，车座后面有个呢绒袋子，但是有个东西露了出来，像是青铜器物，有点眼熟。她想再看清楚一些时，车灯照不了那么远，那辆摩托车已经不见踪影了。她一边揉额头一边对左煜说："开车开这么快，那个人不会是小偷吧？我看他那个口袋里面的青铜器有点像巴城博物馆里的东西。"

左煜一听，立即问："你确定吗？"

"我看见的，很少会出错。不过，晚上的视距不好，那辆车又开得快，我没有看太清楚。"

左煜却立刻拿起手机给巴城博物馆的馆长乔大伟打电话了，问博物馆里有没有文物被盗。乔大伟说他刚刚巡逻了一趟，并没有文物被盗窃。左煜放了心，挂了电话，对司玥说：“没事。坐好了吗？我开车了。”

司玥诧异了一下，难道她真看错了？

回到旅馆的时候已经快晚上十二点了。左煜已经把自己房间的房卡给了司玥，司玥拿出房卡开门。门一打开，司玥进房，转身要关门，左煜却站在门口看着她。

“干什么？”司玥昂首看着他。

左煜伸手在她额头上一点：“撞了个包。”然后要帮她揉揉，却有人在喊他。左煜转身，看到斜对面和这间房仅一房之隔的房间门口站着傅红雪。他诧异地道：“红雪？你还没睡？”

“我正等你呢。”傅红雪笑着说。

“这么晚了，有什么事吗？”左煜看着她。

“有关明天去古墓的事。”

左煜点头：“明天由你带队去，我还得去一趟博物馆。”

“去修复那件瓷壶？”

一听瓷壶，站在左煜面前的司玥眉梢一挑。

左煜笑了一下：“嗯。”

“交给马东就好了，考察队还是你来带才好。”

“瓷壶的事是私事，我来处理。”

傅红雪一愣，以私废公不像是左煜的作风。她看向站在左煜面前媚眼妖娆的女人，忽然想起昨日马东和杨琴的谈话：“过于妖媚过于漂亮的女人如果还有才学有内涵，这个世界上简直是少之又少……拥有这样容貌的女人大多是个花瓶。”傅红雪蹙了蹙眉。

而左煜的声音又响起：“我去博物馆还有一件事，就是陶猪的修复。”

傅红雪回过神来，看着左煜，问：“那……明天考察的事，我们现在谈谈？”

左煜想了一下，正要开口说话，便听司玥轻笑道：“你们两个真有趣，真敬业，隔这么远谈工作。左煜，我要关门了，你去她的房间里好好谈吧。”说着就要关门，左煜已经转回头。司玥用眼神示意左煜让开，不要站在门口。

左煜没有让开，转头对傅红雪简单交代几句：“这个古墓暂时不深挖。明天你们去了，依然只对已挖掘的部分做深入考察就行了。考察过程中有问题的话可以给我打电话，如果电话打不通，就把问题带回来问我。”

左煜一说完就回头将左手搭在司玥腰间，不等司玥反应，单手将她一带，进了房，抬脚关了门。

傅红雪听到“砰”的关门声，在原地愣了许久才转身回房。

被左煜揽着腰的司玥偏着头看他，不咸不淡地道：“你干吗？”

左煜揽在她腰上的手并没有拿开，侧身一步，再次和她面对面站着，右手伸向她的额头，帮她揉。

司玥嗞了一声。左煜放柔了动作，声音也轻，像在自言自语：“这么娇气的女人……”

“我可没让你来帮我。”司玥瞪着他，双手去掰他放在她腰上的手。

左煜的左手从她腰间收回来，右手在她额头上揉了一会儿后也收了回来，看着她，道：“很晚了，快去洗漱休息，明天和我一起去巴城博物馆。”

看到他深沉的眸子，司玥要拒绝的话憋了回去。他说让她考虑三天，那就三天吧，而第一天即将过去。

司玥洗漱完毕从洗手间出来时，左煜还在房间里，正坐在那张床上想着什么，听到她出来的动静便抬起头来，无奈地道：“马东的房间锁了，敲门没人应。”

司玥眯了一下眼睛，微偏着头看他：“那你也别想睡我这里。”

她站在他面前，长长的鬈发披散着，脸色绯红，穿着黑色吊带蕾丝睡裙，深V半透明的，隐隐约约可见底下曼妙的身姿。而那虽然是裙子，但非常短，和昨天左煜给她的那件衬衫的长度差不多，只遮到大腿根部，白皙修长又笔直的两条腿露在外面。

左煜的喉头不经意地动了动，却并没多说什么，站起身来，嗯了一声，道：“床，你睡吧。我会坐在那张椅子上将就一晚。”

司玥审视般地看着他。

“我不会对你怎么样。”左煜顿了一下，又补充道，“好歹这是我的房间，也别让我的学生们看笑话。”说着，左煜走到墙角的行李箱面前蹲下，打开行李箱，拿出一套衣服，然后往洗手间走。到了洗手间门口，他还侧头对司玥说，“你快睡吧。”

左煜进了洗手间。

司玥看向关闭的洗手间门，缓缓眨了一下眼睛，然后张开双臂，一个转身，躺在了床上。她想，她并不怕他会把她怎么样。

左煜洗漱完出来时，司玥躺在那张不算大的床的中央，呼吸平稳，已经睡着了。薄被只有一角盖在她的右腿上，其他地方都光着。虽然是夏天，但这个地方的夜晚温度并不高，反而还有些凉意，还是得盖被子。左煜走到床前，弯腰给她拉了拉被子，正要直起身来，扫了一眼她的睡颜，又低下头吻了吻她的唇。然后他伸手关闭床头灯，像刚才对她说的那样，走到床前的那张椅子上坐下，背靠椅背，闭上双眼。

司玥晚上醒了一次，睁开眼睛，漆黑一片，而她习惯开灯睡觉。她迷迷糊糊地伸手开灯，看到椅子上左煜的背影。夜深人静，那样的背影让她有一种安宁静谧的感觉。

"左煜。"她不经意中喃喃出口。左煜竟听到了，缓缓睁开双眼，站起身来，走到她床前，弯下腰，带着疲惫的声音低沉嘶哑："怎么了？"

司玥双眼迷离地看着他，摇了摇头。

"那睡吧，还没天亮。"

司玥再次闭上眼睛，左煜伸手又要关灯，她睁眼："不要关灯。"

左煜说："这个地方偏僻，电量供应不足，常常停电。司玥，不要浪费。"

"不开灯我睡不着。"司玥皱眉。

"为什么？"

"从小的习惯。"

"你这样的坏习惯应该改改。"

司玥道："知道我们为什么不合适了吗？我和你在一起，我们肯定会有很多地方不合。"

左煜直起身来，只好道："那等你睡着了我再关灯。"

司玥勉强接受，闭上双眼。

第二天早上，司玥和左煜一起出房间下楼吃早餐。傅红雪和左煜的几个学生已经坐在一张桌子旁吃起来了，几人看到左煜和司玥，打了声招呼。

左煜和司玥都点了点头，去拿了早餐便在另一张桌前坐下。

傅红雪那一桌，马东在胡然耳边低笑："看来，我们左教授在我的助攻下和师母和好了。"

"你怎么助攻的？"胡然笑道。

马东说了自己晚上没给左煜开门的事，胡然忍不住笑。马东说得小声，除了胡然，在座的其他人都没有听见，但也没过问两人神秘兮兮地说了什么。

几人吃完早餐就得去古墓考察了，而左煜和司玥还在吃饭。傅红雪让学生们先上车，她随后就到。然后，傅红雪走到左煜面前，说她带着学生们先走了。

左煜点了点头，并没有说什么。傅红雪似乎还想说什么，但是最后什么也没说，转身出了餐厅。

司玥和左煜吃完早餐则开车去了巴城博物馆。到了博物馆，司玥没有和左煜一起去实验室，而是一个人在博物馆转悠。

博物馆很小，她昨天就已经看过一遍，原本对博物馆就没什么兴趣，现在更是兴致缺缺。而这一天也依然没有游客来，只有几个工作人员在。

不知不觉间，司玥走到了一个房间前，隐隐约约听到里面有声响，她倾身去听。忽然有个声音喝止她："司小姐，这里不能靠近。"

司玥转头一看，是昨天捧瓷壶的那个工作人员。昨天晚上，馆长乔大伟请左煜和她吃饭时，提了这个工作人员的名字，叫廖文远。

司玥这才看见门上有"闲人勿进"几个字，她扬了扬眉，说了声"不好意思"，转身往左煜所在的实验室走去。不过，她总觉得有人在盯着她。她回头一看，那个叫廖文远的工作人员站在那间房门口看她。不知怎的，司玥忽然觉得那个眼神有点不对劲。

不过，她也没将这件事放在心上。到了博物馆的实验室前，她推门进去，左煜还像昨天一样坐在实验台那里。她走到实验台前，问："左煜，今天能修复好吗？"

"可以。"左煜抬了一下头，应了一声后又低下头去，"还可以留一点时间带你去博物馆转转。"

"这里我已经看了两遍了，没什么好看的。"

左煜一边粘陶瓷片，一边说："那要去我们现在正考察的古墓看看吗？"

"那个地方阴森恐怖吗？"司玥问。

左煜笑道："有我在，你不用怕。"

司玥翻了个白眼。

左煜又说："其实，这家博物馆建立之前，这里是一片墓地。"

司玥又想起刚才廖文远的眼神来，忽然就觉得有些毛骨悚然。

左煜没听到她的声音，不禁抬头，见她脸色不对，不由得失笑："真被吓住了？”

司玥回过神来，道：“死人才没有活人吓人。”

“嗯？”左煜觉得她话里有话。

司玥摇头，没有对他说刚才的事，她觉得今天和他说太多话了。

左煜说还有时间陪司玥转转，终究没有实现。左煜接了傅红雪一个电话，然后就将司玥一个人留在博物馆，自己则往古墓去了。

司玥皱眉看着左煜开着的车渐渐远去，刚才他还说让她去古墓，现在却一个人走了，她不喜欢这种被留下的感觉。

傅红雪在电话里对左煜说，她带领学生们下古墓时，古墓忽然坍塌，先行下去的季和平、胡然被埋在了里面。

左煜的车开得很快，平时从巴城博物馆到古墓要开半个多小时，今天他用了十多分钟就到了。古墓在半山腰，左煜在山脚停了车，立即打开车门下去。他抬头一看，把守古墓的几个警察和傅红雪等人在挖坍塌下去的土石。左煜飞快地往山腰上的古墓跑，加入救援队伍挖掘。

傅红雪和杨琴是女生，这会儿已经挖得没有力气了。左煜看了一眼挖掘的地方，伸手夺过杨琴手中的铲子，又对杨琴旁边的傅红雪说：“这个地方还有可能坍塌，你们站到那边去。”

几个警察也这么说，傅红雪只好和杨琴站到旁边去，只剩几个男人奋力挖掘。中途果然如左煜所说，挖开的地方又坍塌了一些下去，他们只得重新挖。而这时，天色渐渐暗了下来，离季和平、胡然被埋已经过去两个多小时了，挖掘的人也有些疲惫。

就在这时，有奇怪的声音传来。左煜抬头一看，落石从山上滚下来，有大的，有小的。他大喊了一声“大家小心”，同时伸手握着一旁还在挖掘的马东的手臂，用力将对方拽开，躲过滚下来的石头，而他自己的腿却被一块滚落的大石砸中。

“左煜！”

“左教授！”

站在一边的傅红雪和杨琴异口同声地喊道。

左煜蹙眉，闷哼一声，弯腰将那块大石搬开，忍着疼，对众人道：“我没事，大家赶紧继续挖！”

司玥一个人坐在博物馆门口。左煜临走时让她等他来接她，而她已经等了三个多小时了。天色已经完全黑了下去，司玥早就没耐心了。要不是这个地方偏僻，离住的地方有三十多公里又没有车，她早就离开了。

又等了几分钟，司玥霍地站起身来，去找乔大伟，打算借用一下博物馆里的车。乔大伟知道她是左煜的女友，但没把车借给她，而是让廖文远开车送她回住的那家旅馆。司玥从乔大伟的办公室里出来，打算去博物馆外面等廖文远取车。

却在这时，司玥眼前一黑，博物馆突然停电了。她愣了一下，赶紧从包里拿出手机，打算用手机照明。而就在这时，司玥感觉有个黑影从面前掠过。

“谁？”司玥大喝出声，同时已经把手机掏出来了。她打开手机的手电筒功能，用手电筒的光扫了一圈，并没有什么人。她正要松口气，忽然发现自己正站在那间贴着“闲人勿进”字条的房门前。她伸手试探性地推了推，门竟然没锁。

司玥走进去，用手机照亮，发现是一间二十平方米的房间，墙壁刷了白漆，房间里面堆了很多杂物，比如纸箱、废旧电脑键盘等等。她有些奇怪，一个杂物库而已，还贴个“闲人勿进”。她在房间里走了一圈，打算出去，脚忽然踩到一个东西，有奇怪的声音传来。司玥还没反应过来，身子已经迅速下坠。两秒钟后，她掉在了地板上。

她握着手机扫视一圈，发现自己身处一个地下室，里面有许多陶瓷、青铜器等器物，形状各异，有好几件她在博物馆里见过。司玥有些奇怪，一样的东西，怎么一些在展厅、一些在这个地下室里？

博物馆里的灯又亮了，乔大伟听值班的保安说是跳闸了。乔大伟点头，廖文远敲门进来，对他道：“馆长，我已经把车开出来了，司小姐怎么还没出来？”

乔大伟想了一下，说：“刚才停电了，她应该还在博物馆里，你再出去等等。”说完，乔大伟拿起办公桌上的电话，给保安室打电话，问他们看到司玥没有。值班的保安看了一下监控，各个角落都没有司玥。乔大伟有些奇怪，难道司玥已经出博物馆了？

过了一会儿，廖文远又进来，说司玥还没出去。乔大伟皱眉，她不会凭空消失的。她在这里等左煜等了几个小时都没有离开，后来找他借车，因此，她不可能一个人离开的。

乔大伟又想了一会儿，忽然一惊。

“难道她在地下室？”那个地方是博物馆里唯一一个没有被保安室监控的地方，只有他有那个地方的监控。

廖文远一听，也震惊了。

“去看看！”乔大伟说着便起身，去了他平时住的那间房，监控在他那间房里，廖文远紧跟着他。

乔大伟进门，立即在监控台前坐下，打开监控，果然看见司玥在地下室，手里拿着手机，照亮了地下室。

“她果然在那里！她是怎么进去的？”廖文远问完才想起白天时他进去过，难道是他忘了锁门？廖文远皱眉：“馆长，怎么办？那个地方不能被任何人发现。”

乔大伟脸色阴沉：“先让她待在那里，不能让任何人知道。”

“那左教授来接人怎么办？而且，她手上还有手机，那里虽然没信号，但还是可以报警。”

就在这时，乔大伟发现监控屏的画面黑了下来，司玥的手机没有了光。又等了一会儿，地下室里仍然是一片漆黑。乔大伟猜测：“也许她手机没电了，正好，没有人会知道她在那里。”

“那要是左教授来要人呢？”廖文远又问了一遍。

“就说她自己一个人离开了博物馆。”

司玥的手机真的没电了。地下室里黑漆漆的，她找不到出口，急得大喊：“有没有人？”而她喊了许久都没有人应。想起白天在这间房门前时廖文远的那一记眼神，总觉得这个地方有些不对劲，可她喊得筋疲力尽也没有人进来。

左煜他们将季和平、胡然救出来时，已经是晚上八点了。好在季和平、胡然在考古队里跟着左煜学了些自救的知识，没有生命危险，只是手脚受了些皮外伤，考古队的车上又有急救箱，两人处理了一下伤口，也不用去医院了。于是一行人开始往回赶。

傅红雪递了一瓶矿泉水和一支药膏给左煜：“你的腿受了伤，处理一下。”

左煜说：“不用。”然后，拿出手机给司玥打电话。号码拨出去后，耳边却响起“您拨打的电话已关机”的提示音，左煜蹙了蹙眉，连忙给博物馆馆长乔大伟打电话。得到司玥已经一个人先行离开的消息，左煜问：“她什么时候走的？是回旅馆了吗？”

乔大伟说：“刚走不久。至于去哪里了，我就不清楚了。不过，我想她可能是回旅馆了吧。”

左煜挂断电话，让马东把车开快点。傅红雪皱了皱眉，这么晚了开快车很不安全，而这也是左煜一贯坚持的。

半个多小时后，车子停在了旅馆门外。左煜率先开门下车，一瘸一拐地往旅馆里面走，然后上楼，走到他那间房间前敲门。他敲了很久都没有人应，又转身下楼，遇到迎面走来傅红雪和学生们。

傅红雪问：“司小姐不在吗？”

左煜嗯了一声，和几人擦肩而过。下了楼，左煜走到前台，问老板娘司玥回来过没有。老板娘也就是那个中年胖女人，她对司玥的印象很深，想了想，摇头：“我没看到过她。”

“那么，其他人看到过她没有？”

老板娘叫来旅馆的服务人员，挨个问了一遍，都没看到。左煜又拨打司玥的手机，仍然是关机。

“她会不会因为家里有什么事直接从博物馆回家了？”

说话的是傅红雪，她也走过来了。

司玥是一个人住，没和家人住在一起，左煜也没有司玥家人的联系方式。可即便是回家，她也应该在临走时给他打一个电话，除非他的电话又打不通……这都好说，只是千万别有什么事。

左煜站在旅馆门口，望着漆黑的夜，心绪不宁。

“司玥，你到底在哪里？”

博物馆里，廖文远重新将贴着“闲人勿进”字条的那间房上锁。

黑漆漆的地下室里，司玥双手抱膝，疲惫地靠坐在墙角。

天公不作美

左煜向旅馆老板娘要了房间钥匙开门。进房后，他看到司玥的行李箱还在。如果司玥回家了，那么就说明她家里确实有急事，不然也不会天都黑了还离开，连行李都没拿。只可惜他也联系不到她的家人，无法确认这一点。而如果司玥没有回家，那她到现在都没有回旅馆，就很有可能是发生了什么不好的事。

而司玥的电话为什么打不通？是手机没电了，还是因为什么事？

一直心绪不宁的左煜总感觉司玥并没有回家，而是出事了。他突然想起一件事来——乔大伟说司玥离开了博物馆，那司玥是坐的什么车，谁的车？如果要离开，她肯定是坐车离开的。当时会有什么车经过博物馆？如果知道了那辆车，也许就能知道司玥的下落。

想到这里，左煜立即又给乔大伟打电话，问乔大伟司玥离开的时候是不是坐的车。

乔大伟还坐在办公室里，正在思考怎么处理司玥，接到左煜的电话却也沉着应对，故作惊讶道："司小姐没回旅馆吗？"

"嗯。"

"有可能司小姐回家了。左教授不用担心，她肯定没什么事的。但是，我不知道司小姐离开的时候有没有坐车。不过，我猜应该坐了吧，毕竟不管是回旅馆还是回家，路程都不近。"

左煜连忙问："那其他人看到是什么车了吗？"

乔大伟遗憾地道：“我帮你问问他们。”

左煜说了声谢谢，忽然又道：“不用问其他人，博物馆里不是有监控吗？乔馆长帮我看看监控就知道了。”

“恐怕不行。当时，博物馆跳闸停电，监控不起作用。”

“博物馆里安装的监控器难道不是即使停电，监控也可以持续工作一段时间的吗？”

“不是。你是知道的，这个博物馆又小又偏僻，没什么扶持资金。因此，我们都是能省则省，监控器断电了就不能工作了。”

左煜只好等乔大伟问别人有没有看到司玥是不是坐的车，坐的什么车。得到“没有人知道”这个回答后，左煜眉头紧锁，什么线索都没有，他要怎么确定司玥在哪里，有没有出事？没有别的办法，他只有出去找。

左煜开门出去。傅红雪一直站在左煜房间门口，见他行色匆匆，忙问：“左煜，你去哪里？”

“找人！”拖着受伤的腿，左煜匆匆下楼，出了旅馆，还一边走一边打电话报警。虽然司玥失踪只有几个小时，警局不予受理，但是左煜是打给这次古墓考察的支援警察的，他们认识左煜，看在他的面子上派了人寻找司玥。

左煜报完警就已走到了停在旅馆门前的车前。他拉开车门便上车，快速发动车子，往司玥可能经过的地方驶去。

傅红雪也把马东、杨琴叫上，开车出去找。季和平、胡然两人受了伤便没有跟去，但都在焦急地等待着。

因为前天的大雨，路还没有干透，泥泞的路上有车辙印。左煜和傅红雪主要循着车辙找，好在这个地方很偏僻，平时的车辆并不多，车辙印也少，追踪起来就容易许多。

“傅教授，没人！”马东跑到傅红雪面前，气喘吁吁地说。

“一个人影都没有！”杨琴从另一边跑过来，上气不接下气。

刚才，马东在一片树林前停了车，和傅红雪、杨琴几人打着手电筒分头找。很显然，大家都一无所获。傅红雪给左煜打电话，左煜那边一直占线，过了好一会儿才接通。

“左煜，我们这边没找到人。你找到司小姐了吗？”傅红雪问。

“没有。请帮我继续找。”说完，左煜又嘱咐，“太晚了，你们注意安全。”

傅红雪听出左煜声音里的焦急。她说了声好，让学生们继续找。

不过，几人追查了大半夜，依然一无所获。

左煜接到警察的电话，说在司玥离开的时间内，一共有三辆大巴、两辆小汽车、三辆大货车经过到相邻城镇的各个必经路口。大巴和大货车的人员查得很清楚，没有名字叫“司玥”的。那两辆小汽车在下一个城镇出口的路上，车上有没有左煜要找的人暂时还不知道。

左煜在一个悬崖处停了车，一边打着手电筒往悬崖下看，一边对着电话说：“那在下一个路口就能查到了。”

“是的。”

挂了电话，左煜紧张地等待警察的下一通电话。他的脚踩在了悬崖边，差点摔下去，赶忙往后退。几分钟后，手机响了，是傅红雪打来的。左煜接起，听到电话里的声音：“我们还是没找到人。”

左煜一只手紧握手机，一只手紧握手电筒，喉咙里发出了一个嗯字，却还是不放弃，让他们再找找。

又过了几分钟，警察的电话打来了，那两辆小汽车上也没有司玥。左煜已经断定司玥出事了。因为，所有经过这里的车辆上都没有司玥。而出了事的司玥又在哪里呢?

左煜忽然又拉开车门上车，掉头往回开，打算去一趟巴城博物馆。司玥失踪之前就在那里，乔大伟是最后看见司玥的人。他要去那里了解司玥离开时的情形，或许能找到一丝线索。

想到这里，左煜迫不及待将车开得非常快，车灯灯光在黑夜的山道上穿梭，忽左忽右，迅速变换。

“左教授？”值班保安听到有人敲门，打开门看到左煜后，非常吃惊。

左煜点头，开门见山：“我想见见乔馆长。”

“这……好吧，您稍等，我去叫馆长。”保安犹豫了一下，答应去叫乔大伟。

左煜进了博物馆，在等待乔大伟的时间里，他并没有站着不动，而是在博物馆里缓缓走动。博物馆里很黑，因为脚步声响，走廊的声控灯被点亮。

而地下室里，司玥一直睁着眼睛，盯着漆黑的天花板，她已经非常疲惫了。但是，为了让人发现她在这里，她时不时地会发出声音。只是，她的嗓子都喊得嘶哑了。想起左煜说这间博物馆在建立之前是一片墓地，她虽然不信鬼神，但是心里也有些害怕。她屈膝坐在黑暗中，还在努力喊。最后，她声嘶力竭地大喊："左煜，我在这里！左煜，你来没有？左煜！左煜！"

站在走廊上的左煜眼皮一跳，觉得有人喊他，是司玥。他抬眼向前方只有两步之遥的地方一看，"闲人勿进"四个字映入眼帘。

左煜抬脚往那间房走。

"左教授！"

有人在身后喊他。左煜转身，看到了乔大伟。

"左教授这么晚了还来博物馆找我，是因为司小姐的事吗？"乔大伟道。

左煜点头："正是。"

"其实，我知道的就是那些，全部都说了。不过，左教授既然来了，那就去我的办公室里谈谈吧。"

左煜回头又看了一眼那间房，想了一下，转头对乔大伟说："好。"

两人的脚步声在走廊上响起，离司玥所在的地方越来越远。

"乔馆长，不好意思，这么晚了还来打搅您，请问司玥离开前有其他人来过博物馆吗？"左煜一边走一边对和他并肩而行的乔大伟说。司玥已经在博物馆等了他那么久，又没有车，不可能毫无征兆就自己一个人不顾天黑而先离开，或许有人进博物馆，出于某些原因，比如那人说他在外面有车可以送她一程，她和那个人一起离开，继而出事。

乔大伟摇头："博物馆是下午六点闭馆，六点之前都没有人来过。六点之后闭馆了，更不会有人来，门口的保安可以证明。另外，从跳闸之前的监控上来看也没有人来过。"

"跳闸到重新来电的间隔最快几秒钟，最慢也就几分钟。"

乔大伟点头："有五分钟。"

左煜停下脚步，侧转身看着乔大伟，道："乔馆长的意思是，在这五分钟的时间内，监控器没有发挥作用，而司玥也是在这五分钟之内离开博物馆的，离开之前没有和博物馆里的任何人说，也没有人看到她是不是和别人一起走的，连一直守在门口的保安也没有看到？"

乔大伟也停下了脚步，他心里突然感到了压力，左煜思维缜密，他怕自己一个不留神就会让左煜生疑，他得好好想想措辞。不过，乔大伟面上仍然镇定。他道："我问过保安和工作人员，在这五分钟之内，他们都没有看到司小姐。门口的保安是因为突然停电回保安室找手电筒和问情况而走开了一会儿。"

左煜沉思，没有立刻开口。从乔大伟所说的来看，司玥就是在停电的这五分钟之内离开的。而因为停电，没有监控，门口的保安回保安室拿了手电筒，所以没有人看到司玥是一个人离开的还是和别人一起离开的。左煜刚才到达博物馆门前时留意了一下路面，上面没有别的车留下的痕迹。那么，司玥即使离开也不是坐的车，而是走的路。一个人，或者和某人。因为路没干透，车印可以凭肉眼看到，但是脚印却看不出来，只有让警察来。

左煜又看着乔大伟，道："司玥是在博物馆失踪的，源头是博物馆。我想，应该请警察来博物馆察看一下，确认司玥是不是一个人或和别的人离开的，顺着司玥或别人的脚印来找人，我想应该很快能找到她。没有车，光靠走路并不能走多远。"

乔大伟一听左煜要请警察过来就心头一跳，警察一来，一定会查到外面并没有司玥的脚印，也没有别的陌生人的脚印。那么，自然而然，左煜就会知道司玥还在博物馆内。他要怎么办？乔大伟心思百转，他又不能阻止左煜请警察来。而等警察来查到司玥还在博物馆里并没有离开的话，他又要怎么解释？

"所以，今晚还要打扰乔馆长了。"左煜又说。

乔大伟忙笑道："谈不上打扰。司小姐不见了，我也替左教授着急。"乔大伟心中却突然有些慌，有些不知如何是好。他以为他只要说司玥离开了，左煜就会去外面找人，没料到左煜会想到从博物馆查起。博物馆闭馆之后，每天都会打扫一下，所以，博物馆里面不会有司玥的脚印，但是外面的公路没有人打扫，如果再没有司玥或外来人的脚印就说不过去。

乔大伟在心中思量，左煜已经拿出手机打电话请警察来博物馆了。等左煜挂了电话，乔大伟仍然不动声色地道："警察应该很快就会到了。左教授不必心急，到我办公室里等待吧？"

左煜点头："好。多谢乔馆长。"

左煜跟着乔大伟到了办公室。坐下后，乔大伟让左煜等一会儿，他去他的房间拿点茶叶。出了办公室，乔大伟看见廖文远迎面走来。乔大伟对廖文远使了个眼色，对方便跟在乔大伟身后，往乔大伟平时休息的房间走。

进了那间房，关上门，廖文远便急切地问道："馆长，左煜来博物馆了？他为什么会来？难道是发现了什么？"

乔大伟沉吟："他没发现什么。不过，他请了警察过来。一会儿，警察就会到了。到时，警察就会查到那个司玥并没有离开博物馆。"

廖文远一慌："那怎么办？我去地下室把她弄走？"

"你这样只会弄巧成拙。"

“那要怎么办？”

“让我想想。别急，别慌。”

而就在这时，有车子到达的声音传来，警察到了！

不过，同时，打起了雷，大雨在顷刻之间下了起来。

乔大伟和廖文远为警察这么快就到了而惊慌，不过很快，乔大伟就喜不自禁。他望着窗外的大雨，笑哈哈地道：“真是天公作美呀！”

“乔馆长，什么意思？”廖文远不理解乔大伟为何笑了。

乔大伟转头看着廖文远，笑道：“雨！大雨会把路上的脚印都冲刷干净，警察即使来了也查不出什么了。”

廖文远仍然道：“可本来外面就不会有司小姐的脚印呀，因为她现在就在博物馆的地下室里。”

“但是真相只有我们知道！他们假设的却是司玥一个人或和别的人离开了。而有大雨掩饰，警察查不到脚印也就不会再有所怀疑，不会查到司小姐还在博物馆里并没有离开。”

廖文远这才恍然大悟：“这样一来，他们什么都查不到，依然会相信司小姐离开了，只是脚印被大雨冲刷掉了！”

乔大伟笑：“对！就是这样！走，我们去接待左教授和警察们！”

十几个警察已经冒着大雨进博物馆了。乔大伟的办公室里，左煜看到窗外的大雨眉头一皱，霍地站起身来。

下雨了！竟然下雨了！他就要找到司玥失踪的线索了，天公不作美，却下雨了！

时间已经是早晨六点了，天却没有放亮，一道道的闪电在天空闪过，划出一道道亮光，而这亮光也转瞬即逝。

十几个警察站在博物馆门口无可奈何地看着外面的大雨。廖文远跟在乔大伟身边，乔大伟在问领队的警察有没有什么可以帮忙的。队长例行问了乔大伟几个问题，没有问出什么来。身后有脚步声响起，众人都转身向后看去，左煜若有所思地迎面走来。

“左教授，没有司小姐的线索我们很遗憾。但是，他们跟着我已经寻找了一个晚上，一无所获。对于不能一直投入警力在这件事上，还请左教授谅解。不过，这件事我们会录档，一直追查的。”领队的警察有些为难地对左煜说。

左煜知道在毫无线索的情况下，警察不可能一直将精力放在这件事上。他薄唇紧抿成了一条线，脸色很沉，半晌，才吐出一句话来："麻烦江队长了。"

江队长拍了拍他的肩，然后和其他警察一起等待雨停。雨停后，他们便会收队回去。

左煜站在他们身后，也看着外面的雨。

"司玥，你在哪里？"

忽然，他像是想起什么来，看向一旁的乔大伟，道："乔馆长，我想看看博物馆跳闸之前的监控录像，我想知道她失踪之前在做什么。"

乔大伟心里回想着司玥闯入地下室之前的事，司玥当时是来向他借车，他虽然没有借给她，但是让廖文远开车送她回去，然后她就离开了他的办公室。这件事，他并没有告诉左煜。然而，监控录像里面会看到司玥从他的办公室里出来。那么，左煜一定会问司玥去他办公室里做什么。他即使如实相告，司玥失踪的责任也不在他身上。毕竟，司玥是离开了他的办公室后才不见了的。一番思量后，乔大伟觉得左煜即使看了监控录像也不会察觉到什么。于是，乔大伟答应了，让左煜和还没有离开的警察一起去了保安室。

看过监控后，左煜和警察依然没有头绪。不过，左煜问了司玥最后失踪之前去见乔大伟所为何事。乔大伟如实说了，说她是想借车，而他对她说让廖文远送她回去。

"这件事，乔馆长之前没有说过。"左煜看着乔大伟。

乔大伟点头，不慌不忙地说："因为从这件事里并不能推断出司小姐是怎么离开博物馆的，以及她和谁一起离开，又是为什么离开博物馆的，因此潜意识里我忘记提这件事了。"

在场的人都认同乔大伟的说法，虽然他忘了提这件事，但是从这件事里并不能推断出司玥为什么失踪，又是怎么失踪的。相反，乔大伟还有意帮助司玥。

监控里面看到最多的是司玥一直在博物馆里来来回回百无聊赖地走动，以及在博物馆门口站着等人的样子。左煜和警察没有从监控里面看到有效的信息。有个警员打了个哈欠，江队长宽慰了左煜几句，让手下的人跟他一起离开了保安室。乔大伟问左煜还要不要再看一遍监控，左煜摇头，他已经看得很清楚了，里面什么有用的信息都没有。

左煜也出了保安室，外面的大雨还在下。他若有所思地看着外面，现在所有线索都断了。没有人看到司玥是怎么出的博物馆，因为大雨，外面也查不到司玥的行踪。

没有人看到司玥是怎么离开博物馆的……没有人看到……

左煜的心中反反复复出现这句话，脑海里也浮现出司玥漫不经心地在博物馆里徘徊、百无聊赖地在门口等待他的样子。他知道，她当时一定是蹙着漂亮的眉毛。如果有车经过这里，以她的性子，她是绝对没有耐心等他的，一定搭别人的车走了。不过，没有车来。

在博物馆的时候，司玥从一个展厅走到另一个展厅，从一条走廊走到另一条走廊，几乎走遍了博物馆的每个角落。她等他等得很不耐烦。

“她等我，她走遍了博物馆的每个角落……没有人看到她是怎么离开的……”左煜的心里又开始反反复复出现这两句话。

忽然，左煜好像捕捉到了什么。监控录像里面有各个地方的监控，除了一个地方。那个地方就是他晚上到达博物馆时，无意之中走近的那间房间，那间贴着“闲人免进”字条的房间。同时，他脑海里又涌出一句话：没有人看到司玥是怎么离开博物馆的，反过来想，也没有人知道司玥离没离开博物馆。为什么没人看到司玥的行踪后却假设司玥离开了，而不假设司玥没有离开？

“离没离开博物馆……没离开博物馆……监控器里面没有贴着‘闲人免进’字条那间房的监控……司玥在那间房里……监控拍不到她在那里，人们不知道她没离开博物馆……”

司玥没有离开博物馆，她在那间房里！

左煜的脑海里忽然涌出这个念头。随即，左煜道：“江队长、乔馆长，我想我们应该去一个地方看看！”

众人一直望着外面的大雨，等雨停或雨下小点。忽然听到左煜这句话，他们都有些不明所以。

“左教授，去什么地方？”江队长转过身来问。

左煜道：“刚才的监控里面有博物馆各个地方的录像，除了一个地方没有监控！”说着，左煜已经转身往那间房走了。

“什么地方？”江队长一边问，一边跟着左煜走，并朝手下的人一挥手，他手下的警察迅速跟上。

乔大伟一愣，已经反应过来左煜说的地方是哪里了。那里是整个博物馆唯一一个没有被保安室监控的地方！他没想到左煜竟然从那个监控里面发现了这一点，还是在这么短的时间内，他即使想做什么手脚都来不及了。

乔大伟身旁的廖文远也反应过来了，惊慌地看着乔大伟。如果他们找到司玥，那就会发现地下室里的那些仿品和他们自己挖掘出来但并没有记录的文物了。他们靠着倒卖那些仿品和文物已经赚了不少钱了，难道现在就要东窗事发了吗？

乔大伟的脸上终于显露出慌乱之色来，还有什么办法阻止他们？还有什么办法让他们发现不了地下室里的那些东西？他们能发现杂物下面的地下室吗？乔大伟忐忑惶恐，现在似乎只有期望他们不会发现那间地下室了。

想到这里，乔大伟怀着最后一丝希望跟上去，廖文远也跟在乔大伟身后。

片刻后，左煜和江队长带领的警察走到了那间房前。门是从外面锁着的，左煜转头看向乔大伟："请乔馆长把这间房打开一下。"

乔大伟掩饰着慌乱之色，笑道："好的。不过，这间房一直都是锁住的，司小姐应该不会误入这里的。"

他虽然这么说着，但是让廖文远拿钥匙开门。因为，警察在这里，不管里面有没有人，他都必须开门。

门被打开，里面很暗，凭借走廊上的灯光依稀能见里面堆的是废旧物品。

"没有灯吗？"左煜问。

乔大伟答道："灯坏了，一直没修。"

而左煜手上还拿着手电筒，他打开手电筒，进了房，警察也跟了进去。

"司玥，你在不在？"左煜一边借着手电筒的光源查看杂物室，一边喊。他没有听到司玥的回答，因为，在地下室里的司玥已经精疲力竭，又因下面的空气不流通，有些犯晕，没有听到左煜的呼唤。

左煜和警察们在杂物堆里面翻翻找找，没有发现司玥。江队长再一次遗憾地对左煜说："看来，司小姐的确离开了博物馆，只是下了大雨，无法查到她的踪迹。"

众人陆陆续续出了这间房，左煜紧锁着眉站着没动。乔大伟和廖文远却松了一口气，他们没有发现地下室。

"左教授，走吧，我们再想想其他地方。"乔大伟站在门口对左煜说。

左煜没说话，站立了片刻，转身。

"左煜……"

忽然，左煜似乎听到司玥在喊他。他霍地又转身，大声回应：“司玥！司玥！你在哪里？”

左煜一边喊，一边走到墙边拍墙。

“左煜……”声音很微弱。

左煜蹲下去，将耳朵贴在地板上，却没有再听到声音了。

江队长听到左煜的声音，转身回来。乔大伟和廖文远的额头上满是汗。

“司玥！司玥！”左煜还在喊，终于听到司玥微弱地嗯了一声。

“下面还有房间？”左煜转头，目光犀利地看着乔大伟。

“是。”乔大伟终于说。

“怎么下去？入口在哪里？”左煜和江队长异口同声。

乔大伟知道事已至此，无法再挽回。他走到左边的墙边，蹲下身子，掀开一个塑料盖子，出现了一个按钮。他按下按钮，杂物室的地板被打开，左煜和警察都掉了下去。

落在地上的左煜翻身爬起来，手电筒的光在地下室里扫射一圈，发现了不少文物，以及蜷缩在墙角的司玥。他忙跑过去，一把将她抱在怀里。

“左煜，真的是你吗？你来了吗？”司玥在左煜的怀里，还有些不敢相信。

“嗯，是我。对不起，我来晚了。”左煜低头看着怀中的人，她蹙着的眉头渐渐舒展开来。他正要问她有没有事，她却闭上了眼睛。左煜忙喊了她几声，她仍然没有睁眼。他立即将她抱起来，打算离开。

而在这时，他才发现地下室里没有台阶和梯子。他们刚才掉下来的那个地方也重新关闭了，根本没有别的出口。江队长这时也走了过来，他看了一眼左煜怀中的人，知道左煜找到了他要找的人。江队长对左煜道：“除了我们刚才掉下来的地方，没有出口。不过，还有两个我们的人在上面，出口很快就会打开了。”

左煜点头。众人在地下室里等了两分钟，上面的地板果然打开了，还有一架木梯被放了下来。

左煜抱着司玥率先从木梯爬上去，江队长与其他警察随后上去。

乔大伟和廖文远已经不见了踪影。不过，左煜没有再管这件事，有警察在，后面的事就由警察处理。这时雨势也终于小了些，左煜抱着司玥上了车，然后往二十公里以外的一家医院开。

到了医院，医生检查后，对左煜说司玥没有问题，现在没醒是太疲惫了。

左煜想象得到，司玥肯定一晚上都在惊慌失措中，没有睡过。正在这时，傅红雪打电话过来，问左煜找到司玥没有。左煜把事情简明扼要地说了一遍，挂断电话后，他趴在司玥的床边稍作休息。他奔波了一晚上，一秒钟也没有闭过眼。

傅红雪和马东、杨琴来到医院，推开病房门时便看到左煜和司玥两个人，一个趴在床边，一个躺在床上。几人站在门口，正在想要不要出声，左煜已经缓缓抬起头朝他们的方向看来。

“左煜。”

“左教授。”

傅红雪和学生们同时喊了一声。

左煜点了一下头，示意他们小点声，然后看了一眼床上的司玥。左煜向门口走去，继而出了门。

傅红雪几人跟着左煜走到走廊上。

“左煜，司小姐没什么事了吧？”傅红雪问。

左煜点头：“她休息一下就会好。”

“没想到这件事和乔馆长有关系，听说巴城博物馆刚建立时乔馆长就在。当时，他才二十岁。为了这个偏僻的博物馆和文物，他和心爱的女人分了手。三十多年过去了，他一直独身一人。谁也不会想到最后他竟会倒卖文物，还制作赝品。”傅红雪觉得很唏嘘。

左煜也深有所感。他让季和平、胡然把出土的那两只陶猪送到乔大伟所管理的巴城博物馆，就是因为乔大伟在博物馆和文物保护界是很有声望的。他也想不通，乔大伟为什么会从文物保护者变成倒卖者、损害者。

一旁的马东道：“果然是人不可貌相。我看他或许很早以前就暗地里倒卖文物了，那些什么声望都是假的。”

杨琴附和：“这还真说不准。”

左煜望着阳台之外的崇山峻岭，缓缓地说道：“三十年前，乔馆长为了保护一件周朝的文物，和文物倒卖团伙周旋，身中几刀，差点丢了性命。那一次，他在床上躺了近一年。”

傅红雪等人都沉默了。当时的英雄，现在却面目全非。时过境迁，许多东西都在改变。

几个人在走廊上又站了一会儿，左煜让傅红雪他们先回去。傅红雪说因为大雨，考察工作再次中断，反正也没事，他们就在外面等。左煜也不想多说，便随傅红雪了，他则转身走到病房前，推门。

门推开了，左煜一抬头，见司玥已经醒来，正靠坐在床头，双眼盯着他，目光淡漠。左煜一怔，不解她为什么会用这样的眼神看他。他朝她走过去，轻声问道："醒了？"

司玥没有理他，掀开被子下床，鞋子也没穿就往外走。和左煜擦肩而过时，左煜一把拉住她的手，道："把鞋子穿上。"

司玥被他拉着停下了，然后转身坐在病床边，将两只脚高高跷起。她的脚小巧，弧线优美，脚趾甲上涂了红色的指甲油，性感至极。

左煜看了她一会儿，没说什么，蹲下身拿起地上的黑色高跟凉鞋帮她穿上。

"司玥，休息好了吗？"帮她穿好后，他终于开口说话了。

司玥说："没有。"

"那回去再休息。"说完，左煜又道，"不要生气了。"

"你知道我生什么气吗？"司玥哼了一声。

左煜看着她道："昨天古墓坍塌，我的两个学生，就是季和平和胡然，被埋在了里面。情况紧急，所以我才急着离开，也没有带上你，因为坍塌的古墓会有危险。"

他说完后好一会儿司玥都没有说话，仍然瞪着他。最后，左煜看到她的嘴唇动了动，以为她要说什么，她却又站起身来一言不发地往门外走。

左煜只好跟上。

傅红雪、马东、杨琴在走廊不远处的椅子上坐着，见司玥和左煜一前一后出来，还一言不发，几人都有些奇怪。

"师母。"马东笑着喊了一声。

司玥嗯了一声，脸色并不好看。

"司小姐，你没事吧？"傅红雪也向司玥打招呼。

司玥淡淡地说了一个字："没。"

杨琴见司玥对人一副爱搭不理的样子，便没有开口打招呼。

"左煜，现在回去吗？"傅红雪的声音再次传来。

左煜嗯了一声，跟着一直往医院外走的司玥。

马东和杨琴面面相觑。

杨琴小声道："什么情况？左教授奔波了一整晚才找到她，把她救了出来，她怎么这个态度？"

马东想了一下，摇头："不知道呀，估计又闹别扭了。"

杨琴忽然感慨道："那天师母不是说和左教授分手了吗？虽然是闹别扭，但是，马东，我们来打赌，看左教授和她到底会不会分手。反正，我一直觉得他们不合适。"

马东当即便说："我赌不会。"

"我赌会。"

杨琴瞅了一眼一旁的傅红雪，笑道："傅教授，你赌他们会分手还是不会分手？"

傅红雪睨了两人一眼，说："赶紧走吧，马东去开左教授那辆车，左教授的脚还有伤。"

"遵命！傅教授！"

马东立即往外跑。

司玥和左煜坐在后排座，但是左煜和她说话，她一句都不回应。最后，左煜只好保持沉默。

到了旅馆，司玥第一个打开车门下车，然后进旅馆，往楼上她住的那间房走。进了房间，她倒在床上就睡。左煜开门进去，在她耳边说："不吃点东西吗？"

司玥侧了侧身，让自己的耳朵远离他。

"那等你休息一会儿再起床吃，我先出去了。"说完，左煜站起身来。

司玥还真睡着了。醒来时，天已经黑了，她也饿得不行。她翻身起床，开门出去。路过一间房时，听到里面有人在说："我还是信奉'床头吵架床尾和'这条真理，如果我们左教授技术好，一切都不是问题。"

"那现在的关键就是左教授的技术好不好了？"

"马东、胡然，你们两个这样在背后说左教授好吗？"

技术？司玥一边从那间房门前走过，一边想左煜的技术。

"司玥。"

正在这时，左煜的声音传来。

司玥抬头，左煜站在走廊的另一头，修长的身体挡住了他身后的灯光。

默契与一无是处

司玥站着没动。左煜朝她走过来，看着她道：“一定饿了吧？跟我去吃点东西。”

司玥这才发现他的脚受了伤，走起路来一瘸一拐的。抛开刚才脑海里的想法，她盯着他的脚，蹙眉问：“怎么弄的？”

左煜低头看了一下自己的脚，并不在意地道：“昨天下午在古墓挖掘时遭遇山体滑坡。不过，没什么事，过两天就好了。”

说完，左煜伸手去牵她：“走吧。”

“能有什么吃的？这里的东西很难吃，这里的一切我都不喜欢。”司玥没有甩开他的手，但是表情还是有些犹豫。

“下去了你就知道了。”左煜不再多说，牵着她的手往楼下走。

到了楼下的餐厅，左煜让司玥在一张桌子前的椅子上坐下，他则拐进餐厅最里边去了，那里是厨房。很快，司玥听到乒乒乓乓的锅碗响。她站起身来，走到厨房门口，看着在电磁炉前拿锅铲的左煜。她睁大了眼睛，看着他将一盘茄子倒入锅里炒，那盘茄子是事先就备好了的。他翻炒的动作很优雅，也很认真，一如他做文物修复工作时。

很快，茄子炒好了，左煜装盘，见司玥站在厨房门口，他端着那盘茄子走到她面前，说：“你出去先吃着，其他的很快就会来。”

司玥看了一眼他手上的东西，转身往外走，在椅子上坐下。左煜将茄子放在她面前，又去盛了碗饭给她，然后回厨房又炒了一份豆腐、一盘鸡蛋，还煮了一锅黄瓜汤。

所有的菜上桌，全是素菜。左煜也盛了一碗饭坐在司玥面前，傅红雪他们吃饭时他没有吃，一直在等司玥。他看着她道："这个时间已经没有肉了，你多少吃点。"

司玥在他出来之前就吃了几口，味道很好，她没想到他还会这一手。司玥一想，她和他好像并没有多了解对方。司玥又吃了一口，实话实说："很好吃。"

左煜笑："那就多吃点。"

而之后，司玥就默默吃饭，没有说话。左煜看出她有心事，不过，他没有问，而是和她一起默默吃完了饭。洗了碗，左煜才向已经出了餐厅正站在旅馆门口的司玥走去。

"去散散步。"左煜走到她身旁说。

外面已经黑了。不过，司玥也不想待在这个小旅馆里。她率先踏出旅馆门口，往外面的榕树林走。左煜怕天色太黑她会摔跤，快步赶上她，握住她的手。

旅馆门前点了一盏灯，但是光线很暗，到了榕树下，几乎就看不到光了。司玥和左煜站在林中的一棵树下，望着漆黑的夜。

"我不会因为被困在那个地下室而生气，但是我很不喜欢被丢下的感觉，你明明说了要带我去古墓的。当然，你有你的理由，你做的可以说没有错，怕我跟着去有危险，但我就是不喜欢那种感觉，以后这样的事情应该还会有很多。就像你在外面考察，我怎么都联系不到你一样，这样的事情也会发生。而且，因为你要考察，我们可能一年半载都见不到面。我有男朋友和没有男朋友有什么区别？"司玥缓缓说着。

左煜也终于听到她亲口说出这些话来，她说的这些都是横亘在他们之间的问题，也是她向他提出分手的真正原因。

"司玥，我的工作决定了我不能时时刻刻陪在你身边。对于这一点，我很愧疚很抱歉。"左煜低头，在暗夜里看着她的眼睛。

"所以，你和我都无法改变这一点，而我就想自己的男人时时刻刻陪在身边。你让我考虑三天……今天是第三天了。"司玥说得很轻。

夜很静，夜风吹得树叶沙沙作响。虽然她说话时声音很轻，但是她的一字一句还是清晰地落入了左煜的耳朵里。左煜的心头忽然一紧，沉默良久，他才艰难地开口："司玥，你慎重地想好，我说过我尊重你的选择。"

他的手还握着她的手，她也能在黑夜里看清他的眼睛。她重重地哼了一声，不满地道："你尊重我的选择，我说分手就分手，你一句挽留的话都不说。左煜，你真的爱我吗？"

"司玥，你这是决定不分了？"左煜嘴角一弯，从司玥的话里听出她想表达的意思。

司玥噘着嘴道："我还是喜欢你，所以不分了，等哪天我真的对你一点感觉都没有了再分。"

左煜脸上泛起一丝清浅的笑容："好吧。"

司玥听他说"好吧"，好像真有她对他没感觉的那一天，而他似乎也能坦然接受，还有刚才她要是选择分手他也不会挽留，这让她真的觉得他并不爱她，或者说他对她的感情并不深。当初是她追的他，他答应和她在一起也才三个多月，而这三个多月里，他们真正在一起的时间只有一个月。

司玥抬头盯着左煜，对他的不挽留耿耿于怀。左煜像知道她在想什么，他看着她的眼睛道："司玥，我尊重你的选择，因为我明白分隔两地的不容易。很多时候，我想照顾你也照顾不到。如果你受不了，我不能自私地让你一直等我。"

"你就受得了，那干吗还要我考虑三天？"司玥睨着他。

左煜仍然一本正经地道："我只是希望你不要做让自己后悔的决定，所以让你慎重考虑。"

他好像什么都在为她考虑，而她却觉得他们之间少了点什么。她说："左煜，你真是个无趣的男人！在你身上肯定不会有不顾一切刻骨铭心的爱情。"

左煜笑了一下，淡然道："不要胡思乱想。"

司玥讨厌他这副云淡风轻的样子。

"左煜，我一直在考古队跟着你，好不好？"讨厌完了他，她又忍不住说。

左煜道："事实上，考古队是不能有闲杂人等的。"

"那我跟你学考古呀，我考你的研究生？"她眨着大眼睛，觉得这真是一个不错的主意。

左煜摇头："不可以。我知道你对文物、考古并不感兴趣。没有对它们的爱，你是坚持不了的，研究生也不是那么好考的。"

“你是我的导师，你让我过就是了啊！”

“不可以。”

司玥气呼呼地瞪着他。

左煜又轻飘飘地补上一句：“而且我不和学生谈恋爱。”

司玥却来了兴致：“师生恋应该非常不错。嗯，我越想越喜欢，越想越兴奋。亲爱的教授，你就收了我吧。”

司玥引导着将他的双手放在自己的腰间，然后她的两手攀着他的脖颈，笑眯眯地看着他：“我们来玩师生恋吧。”

夜色静谧。

她一说完就踮起脚，吻上他的唇。

无星无月让夜更加神秘、美好，让人向往，让人流连忘返。黑暗中，他们彼此的气息融为一体。风吹的声音是甜蜜的、难耐的叹息。

她在他的舌尖不轻不重地咬了一口，以此宣泄她这两个多月以来对他的埋怨以及对他的想念。他知道她的埋怨和想念，由着她咬，即使她想把他一口吞下去，他也毫无怨言。

“司玥。”他一边和她接吻，一边含含糊糊地喊了一声。

“嗯？教授？”她声音迷离，充满蛊惑。

“不能在这里。”左煜紧握住她的手。

“为什么不能？没有人会看见。”她开始吻他的脖颈，另一只手伸进他衣服后面。

“这里有我的学生，他们或许会出来。”左煜微低着头，嘴唇对着她的耳朵轻声说话。

而他这样的举动却惹得她一颤，她娇声道：“你的学生还在讨论你的技术好不好呢，我也想看看你会不会更持久了。左煜，我梦到过我们在一起，就在一片树林里，就像现在。”

左煜深吸一口气，可是，这里有他的学生，他们有可能也走到这片榕树林里。

“司玥，听话，我们回去。”

他这样理智，让她很生气。她抬起头来，拉开了她和他之间的距离，被他握着的手也使劲挣扎，想甩开他，然而，手却被他握得紧紧的。

“干吗？不是要回去吗？”司玥气哼哼地说。

“你真是一点都听不进道理。”他无奈地说了一句，拉起她往树林更深处走去。

他拉着她在一棵树下停了下来，然后把她抱在怀里。

左煜忽然把她抵在树上，劈头吻下去。

下雨之后，树上满是雨露。轻轻一动，露水就洒了下来，钻进她和他的脖子里，惹来阵阵战栗。沁凉与火热的感觉霎时袭来，说不出的刺激美妙，司玥忍不住大叫。

左煜赶紧用嘴堵住她的唇，又吻了片刻，才沙哑着声音开口：“小点声。”

司玥在黑暗中点头。

就在这时，有人大声喊：“左教授！左教授！”

“红雪？”左煜蹙眉。

司玥一惊。

左煜的动作霎时停了下来，只听见傅红雪的声音：“左教授！你在吗？”

左煜很想继续，却发现傅红雪的声音越来越近，脚步声也越来越清晰。他拉开了和司玥之间的距离。离开彼此的两人气喘吁吁，司玥整个身体都靠在左煜怀里。听到傅红雪还在喊，她愤然道：“真讨厌！她喊你干吗？不知道破坏别人好事是缺心眼吗？”

左煜双手环着司玥的腰，深呼吸了一下，让自己平静下来，然后无奈地道：“她肯定是有要紧的事。走吧，我们出去。”

司玥不动，紧紧地靠在他怀里，非常不满：“我不出去！”

傅红雪的脚步声已经近在咫尺，左煜的手从司玥腰间松开，轻轻推了推她，低声道：“司玥，不要生气了。下次我们找个更隐秘的地方，好吧？”

司玥也听到傅红雪的脚步声了，然而她并不想就这样结束。她攀上他的脖颈，偏要和他接吻。她的吻带着怒气，左煜听到傅红雪又喊了一声“左教授”，脚步也停在了他们身后。他犹豫了一下，对司玥的吻，以温柔相接。

傅红雪听到了接吻的声音，没再出声，也止步不前。

司玥的怒气终于消减了一些，最后又在左煜的舌尖、嘴角狠狠咬了一口，然后放开他，看向他身后。夜很黑，而她知道那里站着一个人。她走过去，和那个人擦肩而过。

“对……对不起，左教授，我……不知道你和司小姐在约会。”

司玥走过傅红雪身边时，听到傅红雪结结巴巴地向左煜道歉。她忽然就对傅红雪看不顺眼了，她郁闷地继续往前走，听到左煜一本正经地道：“红雪，有什么急事吗？”

司玥没有再听下去，继续往前走。

傅红雪道：“刚才江队长打你电话没打通，然后打到我手机上来了。江队长说抓到一个倒卖文物的人，但是那人偏说不是文物，只是赝品。江队长请你明天去派出所辨认一下。”

“好，我知道了。”

两个人并不能看清彼此，在这样的状况下说话有些奇怪。于是，左煜又道：“走吧，如果还有其他事情，我们出去再说。”

左煜向前走了两步，傅红雪转身，几乎和左煜并肩而行。

“博物馆已经被警察封闭了，乔馆长下落不明。江队长有没有说被抓的那个人和乔馆长有什么关系？”左煜一边走一边问。

傅红雪摇头：“江队长没有说这个。”顿了一下，傅红雪又说，“左教授，你觉得乔馆长会藏在哪里？那间地下室里有我们没有见到过的文物，那就说明乔馆长还是个盗墓者，不知道哪些墓葬被殃及了。”

左煜道：“警察已经对他进行了通缉。他不会逃出这里，应该就在这附近。”想到陵墓被盗，左煜的脸色沉了沉，除了地下室里的那些文物，不知还有多少文物流落出去，又流落到了哪里。

两人边走边说，很快就走到了榕树林边。傅红雪却在快看见旅馆门口的灯光时踩到了一个坑里，身子一晃，就要摔倒。左煜眼疾手快地扶着傅红雪，她站稳之后，笑道：“谢谢。”

“没事吧？”左煜收回手，问了一句。

“没事。”

两人踏出树林，昏暗的橘红色灯光从旅馆的屋檐下照射而来。他们一抬头，朦胧的灯光下，司玥正好整以暇地看着他们。

“你们两个在里面约会呢？”说完，司玥转身进了旅馆。

傅红雪道：“她好像生气了。对不起。”

左煜道：“她就是随口说说，你不要见怪。如果没别的事，我去看看她。”

傅红雪道：“左教授喜欢任性的女人会很辛苦哟。”

“嗯？”左煜看了一眼傅红雪，却又听到里面重重的脚步声，不由得朝旅馆看去。

傅红雪立即又道：“开个玩笑，你去看她吧。”

左煜快步进了旅馆。

傅红雪看着他挺拔的背影愣了一下神。

左煜追上了司玥，和她并肩往楼上走。司玥侧头睨了一眼左煜，不咸不淡地道：“你们那紧要的事这么快就谈完了？不用秉烛夜谈吗？”

左煜对她解释：“是派出所的江队长给我打电话没打通，然后就打到红雪手机上去了。警察逮捕了一个倒卖文物的人。不过，那个人说他卖的只是赝品，并非真正的文物，两者的罪行不一样。派出所的江队长让我明天去派出所辨别文物的真假。”

司玥道：“我还以为是多要紧的事呢。”

在左煜眼里，和文物有关的事都很重要。不过，他知道司玥对这些事不感兴趣，也就没说什么。

司玥忽然想起自己要留在考古队的事，她觉得自己似乎应该关注一下文物。于是，她对左煜说她也要跟他去派出所，左煜当然没有拒绝。

到了房间门口，司玥转身，昂首看着左煜：“你今晚睡哪里？”

她忽然为左煜着想了起来。他是带队出来考古的，又是教授，有几个学生跟着他，这种时候，即使是情侣，一般都是男女分开住的。虽然她并不在意这一点，但是她突然也想这么做，感觉应该为人师表。

左煜笑道：“我可以睡自己的房间吗？”

他自己的房间就是司玥现在睡的房间。她嘴唇一弯，眼里满是笑意：“虽然我也喜欢这样，但是，我偶尔还是很守规矩的。所以，你还是睡马东的房间吧。”

“突然想守规矩了？”左煜有些好笑，“不过，也没有明文规定我们不能住在一起。学生们还因为想让我们和好而想方设法地要我们住一起。”

司玥很干脆地改变了主意：“那你抱着我睡。”虽然失去了兴致，但是还是可以抱着睡。

左煜轻声笑道：“好。”

说完，两人进了房间。司玥那句“那你抱着我睡”恰好传入他们身后几步远的傅红雪耳里，傅红雪不由得皱了皱眉，心头忽然抽痛了一下。她和左煜搭档了三年多，工作中，她和左煜很默契，她也在心里爱了他三年多。她以为左煜喜欢的应该是像她这样和他有共同的理想，工作中跟他配合默契的女人。就像他的学生说的那样，她也没想到左煜喜欢的是司玥那样的女人，漂亮性感，除了这个根本就没有任何优点，而且还任性。

傅红雪的心里难受又失落，缓缓地往自己的房间走去。

司玥和左煜一夜相拥而眠。第二天吃了早饭，司玥跟着左煜去派出所。不过，后来整个考古队的人都去了派出所。因为，古墓坍塌又遇大雨，考察工作暂时停了下来，而与文物有关的事，左煜都乐意带上学生们，让他们多经历些事情，所以学生们也都跟着去了。至于傅红雪，她算是副领队，又和左煜合作考察多年，自然也就一起去了。

他们仍然是坐的两辆车。季和平、胡然、杨琴一辆，因为季和平、胡然有伤，由杨琴开；司玥、左煜、傅红雪、马东一辆，由马东开。

四十多分钟后，两辆车停在了派出所前面，所有人都下车。一名警察出来，见到左煜一行人，走到左煜面前笑道："左教授来得这么早？我们队长刚刚到办公室。"

左煜点了一下头："不知江队长的办公室往哪边走？"

那名警察说带他们进去。一行人跟着那名警察穿过几个走廊，拐了几个弯，到了江队长的办公室。

考古队的人，江队长都认识。他从办公椅上站起来，笑着招呼几人进来。寒暄一番之后，他便拿出了一件青铜器，让左煜鉴别。

那件青铜器的形状是一只鸟，嘴里还衔着一条鱼，造型精致，上面的铭文有些模糊不清。从外观上看，和西周的青铜器很像，一时难辨真假。

"这确实是一件赝品。"

左煜只看了几眼便下了结论，几个学生同时啊了一声。司玥以为要鉴别很久才会知道真伪，没想到左煜只看了几秒便得出结论，不由得也看着他。

司玥站在左煜的右手边，傅红雪站在左煜的左手边，几个学生站在傅红雪身边。

傅红雪侧头看着左煜，道："我刚看出来。不过，左煜，你实在是太快了。"

几个学生都说："左教授，傅教授，我没看出来呢，到底从哪里看出来是赝品的？"

左煜和傅红雪相视一笑。司玥看到这一幕，眯起了双眼。

江队长也在等左煜分析。

左煜转而对学生们道："结论是这件青铜器是伪造的周朝青铜器。你们想要弄清楚原因，那就先回答我青铜器都是以什么样的形式保存或流传下来的？"

马东反应敏捷，率先说道："周朝的青铜器大多是日常生活用具。比如酒器、最先用于煮饭的鼎，后来用作祭祀。他们在主人去世后随主人埋入墓地，掉落在某个地方，比如水里，也有延续给子孙后人的。埋入墓地或掉入水中的青铜器能再现于世不是因为盗墓就是因为考古发掘。"

傅红雪知道左煜接下来要问什么，她看着几个学生，率先道："马东说得对。那你们也应该知道在土里的青铜器和在水里的，以及后人保存的青铜器在外观上有什么不同吧？"

说完，傅红雪笑着看了一眼左煜。左煜对她点了点头，示意她刚才对学生们说的正是他要说的。对于能想左煜所想的这种默契，傅红雪很沉浸其中。

司玥半眯着眼的同时，嘴角也微微勾起。

傅红雪的余光瞥见了司玥，而司玥恰巧朝她看来，目光带着赤裸裸的审视。对于大胆直接的司玥，傅红雪总想皱眉头。而季和平的声音让两人移开了在彼此身上的视线。

季和平说："西周距今三千多年，不管是入土的、落水的，还是传给后人的，上面都会有锈。左教授说过，存于不同地方的青铜器的锈色不同。落水的青铜器经过三千多年，会绿如玉；入土的青铜器由于土质等的不同，锈色也不同，常有绿锈、红锈、蓝锈、紫绣这几种；至于传世的青铜器，颜色通常呈现紫褐色，有朱砂斑，有些朱砂斑甚至会凸起来。"

司玥按照季和平所说的仔细察看桌上的青铜器，上面是绿锈。

杨琴也看到那绿锈了，恍然大悟地道："入土的青铜器会有绿锈，那这件青铜器是埋在土中的了！"

"有绿锈说明这件东西是埋在土中的，却说明不了它是赝品啊！除非这锈是伪锈。"胡然接道。

左煜问几个学生："真锈和伪锈怎么鉴别？"

"一看，二摸。"马东总是反应最快的那个，他忽然激动起来，"啊，我已经知道了，这个东西确实是赝品！一看，就是看锈色是不是和器体合一，深浅是不是一致，是否坚实匀净，如果是，就是自然生成的锈色，如果不是就是伪锈；二摸就是把手搓热再触摸青铜器，然后闻一下手，如果手上有铜腥味就是伪锈，因为几千年的古锈是没有铜腥味的。”

“而这个绿锈是浮在上面的，不匀净，不莹润，是伪锈。”胡然接口。

杨琴和江队长已经搓热了手触摸青铜器，然后闻手指，果然有铜腥味。

左煜点头，表示学生们说得正确。不过，他又道：“所以这是一件不高明的赝品，凭观察就能判断出真伪。不过，除了锈色之外，还有地方能判断出真伪。马东、胡然，你们几个能说出来吗？”

几个学生又仔细观察起来。

傅红雪听左煜这么问，也仔细打量着青铜器，因为她从锈色判断出真伪后就没有再想其他地方了。

连并不在行的江队长也在颇有架势地观察，只有站在左煜右边的司玥一副不感兴趣的样子。

“是这只鸟有问题吗，左煜？不过，我不确定。”傅红雪道。

其他人也看向左煜，等左煜宣布答案。

左煜点头：“正如红雪所说，《山海经》中记载有一种状似野鸭的鸟——鳩。这种鸟有红色眼睛，红色眼睛注视着水中的动静，裸露水尾捕鱼。这件伪造的衔鱼鸟就是想仿造《山海经》中记载的这种鸟的形状，目的是想让人相信这个东西的的确确是西周时期的。然而，伪造者却将这个赝品的形状弄得太像野鸭了。而在几千年前，青铜器的精致程度并没有到这样的地步。”

傅红雪终于从左煜的话中明白了问题所在，她刚才问左煜是不是鸟有问题，但是她说不出哪里有问题。学生们也都感叹一声，原来这也是问题。

江队长很感谢左煜。马东问江队长：“既然是赝品，那卖赝品是不是不用坐牢？”

江队长道：“罪行不重，关几个月就放出去了。”

左煜向江队长告辞，准备和大家一起离开。整个过程中，就只有司玥没有说话。傅红雪不经意地在心中拿自己跟司玥比较，更觉得司玥一无是处。

左煜和其他人往办公室外走，唯独司玥还站在原地。左煜回头，疑惑地喊了一声“司玥”。

司玥没有回头，而是对江队长道：“你们不问这个赝品是从哪里来的？”

“我们逮捕张充时，他已经交代了，是他做的。”

司玥说：“不是。”

“哦？”江队长吃惊地看着司玥。

左煜和其他人均是一愣。司玥语气笃定，好像知道赝品的制造者另有其人。会真如她所说的那样吗？她又怎么会知道？

其他人还在愣怔之中，左煜突然走回了司玥身边。司玥的目光落在办公桌上的青铜器上，她的右手手指敲了一下那条鱼的尾巴，缓缓开口：“这个东西是乔大伟伪造的。”

巴城博物馆的馆长？傅红雪想起来，在那家博物馆的地下室里的确有一些文物的仿品。然而，这并不能证明那些仿品出自乔大伟之手，不是还有那个工作人员廖文远吗？就算那些仿品是乔大伟做的，但也不能证明现在这个青铜器就是乔大伟做的。

江队长也提出了疑问：“被我们逮捕的张充已经承认是他做的赝品。如果是乔大伟做的，张充为什么要承认是自己做的？”

几个学生倒是饶有兴趣地想听司玥的解释，左煜也看着那件青铜器若有所思。

司玥的目光从青铜器上移到江队长身上，慢悠悠地说：“因为那个什么张充和乔大伟有某种关系，这种关系让张充心甘情愿地为乔大伟顶罪。”

“血亲关系？他们是父子！江队长，那个张充多大？”马东忽然接口，好像司玥说的就是真的。

“从年龄上来看，倒是符合父子的年龄线。”江队长说。

“也有可能是情人呀，年龄和性别根本不是问题。反正，张充和乔大伟就是有关系。”司玥眨了一下眼睛，笑得无比灿烂。

几个学生扑哧一笑。傅红雪蹙着眉头，只觉得司玥在哗众取宠。左煜有些无奈，薄唇却微微弯起。

江队长道：“我们的确还没找到乔大伟。但是，司小姐又怎么知道张充和乔大伟有关系？”

“因为我们面前的这个东西不是张充做的，而他偏要承认是自己做的，他编造这样的谎言就是为了给乔大伟顶罪。如果他们两个没有关系，张充为什么要承认？”司玥道。

江队长立即道：“司小姐怎么就知道张充说的不是真话，是在为乔大伟顶罪？你说的一切全都是假设。你假设赝品不是张充做的，继而又假设张充和乔大伟有关系，最后假设张充承认是自己做的是为乔大伟顶罪。反过来也是假设，你假设张充和乔大伟有关系，所以张充想给乔大伟顶罪，最后承认是自己做的赝品。要有证据才行。”

傅红雪很赞同江队长的话，想当然的猜测是非常不可取的。

司玥转头看着身边的左煜，用眼神示意：“他们都不信我，你信不信我？”

左煜明白司玥的眼神，他轻咳了一声，笑道：“司玥，你有什么证据就向江队长说出来吧。”

司玥瞪了一眼左煜，对他的不信很不满。然后，她转头看向江队长，继续道：“两天前的晚上十点半左右，一辆摩托车从我和左煜乘坐的车后面疾驰而过。那辆摩托车后面有个呢绒口袋，而那个口袋里有一件青铜器露了一点点出来。虽然只露了一点，我却觉得眼熟，对左煜说像巴城博物馆里的一件青铜器，但是当时太晚，看不太清楚，我不敢确定。但是，今天在这里看到这件青铜器，我肯定当时露出来的是一条鱼尾巴，也就是说那件青铜器就是我们面前的这个，而我也想起来我在博物馆里见到过它。也就是说，这个赝品出自巴城博物馆。但是，那天晚上，左煜听我说那件青铜器好像是博物馆里的东西后，给乔大伟打了电话，问乔大伟博物馆里有没有文物被盗窃，乔大伟却说没有文物被盗窃。因为那确实不是文物，是乔大伟做的赝品，不能被外人知道，那个赝品也没有被盗窃，而是乔大伟让张充来将赝品，也就是眼前这个玩意儿拿出去当文物卖。”

左煜听到这里已经完全明白了，而傅红雪也走了过来，站在司玥身后，道：“司小姐说的有几个疑点。第一，那天晚上太晚，视线不好，你看到的未必就是眼前这件伪造的青铜器；第二，如果你看到的是真的，为什么是乔大伟让张充拿赝品去卖，而不是张充自己盗出来卖的？乔大伟说没有文物被盗窃，因为那是赝品，他不敢声张；第三，为什么不是张充和廖文远有关系？第四，赝品出自巴城博物馆，并不能证明赝品就是乔大伟做的。”

司玥对于傅红雪在她背后说话很不喜欢，她还得转过身去对傅红雪说话。转身后，司玥道：“我看到过的就不会忘记，即便那天晚上看不清，但是我现在的视线是清晰的。江队长办公桌上的青铜器赝品就是巴城博物馆里的青铜器赝品，当然我当时不知道是赝品，以为是文物。眼前的赝品还让我想起了那天晚上的摩托车和车上的青铜器。至于你提出来的第二个疑问，可以反推。如果是张充自己盗出来的，他和乔大伟没有关系，他就不会说是自己做的赝品了，会将责任推到巴城博物馆上，推到乔大伟身上。所以，赝品是乔大伟叫张充去拿的，张充顶罪是因为和乔大伟有至亲或亲密的关系。你的第三、第四个疑问……”司玥顿了一下，看向左煜，娇声道，“左煜，你对她说吧，我说这么多话好累。”

司玥相信左煜已经了解一切了。事实也如司玥所料，左煜在听到她说那天晚上看到的那辆摩托车时，就想通了来龙去脉。他看了一眼众目睽睽之下她对他撒娇的样子，又轻咳一声，接口道：“廖文远是博物馆的工作人员，是乔大伟倒卖真假文物的下属，连一个摔碎的瓷壶都没能力修复，是不会有能力伪造出这么精致的青铜器的。”

那个瓷壶，傅红雪和学生们都记得，是司玥不小心撞碎的。司玥问廖文远还能不能修复时，廖文远说：“碎成渣了还怎么修复？”

左煜继续道：“所以，赝品出自乔大伟之手。张充想保护的人也是乔大伟，所以张充和乔大伟有某种关系。”

听到这里，众人再也没有疑问了。江队长也点头：“我们逮捕张充时，他也是骑的摩托车，用的一个呢绒口袋装赝品，司小姐和左教授的一切推断都有理有据。我们会重新审问张充，从张充下手，应该会很快找到乔大伟和廖文远。”

司玥和左煜等人终于向江队长告辞。

出了派出所，马东、胡然既惊讶又兴奋地对司玥说：“师母，你真厉害！太让我们崇拜了！”

季和平也在笑。

杨琴也觉得有些不可思议，师母好像并不是什么优点都没有。

司玥的笑容迷人极了：“嗯，我记性好，想象力丰富。”

“师母，是推理能力。师母，您的推理能力好！”马东说。

“好像也是。”司玥一点也不谦虚。

左煜看她高兴的样子，想说的话没说出口，唇边挂着浅浅的笑。

唯有傅红雪若有所思地看着司玥。

一路驱车回到旅馆，其他人都下了车，司玥坐在车上没动。左煜要下车的动作也停了下来，转头看她：“还坐着干什么？不下车？”

“你都不表扬我？”司玥说。

左煜弯了弯唇：“我的司玥很聪明。”

“你都不奖励我？”

“来吧，让我亲一下。”左煜伸手一捞，把她捞进了怀里。司玥抬头笑嘻嘻地看他，他低头，嘴唇在她鼻尖上轻轻一点。

而司玥却在这个时候猛然抽身离开了。

左煜看了一眼外面。

不知过了多久，司玥说："人生得意须尽欢。教授，我们好久好久都没有欢畅一回了。"她蛊惑着左煜把车开到了一片小树林。车子一停下司玥就搂着左煜的脖子，抬头亲他，哪知她亲到左煜的唇就听到左煜的手机响了。

"别理。"司玥含含糊糊地说，硬是主动又强势地吻着左煜。

然而手机铃声响了又响，打电话的人好像是誓不罢休一样。好一会儿后，左煜还是拉开了和司玥之间的距离，看着她，气息微喘地道："可能是队里又有急事。"说完，他接起了电话。

一接通电话后，傅红雪就听到左煜沙哑的声音，现在又似乎根本没有听她说话，想起她打那么多通电话他都没有接，她心中隐隐猜到了他和司玥在做什么，那种抽痛的感觉再次袭来。她强自镇定地说："中午吃饭时没看到你和司小姐，有点担心。后来一直打电话你也没接，怕你们有什么事。"

原来不是正事，左煜心想，然后对着手机话筒说："我们没事。"

"那晚饭要给你们留吗？"

"谢谢，不用了。"

傅红雪皱着眉，道："好……我知道了。"

左煜挂了电话，双手搂在司玥的腰上："我们该回去了。"

所有兴致又被傅红雪破坏了，司玥哼了一声，这次又不得欢畅，她真是太讨厌那个女人了！

第二天，司玥醒来睁开眼睛时，左煜早已不在房里。司玥把手伸向枕头下，想摸手机，结果摸了半天都没摸到。司玥抬头一看，她的手机摆在床前的那张木桌上。

她起身走到桌边，拿起手机一看，里面果然有左煜发给她的信息：厨房有饭菜，记得吃。我们一整个上午都在开会，无聊就看电视。

司玥吃了饭，左煜还没回来，她不喜欢看什么电视。于是，她走到斜对面的房间前，抬手敲门。

那是傅红雪的房间。片刻后，门被打开，考古队的人都在里面。来开门的是杨琴，其他几个学生坐在床边讨论着什么。左煜和傅红雪并肩坐在椅子上看电脑。

杨琴看到司玥，回头对盯着电脑的左煜道：“左教授，师母来了。”

在讨论的人都停下来，抬头看着司玥。

左煜回头，看到司玥后，站起身朝她走去。

“怎么来这里了？”

司玥道：“来这里会打扰到你们吗？”

左煜压低声音说：“你会觉得很无聊。”

“左煜，我说过想考你的研究生。”司玥眨了下眼睛，看着他。

“你是当真的？”

“是呀。”

“我已经不收学生了。”

“那就收我做关门弟子。”她踮起脚，在他耳边低声道，“关门后什么都可以做的弟子。”

她话音一落，左煜的目光立即朝四周扫了一圈，刚才开门的杨琴已经坐回了床边的一张凳子上。司玥进门时，学生们落在她身上的目光也都收了回去，又开始讨论刚才他让他们讨论的话题。傅红雪也还在看电脑上的那些绘图，没有人注意到他和司玥，不会有人听到司玥刚才在他耳边悄悄说的那句话。

他斜睨了司玥一眼，是警告，却又分明是纵容，她脸上毫不收敛的、意味不明的笑容就是证明。不过，言归正传，对于文化考古、学术专业，他是很严谨的，不会容许跟他学的学生把考古当儿戏，当作是好玩。

左煜知道司玥不是真的要跟他学，她只是想留在考古队，跟他在一起。他也为平时不能陪伴她而愧疚，这次古墓考察至少还要十天半个月，那就让她跟着吧。他看着她，道："跟着考古队免不了风吹日晒，司玥，你到时候可别喊辛苦。"

司玥立即说："绝对不会。"

而左煜却是完全不信的："进来吧，你要学倒是可以旁听这次的会议并且听听他们的讨论。"

"教授，你这是收我做关门弟子了？"司玥意味深长地看着他。

她那句"关上门后什么都可以做的弟子"又骤然在他耳边响起，他有些无奈，却也心生欢喜，嘴上不急不缓地道："我关门后不需要弟子。"

他说完就转身往房间里面走。司玥一边撇嘴笑，一边跟着他。

司玥在杨琴旁边的一张蓝色塑料凳子上坐了下来。左煜站在他们面前，对大家说司玥跟他们一起旁听。至于为什么旁听，左煜没有说。不过，学生们也根本不需要问。因为，在他们心里，司玥是左煜的女朋友，想听什么都可以。当然，他们也心知肚明，司玥是想和左煜在一起。

在左煜说话时就转过身来面对大家坐着的傅红雪更是知道原因，而左煜以前是绝对不容许闲杂人等留在考古队的，更不用说让哪个人听考古队讨论会的内容了。即使司玥和他是男女朋友关系，但考古队之外的人都是闲杂人等。傅红雪对左煜如今的做法不敢苟同。

左煜站在学生们面前，问道："刚才让你们讨论的这次考察的古墓墓主人室会在哪个方向，有结论了吗？"

马东第一个发言："古墓中出土的两只陶猪，年代久远，距今有五千多年历史，属于新石器时代。那个时候人们的墓葬风俗，都没有文献记载。主人墓只能靠猜的，我猜是东方。"

"我猜西方。"胡然说。

季和平："南方。"

"我猜的是北方。"杨琴最后说。

左煜的目光越过摆着一副慵懒模样的司玥，扫了一眼几个学生，一本正经地道："都是猜的，东南西北你们也都猜了个遍。前些天的古墓考察，除了那两只陶猪，我们还发现了什么？"

"什么文物也没有啊。"这次胡然先接话。

左煜说："到底有没有，你们再好好考虑考虑。我们明天再继续。"

这是散会了，学生们一哄而散。司玥也站起身来，走到左煜身边。左煜转身，对傅红雪说："还要过两三天才能对古墓重新进行考察，会议就先开到这里。"

说完，左煜回身，打算和司玥一起离开。傅红雪喊住了他，见他又转过身来，从椅子上站起来，一本正经地说："左煜，我有事要和你谈谈。"

她言外之意是要和左煜单独谈，让司玥先离开，而司玥站在左煜旁边没动。左煜也没有要司玥离开的意思，只说："有什么事吗？"

傅红雪皱了皱眉，看了一眼司玥，犹豫了一下，还是对左煜直言："左煜，大家都清楚考古队不是什么人都能留下来的，让司小姐跟着考古队恐怕不妥。"

司玥并不奇怪傅红雪会这么说。她正想开口，左煜却先她一步说了："我知道这确实有点不妥。不过，我相信她不会把考古队考察的事泄露出去的。而且她也有心学考古，让她跟着我们是一个很好的学习机会，也算是我私心将她留下来的。红雪，还请你理解一下。"

傅红雪看着面前的左煜，她从来没想到左煜会因为一个人而放弃他以前一直坚持的原则。考察的时候，有些情况是不能被无关的人知道的。所以，考古队不是什么人都能留下的。而左煜已经说到这个份上，连有私心都坦然承认了，她又能说什么呢？她看着面前的两个人，心中非常不是滋味。

司玥和左煜出了房间，她从左煜刚才说的话里也知道她留在考古队是非常不合适的。左煜说她有心学考古，她其实并不是真想学，只是找个借口赖在这里。因为她明白，左煜这次考察完古墓，如果还要去其他地方考察，她和他又会分开，除非她真的加入考古队，但是这是不可能的。

或许她还是要用心学一学考古？

司玥摇了摇头，暂时不再想这些，挽着左煜的手下楼往外面走。就在这时，左煜的手机响了，是派出所的江队长打来的。

左煜立即接起，喂了一声。

江队长在电话里说张充和乔大伟的确是父子关系。现在，他们故意把张充放了出去，想引乔大伟和廖文远出来，应该很快会找到他们。江队长打电话过来是再次感谢司玥和左煜在昨天做出的分析，让真相大白。

左煜挂了电话后，侧头看向司玥，把江队长刚才说的话说了一遍，又夸了一句："司玥，我以前真没发现你有这方面的能力。"

司玥笑嘻嘻地说："是不是越来越喜欢我了？"

左煜低笑："嗯。"

"那我们约会去吧。"

决定不分手后，她和他又开始处于热恋期，恨不得时时刻刻都在一起，而她也发现左煜比以前温柔许多。

两人走下楼梯，出了旅馆。这四周有很多山，很多树。司玥挽着左煜的手臂往僻静的地方走。

才来这里时，司玥一点也不喜欢这里，现在却觉得山也好，树也好，都挺美的。偏僻幽静的地方很多，可以想做什么就做什么。

"良辰美景，亲爱的教授，你有没有想做什么？"走了好一会儿，他们到了一条偏僻的小路，两边是浓密的树林，她停下脚步和他面对面站着。

左煜怎么会不知道她心里在想什么？他低头看着她，手指在她眉间一点："你这个脑袋里整天就只会想那种事吗？"

"哪种事？"她故作不解地问，双手却环上了他的腰。左煜睨着她，她嬉笑道："教授，来不来啊？"

也只有不去考察的这两天有时间好好陪她了，左煜环顾四周："我们再往前面走走。"

前面更偏僻，绿树成荫。

司玥挽着左煜又往前走，却忽然看到一个年轻男人走在前面。年轻男人听到了司玥和左煜的脚步声，转头看了司玥和左煜一眼后迅速转回头去，步伐也加快了许多。

司玥只看了一眼那个男人就停下了脚步，盯着那个背影若有所思。

"怎么了？"左煜发现她停了下来，不禁问道。

司玥小声说："那个男人有点面熟。"

左煜抬头看那个男人的背影，确定不是他所认识的。而男人的正面，他刚才也看了一眼，并没有觉得眼熟。难道只是司玥认识的人？

司玥在脑海里飞快地回想着，忽然，她皱起眉头，在左煜耳边低声说出三个字："乔大伟。"她的意思是刚才那个男人像乔大伟。

像乔大伟？而左煜并不觉得像。但他知道她的言外之意是那个人是乔大伟的儿子——张充。

司玥又道："其实更确切地说，那个男人只有鼻子像乔大伟。但是，只一眼就让我觉得他和乔大伟有关系。"

她凭那一眼而做出的判断到底对不对？

如果对，张充出现在这里，难道乔大伟就在这附近？但是警察故意放了张充，为的是引乔大伟出来，那么张充周围一定有警察出没，但是他们却没有发现有警察跟踪。

“走，我们跟过去看看。”左煜小声对司玥说。

司玥和左煜小心翼翼地跟在那个男人身后，走了快半个小时，穿过了很长一段山路，司玥发现前方不远处靠山的一侧有一户人家，墙壁用石头垒成。

男人环顾一周，走到石屋门口，从身上掏出了一把钥匙，开门进去。紧接着，门被迅速关上。

看来那间房子是那个男人住的地方或者房子的主人和那个男人相熟，那里面会有乔大伟吗？

“门被关上了。我们进不去，看不到里面究竟住的什么人。”司玥盯着门口说。

左煜想了一下，牵起她的手往那间石屋走。到了门口，左煜伸手敲门，他这是要直接进去了。但是，司玥觉得里面的人不一定会开门。

不过，左煜敲门敲了很久后，门终于从里面打开了。门里面站着刚才那个男人，男人也发现了司玥和左煜就是刚才那对情侣。他警惕地问：“什么事？”

左煜试探性地道：“我想买点有收藏价值的东西送给我女朋友。”

男人依然很警惕：“要买东西，你们走错地方了吧？”

左煜不慌不忙地道：“有个朋友告诉我可以到这里来买。难道你们这里不卖？”

男人审视着左煜，又道：“很少有年轻女人收藏那些东西。”

左煜状似无奈地道：“女朋友最近心血来潮，想丰富一下文化素养。她想要什么，我就要竭尽全力地给她找。”

男人又看了一眼挽着左煜手臂的司玥，她有着令不少男人痴迷的容貌和身材，扬着眉梢，看得出来是一直被男人捧在手心的。男人犹豫了一下，还是让左煜和司玥进去了。

左煜和司玥被带到了客厅，男人问：“你们需要什么样的东西？”

司玥说：“好看点的，又能彰显文化气息的。”

男人让他们等等，然后往和客厅相连的一间房走了。不一会儿，男人拿出一尊二十厘米左右高的白瓷雕像，雕像是一个低头握着毛笔的裸体男人。

司玥立刻惊喜地道："嗯，这个好，这个好。亲爱的，我就要这个。"

左煜看了一眼那尊裸体雕像，历代出土文物里面没有这件东西。而男人道："这个是东晋时期的。我想，应该符合小姐的要求。"

司玥说："符合，我非常喜欢，好有文化气息的样子。是不是，亲爱的？我就要买它。"她转头问站在身旁的左煜。

左煜心道，这哪里是东晋时期的东西，只是一个赝品而已。不过，他已经断定这个男人就是张充了。他问张充："这个多少钱？"

"二十万。"

"这么贵，老板你可别用假的来糊弄我们。"左煜说。

张充一听左煜说这句话就知道左煜不识货，这样更容易被糊弄。他道："货真价实。"

左煜想了一下："有没有别的？比如古画、花瓶，或者古琴。"

"你们等一下。"

张充又走了。司玥和左煜四下环顾，客厅在中央，两边都有通道，张充走的是右边。司玥和左煜互看了一眼，往左边的通道走。走到一间房门口，司玥和左煜听到里面有女人的咳嗽声。那咳嗽声一阵一阵的，很激烈。

司玥推了一下门，门没锁，她和左煜进去了。房间里面有一个木衣柜，衣柜旁边有一张床，床上躺着一个头发花白的女人。女人背对着他们，还在剧烈地咳嗽。

司玥想过去看看，被左煜拉住手阻止。

"她会是什么人？"司玥问左煜。

左煜道："应该是张充的家人。"

张充拿着一架古琴出来，却不见司玥和左煜两人，便往左边的房间走。到了那间房，他果然看到司玥和左煜站在门口。他皱眉道："你们怎么跑到这里来了？"

"我们听到有人咳嗽，她似乎很难受。不用送医院吗？"司玥回头对张充说。

而床上的人开始急促呼吸了，张充立即进房，将古琴放在一旁，走到床边坐下，把床上的人扶起来，迅速帮她顺气。司玥和左煜看到了一张满是皱纹的脸，而她的呼吸越来越急促。

就在这时，床边的木衣柜被推开，有个男人匆匆出来，竟是乔大伟。乔大伟大步走到床边，从张充手上将白发女人接过搂进怀里，脸贴着女人满是皱纹的脸，用嘶哑的声音喊：“阿彩？阿彩？”

司玥震惊地看着乔大伟的举动，据说乔大伟三十年前因为守护那家偏僻的博物馆和心爱的女人分开，一直孤身一人，而他却有儿子。那么眼前白发苍苍满是皱纹的女人会是乔大伟曾经心爱的女人吗？张充就是乔大伟和她的儿子？而这女人看上去比乔大伟苍老太多。

女人最终也没有喘过气来，在乔大伟的怀里一动不动了。乔大伟撕心裂肺地喊了几声：“阿彩……”司玥和左煜也听到张充哭喊着“妈”。

一切竟都如司玥所猜测的那样，断气的女人正是乔大伟心爱的女人。乔大伟紧紧地抱着怀中的人，并且痛呼女人的名字。

张充悲痛之后，发现司玥和左煜还站在门口，猛地站起身来，走到司玥面前，想伸手勒住她的脖颈，却被左煜用手一挡，并将他摔倒在地。

张充从地上爬起来，还要和左煜打，乔大伟却开口了：“住手。”

张充皱眉道：“爸，他们发现了你，不能让他们离开这里。”

乔大伟道：“警察恐怕早就在外面了。”

张充恍然大悟，是他把警察引来的。他急道：“那怎么办？”

乔大伟的情绪出乎意料的平静，好像根本不在乎：“我跟警察走，以后你好好保重。”

张充皱眉。

乔大伟又低头在女人的额头上亲了一下，然后看向左煜：“左教授，我有话跟你说。”

“好。”左煜点头。

乔大伟把女人放在床上，然后走到衣柜前，打开衣柜，从里面的抽屉里拿出一个铁盒子，打开盒子，取出一叠文件，然后转身递给左煜。

左煜低头一看，上面是出土的文物记载。乔大伟对左煜说：“这是我和廖文远私自挖掘出来的文物记载。有些卖掉了，有些还在博物馆的地下室里，那些卖掉的文物也不知道能不能追回来。左教授，你把这份文件拿回去交给国家吧。”

“我会的。”左煜把那份文件收好。

司玥忽然想知道乔大伟为什么这么做。

乔大伟也开口说了：“私自挖掘文物、倒卖文物，是我这辈子做过的最泯灭良心的事。有好几件珍贵的文物被卖了出去，不知道会流落到哪里，它们是曾经辉煌的历史，是人类智慧文化的结晶……”

乔大伟似乎还想着文物保护，但又为什么做出这些事来？司玥看着床上的女人，难道是为了她吗？

最后，乔大伟说了自己为什么私自挖掘文物、倒卖文物。

他和张彩，就是他口中的阿彩本来很相爱，但是三十多年前，他致力于文物研究和保护，不顾张彩的反对毅然决然地留在了那个偏僻的博物馆。张彩不想留在这样偏僻的地方，也不想两地分居，选择和乔大伟分手。

当年乔大伟和文物倒卖团伙周旋，差点送了命。后来的几十年，他也致力于文物保护和研究，直到五年前，张彩再次来到这里。那时，乔大伟才知道自己还有个儿子。而张彩得了怪病，需要许多钱医治。乔大伟一直爱着她，有时候也怀疑当年的选择是不是错了。他不该选择留在这里，抛下她一个人，他想给她治病。而一直在偏远的博物馆工作的乔大伟工资并不多，没有什么积蓄，无奈之下就打起了文物的主意。

乔大伟说完后，江队长带领着警察进来了。原来，在司玥和左煜跟踪张充时，警察也在暗处跟踪他。

司玥和左煜往回走。

司玥忽然问左煜：“如果我们两个也因为乔大伟和张彩分手的那个原因分手了，多年以后重逢，你会不会为了我也去卖文物？”

“不会。”

“为什么？你不爱我？”

“分手了就不会再爱，选择了就不会后悔。”

“也是，没有谁离开了谁就活不下去。而且我们的感情确实还没有深刻到能让人几十年都念念不忘的地步。我早就说过，你这样的男人肯定没有刻骨铭心的爱情，也可能一辈子都没有。”司玥的脸上仍然笑着，她并不执着于这样的假设。她的手被他握在手心，是实实在在的温暖，给她的感觉是实实在在的喜欢。

左煜已经是第二次听到她说“刻骨铭心”这个词了，他脑海里忽然有一个人影闪过，不过他很快回神，转头，发现她仰首望着自己，一如既往的媚眼如丝。他情不自禁地低头，在她眼睛上落下一吻，转回头，什么话也没说，牵着她继续往回走。

乔大伟被逮捕之后，当时藏身在博物馆附近的廖文远也被捕了。巴城博物馆将被暂时关闭，暂存在博物馆等待修复的那两只陶猪也由警察护送到左煜和傅红雪挂职的考古所。

左煜、傅红雪以及学生们在巴城博物馆里整理博物馆的文物，特别是地下室里那些私自挖掘出来的文物。至于那些仿品，大多被销毁了，也有司玥和学生们觉得品相好看的，拿来把玩或者做装饰。

马东说，这次能发现巴城博物馆馆长乔大伟的事，以及这些私自挖掘的文物，多亏了司玥。

司玥想起那天古墓塌方，左煜把她一个人留在博物馆，她掉到地下室的情形。她就开玩笑说："应该感谢你们的左教授，把我留在博物馆，我才有有机会掉进那个地下室。"

左煜正在校对文物，刚好走到一面铜镜前。从铜镜里面恰好能看到司玥站在学生们旁边，回头似笑非笑地往他这边看的样子。那晚他找不到她时，非常焦急，还差点掉到悬崖下。虽然后来他解释了，她也决定不和他分手，但是，她还是介意他把她一个人留下来这事。

正拿着相机给文物拍照的胡然抬起头来看着司玥，道："那天晚上我和和平有伤没来找师母，但是我看左教授着急得很……我从没看到左教授这么慌乱过。"

马东和杨琴也点头，那晚他们也跟着出去找了司玥。司玥不以为然地又朝左煜那里看去，她的眼睛仿佛在说，是他把她留下的，他还是她男朋友，找她是应该的。后来又听学生说左煜是多么多么紧张她，她才抛了个媚眼给他。

左煜从铜镜里看到她抛媚眼的样子，忍不住弯起了嘴角。也在校对文物的傅红雪见左煜已经站在那面铜镜前好一会儿了，她走过去，发现站在左煜的角度，恰好能看到一身黑色蕾丝连衣裙下身材令人嫉妒的司玥。她微微一怔，对左煜说："这面铜镜有什么问题吗？"

左煜的目光从铜镜中司玥的身上移到傅红雪身上，神色如常地道："乔大伟记载这面铜镜是出土自云南的一个墓穴，但经他鉴定这面铜镜有四千年历史。目前有记载的铜镜最早出现在甘肃，也是有四千多年历史。不过，那面铜镜并没有这面铜镜的做工精致，照物也没有这么清晰。"

"这么说这两面铜镜出自同一时期，而云南的铜镜工艺更先进？但是，乔大伟的鉴定有没有错误呢？"傅红雪问。

左煜说：“我们重新鉴定一下。”

傅红雪笑道：“好啊。我认为这里的很多文物都要重新鉴定一下。”

“是的。”因为那些私自挖掘出来的文物没有认可记载，只是乔大伟一人鉴定了，并没有公布，所以必须要重新鉴定一次。

“古墓的考察又得推后了，我们先把这些鉴定、整理出来。”左煜又道。

傅红雪点头表示赞同，和左煜一起站在铜镜面前对铜镜进行鉴定。

几个学生也开始忙着拍文物照片、分门别类地进行记录，只有司玥一个人很闲，没什么事做。她时而站着，时而找地方坐下，每次往左煜那边看，他和傅红雪不是看着铜镜交头接耳就是对铜镜指指点点、敲敲打打。

“一面破旧的铜镜，有什么好研究的？”司玥腹诽，回过头来，从放在地上被认定为是赝品的那一堆东西里拿出了一杆烟枪。烟枪是铜质的，有三十多厘米长。她把那杆烟枪拿在手里把玩了几下就没兴趣了，扔在了一边。

她又站起身来，走到左煜和傅红雪身后。听到两人在说铜镜的形状，然后又从形状说到上面的锈。总之，工作中的左煜聚精会神，根本就没注意到司玥。司玥又转身走到了正在做记录的季和平身后，漫不经心地从上往下扫了一眼记录表，忽然发觉了什么，又从下往上扫了一下。她喊了声：“季和平。”然后说，“第三十条和第六十七条重复了。”

季和平一听，立即仔细看了下第三十条和第六十七条，发现都是“2010年出土，宋，江西修水砚台”。季和平用笔将第六十七条划掉，然后惊讶地看着司玥：“师母的眼力也太好了吧！”

司玥笑了一下，说：“因为我练过。”

季和平仍然惊讶得很，不知她怎么练的，为什么会练。只是司玥一副不想再多说的样子，他便没有多问。

后来，季和平一边记录，一边跟司玥说他记录的文物是哪个年代的、有些什么意义。一旁拍照的胡然有时也会插嘴，说值多少钱。这时，季和平又要纠正，说文物的文化意义大于经济意义。

司玥有一句没一句地听着，最后倒也听进去了。很多文物都反映了当时人们的智慧，尤其令司玥越来越感兴趣的是那些到现在都让人叹为观止的文明、文化，和当时的人们那令人动容的睿智。后来，司玥还帮季和平一起记录。

晚饭时，学生们从文物整理室走出来，到了一间休息室泡方便面。

左煜和傅红雪已经鉴定出了铜镜的年代，又开始鉴定一个砚台。司玥走到左煜身边，喊了一声：“我们也先去吃点东西吧？”

左煜看向司玥，点头：“好，你先吃，我马上出来。”

司玥的目光在左煜、傅红雪以及他们面前的砚台上停留了几秒，什么都没说，利落地转身，去了休息室。

休息室里充满方便面的味道。司玥虽然不喜欢方便面，但是左煜早就说过跟着考古队会很辛苦。她有了心理准备，也拿了一桶方便面去泡。

很快，傅红雪从文物整理室走出来，但是左煜还在里面。傅红雪见司玥只泡了一桶方便面，便拿了两桶，帮左煜泡一桶。

傅红雪把面泡好，一只手端一桶泡面往文物整理室走。司玥则吃了一口泡面，觉得熟透了才站起身来往文物整理室走。走到文物整理室门口，司玥看到傅红雪将手中的一桶泡面递向埋头翻看砚台的左煜，还听傅红雪说：“左煜，我给你泡的，先吃了再说。”

左煜抬起头来，刚要去接，站在门口的司玥就喊了一声：“左煜。”

左煜立即向司玥看去，司玥缓缓走进来，看了看手中的泡面，扬眉看着傅红雪，笑道：“傅教授也给左煜泡了一桶？”

左煜听她说“也”，知道她手中的泡面也是给他的。他对傅红雪笑道：“不用了，司玥这里泡好了。”

傅红雪尴尬地收回手，动了动唇，却还是什么都没说，转身往门外走。傅红雪走到门口，回头一看，见司玥和左煜用叉子你一口我一口地同吃着一桶泡面。她抿了抿唇，转身出去。

“我还以为你吃了。”左煜看司玥用叉子吃了一口，又放下叉子，让他吃，不由得笑道。

“想和你这样吃，不够我再去泡一碗。”

两人便你一口我一口地吃着泡面，不过，并没有泡第二碗，因为司玥吃得并不多。左煜去垃圾桶扔泡面盒时，路过那面铜镜，这让司玥想起刚才他和傅红雪对着铜镜研究大半天的情形，便走到了铜镜面前。

左煜扔了泡面盒回来，便走到司玥身侧：“我们出去吧。”

司玥看着镜中的他和自己，侧身一步，双手勾住他的脖子，似笑非笑地道："你们研究出来了？"

"嗯。"左煜低头看着她，"正如乔大伟所说，这面铜镜有四千多年的历史了。"

司玥能想到他以前和傅红雪一起工作的情形，必然还是这么默契。而傅红雪的心思，她一清二楚。

她勾着左煜的脖子，依然似笑非笑："那我们两个在这面铜镜面前岂不是十分渺小？我才二十五岁，教授你三十三岁，我们在一起三个多月。你说，让这面有四千多年历史的铜镜见证一下我们的爱情怎么样？"

"司玥，你又在想什么？"

左煜话音一落，从铜镜里面看，只见司玥微微抬头，红唇吻落在他喉结上。只听她含含糊糊地说："就是这样，以及更多。"

面前的女人魅惑至极，他喉结一动……

第六章

真想上去亲一口

室内不算明亮的淡黄色的灯光让气氛更加暧昧，打在身上又添了几分夜的诱惑。他们侧身站在古铜镜面前，亲密的举动清清楚楚地落在镜中。司玥的吻从左煜的喉结继续往下，白衬衣领口的扣子成了阻碍，她的右手从他后颈松开，来到他的领口前，迅速将那颗扣子解开，然后继续吻。

文物整理室的门没有关，要是有人经过，她和他的样子会被人全部看去。他们也能听到外面的声音，学生们在大声说笑，在谈文物、古墓。外面的声音和整理室里的安静形成了鲜明的对比，刺激得让人紧张并且心跳加速。他和她在淡黄色灯光下的古镜前尽情亲吻，彼此的手也在对方身上游走。

休息室里，傅红雪一碗泡面吃了很久。她看着面前多泡出来的那一桶方便面，眼神迷茫，心中钝痛。醉心于文化遗迹考古、文化遗产保护而一直单身一人的他在短短几个月内就喜欢上了别的女人，还纵容那个女人的任性，把她留在考古队。三年多以来，自己默默的爱难道还抵不过喜欢他短短几个月的女人？

和其他人说笑的杨琴见傅红雪坐在角落的一张桌旁，手里的叉子叉起了面却久久都没有吃下，只是皱着眉头看着旁边那一桶面。杨琴站起身来，走到傅红雪旁边的椅子上坐下，喊了一声“傅教授”。

傅红雪忽然想把憋在心里多年的感情向人倾诉，她回过神来，深吸一口气，看向杨琴，缓缓开口：“在考古所和带考古队外出时，我和他一直配合得很好。他要的资料，不需要他说，我总会提前给他准备好。讨论问题时，我们总能说到一块去。无论工作中遇到什么困难，我和他都能默契配合，最终把问题很好地解决掉。有一次对陵墓的考察，陵墓的主人是汉朝的王孙贵族，我和他对陵墓的开挖研究了一晚，最后终于敲定。在考察的工作中，很多时候会受伤，我和他互相为彼此负伤。受伤之后，互相照顾，一切都默契自然。我一直默默地爱着他，这样守护的爱难道比不上一个什么都不会的豪门千金心血来潮的感情吗？”

傅红雪知道左煜有女友之后，忍不住去查了司玥的背景，发现司玥出自“司陆白魏”这四大豪门之一的司家，是司家的千金。虽然更多的信息她查不到，但是，有这样身世的女人又怎么会跟着考古队吃苦？第一次见司玥时，司玥就说是左煜的前女友。她对左煜的感情不是心血来潮又是什么？跟着考古队也不过是一时兴起。看司玥平时不怎么吃旅馆的东西，有时还要左煜亲自下厨，傅红雪更是对她没有好感。

而杨琴听完傅红雪的话震惊不已，她清楚傅红雪在说谁。她没想到傅教授默默爱着左教授，而左教授如今已经有了女朋友，她又该怎么安慰傅教授？

傅红雪却又说：“杨琴，你说过司玥和左教授迟早会分手吧？你也这样认为的，对不对？”

杨琴确实是一直这样认为的，她还和马东打过赌，说司玥和左教授迟早会分。但是最近，她发现在赝品一事中，司玥思维敏捷，逻辑推断能力让她震惊，她对司玥也有些刮目相看。

只是，看着傅教授闷闷不乐又期待她说什么的眼神，杨琴不知说什么好。不过，她还是更支持傅红雪的。

“傅教授为什么一直不对左教授表白？你不说，左教授怎么会知道？你看，我们也一直跟在左教授身边，却从来都不知道您对左教授的感情。”

“现在还能说吗？”傅红雪看着杨琴，更多的却是自言自语。

文物整理室里，左煜忽然听到越来越响的脚步声，他强忍住内心的渴望，停止了和司玥的缠绵拥吻，拉开了彼此的距离。他低头看着她仰首时酡红的脸、微眯的媚眼，她就像一朵妖娆的花、一团火。越来越近的脚步声让他不得不找回一点理智。

只是，司玥却娇声诱惑道：“教授，去关门吗？”

经过刚才那一番亲吻，左煜早已被她挑逗得浑身难受。她的大胆直接总让他吃惊，也让他心猿意马。而这里是博物馆，学生们还在外面，他们等下还要整理文物，外面的脚步声就是在提醒他有人要进来继续工作了。他低头看着她，理智地道："司玥，这个时候这个地方，不可以。"

司玥噘着嘴，非常不满："不可以，不可以，你就只会说这几个字！假正经！"

外面的脚步声越来越清晰，下一秒就会有人进来。左煜忽然转身，大步走到门口，将大门一关，又迅速反锁，再快步走到司玥面前，双手搭在她腰间，又好气又好笑地看着她，低头吻上她噘起的红唇。司玥终于消气了。

傅红雪和杨琴说了那番话后，心里突然有个念头。她以前认为左煜醉心文化考古和保护，她就和他一起热爱事业，和他一起完成理想，这样的默契、这样不必言说的爱更深刻也更长久。而现在，她却有些后悔了。如果她早早地向左煜表白，他们会不会就已经在一起了？哪里还有什么司玥？

她不知不觉地就走到文物整理室门口，想要进去，大门却突然一关，她被挡在了外面。很快，里面传来一阵阵让人浮想联翩的压抑的呻吟。这让傅红雪的脑袋一炸，震惊不已。她双手紧握成拳，十分痛苦。在工作事业中严谨、工作之余从容淡定的左煜竟然会在这样的地方和女人……

傅红雪羞愤难当，脑海里是一幕幕男人和女人赤裸着身体交缠的画面。她很想冲进去，也想转身离开，可最后，她却一动不动地站在门外，咬牙切齿地听着里面的声音。

半个多小时后，左煜和司玥终于停了下来。平息了一下气息和情绪。左煜帮司玥整理好衣服，然后用手顺了顺她那一头长长的鬈发："头发很漂亮。"

他突然来了这么一句，司玥失笑："我的头发当然漂亮。不过，教授，你应该是要夸我长得漂亮吧？"

他们相处以来，他还从没夸过她漂亮呢。左煜轻声笑了，却没回答，而是说："我们赶紧开门，今晚还要加班。"

司玥哦了一声，挽着他的手臂往门口走。左煜开门，外面一个人都没有，至于是真的没人来过还是有人来了又离开了，左煜和司玥的心里都能猜到，毕竟晚上还有很多工作要做，他和她又在里面待了不短的时间。而司玥嘴边还挂着笑，仿佛并不介意被人知道她和他孤男寡女共处一室，更或者男女朋友之间发生的什么事。左煜则睨了她一眼："我去叫他们进来。今晚会加班到很晚，你要不自己先开车回旅馆？”

“不。我等你。”

左煜要求尽快把博物馆里的真文物鉴别整理出来上报，因为古墓的考察由于下大雨拖了很多天，警队的人员一直守着古墓，考察工作得抓紧时间进行。

左煜他们加班的时候，司玥不打扰他们，偶尔还会帮忙记录。傅红雪再次和左煜一起工作时，心里依然没有平静，脑海里也总是浮现出他和别的女人亲密的画面。她抬头看着左煜从容地、有理有据地推断着文物的年代，声音沉稳，富有磁性，穿着白衬衣，袖口稍稍卷起的他让人着迷。她无法相信刚才他和别的女人在这里恣情纵欲。

“红雪？”左煜见她发愣，不由得出声提醒，“据乔大伟记载，这几件文物都出自同一个墓穴，但是文物的年代并不一样。你对这事有什么看法？”

傅红雪回过神来，目光从左煜身上移到面前的几件文物上，静下心来认真辨别：“同一个墓穴出土，但是它们之间的年代却相差有数百甚至上千年，这着实令人吃惊。左煜，怎么会这样呢？”

左煜道：“它们不应该一起出现。”

傅红雪点头：“但是又为什么一起出现呢？”

左煜说：“应该有两方面的原因。”

“哪两方面的原因？”

左煜一笑，打算给她解惑，却忽然向学生们招手，让他们也围过来听一听。司玥放下记录表，也走过去，站在几个学生身后。

左煜先让学生们判定文物的年代，学生们交头接耳了许久，判定出了其中三件文物的年代，这也是和乔大伟所记录的相匹配的。

“这一把匕首，乔大伟记载的是东晋时期。但是这把匕首和曾经出土的战国时期的短剑非常相似，我认为应该是战国时期的。”马东说。

“我也这样认为，还有这一把铜斧也应该是战国时期的。春秋战国时期有很多这样的兵器。”季和平说。乔大伟所记载的铜斧也是东晋时期的。

杨琴、胡然也赞成马东和季和平的说法。

左煜道：“一件说对了，一件说错了。”

“嗯？”学生们疑惑地看着左煜。

傅红雪接着左煜的话说："乔大伟记载的匕首出自于东晋是正确的，但是这把铜斧他记载错了。季和平说得正确，铜斧的年代要追溯到战国时期。"

左煜点头："正如傅教授所言。"接着，左煜给学生们分析了原因。

司玥偏着头看左煜有条不紊地说话，觉得那两片薄唇好看极了，她真想上去亲一口。左煜无意之间看到司玥的目光，仿佛知道她又在胡思乱想，他正了正色。司玥却挑了挑眉，弯了弯唇，又给他抛了一个媚眼。

他们的小动作都被傅红雪看在眼里，傅红雪对司玥的大胆"勾引"非常不齿。在左煜停顿的间隙，傅红雪看着司玥道："司小姐不是要跟着考古队学习吗？不知道我们刚才说的，司小姐感不感兴趣？"

司玥笑着说："很难、很枯燥的样子。"

意思就是不感兴趣了，想必她也听不懂。傅红雪嗤笑，没有再说。马东却笑着附和："师母说得对。这个确实很枯燥，很困难。要不是我爸让我学考古，我才不来呢。"

左煜沉声道："被人逼着来学的？"

马东反应很快，左教授不收被人逼着学习的学生。他在心里嘀咕，他这不是为了帮师母吗？但他表面上笑哈哈地道："只是最开始的时候，现在我非常喜欢考古，非常非常热爱。"

司玥低头笑了。左煜清了清嗓子，转回正题，问学生们："这几件文物的年代相差甚远，那么它们为什么会在同一个墓穴中被发现？"

学生们开始认真思索起来。傅红雪也凝神思考，这也是她没想通的。

时间已经不早了，大家都很认真，只有司玥打了个哈欠，看着左煜，道："我的教授，是不是解决完这个问题今天就不用加班，可以回去了？"

傅红雪一听，霎时看向司玥。司玥的言外之意是她知道？

司玥还是第一次在外人面前叫左煜为"我的教授"，她的声音自然而然地带着娇嗔。傅红雪吃惊之余，听到司玥这么撒娇般地喊左煜，心里很不舒服。她是绝对做不到在大庭广众之下这样喊男人的，也就像司玥这种含着金汤匙出生的女人能娇纵成性到这种地步。除此之外，司玥的称呼里还有一丝调情的意味，这更是让傅红雪觉得不齿。几个男生却都在偷笑，左教授喜欢这样的女人让他们吃惊，却又觉得无可厚非。

而杨琴听过傅红雪那番心里话后，担心傅红雪心里不痛快，便朝傅红雪看了一眼，果然见对方脸色不好，她跟着也在心里感叹：傅教授和左教授其实真的更合适，他们有共同的事业、共同的理想，在工作中一直非常默契。她还真没想通左教授是怎么和司玥在一起的。她从最开始就认为左教授和司玥不合适，但是正如马东当时所说的那样，合不合适并不是他们这些外人来评判的。只是，在她一个外人看来，傅教授和左教授没能在一起挺可惜的。在听到司玥刚才问左教授那句话后，她也不由得想知道司玥是不是真的能说出那些不同年代的文物为什么会出现在同一个墓穴里。仿佛司玥如果说得有道理，她就对左教授选择和司玥在一起这事不那么耿耿于怀了。

司玥却不管别人心里怎么想，忍不住又打了个哈欠。左煜见她困得不成样，点头道：“嗯，这个问题解决完了就可以先回去了。”

司玥便看着那把匕首、铜斧以及其他几样文物，直接说出了结论：“墓穴的主人有问题。”

左煜讶异地看着司玥：“继续说。”

司玥继续道：“首先，这些年代不同的文物在同一个墓穴出土的前提是乔大伟没有骗人。他没有骗人，才会存在这件事；不然就是谎言，说明这些文物根本就不是在同一个墓穴出土的。”

“乔大伟已经把文物和资料全都交出来了，他对自己所犯的罪行供认不讳，没必要骗人吧？”杨琴说。

马东道：“刚才那把铜斧本来是战国时期的，乔大伟记载的却是东晋时期的。不知道这是乔大伟误记的还是有意为之。所以，听师母这么说，乔大伟还真有可能是骗人的呢。”

傅红雪没有想过乔大伟会骗人，她看着司玥道：“那么，司小姐认为乔大伟到底有没有骗人呢？又有什么证据？”

司玥回视着傅红雪，不紧不慢地道：“我刚才已经说了结论了，是墓穴的主人有问题，言外之意就是乔大伟没有问题。”

傅红雪立即又道：“证据呢？你刚才也说前提是乔大伟没有骗人。这个前提是假设的，你怎么证明这个假设其实就是事实？”她没有想过乔大伟会骗人，但司玥都说到这里了，她自然是要听司玥的理由的。

司玥紧接着说：“凡事要有动机。乔大伟倒卖文物、私自盗取文物、造假文物的动机是挣钱给心爱的女人治病。如果他的女人没有生病，不需要很多钱，一生都在博物馆里保护文物的乔大伟不会做出倒卖文物、私自盗取文物、伪造文物这些事。他承认了他的罪行，又为什么要隐瞒文物真正的出土地方，把它们记载成在同一个地方出土的呢？没有动机让他这样做。因为，他这样做毫无意义，因为假的记录只能掩饰文物真正出土的地方，他的罪行丝毫不会减轻。所以，乔大伟没有骗人。他记录的文物出土年代也大多正确，记录有误的地方只是他判定错了文物的年代。”

包括杨琴在内的几个学生认为司玥说得有理。傅红雪本来就没有往乔大伟会骗人的地方想，却没有深想其中的道理。现在听到司玥这么说，她才恍然大悟，但是又有些不以为然：“虽然乔大伟没有骗人，但问题还是没有解决。这些文物为什么会在同一个地方出现？司小姐所说的墓穴主人有问题又怎么解释？”

左煜没有说话，等司玥继续往下说。

司玥笑道：“正常情况下，这些年代不同的文物不应该出现在同一个墓穴。现在却出现了，肯定有问题。但是乔大伟没有问题，那自然就是墓穴主人有问题。”

“墓穴主人有什么问题呢？”几个学生异口同声地问。

司玥笑道：“墓穴主人让埋葬他（她）的人把这些文物葬在一起的啊。”

“但是，有记载以来，没有人要求死后把文物和自己埋葬在一起的。陪葬的东西，多是死者生前用的或有价值的东西，且这些东西不是文物。”傅红雪反驳。

司玥不慌不忙地道：“这个墓主人就是例外。我刚才看记录表时，看到乔大伟记载的墓主人是五代十国时期的。身为五代十国的人，死后殉葬的东西却是东晋时期、战国时期，以及其他时期的东西，并不是当世的东西。说明墓主人生前以文物为生，死后也要那些东西和他（她）葬在一起。”

这似乎是最简单的答案，是墓主人让人将这些文物埋在墓里的，所以才会有不同年代的文物出现在同一个墓穴里的事实。

学生们都恍然大悟，这真是最简单的答案了。

傅红雪沉默了一下，拿不出反驳的证据来，却还是不肯服气。她看着司玥又道：“但是还有更深层次的东西呢？”

“什么更深层次的东西？”司玥问。

左煜接口道：“墓主人是什么身份？”这其实是至关重要的问题，也是左煜最想让大家知道的。

傅红雪点头：“对，就是这个问题。”

司玥睨了左煜一眼，他和傅红雪这算是心有灵犀吗？傅红雪想问的还没问明白，他就帮她说了。司玥懒懒地道：“五代十国是各个小国混战的时期，是乱世，百姓挣扎在水深火热之中。这个墓主人不是研究文物的考古者，而是盗墓人。想必匕首和铜斧在当时卖不了钱，而盗墓人又盗出来了，死后也就干脆带走了。因为考古者不会把文物和自己埋葬在一起。”

原来这些不同时代的文物会在同一个墓穴出现，是因为墓主人是盗墓人，匕首和铜斧在乱世当然卖不了钱。考古者考古的目的是研究人类的发展以及人类的文明，不是为了钱，死后自然不会把文物和自己埋葬起来。

司玥不懂考古，也对考古的历史不了解，她却靠推论说出这一番话来，再次让左煜惊讶不已。她总是带给他惊讶，更确切地说是惊喜。左煜的嘴角弯起一个好看的弧度：“就是司玥说的这样，因为墓主人是盗墓者，故而才有这些在当时对生存没有什么价值的不同年代的文物埋葬在一起的事实。”

左煜对司玥的赞同让学生们更加信服，傅红雪也无话可说了。她没想到司玥会说出这样一番话来，不会是左煜以前就跟她说过吧？傅红雪在潜意识中对司玥的能力存疑，不大相信一个千金小姐懂得这些，因为连她都没有这么快想出这些文物同时在墓中被发现的原因。

学生们对司玥更加佩服，杨琴也觉得不可思议。

左煜却又说了：“几千年前没有考古，但是有盗墓和毁墓。在三国时期就有曹操组建的摸金校尉专门进行盗墓，盗取钱财，以充军饷。后来很多人效仿，可以说是官方盗墓了；民间的盗墓则更是蔚然成风。他们除了盗取钱财、陪葬物外，还毁坏尸体。到了清朝乾隆时期才有盗墓损毁尸体者斩首，只盗取陪葬物者处发配的处罚。近代考古这门科学起源于欧洲，不过，中国古代也有考古，那是在北宋时期。那时有金石学，算是考古的前身；而中国官方正式意义上的考古则是从上世纪二十年代开始的。”

这些是考古学的基本知识，学生们都知道，故而左煜的这一番话是专门对司玥说的。他很惊喜司玥思维敏捷，逻辑推断能力好，潜意识就想让她知道更多。而司玥在他说话时却连连打哈欠，一副不耐烦的样子。原本还想多说点的左煜只得无奈一笑，宣布今天的讨论到此为止，明天继续。

左煜一宣布完，大家就开始收拾刚才整理的东西，然后往文物整理室外面走。

左煜牵着司玥的手，特意落后了其他人几步。等看不到其他人的身影了，左煜忽然停下脚步，司玥也跟着停下。

“干吗？”司玥又打了个哈欠。

左煜侧转身子，将司玥拉入怀里抱了一下，然后松开：“奖励你的。”

司玥勾起嘴角：“不光要抱抱，还要亲亲。”

左煜在司玥额头上蜻蜓点水地亲了一下，再次牵起她的手，去追走在前面的人。

这夜，星光璀璨。司玥觉得美极，应该做点什么才不辜负这样的夜色，只可惜她真的很困了。她一路让左煜牵着自己的手，然后上了车，靠在他肩上，低低地喊了一声“左煜”。

左煜转头，司玥在他唇上亲了一口，然后合眼，靠着他的肩睡着了。左煜脸上挂着浅浅的笑意，他调整了一下姿势，让她靠得更舒服一点。

这一幕被坐在副驾驶座上的傅红雪从后视镜里看到，她立刻移开了视线，看向窗外，心里想着杨琴和马东曾经打的赌，“左教授和她迟早会分手”。心烦意乱之下，她只有这样想才好受点。

前段时间下了很多雨，而这一天，太阳却突然毒了起来，才早上七点，阳光就火辣辣的。左煜依然带着考古队去巴城博物馆整理文物。司玥坐在车上抹防晒霜，因为她还没来得及擦防晒霜考古队就要出发了。左煜坐在司玥身边，和坐在副驾驶座上的傅红雪以及开车的马东谈工作。

司玥一直没说话，很专心地将露在外面的皮肤都擦了一遍防晒霜。天气一晴，车就开得快。半个小时后，一行人就到了巴城博物馆。司玥朝车窗外望去，刺眼的阳光照得博物馆和大地好像要蒸发了一般。司玥一秒钟都不想在这样的阳光下待着。

别人都下车了，左煜看着司玥一动不动地坐在位置上，不由得道：“进了博物馆里面，太阳就晒不到你了。”

进了博物馆里面虽然晒不了太阳，但是热得很，因为博物馆里那台有好些年头的柜式旧空调坏了。

司玥不死心地按了几下空调按钮，空调丝毫没有反应。她皱着眉头站在空调前。

左煜对其他人说了一些注意事项，让他们开始工作，然后，走到司玥身边，开了一下空调，又转悠了一圈，捣鼓了几下，还是只有一句话：“空调坏了，用不了了。”

“好热啊。”司玥噘着嘴说。

左煜道：“心静自然凉。现在还是早上，不算热。”

“你们在很多恶劣的环境下工作过吧？”司玥看着左煜。

左煜点头："当然。现在还是在室内，条件已经很好了。"

"哦。"司玥能够理解。

左煜走回工作区，从放在桌上的工作笔记本上撕下两张纸，又走到司玥面前，把那两张纸递给她："拿这个扇扇风。"

司玥接过来，扇了一下，总算有一丝风了。

左煜不能一直顾着司玥，再次对她说"心静自然凉"后，又投入了工作。司玥觉得热，没心思帮着做事，走到窗边坐着。

傅红雪在一件文物上贴好标签，然后走到蹲在地上一边抬眼看眼前的文物一边在笔记本上记载的左煜身旁，对他道："今天的天气确实有点奇怪，司小姐还受得了吗？"

左煜抬头看了一眼坐在对面窗户边上用他给的那两张纸扇风的司玥，笑了一下。

傅红雪又道："这个条件不算差。很多时候，考古队的工作环境都非常恶劣。我觉得考古队并不适合司小姐。"

左煜当然知道这点，司玥从小到大就没吃过苦，在考古队也不知能坚持几天。不过，他似乎并不想和傅红雪谈这个话题，而是问她手中的工作进展情况。

傅红雪见左煜不提司玥待在考古队不合适的事，皱了皱眉，和他谈了几句工作就继续整理文物了。

司玥看着大家都认真工作丝毫不觉得热的样子，倒是有些佩服他们。尤其是左煜，即使额头上渗满了汗珠，鉴定、整理文物的动作仍然从容不迫，看着他，她的心就神奇地静下来了，也终于体会到了他说的"心静自然凉"。

司玥走到左煜身边，盘腿坐在地上。左煜发现她过来了，侧头看向她："还热吗？"

司玥笑着摇头，指了指他刚才正在看的一件像矛的青铜器："左煜，它就是武器中的矛吗？这上面的字是什么意思？"

"是矛。"左煜转回头看向上面的铭文，那些铭文刻得很小，又不太清晰，不仔细看还看不出来，他没想到司玥一坐下来，只瞄了一眼就发现了。他指着上面的铭文，一个字一个字地念："曾子之矛。"

司玥点头。

左煜又补充道：“这是青铜器时代的武器，上面刻的是金文。那个时候，有点权势有点地位的人都会定做武器，然后在武器上刻上自己的名字。”

“宣布所有权。”司玥恍然大悟，“这个是曾子的矛。你是我的教授，我也应该在你身上刻上我的名字。”

“你……”左煜哭笑不得，“你这思维发散得太快了，司玥。”

司玥笑眯眯地问：“刻在胸口好不好？”

“那是不是也要在你身上刻上我的名字？”左煜想都没想，顺口就说了出来。

“好呀。”她倾身附在他耳边，用只有两个人才能听到的声音说，“刻在你最喜欢摸、经常亲的那里……”

左煜忽然觉得天气真的是太热了，额头上的汗珠滑落了下来。他睨了司玥一眼，不能再继续这个话题，咳了一声，指着那支矛，跟她说西周的金文和殷商的甲骨文。司玥佯装犯困，打了个哈欠。左煜轻声一笑，没继续说，又继续工作。

司玥坐在一边不再打扰他。

中午的时候，天气更热，司玥感觉有点中暑。左煜让马东开车送司玥回旅馆。

车上有空调，司玥感觉好了些。一回到旅馆，司玥便把空调温度调得很低，倒头就睡。

马东送司玥回来后，又开车去了博物馆。考古队再次从博物馆回来时，已经是晚上十二点多了。

左煜一打开房间门就有一股冷气扑面而来，再看躺在床上的司玥，被被子裹得严严实实的。而这个时候，外面早已经凉爽了。左煜拿起遥控器把空调关了，然后走到床边，拉开被子，司玥一丝不挂地躺着，还半睁着眼睛，含含糊糊地道：“左煜，你回来了啊？”

“不热了就把空调关了，干吗裹着被子？”左煜的眼睛盯着她的身体，曲线美妙诱人，他的喉结不由自主地动了动，面上却淡定地道，“怎么不穿衣服？”

司玥缓缓地眨了一下眼睛，迷迷糊糊地道：“我要裸睡。”

“这里不比家里，万一出现什么紧急情况，需要立即出门，你会来不及的。”左煜又用被子把她盖上，空调虽然关了，但还有冷气，她什么都没穿，会感冒的。

司玥一副没睡醒的样子，应了一声“杞人忧天”就闭上眼睛睡了。

左煜打开她的行李箱，给她拿睡裙。她的睡裙都是非常短、非常透明的，穿了和没穿真没什么两样。但他还是拿了一条出来，打算给她穿上。

就在这时，敲门声响了。左煜放下司玥的睡裙，去开门，门外是傅红雪。床上的司玥翻了一下身，一条白皙修长的腿伸出了被子。左煜挡在门口，傅红雪还是隐隐约约看到一点。她咬了咬唇，看着左煜：“你这里还有没有牙膏？我借用一点。”

左煜让她等等，然后关了门。傅红雪看着关闭的房门一愣。这两天，她两次被他和司玥关在门外。一次是昨天在博物馆文物整理室，他和司玥在里面做那种事，一次是现在他怕她看到什么。傅红雪的心里忽然觉得憋屈得很。

左煜拿了牙膏再次开门，依然挡在门口，把牙膏递给傅红雪，道：“不用还回来了，我们还有。”

傅红雪点了点头：“谢谢。”踌躇一下，说道，“考古所发了邮件过来，陶猪已经收到了。”

和考古所联系的事，很多时候都是傅红雪在做。左煜闻言，点了点头：“辛苦你了。”

傅红雪微微一笑：“左煜，我们在一起工作这么多年，你说过很多次这样的话。在我们通宵研究文物时，在我们为考察双双负伤时……你应该知道我和你一样热爱这份事业，我和你有一样的理想。我一点也不觉得辛苦，更不怕苦。”

左煜点头，对她的敬业和专业还是很认可的。他看着她，忽然发现她的眼睛有些泛红。他蹙眉道：“红雪，怎么了？”

傅红雪觉得他的语气很温柔，鼻子更是一酸。

左煜耐心地等她调整情绪。

傅红雪说：“你能陪我出去一下吗？”

“嗯？”左煜疑惑地看着她。

“今天，不，已经过了十二点了，算是昨天了。昨天是我爸的忌日，我又不想考古队因为我进度变慢，所以打算做完了工作就去祭拜，哪知道加班到了现在。”傅红雪的眼睛更加红了。

她一向坚强，左煜从来没见过她红眼的时候。她要去祭拜她父亲，而现在已经是深夜十二点多了，她一个人出去不安全，的确需要一个人一起出去。

左煜回头看了一眼躺在床上的司玥，想了一下，然后点头："那走吧。"

傅红雪笑道："你等我一下，我去拿手电筒和东西。"

傅红雪早就准备好了要祭拜的东西。左煜拿着手电筒，一路照明。两人来到一个山崖边。

傅红雪说："我爸就是在十年前考古时，一个不慎掉下了山崖，从此离开了我和我妈。"

她的父亲也是考古学者，虽然在考古界并不出名，但也是很热爱考古这份事业的。

左煜看着她面对悬崖跪了下去，郑重地拜了三拜，他也对着悬崖微微倾了倾身。

而左煜不知道的是，旅馆此时发生了一件事，司玥陷入其中。

谢谢你不如我爱你

司玥在睡梦中听到外面有声响，好像还有人在敲门。她开始以为是梦，却又感觉不对。她缓缓睁开迷蒙的睡眼，更加清楚地听到外面有一阵奔跑的脚步声，急切而又慌乱。有人一边敲门一边大喊：“左教授！师母！左教授！师母！着火了！着火了！”

着火了！随之而来的是一股呛人的浓浓烟味。司玥忍不住咳嗽了几声，猛然掀开被子，跳下了床。跑到门边，司玥忽然想起什么，迅速转身，看见床上有一条睡裙，她拿起来快速套上，又去洗手间打湿了一条毛巾，然后拿着湿毛巾匆匆出了洗手间，快速开门，迎面而来的是熊熊燃烧的大火！司玥用湿毛巾捂着口鼻，被逼着退了回来。

刚才来敲门的人早已经不在。司玥心里一慌，跑到房间的窗户边，看有没有可能出去。她打开窗户，外面依然是大火。再回头时，火已经烧进了房，烧裂声频频响起，被大火烧着的门掉落在地。窗户也是一样的情形，窗套被火烧起来，掉落下去。

火太急太猛。门和窗都被大火堵住了，没有出路。司玥心里一慌，不知该如何是好。踌躇片刻，司玥抱起床上的被子，去洗手间用水冲湿，然后将打湿的被子严严实实地裹在身上，再走到已经不成样的门前，硬着头皮冲了出去。

外面一片火光，还有人们的尖叫声、呼救声。

“左煜！左煜！”司玥冲进火海，走到门也被烧起来的傅红雪的房间前。左煜不在房间，有可能在和傅红雪谈工作。他没来找她，也许还困在大火中。

司玥冲进傅红雪的房间，没有看到人，迅速退出来。刚才来敲门的好像是胡然，那么就说明左煜没有在胡然和季和平的房间，应该在马东那里。司玥用毛巾捂着口鼻，裹着被子又往马东的房间跑，而那个房间已经烧得不成样了。司玥一边喊左煜一边冒着大火冲进去。

她喊左煜的时候，必须拿开毛巾。而一拿开毛巾她就被浓烟呛得连连急咳，眼泪也被呛了出来。

还是没有看到左煜！司玥很快就判断出左煜有事外出了。她开始自顾自地往外跑，楼道也被大火包围着。司玥没有别的办法，只有硬闯。

头上不断有东西掉落下来，司玥每次险险避过。而她刚才找左煜耽误了时间，这时到处是火，熊熊大火中，已经看不清方向了。司玥奔跑中摔了一跤，湿毛巾坠入火海，她又被呛得不断咳嗽。浓烟让司玥头晕，之后，奔跑时不断摔跤。最后一次摔下，她很久都没有爬起来。

左煜等傅红雪祭拜完她父亲后就打着手电筒往回走。

“谢谢你这么晚了还陪我出来。”傅红雪一边走一边说。

左煜道：“你要祭拜你父亲应该早点说的。你出来一会儿，考古队的工作进度也耽误不了多少，我们多加点班就可以了，晚上出来不太安全，而且现在还误了时间。”

“无论怎样，我都不愿意延误考古队的事。”

左煜没有继续这个话题，而是说：“我们走快点吧，早点回去。”

傅红雪抬头看了一眼天上的月亮，只有朦朦胧胧的光，她却还是想多和他在月下走走。然而，他一心想快点回去……

“红雪？”左煜见傅红雪落后了几步，停下步子，打着手电筒转身看着她。

傅红雪忍着心中的难过，笑了笑，赶紧跟上去。

走了片刻，左煜停住脚步，忽然一愣。

“那边是火光！”是他们住的旅馆的方向，那旁边没有别的居民房屋。左煜惊诧出声后，拔腿就跑。

傅红雪抬头，正前方不远处，原本昏暗的夜空被点亮成了通红的一片。不是大火发出的光又是什么？而那个方向就是他们住的地方。傅红雪回过神后，左煜已经不见踪影了。事出紧急，她匆匆往回跑。

左煜很快赶到了旅馆门前，那里火光冲天，大火是从二楼烧起来的，也就是考古队人员住的那一层楼，烧得已经不成样子了。一楼倒还好，没怎么被烧。

“左教授！”

“左教授！”

焦急又惊喜的几个声音异口同声地喊了出来。左煜转头，发现几个学生面如灰土地站在他右手边。他们提着水桶，端着水盆，正在灭火。

“很好！你们都安全！”左煜说完，双眼望着熊熊大火，然后转头一把夺过马东手里的水桶，举起水桶，将一整桶水都浇在了身上，迅速脱下被水浇湿的衬衣，用双手把衬衣举在头顶，拔腿就往楼上火海里冲。

二楼那么大的火，已经不能上去了。学生们想阻止，急忙喊：“左教授！”

而左煜头也没回。

傅红雪赶回来时，看到学生们都在，松了一口气，又焦急地问：“左教授呢？”

学生们抬头望着楼上的大火。傅红雪知道左煜冲进去救司玥了，心里不由得担忧他的安危。她想也没想，冲进旅馆去，走到楼梯口，扑面而来的大火让她不得不退出来，只得在外面喊：“左煜！左煜！”

学生们也跟到了楼梯口，站在傅红雪身后，跟着喊“左教授”和“师母”。

在二楼的人根本听不到一楼的人的声音，左煜一边喊司玥的名字，一边冲过了被大火包围的楼梯，到了二楼。

面前只有火，一个人影都没有。左煜一边举着湿衬衣往火的深处走，一边不停地大喊。

趴在地上头晕眼花的司玥隐隐约约听到了左煜的声音，她努力让自己清醒，一张口，被呛得说不出话。最后她终于喊出一声“左煜”，立即牵起身上被子的一角，捂住口鼻，想努力地从地上爬起来。而此时她头上被大火燃烧着的横木就要落下。

左煜隐隐约约听到了司玥的声音，心中一喜，赶紧循声找去。

在左边的走廊上，左煜发现了裹着被子正从地上爬起来的司玥。他大喜过望，却忽然发现她头顶燃烧着要往下落的横木！左煜匆匆往司玥那边跑，一把把她拉进怀里，再一个转身。轰的一声，横木落在了地上，还在继续燃烧，他们堪堪避开。

“司玥，还好吗？”左煜低头，气喘吁吁地、惊慌地看着司玥。

“嗯。”司玥哑着声音应了一声。

“我们赶紧离开这里。”左煜把她抱起就往外面冲。

傅红雪一众人在下面用水救火，而火势依然没有变小。左煜也已经上去近十分钟了，还没有出来。

“左教授和师母不会有事吧？”杨琴在一边焦急地说。

“不会，一定不会的。”马东说。

“左教授一定会安全出来，师母也一定没有事。”胡然也焦急地说着，还和身边的季和平对视一眼。季和平点了点头，仿佛是给了彼此宽慰。

傅红雪不想司玥和左煜在一起，心里忽然生起一个念头，转而又猛地摇了摇头，她怎么能那么想呢？她再不喜欢司玥，也应该希望对方不会有事。傅红雪闭了闭眼，祈祷左煜快点找到司玥，两个人安全出来。

就在这时，傅红雪和学生们看到“一团火”从上面冲了下来，他们赶紧侧身让开。

左煜扔掉已经开始着火的衬衣和被子，低头看着怀中的司玥。司玥又呛咳了几声，冲左煜缓缓眨了一下眼睛。左煜惊魂甫定，伸手摸了摸她脸上的烟灰：“有没有哪里受伤？”

司玥的肩膀被东西撞了一下，她皱眉说：“肩膀很疼。”

左煜往她的两个肩膀看去，她的左肩微微有点红，是被东西撞了一下，不是烧伤，他立刻松了一口气。

傅红雪几人围了过来，知道左煜和司玥都没事后，也都放了心。

左煜抱着司玥走到了吉普车前，拉开车门，把她放在了车上，然后又下了车。在车子旁边，左煜发现了一个陌生女人。

胡然走过来解释：“左教授，她叫廖七七，刚刚在大火中帮了我一把。”

廖七七的年纪看上去和司玥差不多。她笑着看向左煜，打了个招呼：“你好，左教授。”

左煜点了点头，让人一起帮着继续灭火。而这时消防队员赶到，火很快就被扑灭了。火是从二楼烧起来的，尤其是考古队住的那几个房间烧得最厉害，至于是怎么烧起来的，并没有查清。

旅馆已经不能住了，左煜让学生们从车子后备厢里拿出考古队常年备用的帐篷。如今只能住帐篷了。

等一切都安顿好后，已经是凌晨三点了。左煜帮司玥处理肩上的伤患处，司玥“咝咝咝”地呼疼。

“真有这么疼吗？”左煜庆幸及时找到了她，她只是受了轻微撞伤，没有被烧伤，不然她这么怕疼，不知会被疼成什么样。

司玥皱着眉：“当然疼，我只有在一种情况下不怕疼。”

左煜不接她的话，手上的动作更加温柔。处理完她的肩伤后，左煜转身将药膏放回急救箱。他正要回身，身子却被人从后面抱住。她穿的睡裙几乎等于没穿，两团柔软紧紧地贴在他的后背上，让他的身子不由得一颤。她的手在他光裸的腹肌上游走，一步一步地引诱着，耳畔是她娇柔的声音：“我的教授，你刚刚去哪里了？”

左煜依然背对着她，他的手覆在她不老实的手上，微微转了头，抵在她的脸上，实话实说：“我和红雪出去了一趟。昨天是她爸的忌日，她出去祭拜，但是时间太晚了，一个人不安全。”

起火时，司玥没找到左煜，也没看到傅红雪，救火时，傅红雪毫发无损，司玥就已经知道左煜是和傅红雪出门了。傅红雪用死去的父亲做借口，让左煜陪她，和她独处。司玥微抬起头，张嘴在左煜脸上咬了一口，语带嗔怪与不满：“深更半夜和别的女人私会。”

左煜工作了一整天，加班到晚上快十二点，又救了一场火，现在已经有些疲惫了。他忍住倦意，依然侧头贴着她的脸，说：“什么私会，不要胡说八道。我和红雪一起搭档工作三年多，是同事之情。”

司玥当然知道左煜对傅红雪是这样的，她叹息一声：“左煜，你和她在一起只知道工作吧？那你们是落花有意，流水无情了。”

左煜一听就明白了，对于傅红雪的心思有些吃惊，然后蹙了蹙眉：“我竟然一直不知道。”

“你好像挺吃惊的样子。现在知道了，我的教授，你有没有遗憾？打算接受她吗？”司玥把下巴放在他的肩上，双手被他的大手握着，老老实实地放在他的腹肌上，说得一副事不关己的样子。

她柔软的身体仍然紧紧贴着他，即使她不动，他也有种奇妙的感觉。左煜捏了捏她的手：“不遗憾，不会接受。我已经有你了。”

司玥哦了一声，然后说：“没有我你就会接受她吗？”

“不会。”

司玥侧头亲他的脖子，手再次在他光裸的身上游走，虽然他的手覆在她的手上，但是没有禁锢她，她依然可以灵活自如地动作。贴在他后背的身体在他背上缓缓磨蹭，片刻后，她的身体离开了他，她的唇来到了他的后背。她跪在他身后，从上往下地亲他。

左煜的呼吸变得急促。司玥却停下了动作，跪着直起身子，又贴在他的背上，嘴附在他耳边，低声说：“好想在这个帐篷里和你……喜欢这个狭窄的地方。但是，我的教授辛苦了一整天，还冒着生命危险把我从大火中救了出来。为感谢教授的救命之恩，我今天就饶了你。”

左煜觉得她简直就是妖精转世。在她抽身离开时，他转身抱住了她，急促的呼吸声充斥在昏暗的帐篷里。

因为时间太晚，左煜又疲惫不堪，他这次匆匆行完了事，将司玥抱在怀里，说：“你会榨干我的。”

司玥在他怀里低低一笑，头上传来他低哑的声音：“快睡吧。明天还要去博物馆。”

巴城博物馆对外关闭，保安却多加了几个人。左煜一行人到了博物馆，先清点文物。因为旅馆里面的那场大火，整理出来还没备份的文物资料被全部烧毁，左煜吩咐先清点一下文物数量。

傅红雪从学生们那里走到左煜面前，对他说：“一共一千二百四十三件文物，和我们先前整理好的数据一样，没少。”

左煜点头，又叫学生们过来，让他们重新将这些文物分类记录下来。因为一场大火，要做重复的工作，学生们不由得叹了一口气。

左煜加了一句：“今天必须做完，不管多晚。”语气很凝重。

学生们不敢再叹气，赶紧转身投入工作。

学生们离开后，左煜又看向傅红雪：“我们也重新整理一下鉴别资料。”

傅红雪有些歉疚地道：“你交给我的资料，不管多晚，我都应该加班马上备份出来的，这次是我疏忽了。”

左煜没说话。他以前就对他的学生说过，资料必须马上备份，刚才他板着脸严肃的态度就是表明生气了。对于身为教授的傅红雪竟然也犯了同样的错误，左煜的脸色也不好看。

傅红雪也不知道自己是怎么了，工作中竟然会出这样的纰漏，这在以前是从来没有过的。相应地，她也从没有遇到过左煜以这样的态度对她。傅红雪微低了头，小声说：“对不起。”

左煜淡淡地道：“工作吧。”

傅红雪觉得他嘴上什么都不说，没有怪她，但他的态度明显是在责怪她。她又说了句“对不起”，转身投入工作。

一直站在左煜不远处的司玥，见左煜脸色难看得很，慢悠悠地走过去，轻声一笑：“教授生气的样子是这样的啊？好吓人，全世界的人都不敢和你说话了。”

左煜的神情缓了缓，看着她道：“司玥，我要工作了。”

“没让你陪我，是我陪你，教授工作吧。”今天不热，司玥安安静静地坐在左煜身边，无聊时还拿了博物馆里的一本考古百科书来看。不过，她看了一会儿就开始打哈欠，里面的东西真是太枯燥乏味了。比如，什么是考古？考古的目的及意义？考古与盗墓的区别？考古大事记，历代出土文物……

一个上午过去，左煜才扭头看了一眼司玥，只见她坐在椅子上，头偏着，一只手放在椅子扶手上撑着额头，一只手捧着书，眼睛半开半合，似睡非睡的样子，媚气是从骨子里面透出来的，她不动，也妖娆动人。

左煜忍不住多看了几秒，听到傅红雪的声音才转过头去。

“左煜，今天上午暂时整理了这些，让大家先把午饭吃了再继续吧。”傅红雪将手上暂时整理出来的资料递给左煜。

左煜接过来一看，说：“行。”又看向文物整理室里面的几个学生，“十分钟的时间，大家赶紧去把饭吃了。”

学生们异口同声：“好。”

胡然举手：“左教授，我申请多给十分钟时间。我得先去一趟厕所，才能吃饭……最近便秘……”

其他几个学生憋着笑。

左煜睨了一眼胡然：“抓紧时间。”

学生们笑着一哄而散。

傅红雪见左煜还没有要走的意思，只得率先出去了。

左煜转头，想喊司玥，发现她正看着他，双眼清明。他笑道：“去吃点东西。”

司玥站起身来，跟着左煜出了文物整理室。

所谓的午饭照样是方便面。司玥渐渐习惯了，照吃不误，只是吃得很慢。坐在她对面的左煜忽然伸手摸了一下她的头，她抬眼看他，他却又低头吃面了。

吃过午饭，大家又投入工作，司玥坐在椅子上小睡了一会儿。左煜扭头时，她正好醒来。

“起来跟我一起走走。”左煜说。

司玥伸了个懒腰：“可以约会了吗？”

左煜道：“不可以。”

司玥噘了噘嘴，还是起身跟着左煜。原来，左煜还想亲自查看一下各个文物是不是还保持原样。

司玥跟着左煜，走到一个文物面前，他仔细查看一番，又继续走。学生们见左煜和司玥过来，便一边汇报目前的工作，一边继续手上的工作。

“一共一千二百四十三件文物，我刚才也重新查看了一下，不仅数目正确，每件文物也都保持原样。”傅红雪从另一边走过来，对左煜说。她先前工作有疏忽，所以很自责，不想左煜对她的工作失望，后来自己主动检查了一次文物，文物都是好好的，并没有什么不对。

那么多件文物，左煜只鉴定了其中的一些珍贵文物，有些还是和傅红雪一起鉴定的，其他的都让学生们一件件记录下来，傅红雪做审核，所以，左煜现在听傅红雪这么说也就点了点头，相信数目正确、文物没有被损坏也就一切正常。

“继续工作吧。”左煜对学生们和傅红雪说。

司玥看到杨琴面前的一个酒樽，咦了一声：“我怎么没见过这个东西？”

杨琴道：“是战国时期的酒樽。”

司玥说：“我的意思是我不记得之前的记录中有这个东西。”

杨琴笑道：“一共一千多件文物，师母不记得这个东西很正常。”

司玥摇头：“不对。整理的文物之中没有这个东西。”

傅红雪出声道：“司小姐不过是做了一小部分记录，其他的更只是看了一眼记录表，一千多件文物，不会每一个都记得吧？而且，文物的数量也是一样的，你说这个酒樽不在先前的文物之中，又怎么可能？”

司玥转头看着傅红雪，缓缓地道：“因为这个东西是凭空多出来的，数目一样……只能说明一件事情。”

“本来的文物少了一样。”马东接口道。

左煜若有所思。

傅红雪觉得非常可笑：“这就有些无稽之谈了。我不相信司小姐能够记得这么清楚，除非司小姐能够把除这个酒樽外的其他所有文物列出来，而数目要有一千二百四十三个。”

司玥皱眉看着傅红雪。

“怎样？”傅红雪近乎逼问道。

司玥能理解别人对她的质疑，但是她真的越来越看不顺眼傅红雪了。她侧头看着左煜，左煜对她点了点头，说：“司玥，可以列出来吗？这样就可以知道少了哪些文物了，或许不止少了一件。”

左煜这样说是相信司玥的记忆力了，只不过，他想知道还少了哪些文物，也想让别人像他一样相信司玥。司玥听左煜这样说，便勉强道：“拿纸笔来。”

胡然立即将手上的纸笔递给司玥。操作台前的杨琴给司玥让开了位置，让她可以坐着好好写。

司玥在杨琴刚才坐的位置上坐下，埋头，握着笔却久久都没有写出一个字。学生们都在心里猜测司玥会不会不记得了，傅红雪似乎料到司玥写不出来。

左煜轻声道：“不着急，司玥，慢慢想。”

司玥抬起头来睨了左煜一眼，眼里略有不满，仿佛是在说她是看在他的面子上才这么费力地想的。但是，出现在眼前的东西本来有没有她很快就能判断出来。左煜给了司玥一个鼓励的眼神，她这才又埋头开始认真地想。

大家都屏住呼吸，不打扰司玥。又过了好一会儿，司玥终于一连写出了几个文物的名称。学生们交头接耳，司玥写的这几件都有，他们刚才也重新整理过。傅红雪不以为意，这几样在文物整理室里一眼就能看到。左煜站在司玥对面的学生们身后，离她有几步的距离，并没有倾身过去看，而是在原地耐心地等待。

司玥写出了这几样后，又想了很久才重新落笔，写出来的都是学生们刚才恰好重新记录了的。到了后来，司玥又慢慢写出几个学生们还没有来得及重新记录的。司玥写出来一个，学生们就在新做的记录表上找，找不到的便在文物整理室里查证实物，结果司玥写的都是正确的。

随着司玥越写越多，学生们都吃惊不已，毕竟他们整理过也没写全。渐渐地，他们对查证司玥写出来的是不是和整理室里的文物相符也乐在其中。

“啊，真的有，在这里。”

“这个也正确。”

“这个我没找到。”

“我找到了，你们看，就在那边的墙角呢。”

“宋朝的赵氏牌匾，这个我也记得，是有的，挺大一个。”

学生们忍不住惊呼出声。司玥越写越快，似乎已经记起了所有的文物。傅红雪也终于惊讶了，但还是抱着司玥写出来的都是文物整理室里有的心态，对方如果有心，在整理室里转一圈就知道。傅红雪没有去想司玥一个上午都坐在左煜身旁，看书、小睡，刚才还是左煜让司玥起来跟着他一起走走她才起来的。

司玥越写越快，字迹也越来越潦草，学生们渐渐认不出司玥写的是什么字来，又开始交头接耳。最后，只听啪的一声，司玥将笔放在了操作台上，皱着眉，甩了甩手。

“司小姐，写完了吗？”傅红雪问。

司玥淡淡地道：“没有，还有两样我没想起来。”

马东和胡然异口同声：“师母已经非常厉害了。一千多件，我们查证过的都正确。”

“不过，师母后面写的小半部分的字我们不太认识。”杨琴说。

傅红雪向坐在操作台的司玥迈出一步，拿起司玥写的东西，仔细辨认了好久才一个一个地念出来，学生们照例一一和实物校对，因为司玥后来写的很多都是他们还没来得及重新整理记录的。结论是司玥写出来的和文物整理室里大部分的文物完全吻合，但是司玥写出来的差了两样。

司玥的眉头深深皱起。

傅红雪笑道：“司小姐的记忆力惊人。但是，司小姐写了这么多，全是这里有的，证明不了实际的文物少了一样，而且司小姐在数目上还少写了两个。加上这个酒樽，算司小姐少写一样。至于最后这一件文物，学生们刚才查证实物查证了大半天，想必都已经有结论了。杨琴，你给我们说一下最后少了的这件文物是什么。”

“我说过没有这个酒樽。”司玥出声打断傅红雪。

傅红雪立即道："但是司小姐少写了两件。数目对不上，说什么都是空话。依我之见，少写的这两件中包括这个酒樽，它和另一件都是这里有的，学生们都可以说出另一件是什么，文物并没有少。也就是说，这个酒樽就是先前整理的文物之一，不是凭空多出来的。"

"师母，要不要我说出另一件东西是什么？"杨琴斟酌地问司玥。

其他几个学生也都圆场般道："一共一千二百四十三件文物，这其中的很多文物，师母都没有经手，只看了一眼记录表就写对了一千二百四十一件，非常了不起，我们都做不到。"

一直站在众人身后没有开口的左煜见司玥的眉头皱得很深，还在努力回忆，对几人道："你们不要说话。"

左煜开口，大家自然不会说什么，都静下来看着司玥，等她回忆。

"请把纸给我。"司玥对拿着她刚才写的那几张纸的傅红雪说。

傅红雪一愣，把纸递给司玥。司玥提笔在纸上写了几个字，最后这几个字的字迹潦草得连傅红雪也不认识。她盯着那几个字皱眉："司小姐写的是什么？"

"自己看呀。"司玥写完了就站起身来不管了。

左煜看了一眼司玥，这才走过去，拿起操作台上的那张纸，辨认了片刻，缓缓念了出来："三国断戟、汉代六壬式罗盘。"

"断戟在这里是有的。但真的没有这个战国酒樽，而应该是六壬式罗盘！"马东惊讶地出声。

"少了六壬式罗盘！"胡然几乎和马东同时出声。两人说这话的意思是肯定了司玥说的原本的文物中没有酒樽，而应该是她列出来的这个罗盘。因为司玥列出来的其他文物都是这里有的，不会只编造出一个六壬式罗盘来。而且，司玥对文物并不了解，如果没有在原来的文物中见过这个汉代六壬式罗盘，恐怕都不会知道这个东西的存在。

季和平、杨琴也都因此信服司玥说的，惊讶于司玥超强的记忆力。上两次司玥敏锐的思维和强大的逻辑推断力已经让几个学生赞叹不已了，如今又让他们大开眼界。傅红雪无法再反驳，哑口无言。

左煜蹙眉道："少了汉代六壬式罗盘，多了这个战国酒樽。六壬式罗盘是怎么少的？谁用这个酒樽充数，让我们相信文物并没有被盗过？而这里这么多珍贵的文物，又为什么偏偏盗取一个并不十分罕见的罗盘？"

左煜一连串的提问转移了众人还在惊讶司玥记忆力的注意力，霎时让大家警醒起来，都开始认真思索了。

这个时候却只有司玥一个人放松下来，好像之后的事情她就一点都不关心了。事实也是，她并不关心，她现在只觉得手酸。她已经很久没有一下子写过这么多字了，她从来都不喜欢写字。

傅红雪对左煜说："我们去保安室调监控出来看看吧。"

左煜点头，和大家一起往保安室走。他回头看了一眼站着没动的司玥，出声道："走吧，跟我一起去看看。"

左煜要去，司玥自然不会拒绝。她上前两步，走到左煜面前，与左煜并肩走在其他人身后。

这个时候，保安室里有两个保安，一个是已经在博物馆里做了七八年的保安队长，名叫刘岩；一个是馆长乔大伟被捕，博物馆对外关闭后重新招进来的，名叫钱松。

昨天晚上上半夜是钱松值班，下半夜是博物馆的另外一个老保安宋子高值班。

保安队长刘岩按左煜的要求将昨天晚上的监控调出来，监控录像上并没有什么异常。没有外人进过博物馆，更没有外人进过那间保安室。

"没有人进去过，文物是怎么丢失的？"马东疑惑地道。

傅红雪对左煜道："昨天我们加班到晚上十二点多，学生们才把文物的所有资料弄完，然后大家才离开。也就是说在我们离开后，六壬式罗盘才被盗。而这期间怎么会有人进去呢？"

左煜问傅红雪："昨晚临走前你审核过吗？"

傅红雪蹙眉："是的。"

"怎么审核的？"左煜问。

傅红雪蹙了蹙眉："看了一遍学生们的记录表。"

"没有与实物校对。"左煜的声音很沉，也板着脸。

傅红雪哑口无言。

杨琴帮着傅红雪道："昨晚加班到那么晚，我们一直在做校对，晚上当然不用再校对。"

"罗盘不是昨天晚上被盗的。"左煜断言，暂且不追究谁的责任，得先弄清楚文物是怎么被盗的，是被谁盗的，还能神不知鬼不觉地找个文物来充数。

傅红雪站在那里沉默不语。

左煜又转而看向保安队长刘岩："请将前几天的监控录像都调出来给我们看看。"

而前几天的录像依然没有问题。

傅红雪打电话报了警，大家在监控录像上没有发现疑点，便准备出去。

忽然，左煜和司玥异口同声："等等。"

听到左煜和司玥的声音，大家都停下了脚步，转身疑惑地看着他们，不知道还有什么事情，或者是刚才看监控录像时漏了什么？左煜和司玥两人同时听到彼此的声音，霎时转头对视一眼，都知道对方想到了什么。司玥朝左煜眨了一下眼睛。左煜弯了弯唇，看着她说："刚才有幅画面过得太快，前后有点生硬。"

大家一听，立即想到监控录像被人做了手脚。

"哪幅画面？"傅红雪和刘岩也同时间出声。其他人也都点头，示意想知道。

左煜在思考，视线却仍然在司玥身上。司玥也看着左煜，接口道："前天凌晨两点，也就是十八日凌晨两点……"顿了一下，她又缓缓开口，"十八分三十五秒到二十三分五十三秒。"

这么精确的时间？大家都半信半疑地看了司玥一眼，然后又看向左煜，似乎在等他下结论。左煜也终于把目光从司玥身上收回来，迅速转头看向刘岩，果断地道："请刘队长将录像倒回到十八日凌晨两点十八分三十五秒的位置。"

刘岩没有犹豫，说了声"好"，立即把监控录像倒回去看。所有人都围在监控录像前眼睛一眨不眨地盯着屏幕，想看看司玥说得如此精确到底对不对，也想看看左煜说的画面生硬是怎么一回事，因为刚才他们也都很仔细地在看监控，并没有觉得有生硬的地方。

两点十八分三十五秒到两点二十三分五十三秒的时间内，屏幕里面，整个博物馆静悄悄的，只有博物馆各个进出口的路灯亮着，灯光非常暗，没有人进出。大家仔仔细细反反复复地看了许久也没觉得画面生硬。

"会不会不是这个时间？"傅红雪回头看左煜，"要不我们再看看其他时间段的？”

左煜总觉得有幅画面不流畅，但是一时也说不出是哪里不流畅。司玥也是这样，她觉得就是这个时间段的画面有问题，但是哪里有问题又说不出来。

“左煜？”傅红雪又喊了一声。

沉思中的左煜回过神来看向傅红雪：“不用，就是这一段。”

“那这一段的什么地方有问题呢？”傅红雪若有所思地看着反复播放的画面，并没有觉得哪里不对劲。

其他人也盯着屏幕。

“司玥。”左煜却喊了一声身侧的司玥，转头对她道，“再仔细看看。”经过前几天的事，左煜相信司玥的鉴别能力，她或许可以给他一点提示。

司玥却没再看屏幕，而是微眯着双眼，仿佛画面都已印刻在了她脑海中。大家听左煜对司玥说话，不由得又都回头看着她。过了好一会儿，司玥又缓缓睁开双眼，看着左煜，吐出一个字：“灯。”

左煜忽然就找到症结所在了，他道：“对，两点十八分三十五秒时文物整理室旁边走廊上的那盏灯的灯光更暗，之后到二十三分五十三秒的灯光略亮，随后又恢复到两点十八分三十五秒的亮度。这中间五分多钟过渡太快，光线有变化，这五分多钟原来的监控画面已经被剪辑。”

众人又看向屏幕，那盏灯的光线本来就很微弱，所谓后来更亮也并没有多亮。但是，大家听司玥和左煜这么一提，又觉得确实如此。

保安钱松道：“我还是没看出来。”

保安队长刘岩若有所思地道：“是有点问题。不过，我觉得应该让警方鉴定一下。另外，前天晚上后半夜是另一个新来的保安魏齐值班，我想，我们应该把他叫过来问问。”

傅红雪先前报了警，大家没等多久，江队长就带着几个警察到了博物馆。

江队长让手下的专业人员对监控录像进行了鉴定，鉴定结果说明录像确实被剪辑了。魏齐也被叫到了保安室，但是魏齐说他没有在监控里发现有人在那五分多钟的时间里进出博物馆以及那间文物整理室。

“你一直没有离开过监控室吗？”江队长问。

“没有。”魏齐又忽然改口，“对了，我去了一趟厕所，但是没看时间。”

“那么，不是你在撒谎就是你离开的时候确实是监控被剪辑的那几分钟。”江队长道。

“没有！我没有撒谎！”魏齐急忙道。

“你有没有撒谎，我们会判断。”江队长道，“刘岩，监控的账号和密码归你管吧？”

刘岩点头：“我和宋子高都有账号和密码。”

刘岩和宋子高都是博物馆的老保安，都做了七八年。

江队长点头：“那请你、宋子高、魏齐一起跟我去一趟派出所，协助调查。”

魏齐还想说什么，最终还是没有开口，跟着刘岩说了声“好”。宋子高不在博物馆，刘岩便给他打了电话，让他立即去一趟派出所。

警察一走，保安室里就只剩钱松一个保安了，左煜等人也在之后离开了保安室。

“六壬式罗盘就是被剪辑监控录像的那个人盗走的吗？”杨琴问马东。

“这肯定是了啊。”马东还没说，胡然就先开口。

“那是刘岩、宋子高，还是魏齐？”杨琴又问。

“刘岩是保安队队长，又在博物馆里做了七八年保安，刚才也一直配合我们，应该不是他。宋子高没接触过，魏齐没有监控账号和密码……”季和平也道。

“那就是宋子高的嫌疑最大了。”杨琴做出结论。

“这也说不定。坏人又不会在脸上写个‘坏人’的字样，往往最淡定的人才是幕后最大的boss。”马东说。

几个学生走在前面你一言我一语地讨论，傅红雪走在他们身后。她转身想和左煜谈谈文物被盗的事：“剪辑监控的人应该就是盗窃文物的人了。左煜，你觉得是谁把罗盘盗走的？”

左煜正要和司玥说话，听到傅红雪的声音，转头看向傅红雪，道：“现在不能下定论。”

傅红雪点头：“一切还要看江队长的调查结果。”

左煜又道："红雪，剩下的工作仍然继续，今天必须把工作完成。"

提到工作，傅红雪就想到了自己的疏漏，声音也低了下去："好的。"说完，傅红雪追赶上前面的学生，将左煜的话交代了下去。

等傅红雪几人走远了，左煜才又转头深深地看着司玥。司玥以为他要说别的什么，却没想到他启唇缓缓地说："今天的工作很多，要通宵。司玥，我先去工作了。"

司玥噘着嘴不说话。左煜看了一下四周，低头亲了一下她的耳朵，低声说："有时间我就好好陪你。"

司玥睨了他一眼："你去工作吧，不用管我。"

左煜他们加了一个通宵的班，终于把乔大伟留下的文物工作都完成了。司玥一晚上都在博物馆的一间休息室休息，因为那场大火，旅馆不能住了，左煜也不让她一个人住帐篷。加完班，大家也都在博物馆里休息。左煜去找司玥，她却刚好去了洗手间。

左煜坐在司玥晚上躺的躺椅上闭目养神，司玥从外面进来时，见到一脸倦色还强撑着不睡的左煜，她轻手轻脚地走过去。到了左煜面前，她张开双臂，将双手环在了左煜脖子上，身子往前一压，把他推倒在了躺椅上，她的身子也随之压在了他身上。

左煜睁眼，司玥翻身离开他的身体，盯着他道："快点睡！"

左煜笑了一下，说："好，我先休息半个小时。"

"嗯。"

说完，左煜就闭眼睡着了。

司玥以为他口中的半个小时只是随口说说，哪知半个小时之后，他真的醒了。

"司玥，想吃点什么？我去做。"左煜一睁开眼就对司玥这样说。

司玥挑眉："教授，你本来就比我大这么多岁，你这样很容易老。"

左煜伸手捏她的鼻子："我有那么老吗？"

"嗯。"司玥笑嘻嘻的。

"司玥，多亏了你我们才发现文物被盗，监控录像的事也是你的功劳。"左煜忽然转移了话题，郑重地对她说。

司玥眨了一下眼睛："要这么严肃吗？"

“嗯。汉代六壬式罗盘虽然也罕见，但是最珍贵的几样文物没被盗，罗盘却被盗了，有点匪夷所思。不管盗取这件文物的人是谁，这其中或许还有别的秘密。”

司玥一时懒得费神想这些，所以只敷衍地哦了一声。

左煜知道她的性子，也就打住没继续往下说，而是道：“因此，谢谢你，司玥。”

司玥调笑道：“‘谢谢你’不如‘我爱你’。”

左煜没接话，只是伸手一捞，环着司玥的腰，把她带入了他的怀抱。他的唇在她头顶上亲了一下，另一只手轻轻顺着她的头发抚摸。

他的动作很温柔，司玥的眼神却暗了暗。

不信邪

不过很快，司玥的神色就恢复如常。她从他的怀里抬起头来，双手又勾住他的脖子，站在地上的她顺势跨坐在他的两条腿上，眼睛注视着他，目光里满满的都是调笑之意。

左煜又亲了一下她的眼睛，说回之前的话题："想吃什么？"

"教授。"

左煜无奈地笑了一下："司玥，你的脑袋瓜子能想点别的吗？"

"想这个怎么了？食色性也。教授的体力还能承受吗？"她似笑非笑地看着他。

左煜抬手轻敲了一下司玥的脑袋，还刮了她一下。

司玥不以为意地道："也就是说教授的体力不行了……那我们吃点滋阴补阳的东西。"

"行了，博物馆里也没有别的什么可吃的，我们去后面的山上挖点野菜来吃。你吃过野菜吗？"左煜不跟她说闲话，怕她没吃饭饿了。

司玥说："你就先休息吧。我吃了方便面，已经吃不下其他的东西了。等你休息好了我们再去挖野菜，作为今天晚上的晚餐。你现在不是没有体力吗？没有体力你怎么挖？"

左煜发现，无论他说什么，她总有本事扯到那种事情上。他面色如常地道："挖菜的体力还是有的，你又吃方便面了？"

司玥嘟着嘴："这里只有方便面啊，没有别的吃的。"

左煜柔声道："跟着考古队很辛苦，这也是我以前不同意你留下来的原因之一。"

在司玥的坚持下，左煜只好在躺椅上躺下睡觉。司玥搬了一张凳子坐在他身边，低头用手机给司焱回信息。她原本是要去司焱那里的，但是，她和左煜和好后就没想要去了，也一直没有和司焱说。司焱昨晚打电话来，因为她把手机调成静音模式了，所以没有听见，现在看见才给司焱回信息过去。

她直接回了一条："我不去你那里了，不要找我。"

结果信息一发出去，司焱的电话就打过来了。司玥赶紧接起来，然后走到离左煜很远的地方，小声地"喂"了一声。

"那天车祸后你就杳无音信了，给你打几次电话也不在服务区，我想找人跟踪你也不行，你到底在什么地方？昨晚给你打电话，好不容易打通你却不接，我只好定位了。你在巴城博物馆？"

"对。"

"和男朋友在一起？不是分手了吗？"

司玥敷衍地道："又和好了。"电话那端轻笑了一下，然后，司玥听司焱说："我知道了。"

司玥挑了挑眉，说了一声"挂了"便挂了电话。司焱不会插手她的私事，所以也没问她关于左煜的事。

巴城博物馆文物的事告一段落，只剩罗盘被盗这一事，而这件事有警察在调查，考古队暂时先等警察的调查结果。左煜睡了一个上午，醒来后，又和大家吃了方便面，交代考古队的人，在继续等警察调查结果的同时明天重新开始去古墓考察。

"也就是今天下午还可以休息一下午了？"胡然问道。

左煜点头："对。"

大家顿时欢欣鼓舞起来，他们已经很久没有好好休息了。

"那今天下午做什么呢？"马东笑着说。

左煜看着面前的几人道："没事的人可以跟着我和你们师母一起去挖野菜，改善一下生活。"

站在左煜身旁的司玥瞥了一眼左煜，平时学生们喊她"师母"，她也乐意答应，不过，她还是头一次从左煜嘴里听到"师母"这个词呢。她很受用地眯了眯眼。

当然，傅红雪也是第一次听左煜亲口这样说。她抬头看着左煜，左煜和司玥实际在一起的时间连三个月都没有，他好像很喜欢司玥，或者说越来越喜欢司玥了，而她却在工作中出现了纰漏……

“要是有野兔打才叫改善生活。”胡然说完哈哈大笑。其他的几个人也附和着说很久没吃肉了，没有人注意到傅红雪的情绪。

最后，包括傅红雪在内的考古队的所有人都去了博物馆后面的一座山上挖野菜。

司玥看着拿锄头、铁锹沿着狭窄的山路慢慢走的一队人觉得新鲜得很。胡然第一个起头唱起了黄梅戏：“树上的鸟儿成双对，绿水青山带笑颜……”

马东、季和平接着唱：“从今再不受那奴役苦，夫妻双双把家还。”几个男生唱完都看着杨琴。杨琴横了他们一眼，几个男生哈哈大笑。

走在后面的左煜问司玥：“知道后面两句是什么吗？”

司玥当然是听过的，不过她故作不知，问：“是什么？”

“我耕田来你织布，我挑水来你浇园。”左煜轻哼了出来，并把对唱中第一句的“你”“我”换了一下顺序。

司玥忍不住笑道：“真是老头子啊，现在还有谁唱这种歌？什么织布、浇园，我统统都不会。教授喜欢的是这样的女人吗？”

除了傅红雪外，一路上其他人均欢声笑语。到了山间，大家都开始找野菜挖野菜。

“这个能吃吗？”司玥见季和平挖了几株，不敢想象吃在嘴里会是什么味道。

季和平点头，对司玥说：“师母，这个叫茼蒿，凉拌起来很好吃。一会儿你就知道了。”

司玥哦了一声，然后问：“你会做吗？”

“考古队的人多多少少都会做。不过，我告诉你们，做得最好的还是傅教授。”马东把头凑过来对季和平和司玥说，然后放低了声音，“有一次我们都吃过饭了。傅教授和左教授还在加班，傅教授说不用留饭。后来，傅教授亲自做的菜，我偷吃了一口，味道美爆了。”

司玥一听就明白是傅红雪想亲手给左煜做饭，可惜左煜只把傅红雪当同事。因为傅红雪曾有意针对司玥，司玥对傅红雪没什么好感。司玥回头时，就见傅红雪和左煜挖到一块儿去了。她站在季和平和胡然身后，好整以暇地看着几米之外的左煜和傅红雪，两人还在说着什么。

那边，傅红雪在跟左煜说工作，对于工作中的疏忽，她耿耿于怀。左煜淡淡地说了一句："红雪，我最不能容忍的就是这种低级错误，而且这种低级错误竟然发生在你身上。"

傅红雪皱着眉头说："你是不是对我很失望？"

"还不至于失望，我只是觉得很不应该。不过，事已至此，再追究也没有用。希望我们在工作上还能好好合作。"左煜道。

"好。"傅红雪顿了一下，又道，"为了赔罪，今晚让我下厨给大家做饭。"

左煜道："用不着这样。这么多人，你一个人也忙不过来，还是大家一起做。"

傅红雪点头："也好。"

左煜没看见司玥，抬起头来找了一圈，见司玥正闲闲地看着自己，将锄头架在肩上便朝司玥走去。傅红雪还想说什么，抬头却只见左煜的背影，还听到左煜在喊司玥的名字。

司玥等左煜走到跟前，似笑非笑地道："你们挖到什么菜了？"

"茼蒿，这边只有茼蒿。"

"哦。"司玥漫不经心地道，"看来今晚是茼蒿宴了。"

"跟我走，我们去别的地方找找，应该还有别的野菜。"左煜去牵司玥的手。

司玥跟着左煜走。左煜一边走一边找，渐渐地离大家越来越远。最后，她和他来到了一块相对平坦的地上。那里有几棵树，长了很多司玥不认识的草。左煜放开司玥的手，蹲下身子指着其中的几株回头笑道："这是野苋菜，我们今晚还可以吃它。"

司玥点头："好吧。"

左煜把野苋菜挖起来，然后对司玥说："走吧，加上他们挖的，今晚的菜差不多了。"

司玥摇头："我现在就饿了。"

"那赶紧回去。你早上、中午都是吃的方便面，不顶饿。"说着，左煜就去牵司玥的手。

司玥笑得意味深长："左煜，你的体力恢复了吗？还是挖了一下午的菜，又没力气了？"

左煜目光一沉："司玥，你今天不达目的不罢休是不是？"

"对啊。你还记得我跟你说的那个梦吗？"

"嗯？"

"梦到我和你在树林里面的那个梦啊。"

左煜突然就想起那天晚上司玥对他说的话："在梦里，我们换了很多姿势……你不问我最喜欢哪种姿势吗？"

司玥继续说："那天晚上，我们本来可以像梦里那样的，结果傅红雪来找你，被她打断了。左煜，不如我们继续那天晚上没有做完的事？"

这时，夜幕降临，倦鸟归巢，山林里一片寂静。

司玥站在他面前，向他眨眼。

左煜的手机铃声在寂静的山林里响起。

"傅红雪吗？"司玥问。

左煜放下锄头和野菜，掏出手机一看，果然是傅红雪。他挂断了电话，然后看向司玥："走吧。"

"嗯？"司玥仰首看着他。

"我看你想了一天了。我们找一个更偏僻的地方，一个谁都找不到的地方，圆你的梦。"

左煜牵着司玥在山路上刚走了几步，傅红雪的电话又打来了。左煜没有再挂断电话，而是把电话接起来。

傅红雪的声音传来："左煜，你们在什么地方？"

左煜没回答，而是道："红雪，时间不早了，野菜应该挖得差不多了，你带他们回去吧。"

"你们不和我们一起回去吗？"

"嗯。我们晚点再回来。"

"好吧。"

因为文物被盗，考古队的人暂时留在博物馆。司玥和左煜回到博物馆时，天已经完全黑了下去。傅红雪和学生们已经用过了晚饭，给他们单独留了一些饭菜。司玥第一次吃这种野菜，胃口大开。

吃过饭的学生们围坐在一起讨论文物被盗的事，傅红雪坐在他们身后，看着门外时不时地走神。

"都一天了，警察还没查到盗窃文物的人是谁吗？"杨琴问。

马东道：“不是外面进来的盗贼，是内鬼。而博物馆里就这么几个保安，我看我们应该很快就知道是谁盗的了。”

“不知道师母吃完饭没有。要是吃完了，我们问问师母，她或许能推断出来。”胡然笑着感慨，“要不是师母，我们还不知道文物被盗了呢。”

傅红雪回过神来，恰好听到胡然的最后一句话。她皱了皱眉，她只数了数目，所以没发现文物被盗。她对几人道：“警察已经介入调查了，结果很快会出来的。”

她刚一说完，左煜和司玥就从外面进来了。马东赶紧向司玥打招呼：“师母，师母，快来，快来，我们已经等你很久了。”

“哦？”司玥越过傅红雪，看向几个学生，“等我做什么？”

胡然离司玥近，搬了两张椅子给司玥和左煜。等左煜和司玥坐下后，马东笑着问：“师母是不是已经知道文物是怎么被盗的、被谁盗的？”

司玥侧头看了一眼左煜。左煜微微一笑，看来学生们很信服司玥说的话了。司玥又看向马东，说：“我不知道啊。”

傅红雪又说：“江队长那边自然会有结论的。”

傅红雪刚一说完，司玥就又道：“不过，可以推断一下。”

学生们做洗耳恭听状。

司玥笑道：“你们发现这件事的奇怪之处了吗？”

“什么地方奇怪？”杨琴问。

司玥说：“旅馆的大火、拿来充数的文物，也就是酒樽。”

“大火的起因并没有查清，旅馆起火和文物被盗有关系吗？”季和平问。

司玥说：“有关系。大火主要烧的是旅馆第二层，尤其是考古队的几间房。然后，考古资料被烧毁，考古队重新整理文物和资料，如果不是我的记性好，记得有个六壬式罗盘，那也就不会判断出酒樽是多出来的，更不会发现文物被盗。”

“那大火和文物被盗的关系是？”傅红雪并不觉得这两者之间有什么关系。

“大火是为了烧毁考古队整理的资料，以此掩饰有文物被盗的事实。因为，即使考古队重新整理文物也不会发现有文物被盗，在数目一致的情况下，没有人会对不是特别稀罕的一件小文物有印象。”司玥没有理傅红雪，而是缓缓对几个学生说。

“那盗取文物的人是谁？”马东问。

司玥道：“拿别的文物充数的人、剪辑监控录像的人以及在旅馆纵火的人。”

“三个人？”其他人惊讶极了。

“或许是，也有可能是两个人、一个人。”

“这怎么越来越复杂了？”大家又道。

“那谁最有可能？”胡然问。

“老保安宋子高。”

傅红雪的手机忽然响了，是派出所的江队长打来的。她立即接起来，接完电话后，她看着司玥笑道：“调查结果出来了，司小姐猜错了。”

几个学生正要问司玥为什么会说嫌疑最大的是老保安宋子高，而不是其他的保安，却忽然听到傅红雪说调查结果出来了，司玥猜错了，不禁一愣，要问的话也都咽了回去，面面相觑，难道这次他们师母推断错了？

司玥乍然听到傅红雪这话也有些吃惊，警察调查的结果不是宋子高？她微低了头颦着眉，心思百转。首先，乔大伟逃离博物馆之后，博物馆就有警察把守，地下室里的文物也被警察暂时封存。没有外人知道那里面的文物有些什么，包括那个六壬式罗盘，不然早就被盗了。后来考古队接手整理乔大伟私藏在地下室里的文物，文物从地下室转移到文物整理室，六壬式罗盘在转移的过程中暴露了。因为那天是由考古队的人员和保安宋子高、钱松、魏齐一起搬的文物。他们三人之中肯定有人发现了罗盘，觊觎这件文物的人便开始想办法盗取。

而那人想的办法就是找别的文物来充数，烧毁考古队整理的资料，让考古队的人发现不了真正的文物已经被盗了。

能拿别的文物来充数的人，平时肯定能自由进出已经不对外展示的文物馆藏室。据司玥推断，这样的人只有保安队长刘岩以及和刘岩一样在博物馆里工作了七八年的保安宋子高。因为新招来的保安钱松和魏齐才来几天，不能碰文物，没有文物馆藏室里的钥匙，只是负责保安监控室里的监控。但是这一点司玥没有问过刘岩等保安，并不知道是不是只有刘岩和宋子高才能进入文物馆藏室，所以，司玥只是假设，从搬文物那天有宋子高到能进入文物馆藏室里的人有宋子高，可以推断宋子高的嫌疑最大。

在监控录像的那五分多钟时间里，盗取罗盘的人拿到文物馆藏室里的文物，也就是酒樽后，又神不知鬼不觉地把酒樽放进考古队工作的文物整理室里。那个时候是凌晨两点十八分三十五秒到两点十三分五十三秒，而旅馆起火的时间是在凌晨两点左右，左煜救完了火之后刚好是凌晨三点。而从旅馆到博物馆要半个小时，如果车速快，不用半个小时，所以纵火的人和盗取文物的人可以是一个人，也可以是两个人。

如果账号和密码没有泄露给别人，剪辑监控录像以掩饰盗取文物这事的人就是拥有账号和密码的人，包括刘岩和宋子高。

盗取文物涉及的有拿别的文物充数、纵火以及剪辑监控录像。做这三件事的人可以是一个人、两个人或者三个人。如果文物馆藏室只有刘岩、宋子高能进入，如果监控账号和密码没有泄露，那不管盗取文物这件事涉及几个人，宋子高的嫌疑都是最大的，因为搬文物时宋子高在，刘岩不在。因此学生们问司玥谁盗取文物的可能性最大时，司玥说是宋子高。

一眨眼的工夫，司玥又重新想了一遍。

傅红雪见司玥低头不说话，只认为司玥在为猜错而无脸见人，无话可说。休息室内一片沉默，气氛安静得有些诡异。

傅红雪的声音又响起：“江队长在半个多小时前给左教授打了电话，但是没有打通，所以才又打到我的手机上了。”

左煜看向傅红雪，道：“江队长调查出来的结果是什么？”

傅红雪说：“是魏齐盗的文物。”

烛火跳跃

众人想起十八日那晚下半夜就是魏齐值班，而他说他在监控里面没有发现有人进出，但是他中途上了一次厕所，不过，没看时间。

“原来是魏齐盗的！他中途不是去上厕所，而是去盗文物！”学生们都恍然大悟。

“是魏齐盗的，有什么证据？”司玥问。

傅红雪因为司玥的推断是错的而兴奋，她笑道：“是魏齐亲口承认的。”

大家都有些奇怪，昨天魏齐被叫到保安室时还口口声声说自己没有撒谎，而到了派出所，他却亲口承认了？

“魏齐说了是怎么盗取文物的吗？”司玥正要开口，左煜率先问出了她想问的问题。司玥不由得向左煜眨了一下眼睛，左煜神情淡然，面色如常地回视了她一眼。

傅红雪听是左煜问她，语气不由得柔和了一些：“江队长没有具体说，只说魏齐亲口承认了盗窃罗盘的事。”

左煜听完，拿出手机亲自给江队长打电话。电话接通后，左煜问六壬式罗盘的下落，江队长说被魏齐卖了，现在还在追查，又顺便说了魏齐盗窃罗盘的经过。

魏齐对江队长说，他在帮考古队把文物从地下室搬到文物整理室时，发现了六壬式罗盘，想盗取出去卖，于是在自己值夜班的那天晚上，也就是十八日凌晨两点十八分的时候去考古队工作的文物整理室里把罗盘盗出来了，后来把监控录像两点十八分三十五秒到两点二十三分五十三秒期间的画面剪辑了，也就是把他盗窃文物的画面剪辑了。他之所以能够剪辑监控录像的画面是因为有一次刘岩在输入监控账号和密码时，他站在刘岩身后看到了。

左煜开的是免提，大家都听到了江队长说的话。听完后，司玥立即坚定地道："魏齐隐瞒了一件事，他在撒谎。"

大家霎时看向司玥，电话另一端的江队长听到司玥的声音也是一愣。傅红雪不以为意地道："司小姐刚才猜测的是宋子高是最大的嫌疑人，现在说魏齐撒谎，是想要证明你猜测的是对的吗？魏齐为什么撒谎？他和宋子高有关系？"

司玥看向傅红雪，道："我暂且不去猜测魏齐为什么撒谎，以及他和宋子高有没有关系。我只说他隐瞒一件事，即撒谎的事实。"

傅红雪嗤笑："愿闻其详。"

司玥道："魏齐没有说拿酒樽充数的事。因为，他并不知道我们知道文物被盗是因为发现了有别的文物充数。他为什么隐瞒这件事？"

马东点头，附和道："师母，魏齐为什么会隐瞒拿别的文物，也就是酒樽充数这件事？"

胡然点头："对呀，为什么？"

司玥道："因为魏齐不知道我们是怎么发现文物被盗的，但他相信我们只是发现罗盘不见了，并不会注意多出了一个酒樽做替代，因为文物实在是太多了，有一千多件。珍贵的文物少了会很快被发觉，但是不珍贵的酒樽多了一个就不容易被发现。魏齐断定我们没发现那个酒樽是多出来的，所以隐瞒了用酒樽充数这件事。他隐瞒的原因是怕扯出真正用文物充数的人来。因此，魏齐没有对江队长交代完整。而且，由此判断，魏齐和真正拿文物充数的人有关系，他承认是自己盗的是在撒谎。"

"司小姐的言外之意是魏齐和宋子高有关系，所以魏齐才亲口承认是自己盗的？那他们是什么关系？"傅红雪紧接着问。

司玥道："魏齐为什么怕扯出真正盗窃文物的人？是因为魏齐和盗窃文物的人关系非同一般。"

"非同一般的关系又是什么关系？"傅红雪立刻又问道。

"不知道，总之比一般的亲人还要亲。"

"司小姐，你一直都在假设。先假设嫌疑人是宋子高，再假设魏齐认罪是在撒谎，继而又假设魏齐和宋子高的关系不一般。这毫无说服力。”

司玥对大家说出了刚才自己在脑海思考的文物充数、文物考古、旅馆纵火的这几件事。

“听师母的分析，确实是宋子高的嫌疑最大。魏齐认罪难道真是因为和宋子高有关系？”季和平道。

司玥点头：“是的，他们一定有关系。不然魏齐就不会承认罗盘是自己偷的了。”

大家还在窃窃私语，傅红雪也明显不相信司玥说的。

左煜缓缓道：“有一件事可以证明司玥的推断到底是不是正确的。”

“什么事？”学生们异口同声地问。

左煜道：“去问问保安队长刘岩，以及现在还留在博物馆里值班的新来的保安钱松，问他们文物馆藏室到底哪些人可以进去。”

“还是不明白。”杨琴道。

左煜耐心地道：“司玥的分析里，六壬式罗盘是从地下室转移到文物整理室时被暴露的。而这个转移过程有宋子高、钱松、魏齐帮忙，因此这三人都是嫌疑人。要拿文物馆藏室里的酒樽充数，必须是能自由进出文物馆藏室的人。这件事上，能进入文物馆藏室的人都是嫌疑人。因此，我们只需询问其他人员，文物馆藏室是不是只有刘岩和宋子高才能进出。如果是，无论是文物从地下室转移到整理室还是进入文物馆藏室，这其中都有宋子高参与。那么，这就说明宋子高参与了盗窃，魏齐在撒谎，文物并不是魏齐盗的，或者不止魏齐一个人盗窃。”

“现在钱松在保安室，那我们现在就去问钱松，文物馆藏室都有哪些人能够进。”傅红雪立即说，她不信这次司玥还会猜对。

司玥也想问清楚到底有哪些人能够进入文物馆藏室。听傅红雪这么说，司玥扫了她一眼，倒也没什么异议，和左煜一起跟在大家身后往保安室走。傅红雪走在一行人的最前面，仿佛急于证明司玥刚才的一番推断有多么错误。

司玥看见傅红雪的步伐越来越快，学生们为赶上傅红雪，也都走得急匆匆的。司玥反而不急了，步伐慢了下来，又是一副漫不经心的样子。左煜的步子也不由得慢下来，转身看着司玥：“怎么了？”

司玥道：“已经有那么多人去问了，我没什么着急的。”

左煜向她伸出手去：“我们去听听钱松怎么说，毕竟这和我们整理的文物有关。”

司玥走到左煜面前，把手放在他手心上，勉为其难地道：“好吧。”

司玥和左煜走到保安室门口，傅红雪已经在问钱松了：“钱松，你能进文物馆藏室吗？”

钱松摇头：“不能，文物馆藏室的钥匙只有刘队长和宋哥有。我和魏齐都是新来的，没有钥匙，不能进去。”

刘队长就是刘岩了，宋哥就是宋子高。

一切正如司玥所料。

傅红雪愣了一下，一时不知说什么好。

学生们笑道：“看来师母推测的是正确的，魏齐在撒谎。”说完，大家都朝门口看去，司玥和左煜正站在门口。

江队长也把事情调查清楚了。是宋子高和魏齐合谋把六壬式罗盘盗走的，旅馆的火也是魏齐放的。宋子高和魏齐在派出所的时候，先后跳楼自杀。六壬式罗盘下落不明。

学生们不禁奇怪，不过是盗了六壬式罗盘，判刑不过是坐牢，宋子高和魏齐却跳楼自杀……

至于六壬式罗盘，魏齐曾说是卖了，其下落自有警察追踪，无须考古队的人插手。左煜让傅红雪将乔大伟留下来的文物及资料整理好了上交，考古队的工作重心依然在古墓考察上。

司玥还是第一次走进古墓，古墓在半山腰上，墓很深，从墓口进去往里面走，司玥觉得越走越阴森。左煜走在最前面，转身对几个学生说：“主墓室就在那边了。上次让你们讨论主墓室在什么地方，你们几个东南西北猜了个遍……”

“结果我们都没猜对。”马东笑呵呵地说。

左煜嗯了一声，说：“这个墓有五千多年的历史，属于新石器时代晚期的墓，那个时候的墓葬风俗记载得很少。而且那个时候的墓穴也没有多深，像这种有三十多米深的墓是非常罕见的。”

傅红雪接着说：“这个墓不仅深，还很宽。墓主人应该是个很有身份地位的人。”

“或许是氏族首领？”胡然猜测。

“哎呀，这是什么？”杨琴指着地上的一个小东西。

司玥朝地上看去，是一个针状物，只是比针粗比针长。

“你说是什么？”左煜看了一眼，问杨琴。

杨琴想了一下，不太确定地道：“难道是骨针？”

其他几个学生也围了过来。左煜嗯了一声，让胡然拍照，马东和杨琴把骨针小心地拾起来并编号。

古墓里除了发现骨针外，还有陶纺轮。

傅红雪奇怪地对左煜道：“我们先发现了陶猪，推断出墓主人是男人。而现在又有骨针、陶纺轮，看来，这个墓里还葬着女人。”

左煜点头，让大家往他刚才说的主墓室挖。墓洞里面不好走，司玥虽然穿着平跟鞋，但是还是走在最后。左煜回头，等司玥跟上来才道：“新石器时代晚期的氏族社会，一般情况下，男人的随葬品都是牲畜、生产工具，比如石斧；女人的随葬品都是骨针、陶纺轮。前些天，出土了陶猪，刚才又发现了骨针，所以里面应该葬了男人和女人。”

“是夫妻或情人吗？”司玥跟着左煜一边走一边问。

左煜笑道：“这个得从多方面来研究。不过，从陪葬品及合葬的方式来看，他们是夫妻的可能性非常大。”

司玥忽然想知道一个问题。

她看着左煜，坏坏地一笑：“封建社会的一夫多妻和现代的一夫一妻，教授向往哪种制度？”

左煜缓缓道：“当然是文明社会的制度。”

“我向往母系氏族呢，可以拥有好多男人。”司玥嬉笑着。

左煜淡然道：“那很可惜，你这个愿望不能光明正大地实现，除非你能退化回几千年甚至上万年前。”

“虽然不能光明正大，但是可以偷偷摸摸地实现。那么，父系氏族社会里也可以有情人是吧？”司玥又转回了刚才的话题。

左煜点头：“一夫一妻的现代社会里有情人的也不少。所以，你说呢？”

司玥挑了下眉，“不想说了，反正和我无关。”

司玥走得很慢，左煜顾及她，也走得不快，两人渐渐地和前面的人拉开了距离。傅红雪领着学生们已经在主墓室那边开始挖了。

这个地方非常偏僻，没什么人住，很难找到帮忙挖掘的工人，所以挖掘的活都是考古队的人亲自进行。

杨琴问傅红雪：“傅教授，你说我们今天能挖完吗？”

傅红雪道："抓紧时间应该可以。"她环视一周，发现左煜和司玥都不在。她心知因为司玥，左煜掉队了，脸色不禁沉了沉，转头吩咐几个学生赶紧挖。

傅红雪领着队伍挖了好一会儿，左煜和司玥才追了上来。左煜挽起衬衣袖子，拿起工具，也开始挖。

司玥站在他们身后四下打量墓洞。

忽然，司玥被什么东西撞了一下，身子没有站稳，摔倒在地。司玥痛呼一声，眼前有只手伸了过来。她抬头，看到傅红雪站在她面前，一只手拿着铁锹，一只手向她伸出来，手上沾满了泥。

"对不住，司小姐，我不知道你站在我身后。我挖的时候没注意，撞到你了。你应该没什么事吧？"傅红雪微微一笑。

其他人听到动静都停下动作看向司玥和傅红雪两人，左煜的目光也落在司玥身上。

司玥感觉屁股很疼，蹙着眉头又嗞了几声，没有让傅红雪牵她起来，傅红雪的手也僵在半空。见状，左煜丢下手里的工具，走到司玥的面前，把她扶起来，低声问："有没有什么事？"

司玥瞥了一眼傅红雪，倾身将唇附在左煜的耳边，低声道："我屁股疼，感觉被什么东西给刺了。"

左煜对傅红雪说："你们继续挖吧。"

傅红雪这才收回僵在半空中的手，转身面色难看地让学生们不要停，继续挖。

杨琴看到刚才那一幕，觉得师母过分了。平地摔个跤能有多疼？而她嘴上还"嗞嗞嗞"地叫着，让人觉得傅教授把她撞得非常疼一样。而且，傅教授都道了歉，还伸出手想要把她拉起来，她却无动于衷，最后让左教授来扶她，还在左教授耳边说了句什么。她这是故意给傅教授难堪吗？杨琴本来对司玥越来越有好感，但是这种时候又觉得司玥娇气。

杨琴这么想，也就不由自主地嘀咕了一声："至于吗？"

站在她身旁正在挖掘的马东看了一眼身后，左煜和司玥已经不在了。他回过头来，帮着司玥说了一句："可能师母真的摔着了呢。"

"撞一下就摔着了真不该跟进来。看来，我们今天要挖到天黑才能挖完了。"杨琴忍不住说道。

不远处的傅红雪听到了杨琴和马东的谈话，心里很赞成杨琴说的。她一开始就反对司玥留下来，现在左煜还让她跟进古墓，整个考古队的工作进度都会因她而慢下来。刚才不过是小小地摔了一跤，能有多疼？左煜是不是太惯着她了？傅红雪没想到左煜谈恋爱后会变成这样。

左煜把司玥拉到其他人看不到的地方，然后往她身后看了一下，说："没什么东西啊？"

司玥穿的是只到大腿根部的短裤，她一边"哎哟"，一边伸手指了指她右半边屁股，就是这边疼，肯定有东西刺进去了。

左煜向四周看了看，没有人，这才蹲下了身子，让她把裤子褪下一点点。左煜终于看到她白白嫩嫩的肌肤上有根刺一样的东西在上面，他用手小心翼翼地把那根刺拔了出来，司玥大叫一声。

左煜说："好了，现在不疼了。"

司玥回头，看着他手里的东西，娇嗔道："这是什么东西？"

"骨头。"

"什么骨头？"司玥皱眉，她已经猜到了。

"人的骨头。"

左煜把那根细得像刺的人骨小心翼翼地拿在手里，司玥觉得他更紧张那根死人骨头。她噘着嘴，但是知道因为她，考古队的进度都被拖慢了，于是也没说什么，而是对左煜道："你去和他们一起挖吧。"

左煜点头："你自己小心一些，我工作时肯定顾不到你。"

司玥哦了一声。

左煜又看了司玥一眼，轻叹了一口气，转身往考古队正挖掘的地方走。

他叹气的声音很低很低，司玥却听到了。她抿着唇，微低了头，心里忽然很烦躁。她知道他叹气的原因。

离别在即

即使是白天，墓洞里面的光线也很暗，考古队的人必须打开手电筒才能挖掘。如果不看时间，都不知道外面快天黑了。

“现在大家小心点挖，不能挖太快。”左煜吩咐着。

众人的动作一下子慢了下来。因为那个时候没有棺材，过了几千年，只剩骸骨，如果挖太快，很有可能就把骸骨挖坏了。片刻后，季和平挖了一锄，隐隐约约看到有个白色的东西，他停下动作，抬头喊左煜来看是不是挖到了。

左煜放下手里的工具，走到季和平面前，蹲下身子去看，然后点了点头：“是挖到了，继续小心地把周围的土都挖开，注意前后左右，应该还有随葬品，不要弄坏了。”

很快，一具完整的骸骨就出现在了大家眼前，骸骨周围果然还有随葬品，一个陶罐、一个陶盆、一把石锄。陶罐的罐身上有一条细细的裂缝；陶盆和石锄倒是好的。

拍照依然是胡然来，马东和季和平给文物量尺寸、编号，杨琴记录。骸骨很长，符合当时的男性特征。傅红雪站在工作的学生们身后，有些奇怪：“这是个男人。但是，左煜，怎么只有一具骸骨？随葬品里面有女人用的骨针、陶纺轮，应该至少还有一个女人在里面呀？”

“难道女人的尸身被盗了？”马东一边量陶盆的尺寸，一边接话。

左煜摇头，对几人道：“女人的骸骨还在，在那里。”左煜的手指指向司玥摔跤的那个地方。刚才司玥被一根细骨刺到了，那根细骨应该就是女人身上的。

其他人回头一看，那个地方离男人的尸身有两米多远。距离这么远还算合葬吗？不过，左煜说的话，他们自然都是相信的。

“男人是墓主人，而他和女人的距离相隔这么远，他们不像是夫妻。”傅红雪对左煜说。

左煜道：“这也说不准。他们之间的关系到底是什么，等我们挖起来进一步研究。”

“那现在还挖吗？”傅红雪问。

他抬手看了一下表，已经晚上七点了。他的目光扫了一圈，看到司玥正斜靠在墓洞壁上，低着头，仿佛在看脚下的什么东西。他这才发现司玥一整天都没怎么说话，也没有走近来看他们工作。左煜的目光在司玥身上停留了几秒才转过头来，对傅红雪和学生们说：“今天到此为止，明天继续。”

左煜亲眼看着傅红雪和学生们一个一个离开了，才走到司玥面前说：“在想什么？我们回去了。”

司玥抬起头来看着左煜，无精打采地嗯了一声。

左煜牵起司玥的手往外走，她能感觉得到他手上的泥，手指忍不住在他掌心摩挲。

等左煜和司玥出了墓洞，下了山，大家才上车。一路上大家都在讨论骸骨和随葬品的事，马东有很多问题，左煜和傅红雪给他一一讲解。司玥看着窗外，对他们说的提不起兴趣，也就一言不发。

马东忽然笑呵呵地问司玥：“师母今天进古墓怕不怕？”

司玥转回头看着开车的马东说：“虽然阴森森的，但是没什么好怕的。”

马东背对着司玥举起了大拇指：“我第一次进墓地时，感觉毛骨悚然，额头上冒了许多汗。杨琴比我更甚，她因为紧张，差点把文物摔坏，被左教授罚一个人在墓洞里站一个下午。我们都很同情她，想给她打电话、发信息，让她不用那么紧张，结果古墓里没信号，根本打不进去电话，发不进去短信。她真的一个人在里面待了一个下午。那个时候是冬天，她出来时却汗流浃背。”

司玥对马东的话还是没什么兴趣，淡淡地哦了一声，开始闭目养神。

“看来司小姐站了一天也累了，我们小点声说话吧。”傅红雪说。

司玥又缓缓睁眼，微眯了眼看着傅红雪的背影。

旅馆不能住了，博物馆的工作也做完了，博物馆完全被封闭，考古队把帐篷重新驻扎到了离古墓不远的一个依山傍水的地方。到了驻扎的地方，大家又烧水泡方便面吃。司玥吃了一小半就不再吃了。

吃完了泡面，司玥就不见左煜的人影了。她也没管，走到小溪边洗手。傅红雪恰好也到了小溪边，走到司玥的身旁蹲下，一边洗手一边笑道："古墓考察还要好些日子，司小姐能坚持下来吗？"

司玥慢腾腾地说："即使有人故意使诈，如果我心情好，也能待到古墓考察结束。"

"司小姐说的是什么意思？"傅红雪蹙眉。

"就是你心里想的意思。"司玥挑眉看向傅红雪，"傅教授，你今天在古墓里面那一撞是故意的，我只是不想影响考古队的工作进度才没有和你计较。不要再使什么想让我难堪、想让左煜对我心生不满的手段。"

傅红雪没想到司玥这么直接，愣了一下才说："我不是故意撞你的，司小姐不要误会。"

司玥轻笑一声，道："第一，我站的地方离你们至少有五步之远，包括你；第二，故意撞人的力道和角度以及无意撞人的力道和角度是有区别的。你一直在杨琴旁边挖，那个位置和我侧身相对，如果你只是往我站的方向走，没注意到我，也是撞我的身侧，而不是撞我的正面，而且力道大得让我摔得很疼。"

傅红雪想到她伸手去拉司玥，司玥不给她面子的情况，而且司玥都这样说了，傅红雪也没有对自己故意撞她这事辩解，而是道："事实上，我的确没有用多大的力气，你即使摔跤也不至于一直呼疼。司小姐，我只是想提醒你，左煜从来都不喜欢太过娇气的女人。他手下的学生，以前本来有好几个女生的，但是她们都因为吃不了苦，一副娇生惯养的样子而被左煜退了回去，最后只剩下杨琴一个女生。"

司玥想起了左煜那一声叹息，她当然知道左煜是在叹她的娇生惯养。不过，她"嗬"了一声，对傅红雪道："我怎么样不需要别人来提醒，左煜喜不喜欢也不关你的事。傅教授，不要自作多情。我的计较与不计较全凭心情。"

傅红雪看不惯司玥这副傲慢的模样，只觉得她任性又娇生惯养。她和司玥都是蹲着的，她还得抬头才能看到司玥的眼睛。她嗤笑道："你是也想撞我一下吗？"

“不是，我是想把你踢进水里。”司玥站起身来，一边往回走一边说，“不过，我的心情还没有太糟，不想和你一般见识。你不要再跟我说话惹我心烦。”

傅红雪怎么喜欢左煜、怎么爱左煜，司玥最多感慨一下，不会对她怎么样。而傅红雪要是心生算计，那就是另外一回事了。

司玥离开了小溪，回到住的帐篷前，拉开拉链进去，然后懒懒地趴下。过了片刻，她听到有拉链摩擦的响声，还有脚步声。她不用想也知道左煜进来了，但她趴着没动。

左煜走到她身边，喊了一声“司玥”，然后缓缓道：“快起来。”

司玥不动，懒洋洋地说：“我要睡了，我站了一天很累。”

左煜把司玥扶着坐起来，她“哎哟”了一声。左煜手中拿着几个果子，递到她面前：“吃点这个，我去树上摘的。”

司玥这才知道她吃了方便面就不见他是因为他去摘野果子了，她蹙着眉接过去。

左煜说：“洗干净了，可以直接吃。”

司玥的心情好了一点。

左煜见她还微蹙着眉，不禁笑道：“屁股还疼呢？”

“是啊。我天生就这样娇气。”

左煜顺了顺她的头发，薄唇抿了抿，轻声说：“所以，我也不知道怎么就喜欢上你了。”

司玥咦了一声，抬眼看他。

她第一次听他亲口说喜欢她，一天的失落顿时烟消云散。不过，她看着他，嘴上却不咸不淡地道：“我怎么不觉得你喜欢我？而且你还一副迫不得已、很勉强的样子。”

左煜的手还顺着她的头发，他缓缓地道：“没有迫不得已，没有勉强，只是和你在一起之前从没有想到的，现在想来有些意外。司玥，你的身世背景是很多人都不及的，从小备受宠爱，没吃过这样的苦，我叹息照顾不好你，反而让你吃从来都没有吃过的苦。”

原来是这样。司玥眨了眨眼，说道：“因为我还喜欢你，所以现在还能忍受。等到哪一天我不喜欢你了，就不会忍受了。”

左煜低头，额头抵在她的额头上，并不计较她说的“不喜欢了”，因为他知道她这是在闹别扭。

“不过，你能忍受我吗？”司玥的头离开他的，睨着他道。

“我没什么脾气。”左煜轻声说道，“你今天一天都闷闷不乐的，就是因为这个吧？不要胡思乱想。”

司玥哦了一声，忍不住笑道：“你没脾气吗？”

“你见过我发脾气吗？”

“见过啊。那天在博物馆，对你的学生还有傅红雪，那时你的脸色很难看。你不骂人比骂人更让人害怕。”

“你可没被吓住。”

司玥眯眼笑了：“因为教授的每个样子我都喜欢。”说完，她咬了一口手里的果子。

左煜问她：“味道怎么样？”

司玥道：“勉勉强强，有点甜。”

左煜说：“等古墓考察完，我们去吃一顿好的。”

“好啊。”

“好了，快吃吧。吃完我再给你看看伤。”

司玥吃完后，外面已经天黑，左煜点了蜡烛，让她趴着，然后褪下她的裤子，借着明晃晃的烛光给她看伤。

本来白白嫩嫩的皮肤微微发红，左煜蹙眉：“有点红，过敏了。”

司玥哀叫一声：“是不是很丑？”

左煜低笑：“这个地方即使丑点也没关系，外人看不见。”

司玥要左煜拍张照片下来。左煜拿手机拍了一张，递给她看。

司玥噘着嘴道：“果然丑死了。”

“我都不嫌弃，你还嫌弃自己了？你等等，我去拿药。”

考古队的人都备有各种日常药物，包括抗过敏的药。左煜走到帐篷的一角，那里放着药箱。他蹲下去打开药箱，拿了一支药膏出来，然后走到司玥身前，盘腿坐在她身边，弯腰给她涂药。

“涂了药两三天后就好了。”

司玥觉得他涂药的时候，她一点也不疼了，还很舒服。她不由得闭上了眼睛，一副享受的模样。左煜给她抹完了药，便打了水来让她早点洗漱休息。他则拿出笔记本电脑盘腿坐在地上，整理一天的考古资料。以前放在旅馆里的笔记本电脑被烧毁了，现在这个是一直放在车上的。

住在帐篷里不好洗澡，司玥觉得浑身不舒服。不过，她臀部涂了药，也不宜洗澡。她一边用湿毛巾洗脸、擦身体，一边对左煜说："等我好了，我们去洗鸳鸯浴怎么样？"

左煜的手指在键盘上飞快地打着字，嘴上道："这个地方洗澡很不方便，只能像这样擦浴。"

他一说完，腰就被人从身后抱住。夏天的衣料非常薄，左煜感觉得到她什么都没有穿。他打字的手一顿，侧过头去，果然看见她白玉无瑕又小巧的肩膀裸露着。他还没说话，她低低的魅惑的声音就在他耳边响起："教授，帮我擦。"

左煜合上笔记本电脑，把它放在一边，手覆在她放在他腰间的手上，轻声说："那起来吧。"

司玥放开了他的腰，站起身来，走到水桶前背对着他。她的背部曲线非常漂亮，在昏暗的烛光中性感迷人。

"我后面好看吗？"司玥背对着他问。

"嗯。"左煜认真地帮她擦背，动作很温柔。

很快，左煜就帮她把后背擦好了。司玥转过身来，媚眼波光流转，勾魂摄魄："前面也要教授亲手擦。"

司玥刚说完就被他的吻堵住了唇。"司玥，你现在别说话了，规矩点、老实点。"他含含糊糊地说。

司玥被他吻着的确说不了话了，只能发出"呜呜"声。

又是好一番折腾才洗完，司玥原本就累了，没再闹左煜，躺着就睡去了，而左煜在继续整理考古资料。等他整理完，已经是晚上十二点了。他收好笔记本电脑，走到司玥身边躺下，将她搂入怀中，然后闭上眼睛。

第二天一早，考古队的人进了墓洞，司玥照样跟着去了。为了不至于无所事事，司玥让胡然把相机给她，她来拍考古队的挖掘照片及发现的文物。

考古队里除了傅红雪挖掘的情形，其他人司玥都拍了，尤其是关于左煜的，相机里一大半都是他的照片。中途稍作休息时，胡然走到司玥面前，笑呵呵地道："师母拍得怎么样？"

司玥把相机递给胡然，悠闲地道："你看看。"

胡然接过照相机，一翻照片，前几张全是左煜用铁锹铲土的样子。左煜的衬衫袖子高高挽起，露出结实有力的手臂，铲土的样子也英俊得让人移不开眼。

这时，其他几个学生也凑过来看照片。他们脸上不由得露出意味深长的笑容："师母照得真好！"

司玥笑眯眯的。

"不过，没有傅教授的照片呢。傅教授好像也挖到了一些文物。"胡然又开口道。

司玥挑了下眉："哦，我没看到她，她可能太渺小了。"

胡然一愣，和几个同学面面相觑。

左煜走到司玥身旁，伸手从胡然手里拿过相机来看，他连翻几张都是他的照片，不由得睨了司玥一眼："拍文物没有？"

"拍了，你多往前面翻翻。"司玥笑着说。

左煜略过自己的照片，快速往前面翻了十几张，终于看到文物的照片了。

"拍得怎么样？"司玥问他。

左煜道："还行。"说完，他开始一张一张地删他自己的照片。

"干吗删呀？"司玥盯着相机上的照片，照片在一张一张消失。

左煜说："要多拍文物。"

司玥嬉笑道："你比文物好看。"

左煜弯了弯唇，把自己的照片删得差不多了才把相机交给她："今天感觉怎么样？还吃得消吗？"

"嗯。"司玥点头，却又道，"就是站久了脚疼。"

"也不用时时刻刻都拍照，文物拍了就行了。"左煜从身上掏出一包纸巾递给她，"拿这个垫着坐，累了就休息。"

"想多拍你啊，结果都被你删了。"司玥低头又翻相机，皱眉遗憾道，"有一张看上去特别倾国倾城的也被你删了啊？那张我非常喜欢。"

倾国倾城？左煜无奈一笑："什么乱七八糟的形容词？"再看她眸子低垂的模样，所谓倾国倾城，也就眼前伊人了。

左煜又嘱咐司玥在墓洞里要小心，然后让中途休息的大家继续挖掘。司玥把左煜给她的纸巾展开放在地上，然后坐上去休息。

而司玥刚一坐下，傅红雪就让司玥过去拍一下她挖的那个地方。司玥把挂在脖子上的相机线取下来，然后把相机放在地上，双眼看着傅红雪，用手指了指地上的相机，示意傅红雪自己拿相机去拍。

傅红雪放下铁锹，走到司玥面前，正色道："你既然接手拍照的工作就应该好好拍。”

司玥道：“我没有接手什么工作。刚才我想拍，现在又不想拍了。傅教授要拍自己拿去拍呀。”

“我当然可以自己拍。只是，考察工作有分工，每个分工都有条不紊地进行着才能让效率最高。司小姐的随心所欲影响了整个考察工作的进度。”傅红雪居高临下地看着司玥。

司玥失笑：“我认为傅教授在这里和我理论这么久才是影响了考察工作的进度。”

傅红雪皱眉，刚要说话，左煜走了过来，问怎么回事。司玥没开口，傅红雪转头对左煜说了要司玥去拍照的事。

左煜道：“司玥不负责拍照，让胡然来。”

傅红雪皱眉看着左煜，最后没说什么，自己拿相机去拍照了。

到了中午，有十分钟的吃饭时间。傅红雪的心情非常不好，匆匆吃了两口就没胃口了，抬头看到左煜和司玥坐在一起边吃边笑着说什么，她更是烦闷。

片刻后，见左煜去扔垃圾，傅红雪站起身来跟过去。

垃圾临时堆放的地方在山的一个拐角处，左煜一拐弯就看不到司玥和其他人了。而他扔掉垃圾转身时，却见傅红雪朝他走来，喊他的名字：“左煜！”

左煜站在原地，等傅红雪走到了面前才问什么事。傅红雪笑道：“昨天考察结束时，时间太晚，我们也没怎么讨论昨天的发现。我现在才想起昨天那具骸骨很完整，这倒是一个奇迹。今天下午我们应该可以找到另一具骸骨了，希望那一具也完整，这对研究新石器时代晚期的人类很有价值。”

左煜想起了昨天司玥被刺的那根人骨，摇头道：“恐怕不容乐观。”顿了一下，又说，“不过，昨天那具骸骨虽然表面特征像男人，但是还是要做一下测定。”

傅红雪知道左煜在考古方面很严谨，赞同地点了点头：“这是一定的。”

“走吧，抓紧时间继续工作。”

左煜抬步要走。

傅红雪叫住他：“这次考察因为天气和塌方的关系耽误了很多时间，既然要抓紧时间考察完这个古墓，我觉得多一个人也多一点力量。”

左煜已经猜到傅红雪要说什么了。果然，只听傅红雪说："司小姐很聪明，想必什么东西都是一学就会的，就看你舍不舍得她吃苦。如果你真想让她学习考古，可以让她跟着我，今天下午的一些工作可以让她和我一起做。"

左煜却道："我不想让她学习考古，她也不喜欢这些。"

"当时她要留在考古队可是说要学考古。"傅红雪皱眉。

左煜道："她就是随口说说。因为她知道或许这次考察后，我们又会去其他地方，而那些地方不适合她留下。"

"随口说说？但我们大家都当真了，因为考古队不留闲杂人等。左煜，这难道不是你一直坚持的原则吗？"傅红雪看着左煜，尽量用平和的语气说这些话。

"司玥也不算闲杂人等。她帮了我们很多忙，比如巴城博物馆乔馆长造假以及倒卖文物；比如发现六壬式托盘被偷梁换柱。"

傅红雪一时无话反驳，好一会儿后才说："我只是觉得她没有考古队成员或考古学员的身份就跟着我们有些名不正言不顺，这让所里知道了恐怕不好。"

"我会处理，你不必担心。"左煜又说，"所以，以后还是让学生们来做。"说完他又毫不避讳地笑着说，"司玥就是想跟着我而已。"

左煜还曾对她说过要她理解一下他和司玥的私心。傅红雪听他再次毫不掩饰地说出这句话时紧抿着唇，想了一下才斟酌着，轻声笑道："看来还是你舍不得她吃苦。那下午就还是由她拍照好了，拍照不会辛苦。"

"随她吧，她不是考古队的正式成员。你安排下面的工作时不用把她计算在内。"说完，左煜又道，"该下墓洞了。"

傅红雪还没开口，左煜已经抬步离开了。傅红雪原本想让司玥在她手下工作，让司玥体会一下艰辛，或许司玥会知难而退，没想到左煜这么偏袒司玥。她暗自在心里腹诽："她是摆着好看的花瓶吗？什么都不做！"

左煜走到司玥面前，司玥刚才是看到傅红雪跟了过去的。虽然她后来看不到左煜和傅红雪了，但是只需要计算一下时间就知道傅红雪定然又缠着左煜说了些什么。司玥轻笑一声："在垃圾堆旁边说笑挺有兴致的啊。"

左煜想起司玥说的"落花有意，流水无情"来，居高临下地看着她，她一副似笑非笑的样子，却不像是在吃醋。不过，他还是解释道："和她谈了一下工作。"

司玥倒也没兴趣知道傅红雪对左煜说什么，她朝左煜伸手。左煜握住她的手，把她拉起来。司玥才蹲了一会儿就觉得脚有些酸麻了，身子不由得一晃。左煜握住她的手微一用力就稳住了她的身形。

吃了午饭后大家又下了墓洞。傅红雪把相机交给了胡然，让胡然好好拍照。司玥蹲在左煜身边看随葬品。

意料之中的骸骨还没有发现，又发现了一个随葬品，那是个土陶制品，不过，碎成了五片。左煜蹲在地上，将碎片一片一片地拼起来。拼完之后，形状有些别扭，好像还少了一两片。他默不作声地端详那个拼凑起来的形状。

司玥也看着那个东西问："这是个什么东西？"

左煜反问司玥："这里缺了两块，如果补齐，你说像什么呢？"

司玥在左煜耳边低声调笑道："要看补的是什么形状的呀，如果是个又粗又长的圆棒形的东西，你说像什么？"

还能像什么？左煜笑叹一声，她的脑袋里好像就没有装别的东西。他睨了她一眼，又将几块陶片的顺序打乱，重新拼凑。

胡然在拍左煜和司玥面前的碎陶片，拍完了也凑过来，蹲在左煜的面前，问是什么东西。其他人中途休息，停下手中的工作，也都围了过来。他们看了很久都没有看出来是什么东西。

傅红雪也奇怪得很："不像动物，也不像一般的器具，到底是什么东西呢？"

学生们附和，觉得面前的碎陶片奇怪极了。

傅红雪也伸手拿起土陶片拼了拼，因为缺少最关键的两块，拼出来的形状说不出是什么。

左煜又想了片刻，对大家道："这不是一个单独的东西，是一个土陶品的一部分，一小部分或一大部分。"

"左教授，是什么土陶品啊？陶盆？陶碗？"马东问。

左煜道："可以是陶盆，也可以是陶碗，还可以是其他任何东西。"

"也就是根本不能定下来了？"胡然道。

傅红雪一直在仔细打量土陶片的形状。

左煜也开始仔细观察土陶的质地和纹路，脑海里突然闪过一个图像。司玥也若有所思地看着那几块碎陶片。

光线昏暗的墓洞里一片沉默。

“陶猪！”

“陶猪！”

过了好一会儿，司玥和左煜异口同声。说完之后，两人相视而笑，其他人吃了一惊。

“是最先出土的陶猪身上的土陶片吗？”几个学生疑惑地问道。

“就是那只陶猪身上的。”左煜对众人点头。

“可是，这些东西是那只陶猪身上的哪个部位呢？”杨琴依然看不出来。

大家也都在等左煜的答案。左煜却道：“就让你们师母告诉你们吧。”

他的意思是他相信司玥说出的答案就是他想的，大家又把目光落在司玥身上，司玥缓缓地说：“肚子。”

“那两只陶猪的肚子的确是残缺的。”马东恍然大悟。

“这里只有五片。这么说，不止缺少一两片陶片，这里应该还埋着其他陶片。”胡然也接口道。

傅红雪这才想起眼前的土陶和已经被送到考古所的陶猪的质地、纹路都是一样的。她说：“但是，是否真的是陶猪身上的陶片还有待研究，是不是肚子也需要确认。”

左煜却直接吩咐下面的工作了：“大家继续挖。不过，我们还得小心点，下面或许还有陶片。”

后来，他们果然又挖出了十几块陶片出来。左煜脑海里一边想着送去考古所的陶猪的样子，一边就着出土的十几块土陶片按照陶猪肚子的形状拼，发现还缺少了几块。但是，整体形象已经出现在左煜的脑海里了。他让胡然拍照，又拿出纸笔在本子上快速地画了几笔，一整个陶猪的形象就跃然纸上。

“联系考古所时，把这个拍成照片传过去，陶猪的修复参考这幅图。”左煜把杨琴叫到面前来，然后把自己画出来的图的那张纸从本子上撕下来递给她。杨琴看了一下绘图，虽然说的是陶猪，但是其形状和现代的猪还是有些不一样，特别是肚皮的最下面，有点成锥形。

后来，季和平发现了一颗头骨，但是其他地方的骨头就没看到了。又过了一会儿，才陆陆续续地发现了许多散乱的人骨。

这次左煜让几个学生一起把人骨拼出来，拼出来的骸骨还比较完整，然后拍照、整理。

等一切处理完毕，左煜让大家把发现的骸骨和随葬品都转移出去。

司玥看过一点考古方面的书，知道这两具骸骨对研究早期的人类有很重要的价值，所以左煜才吩咐把骸骨带回去。如果是其他墓穴里的骸骨，考古人员通常都是拍照、绘图，就地回填，重新安葬。

而左煜对她说："不光如此，这还会对几千年前的墓葬风俗的研究有所帮助。"

司玥对墓葬风俗没什么兴趣："我只对男人和女人的关系感兴趣。他们是夫妻吗？为什么埋葬时相隔这么远？"

左煜道："从这个墓地的规模来看，男人的身份地位并不低，就像学生们猜测的那样，或许是氏族的首领。如果是这样，他和女人埋葬的地方可能就涉及墓葬或迁葬风俗。"

司玥却说："他们或许有一段美好的爱情。"

左煜笑了一下，嗯了一声。

"我记得有句话叫作'生则同衾，死则同穴'，说的是同生共死的深厚爱情。"

但是，已经作古的人，他们的事又有谁清楚呢？

夜幕降临时，考古队带着两天的发现，回到了住的地方。

古墓的考察只剩一些收尾工作，过不了多久就可以回去了。马东和胡然两个人不知道从哪里弄了酒来，说要庆祝一番。

左煜接到考古所的一个电话，说他们回来后，要立即去一个古城。考古队仍然由左煜领队，傅红雪为副领队。而司玥也接到司焱的电话，让她三天内必须回一趟家。

夜空中繁星点点。

帐篷外面的地上摆了一张塑料薄膜，上面放着瓜子和啤酒，是马东和胡然开车去三十里之外的一个小卖部买的。考古队的人就围着瓜子和啤酒坐在地上说笑，谈这次古墓考察即将圆满结束，谈即将要去的那座古城。

司玥在离考古队十几米远的小溪边接电话，她握着手机皱眉对司焱道："回家做什么？我不想回去。"

司焱的声音很严肃："奶奶摔了一跤，腿折了，你不回来？"

“外婆腿折了？”司玥吃了一惊，“怎么回事？怎么会摔跤的？而且她的身体一直都好好的啊。”

司焱的奶奶是司玥的外婆。司玥跟着母亲姓，从小也在司家长大。

“下楼梯时不小心摔了，你赶紧回来，司家的兄弟姐妹就差你了！”

“小慕回来了吗？”司玥才不信只有她没回去。

司焱道：“小慕在温哥华学习，不要跟她说这件事，以免让她分心。”

“偏心。”司玥嘀咕了一句才道，“知道了，我会尽快回去的。”

挂断电话，司玥仍然站在小溪边。小溪里倒映着满天星星，粼粼的波光很漂亮。左煜要去古城的事她知道了，而她要回家看外婆，不能跟他一起去。她和他这么快就又要分开了。

司玥抬手捋了捋被风吹乱的长长的鬈发，转身想往回走，却发现左煜站在她身后。他不声不响地站着，她都没有听到他的脚步声。

“今晚可以约会吗，左煜？我不能跟你一起去古城了。”司玥满是遗憾。

“可以。”左煜把她的手握在掌心，和她一起沿着溪边走，声音温柔，“家里出什么事了？”

司玥把她外婆摔跤的事说了一遍。左煜听司玥说过，她外婆是司家的当家人，平时身体很好，他让她不用担心。

司玥说：“左煜，古城是在沙漠吗？我回一趟家后就来找你好不好？”

“那个古城是一个遗址，在沙漠深处，时而可见，时而又消失。你不熟悉沙漠，一个人进沙漠会很危险，不要来。”左煜拒绝。

“时而可见，时而消失，那就是很不好找啦。古城考察要花很久的时间吧？”

“嗯。”左煜道，“可能要三五个月。”

“也就是说这三五个月，我的男朋友又不在线。”司玥停下脚步，转身看着左煜，认真地问，“会想我吗？”

“会。”左煜看着她的眼睛，毫不犹豫地回答。

司玥却笑着眯了眼说：“或许我会忘了你。”

左煜忽然单手把她搂在怀里，没说话。司玥也安静地把头靠在他的胸膛上。良久，左煜才又开口：“司玥，好好照顾自己。”

司玥闷在他怀里不说话。他没有什么承诺的语言，却唯一坚定地说了会想她。司玥忽然在他胸口轻轻咬了一下，咬了一下后又觉得不够，又重重地咬了一下。左煜忍着疼，把她搂得更紧。司玥最后一口咬得非常重，左煜微微蹙了蹙眉。但是紧接着，司玥踮起脚，抬起头来，吻上他的唇。

她的吻激烈，极具侵略性。左煜低头，温柔地和她接吻。司玥不满意，吻得更加热烈。左煜本想温柔地安抚她，发现她更加置气了，便热情地回应。

“今晚通宵怎么样？”司玥迷离的眸子盯着他。

左煜抽出她放在他裤子里的手，然后拉上拉链、系好皮带，一低头就遇上她赤裸裸的目光。他拉起她的手，转身迅速沿着溪边跑。绕了一圈，避过考古队的人，左煜牵着司玥从另一边进了他和她住的帐篷。

一进去，司玥就伸手解他的衬衣扣子。而左煜的吻也落在了她的耳边、脖子、锁骨……

帐篷外面，坐在地上吃瓜子、喝酒的人还在说说笑笑，他们的声音很清晰地传入左煜和司玥的耳朵里。

外面，季和平看着一直干杯的马东和胡然，说道：“你们两个别喝完了，要给左教授和师母留。”

季和平一说完，其他的人都朝溪边看去。刚才司玥在那边打电话，左煜去找她，现在却不见两人的人影了。马东笑道：“师母可能不会跟我们一起去古城，左教授要陪师母，还喝什么酒呀？而且，我们可没见过左教授喝酒。”

马东说完，又开了一瓶啤酒，还给旁边的杨琴也满上一杯，然后又问杨琴身旁的傅红雪：“傅教授再来一杯？”

傅红雪的心情既好又不好，心情好是因为司玥不会跟着去古城，而她却还会和左煜一起带队；心情不好是因为此时此刻左煜和司玥在约会。她举起面前的酒杯，让马东给她倒酒，然后一口喝完了一杯，紧接着，又让马东倒了一杯。

司玥醒来的时候，已经过了中午，左煜已经不在帐篷里。她起床，拉开帐篷拉链，阳光直射而来，她微眯着眼，看见考古队的人在收帐篷，然后把帐篷搬进车里。左煜穿着白衬衫，站在几米开外的一辆黑色吉普车的后备厢处，好像在清点东西。他转身时，沐浴在阳光下的他英俊不凡，看到她时，他嘴角一弯，对朝他走去的马东说了几句话后便往她的方向走来。

“睡好了吗？”到了她面前，他含笑看着她。

司玥看到他领口脖子处若隐若现的吻痕，眉梢高高扬起：“还不错。不过，教授什么时候起来的？还是一副精神抖擞的样子。”

左煜说：“以前通宵工作的时间也不少。”

司玥不置可否，仰头看他：“我们这就要分开了吗？”

左煜和司玥住在一个城市，但是挂职的考古所刚刚搬到了另一个城市，和他的家、司玥的家是相反的方向。

左煜说：“他们先走。一会儿吃了东西，我开车送你到机场。”

“好。”昨晚还依依不舍，现在司玥却答得干脆。

左煜亲手给司玥煮的野菜粥，司玥吃起来觉得味道还不错。她还没吃完，傅红雪就走了过来，对左煜说她和学生们要走了：“我在考古所等你。”

司玥霎时抬头，审视着傅红雪，傅红雪的心情好像很不错的样子。司玥知道这是因为她和左煜要分开了。司玥轻笑，不紧不慢地说：“在我面前说等我的男朋友？”

左煜皱眉看向傅红雪。傅红雪没想到司玥这么直接，顿时非常尴尬，支支吾吾地道：“是我们在考古所等左煜。”

左煜淡淡地道：“你们出发吧。”

左煜开了将近四个小时的车才把司玥送到机场，两人在机场又是一番拥吻才依依不舍地分开。左煜站在安检口外，看着司玥经过安检后往里面走。她走了几步，回头向左煜招手，他点了点头，以示回应。司玥看着他站在那里，仍然是一副云淡风轻的样子。她的教授是太过淡定了，还是把激情都给了别人了？她一转身，心想，如果说分手，恐怕他也会答应的，因为他说过他的工作决定了他不能好好照顾她，他不能让她一直等他，他尊重她的决定，一切都是为她好。司玥的心情顿时烦躁起来，一个转身就再也不回头了。

左煜一直站在安检口，没有看到司玥再回头，他拿出手机给司玥打电话。

“司玥，到家了给我打个电话。”他说。

司玥随意地道：“再说吧。”说完就挂断了左煜的电话。

左煜听着“嘟嘟嘟”的忙音，把手机从耳边拿下来，握在手里，又看了几秒司玥已经离开了的地方，转身往机场外面走。和进进出出的人擦肩而过，左煜的心情突然低落了起来，像是心里某个地方少了点什么。

这是很多年以来他都不曾有过的感觉。

司玥一下飞机就有司家的司机来接，把她直接送到了医院。司老夫人靠坐在病床上，司焱正倒了一杯水递给她。司玥站在门口喊了声“外婆”就朝病房里面走。

司老夫人沉着脸道：“我总算见到你了。你现在一个人住在外面，十天半个月都不回来一次，我不受伤还见不到你，一点都不像小时候乖巧！”

司玥笑嘻嘻地走过去坐在她病床边，不接她的话，而是问她的伤势：“外婆你的脚好些了吗？怎么会不小心摔跤啊？”

“至少得躺两个多月。人老了，老眼昏花。”司老夫人看着司玥一副风尘仆仆的样子，问道，“这段时间去哪里疯了？”

司玥知道司焱没有在外婆面前说她的事，她看了司焱一眼后，对外婆笑道：“我和男朋友在一起。”

没想到司玥直接坦白，司老夫人睨着她：“男朋友？他是做什么的？”

“考古学家、教授。”

一听司玥这么说，司老夫人就皱起了眉头：“司玥，我希望你不是认真的，不要走你妈的老路。”

“嗯？”司玥霎时听出不对劲来，“我妈什么老路？你知道我爸是什么人，在哪里对不对？”

司玥跟着母亲姓，从小在司家长大。但是她母亲并不在司家，而是嫁去了姜家。她是在她母亲嫁进姜家之前就出生了，她从小就知道她有个不知在哪里的父亲。母亲不告诉她，外婆说不知道她母亲和父亲的事。小时候的她有股执拗的劲，越没人告诉她，她就越想知道。如今，她超强的记忆力和推断力都是她有意练出来的。一听外婆刚才的话，她就敏锐地捕捉到一丝信息。

“我爸是考古学家吗？”司玥问。

“不是。”司老夫人皱着眉头。

司玥又道：“以前您都说不知道，现在却说不是。这样自相矛盾说明无论我爸是什么身份、做什么的，您都一定知道。”

“我不知道。但是，即使我不知道你爸是什么人，在什么地方，我也认为你爸丢下你和你妈两个人，是极其不负责任的。你还找他做什么？我竟然不知道你执拗了这么多年！司玥，以后不要在我面前提起你爸！”司老夫人动怒了，还因为怒气牵动了腿伤，脸色很难看。

“外婆……”

“好了，司玥，不要再说了。”司焱打断了司玥的话。司玥张了张嘴，没有再说话。司家其他的几个兄弟姐妹在这时进来了，他们看到司玥回来了，都笑着要打招呼，却忽然听到司老夫人说：“你们今天都可以回去了，把齐管家叫来就是了。”大家要招呼司玥的话顿时都咽了回去。

司玥和其他人一起走出VIP病房，出了医院。司玥特意落后了几步，叫住司焱，对他道：“哥，你能帮我对不对？”

司焱道：“我也不知道姑姑和你爸的事。”

司玥不信：“你手下那么多人，我就不信查不到。”

“我以前就帮你查过，毫无蛛丝马迹。”

司玥一直在想外婆的那句“不要走你妈的老路”是什么意思，她只是说她的男朋友是考古学家、教授，外婆就很严肃地这样跟她说。那么，左煜和她的父亲有什么相同之处吗？外婆说父亲丢下她和母亲两个人，不负责任……她的直觉告诉她，父亲是考古学家，或者从事考古工作。

司玥回了自己一个人住的那个公寓，她一关上门就听到包里的手机的铃声。她从包里拿出手机，一看屏幕，是左煜的来电。她修长的手指在屏幕上一滑，接通了电话。

“左煜。”

“司玥，到家了吗？”

两人异口同声。

司玥嗯了一声。

左煜说了句“那就好”，然后问她外婆的腿怎么样了。

司玥敷衍地回答左煜。

左煜发现她心不在焉，柔声问道：“你怎么了，司玥？”

司玥忽然特别想见他，她说：“我想你。”

左煜想了一下，说：“那等我到考古所了，我们开视频聊天。”

司玥却直接挂了电话，重新拨打了个可视电话过去。她不想等到他到考古所的那个时候，她现在就想见他。电话很快被接通，司玥看到一张非常模糊的脸。她知道他还在车上，外面的天色已经黑了下来，车里的光线不好。

而车里的左煜却看得清楚司玥的脸，她在冲他笑，依然一脸妩媚。左煜也不顾车里还有别人，弯了弯唇，说："光线太暗，你看不清楚。"

司玥说："我知道是你就好，你想我了吗？"

左煜嗯了一声。

司玥皱眉："我不要听嗯。"

左煜只好压低声音说了一个字："想。"

"想谁？"

"想你。"

左煜一说完，在前面开车的马东就憋着笑。

司玥满意地笑眯了眼，而左煜看到手机屏幕上的司玥的脸卡着不动了。他喊了几声"司玥"，屏幕上的画面依然没有变化。左煜知道手机网络信号不好了，试了几次，视频仍然卡着不动，他只好挂断，重新打电话过去。

司玥看不到左煜了，接起他的电话，只能听他的声音。电话里面忽然传来刹车声，她听到左煜说他们到考古所了。和左煜又说了几句话，司玥结束了通话。

一夜辗转反侧，司玥没怎么睡。即使睡着，也不踏实，她梦见了父亲，也梦见了左煜。

醒来之后，她也趴在床上不想起来，而门铃声却在这时响个不停。司玥充耳不闻，门外按门铃的人锲而不舍。司玥烦透了，披了一件衣服起床出了卧室，经过客厅，走到大门处开门。

"玥玥，你真的回来了？"

男人惊喜地看着她。

司玥皱着眉头："姜哲涵？"

"我能进去吗？"姜哲涵道。

"不能。"

"玥玥。"

"不要再叫我玥玥。"

"那叫姐姐？"

第十一章 惩罚

姜哲涵是司玥的母亲和现任丈夫收养的儿子，他比司玥小两岁，还比司玥矮一个头。司玥双手环胸，居高临下地看着他：“虽然我很不情愿当你姐，但是你喊我妈叫妈，那就按照规矩来，你不叫我姐叫什么？”

“玥玥呀。”姜哲涵笑着道。

司玥不耐烦了，放下手，作势要关门，姜哲涵立即伸手抵住门，有些讨好地道：“姐，你很久没去我家了，哦，不，我们姜家。妈妈很想你，要你过来吃晚饭。”

司玥想了一下，说：“好，我今晚过去，你可以离开了。”说着，又要关门，而姜哲涵的手还抵在门边。司玥横了他一眼，他只好拿开手。

司玥砰的一声把门关了。

姜哲涵看着紧闭的房门，无奈地耸了耸肩，转身离开。

司玥到姜家时刚好是晚饭时间，客厅沙发上的母亲司慧茹一见到门口的她就站起身来，满脸笑意地喊她：“玥玥，快进来。”

姜哲涵刚好从楼上下来，朝司玥喊了一声“姐”，笑道：“姐来得真是时候，不早一刻，不晚一刻，刚好是我们平时开饭的时间。”

司玥听出他话里的揶揄之意，半是玩笑半是认真地道：“因为我不想太早过来看到某人。”

姜哲涵的眸色一暗。

司慧茹瞪了司玥一眼：“玥玥！你怎么能这么说？”然后又对姜哲涵

说，“哲涵，去书房叫你爸出来吃饭了。”随即又吩咐阿姨可以开饭了。

司玥喊母亲的丈夫姜嘉铭为“姜叔叔”。

饭桌上，几个人吃得其乐融融。姜嘉铭对母亲很好，吃鱼的时候都会把鱼刺挑出来后才给母亲，他这样挑刺已经挑了二十多年了。司玥不由得想起了从没有见过面的父亲。她这么爽快地答应过来吃饭是想再次问问母亲关于父亲的事，虽然她知道母亲十有八九又不会告诉她。看到饭桌上和和美美的一幕，司玥不打算再问了。

母亲和父亲已经没有关系，而她和父亲唯一的牵绊只有那一点血缘。其实，已经不重要了。司玥想找到他，只是想成全小时候的一个念想，看看她的父亲长什么样子，质问他为什么抛弃母亲和她。司玥抿了抿唇，吃完饭后，什么都没有问，和母亲坐在沙发上闲聊。

一边的姜哲涵偶尔插几句话，不过司玥都是敷衍地答他一两句。后来，姜哲涵站起身来，上楼拿了照相机下来，说是他最近拍摄的一些图片，非常美，给她饱饱眼福。司玥根本就没兴趣，目光扫了一眼姜哲涵的照相机就收了回来。

姜哲涵又翻了一张，说：“怎么样？沙漠里的风景很漂亮吧？”

司玥忽然像想到什么一样，又将目光转移到姜哲涵的照相机上：“前面那一张，我再看看。”

司慧茹也凑过来看，姜哲涵依言往前面倒了一张，还笑着说：“其实这张拍得不是特别好。”

司玥没有搭话，而且盯着照片左下角非常小的一个地方。那里有些模糊，但是司玥看到了一只手，手上还握着个东西，圆圆的，非常面熟。

是什么呢？司玥想了一下，忽然一惊，摸出手机给左煜打电话。电话很快就接通了，司玥张口就问：“左煜，江队长找回六壬式罗盘没有？”

电话那边的左煜没想到司玥会问这个问题，因为她以前并不关心这些，他对司玥说：“没有，怎么了？”

司玥说：“我好像看到那个罗盘了。它在一个人手中，那个人在沙漠。”

说着，她还盯着姜哲涵的照相机看。

左煜沉吟道：“在沙漠？你在哪里看到的？那个人长什么样？”

“我的一个弟弟，他爱好摄影，我在他的照相机里看到的，背景是沙漠。但是，只能看到一只模模糊糊的手和手心里一个圆圆的东西，但我认为那个东西就是被盗的六壬式罗盘。”

“好，我这就给江队长打电话。”左煜对司玥说，“等一下我再给你打。”

司玥说好，挂断了电话，让姜哲涵把那张照片拷贝给她。姜哲涵和司慧茹都听到司玥的话了。但是，他们对罗盘没兴趣，有兴趣的是司玥刚才口中的那个名字。

“玥玥，左煜是谁？”司慧茹问，姜哲涵也认真地看着司玥。

司玥说：“我男朋友。”

“他是做什么的？”司慧茹也像司玥的外婆那样问司玥。

司玥想起她回答外婆之后外婆的态度，有心看看母亲的反应，便如实说道：“考古学家。”

司慧茹的脸色立即变得难看起来，然后对司玥说：“你们不合适。”

“为什么？”司玥盯着司慧茹。

司慧茹说：“他没有时间陪你，你和他在一起会很辛苦。我不想自己的女儿受委屈，所以，你们不合适，我建议你尽快和他分手。你是司家千金，什么样的男人找不到？”

司玥当然明白她和左煜之间的问题，但是，她现在喜欢左煜，不想和他分手。而且，她想从母亲的神色和话语中找到一丝和父亲有关的线索，因此并没有和司慧茹争执，而是很郑重地说：“我会好好考虑的。”

司慧茹没有再说什么，司玥告辞，离开姜家。姜哲涵追了出来，笑着说：“你什么时候有的男朋友？”

司玥说：“很久以前。”

“多久？”

司玥停住脚步，低头看着他，一字一句地说：“姜哲涵，不要存不该有的心思。”

姜哲涵打着哈哈：“我只是关心你。妈也说了，让你们尽快分手。”

司玥明确地告诉他：“我自己的事自己说了算，其他任何人，包括我妈、我外婆都不能干预我的事。”

“即使干预你也不会听，是吧？”姜哲涵抬头看着她。

“当然。”

司玥回到了公寓，左煜的电话正好打过来，说他已经把六壬式罗盘的事告诉了江队长，江队长会派人追查的。司玥嗯了一声，问左煜考古界都有哪些人。

左煜笑道：“开设考古专业的学校并不多，但是整个考古界的人也不少。司玥，你是想找什么人吗？”

司玥说了她怀疑父亲是考古界的人的事，左煜第一次听司玥说她的父亲，他道：“我帮你查查。”

司玥说：“好。”顿了一下，放低了声音问，“左煜，你什么时候走？”

“明天一早。”

“把考古所的地址发给我。”司玥说。

左煜猜到司玥要做什么了，他握着手机，对着话筒说：“已经是晚上了，到这里要三个多小时的车程，你不要过来。”

“我要！”司玥固执地说。

左煜柔声道：“你在家等我，我来找你。”

司玥走到了卧室，一下子扑倒在床上，脸上漾开灿烂的笑容：“好。”

左煜挂断电话，愣了一下，他突然就这么说出口了。三十多岁的他，竟然还会这样冲动。不过很快，他就回过神来，收起手机，拔腿就往考古所外面跑。

正从走廊另一边走过来的傅红雪见他行色匆匆，喊了一声“左煜”。而左煜似乎并没有听到她的呼唤，已经跑到了考古所的大门口。

外面是黑漆漆的夜，左煜走到门前的吉普车旁，拉开车门上了车，然后快速发动车子。

司玥去浴室泡了个澡，换上了黑色的透明薄纱睡裙，窝在床上一边等左煜，一边用手机看电影。

司玥看完了两部电影，门外响起了门铃声。她把手机扔在一边，翻身跳下床，鞋子也没穿就出了卧室，经过客厅，去开门。

门一开，司玥一跳，双手挂在来人的脖子上，双腿顺势缠在了他的腰间。

“司玥，我只能待一个小时。”

左煜的话还没说完，嘴唇就被她的嘴唇堵住，紧接着灵巧的舌头钻了进去。

左煜搂着司玥，用脚尖勾住房门，把门关上，然后抱着司玥往卧室走。

到了卧室，左煜抱着司玥一边接吻一边朝床边走。她的身体挂在左煜的身上，她的身体微微向后一倒，引导左煜也跟着倾身。然后，司玥倒在了床上，左煜压在了她身上。

司玥双手勾住他的脖子，眼睛盯着他，气喘吁吁地说：“一个小时……你还要开车回去……左煜，抱着我睡。”

左煜把司玥抱得很紧很紧。

“司玥，快睡吧，你睡着了我再离开。”事后，左煜对她这么说。

“已经一个小时了。”司玥说。

“没关系。”他等会儿开车开快点。

司玥闭上眼睛，在他怀里很快就睡着了。

左煜在她唇上亲了一口，给她盖上了薄被，起身离开。

司玥楼下的墙角拐角处，站着一个男人——司老夫人的一个手下，男人看到左煜离开便也转身离开了。

又是日上三竿，司玥才睁开眼睛。她伸了一个懒腰，然后把手伸进枕头下去摸手机，她习惯睡觉时把手机放在枕头下。而她摸了几下，没有摸到手机，知道又是左煜把她的手机放在床头柜上了。她慢条斯理地坐起身来，转头一看，手机果然放在床头柜上。她伸出手把手机拿起来，低头一看，左煜凌晨五点半的时候就发了一条信息过来：司玥，我们出发了。

他从考古所开车到她的公寓，然后又从她的公寓到考古所，一共要六个多小时，而且他还陪了她一个多小时，看来几乎没有休息就又启程去古城了。司玥猜想左煜在路途中会补眠，便只发了条信息过去：我的教授，一路顺风，我等你回来。

然而左煜没有机会补眠，他刚上了车，合眼休息了一会儿，就有一辆车迎面驶来，挡住了去路。驾驶位的马东停了车，迎面而来的车也跟着停下来了，车上下来一个西装革履的中年男人，那辆车的司机则坐在车上。

左煜察觉车停了下来，缓缓睁开眼睛，问马东怎么回事。他刚一问完就看到一个西装革履的中年男人朝他们这辆车走来，最后停在了驾驶位的车窗边，弯腰敲了敲门，很礼貌地问：“请问是左教授的车吗？”

马东点头，随即扭头对左煜说：“左教授，是找您的。”

中年男人走到后排座的车窗旁，看向左煜，有礼貌地道：“想必先生就是左教授了。左教授，方便出来说两句话吗？我是司家的管家，姓齐。”

左煜一听司家，知道是要说司玥的事。他抬手看了一下手表，对齐管家说：“只有二十分钟的时间。”

齐管家笑道：“二十分钟足够了。”

左煜打开车门下了车，离车子十几米之外的地方恰好有一家咖啡厅。左煜和齐管家往那家咖啡厅里面走，进了咖啡厅，两人拉开靠门边的椅子坐下。然后，左煜道：“不知齐管家找我有什么事？”

齐管家道：“事实上是老夫人要来见左教授的，但是老夫人的腿受了伤，不能下地走，所以就让我来了。”

老夫人就是司玥的外婆了。左煜点头，问了几句司玥外婆的伤势，便等齐管家说正题。

“左教授这是要去什么地方？”齐管家问。

左煜有些为难地道：“很抱歉，我去的地方暂时不能外泄。”

齐管家表示理解，换了个方式问：“那么，左教授要离开多久？”

“三五个月。”

“所以左教授和玥小姐有三五个月不能见面。”

左煜霎时就明白齐管家来找他所为何事了。果然，下一秒他就听到齐管家说：“我们老夫人的意思是玥小姐从小被宠着长大，没受过什么委屈，没道理她恋爱结婚却受委屈。陪她一路走下去的人应该时时刻刻在她身边宠着她、护着她，而不是当她需要一个人守护的时候，那个人却不在身边。”

对于这个问题，左煜也时常在想，但是一直没有找到解决的法子。让司玥跟着他留在考古队会苦了她，不让她留在考古队也是苦了她。而当初司玥也是因为他没陪她而要和他分手的。

齐管家见左煜沉默，便又道：“我这次来便是来传达老夫人的意思的，希望左教授为了玥小姐的幸福着想，主动和玥小姐分手。”

左煜看着齐管家，说：“那么，请齐管家转告司老夫人，如果不是司玥提出分手，我是不会主动提的，因为我主动提分手也会让她伤心。分手不是唯一的解决办法，我会努力想办法解决我和司玥之间存在的问题。因为我选择了和司玥在一起，就会珍视这段感情，在她没有放弃前，我不会轻易放弃。”

齐管家皱紧了眉头，知道像左煜这样身份的人也不是能拿金钱打发的，这件事情不好办。他想了片刻，看来只有等司老夫人的伤好了再亲自解决。

左煜又抬手看了下手表，向齐管家说：“很抱歉，我得先走了，告辞。”

说完，左煜站起身来，往咖啡厅大门走。

傅红雪和季和平、胡然、杨琴乘坐左煜和马东之后的一辆车。在刚才马东停车后，季和平也停了车，傅红雪因此下了车。在左煜进入咖啡厅后，她也跟了过去，只是没有进去，而是站在门口，但是刚才左煜和齐管家之间的谈话她全都听见了。

左煜发现傅红雪站在门口，淡声道：“该出发了。”

傅红雪说了声“好”，却并没有跟着左煜一起走，而是犹豫了一下，走进了咖啡厅。傅红雪站在齐管家面前，有些疑惑地问道：“司家不赞同左教授和司小姐在一起吗？”

突如其来的提问让齐管家抬头仔细打量她。

“你是？”齐管家问。

傅红雪说：“我和左教授是一个考古队的。他是领队，我是副领队。”

齐管家一笑：“你好。或许，你能帮我们这个忙？”

傅红雪道：“抱歉，我并不能帮你们做什么。而且这是左教授和司小姐之间的事，我一个外人是插不了手的。更何况，左教授做任何事都很认真，不会半途而废，包括对人。”

齐管家跟在司老夫人身边，见过很多种人，很多时候，只凭一个神态或一句话便能摸清别人内心深处的想法。就像面前的这个女人，她显然是听到刚才他和左煜的谈话了，而她又为什么进来问他司家是不是不同意左煜和玥小姐在一起这个问题呢？她的眼神之中还有某种期待。虽然她嘴上说帮不了他们的忙，但是他已经在心里对她的心思猜了个大概。

齐管家看着傅红雪道：“如果你能帮忙，或许对你也有莫大的好处，帮我们就是在帮你自己。”

傅红雪明白了司家是真的不想让左煜和司玥在一起。想到这里，她的心里燃起了左煜和司玥分手后她将和左煜在一起的希望。但是在外人面前，她是不会透露出来的。她朝齐管家笑道：“我一直站在左教授这边。抱歉，我们要离开了。”

说完，傅红雪转身就走。

齐管家喊了声“等等”，然后站起身来，从衣服口袋里摸出一张名片递给傅红雪，还说：“有机会的话电话联系。”

傅红雪犹豫了一下，接过齐管家手上的名片，转身离开。

考古队的人开了三天三夜的车终于到了沙漠边境。从边境往里面望去，荒漠无边无际，没有人烟。

学生们望着车窗外的黄沙，好奇地问道：“不知道远古古城在什么地方，我们要怎样才能找到？”

“感觉像探宝。”胡然说。

季和平纠正：“考古不是探宝。有文字资料记载这里有个远古之城，前几天还有人发现后上报了，所以我们才来考察。记住，我们是来考察的。”

胡然拍了拍季和平的肩，笑道：“兄弟，别总是这么古板！”

左煜对几人说：“这次还有另外一支考古队和我们一起做考察，他们马上就要到了。我们先在这里驻扎起来，等他们一起。”

等把帐篷安装好后，左煜站在帐篷外给司玥打电话。听到司玥懒洋洋的声音，他不由得笑道：“在做什么呢？已经下午三点了，不会还在睡觉吧？”

司玥“嗯嗯”了几声，说：“今天去医院看外婆了，天气热，中午没睡午觉，有点困，我回来后刚刚睡下。你们到了吗？”

“嗯。”左煜说，“空调的温度不要调得太低，小心感冒。”

司玥笑道：“我裹着被子呢。”

左煜低笑：“你不调那么低的温度也就不用裹着被子睡了，盖一点薄被就可以了。”

“习惯了，厚被子有质感啊。”她忽然精神了，神秘兮兮地问他，“教授，你猜我是怎么睡的？”

左煜不用想也知道，他看了看周围，学生们就在离他几步开外的地方。他没有说话，司玥却自己笑嘻嘻地说了：“我裸睡的。”

左煜的薄唇一弯，压低声音说：“我猜到了。”

“那个什么古城里面有宝藏吗？都没什么影的东西你们还去考察。”司玥噘着嘴说。

左煜道：“凌家滩是目前为止中国考古发现的最早的城市，距今约有五千三百年至五千六百年。而我们现在要寻找考察的古城比这个晚一千年左右，但是据推测，更像现在所谓的城市。”

“哦。没兴趣，还以为有多少宝藏呢。”

“你以为是寻宝吗？”左煜笑了。

两人打一个电话足足打了半个多小时，傅红雪来找左煜，说另一支考古队到了，左煜才结束了通话。

左煜走在前面，去和另外的那支考古队会面。傅红雪跟在他身后，知道他刚才是在给司玥打电话，听见他们说说笑笑她就黯然神伤，脑海里一次又一次出现司家那个管家的话。

“帮我们也就是在帮你自己。”

她看着前面左煜的背影，犹豫不决。她期盼着左煜和司玥分手，但是她能做对不起自己的良心、对不起左煜的事吗？

另一支考古队是由另一家考古所里面的考古学家及学生组成的，一共六个人，其领队段平年近六旬，在考古界颇有声誉，从事过沙漠里面的考古。这次左煜所带领的考古队会和段平带领的考古队协同考察。

段平等人的车在路边停着，六个人也刚好下车。左煜迎上前去，恭敬地称呼了段平一声“段老”。

“左教授。”段平微微一笑，脸上的皱纹也因此加深。

左煜道：“段老直接叫我的名字就好。”

两人寒暄一番后，傅红雪和左煜的学生们也都过来了。左煜和段平分别介绍了各自队里的成员，算是互相认识。段平的队里也是两女四男，分别是谢丽、谢娜两姐妹及王力群、肖齐、曾涛三个男生，他们全是段平的学生。

两队人互相认识后，左煜让学生们帮着段平几人安顿，等段平他们稍作休息后再一起讨论考察的事。

左煜进了自己的帐篷，再次翻看有关这次古城的资料。

外面，左煜的几个学生帮着段平一行人搬行李、搭帐篷。

“这里这里，牵一下这里。”

“那边最好高点。啊！太高了，再低点。哎！又太低了。”

谢丽、谢娜两姐妹站着看胡然、马东、季和平搭帐篷，不停地发号施令。站在两姐妹旁边给马东、胡然他们递工具的杨琴不乐意了，回头瞪着两姐妹道：“你们两个只会说，就不能帮一下忙吗？”

“啊，对不起，我们只顾着看搭得好不好了。”

等把帐篷搭好，帮着段平一行人安顿好后，杨琴几人也累了。杨琴和马东他们往左煜的帐篷走，杨琴一边走，一边抱怨：“他们这是故意使唤我们吗？有我们帮忙他们就什么都不做。”

胡然笑道：“那两姐妹长得挺漂亮的啊。”

杨琴哼了一声：“你看上她们了？这是要做牛做马？”

“不过，她们没有你漂亮。”胡然打趣。

马东也取笑道：“杨琴，你是我们队里的一枝花。”

马东和胡然哈哈大笑，惹来杨琴一阵追打，只有季和平没有和他们一起打闹。

很显然，几个男生并不在乎被人使唤。

傅红雪听到学生们的声音也出了帐篷，和他们一起去左煜那里。左煜刚好翻看完资料，听到学生叫他便拿着资料出来了，然后把资料递给马东，让对方发下去：“这是我补充的资料，你们一人一份，段老那里也是。”

马东说好，开始发资料。而左煜手上还有一份，他把那份递给傅红雪，说：“你也看看，等一下我们和段老他们讨论。”

傅红雪接过左煜手上的文件，吃惊道：“我们从古墓回来后，马不停蹄就来沙漠了，你什么时候整理这些的？”

不光这样，傅红雪还知道他和司玥见了一面，一来一回，花了六个多小时。考古所才搬迁，她和左煜他们还没找住的地方，而第二天又要出发找古城，所以考古队的人就在考古所里将就住了一晚。

那天晚上，左煜拔腿往考古所外面跑，她那么大声地喊他他都没有听到。后来，她就听到车子引擎发动的声音。她跑出考古所大门时，停在那里的车已经不见了，只看到昏暗路灯下的夜。而他那么晚了还出门，一来一回花了那么多时间，她不用想也知道为什么。为了见女朋友一面，左煜竟然会有这样热情冲动的时候。那天晚上，傅红雪没怎么睡，心里失落难受得很。

而在这么紧张的时间里，他还挤出时间整理了这些资料。傅红雪对左煜的效率很是佩服，又对左煜因为司玥而这么辛苦感到不平。她早就说过，左煜选择和司玥在一起会很辛苦的。想到这里，她不由得又想起了齐管家的话，心里有点跃跃欲试。左煜喊了她一声，她才回过神来。

两支考古队的人在一起讨论寻找以及考察古城的计划。史料上对这个古城是有记载的，找到这个古城历来是很多考古学家所期望的，因为这对研究远古城市具有重要的意义。而这次组队过来的主要诱因是有人发现了这个古城，从上报的资料来看，很符合史料中所记载的古城，只是发现之后又找不到了。

左煜和段平达成协议，决定先去找当时发现古城的那个人。那个人就住在沙漠里。

司玥又去医院探望了外婆。出医院的时候，司玥接到母亲的电话，让她明天陪自己去个地方。

“去哪里？”

“一个摄影展。”

“谁的？”

“你陪我去了就知道了。”

“姜哲涵的吧？”

“你怎么知道？”

司玥握着手机一边往医院的停车场走，一边懒懒地道：“我不用怎么想就知道。你不是常常说姜哲涵是摄影天才，支持他开摄影展吗？这次终于开了吧？”

司慧茹在电话里笑道：“就是哲涵开的。第一次举行展览，所以你一定要来。”

司玥说：“我去不了。”

“为什么？”

“我有很重要的事。”

“什么事比参观弟弟的摄影展还重要？”

“妈，我有很多事都比去参观一个我毫不感兴趣的摄影展重要。比如，我说好了这段时间要每天去医院看外婆。”

“去医院也去不了一天啊。”

“去了医院还有一件重要的事。不过，这件事我就不方便告诉您了。”司玥来到了自己的车前，打开车门上了车，然后对着话筒道，“妈，我开车了，先挂了。”

“玥……”

司慧茹还没说完司玥就挂了电话。

第二天，司玥探望了外婆后去了本城的一个博物馆，那个博物馆正是司玥第一次遇见左煜的地方。她想去博物馆里问问到过那里的考古学家的名单，以便寻找父亲。左煜虽然会帮忙打听，但是工作也很忙，司玥自己也要调查的。

去了博物馆后，司玥拿到了一份名单。看到左煜的名字，她不由得笑了笑，用手指点了点左煜的名字，然后扫了一眼名单，收到包里回了公寓。

她回到公寓后，发现姜哲涵正站在公寓门口。

司玥走到他面前，挑了挑眉："展览怎么样？"

姜哲涵道："不怎么样，你对我的展览真的一点都不感兴趣？"司慧茹给司玥打电话时，他就在旁边。

"嗯。"

姜哲涵抿了抿唇，他已经在她这里碰过无数次壁了。不过，下一秒他又问："你有什么重要的事？"

"和你无关。"

"或许我可以帮你。"

"不用了，姜哲涵。"连司焱都查不到的事，姜哲涵更不可能查到。司玥说完，拿钥匙开门。门一开，她的身体挡在门边，她对姜哲涵道："我要休息了。"

姜哲涵神色黯然，说了声"我知道了"就转身离开了。

司玥进了房间就给左煜打电话。她想告诉他，她拿到了一份考古学家的名单，但是她打了好几遍都没有打通，手机那端提示不在服务区。司玥握着手机腹诽：他又去了没有信号的地方。

一连几天司玥都没有联系到左煜，心情很不好。

左煜和考古队的人去见发现古城的那个人，一路上都没什么信号。好不容易走到沙漠里的一片绿洲前，终于有点信号了，大家也就停下歇息片刻。

一行人停下后，左煜怕司玥给他打电话打不通而着急，便拿出手机给司玥打电话。左煜握着手机转了一圈，找了个信号好的地方拨打司玥的号码。电话响了很久都没有人接，左煜一遍又一遍地打，一直没人接。

傅红雪和其他考古队的人在补充水，她的目光却落在远离大家的左煜身上。装满了一大瓶水后，傅红雪走到左煜面前道："左煜，先去打点水吧。"

左煜已经给司玥打了很多遍电话了，一直没人接，便想先去打点水，等打完了水再打电话。他点了点头，要往小水沟走，傅红雪却叫住他："左煜，我手机没电了，可不可以借你手机用一下？我给家里的人打个电话。”

左煜没有拒绝，把手机借给了傅红雪。傅红雪拿到左煜的手机，等他离开后，低头看着手机若有所思。恰好司玥回电话过来，傅红雪挂断了司玥的电话，犹豫了一下，给对方回了一条信息：我最近很忙，没有紧急的事就先不要给我打电话。然后把手机调成静音模式。

司玥依然在打电话。傅红雪皱了皱眉，把刚才发的那条信息删除，又挂断司玥的电话，发信息过去：忙，不要闹。

傅红雪手上的电话又响了，她没想到司玥会这样锲而不舍。她直接挂断电话，也不再回信息了，司玥终于没有再打电话。傅红雪将刚才发的信息和司玥的来电记录都删掉。

左煜打好水后，走到傅红雪的面前，傅红雪正用他的手机给家人打电话。等傅红雪打完电话后，左煜拿回手机一看，没有司玥的电话记录和信息。他正想再给司玥打电话，段平忽然跌到小水沟里了。左煜急忙跑过去拉段平。

把段平拉上来后，左煜一通忙碌，再没有时间给司玥打电话。后来，考古队的人走的地方依然没信号。

司玥和左煜有一个星期没有联系过，司慧茹也在催司玥和左煜分手。司玥的心情烦躁得很，而就在这时，司玥收到左煜的一条信息：分手吧。

司玥低着头，眼皮一跳，修长漂亮的手指紧紧握着手机，她突然从沙发上站起身来往客厅边上的阳台走。

坐在她旁边沙发上一直在劝她的司慧茹见她突然一言不发地走开，不由得蹙了蹙眉，自己的话还没说完呢。在司慧茹身后站着的姜哲涵也有些疑惑，对司慧茹说：“妈，我过去看看。”然后朝司玥那边走去。

司玥在阳台上站定，立即给左煜打电话，电话却被立即挂断。司玥微眯了眼，心中默默道：一共三次机会。

她从耳边把手机拿下来，重新拨打左煜的号码。电话拨通后，依然被挂断。“还有一次。”她在心中默念。她又拨了一次左煜的号码，这次没有拨通，那边提示关机。

司玥果断收起手机，转身便往姜家大门外走。司玥的动作太过突然，站在她身后的姜哲涵还没反应过来，肩膀被她急转的身子撞了一下。等他回过神来时，司玥已经走到客厅大门口，对司慧茹说了一句“妈，我先走了”便开门出去了。

“我去问问姐出什么事了。”姜哲涵对司慧茹说完便去追司玥。

出了姜家大门的司玥又开始拨打电话，拨了好几个才终于拨通了。她一边走一边对着话筒说：“马东，把你们现在所在的地点以及即将去的地址报给我。”

马东惊喜地道：“师母？你怎么知道我的号码？”

司玥快速说了一遍：“你们左教授手机里有考古队的通讯录。”

马东哦了一声，说：“师母是要过来吗？左教授知不知道？我待在驻扎的地方，没有和左教授他们在一起，那边的信号好像不太好。师母肯定是没联系到左教授吧？”

司玥没有心思听马东说这么多，她又强调了一遍：“地址。马东，把地址发给我。”

马东给司玥报了一个地址，说他们正好要在那个地方驻扎几天，等左教授他们回来再一起走。然后他问司玥什么时候到，他去接她。司玥说不用接，她自己能去。

挂断电话后，司玥正好走到自己停车的地方。她开门上车，紧跟着她出门的姜哲涵顺势坐上了副驾驶座。

司玥侧头看他：“你上来做什么？”

“姐，你要去什么地方？”

“不关你的事，赶紧下去！”

姜哲涵道：“你这么冲动要是出事了怎么办？到底怎么回事，可以跟我说一说吗？”

“没什么好说的，我现在也不想跟任何人说话。”司玥不再多说，她想马上到达那个地方，于是也不管姜哲涵了，直接发动车子。

左煜几人走了好几天，才找到了当初发现古城的人。那是个男人，名叫黄丘北，四十多岁，在沙漠里开了一家小商店，贩卖水、零食等等。

左煜和段平一行人走进小商店，对黄丘北说明了来意。黄丘北笑着让他们坐下，然后对左煜几人说了当时他看到的那个古城的样子。

“墙壁是用巨大的石头垒起来的。不过，大多墙壁都破烂不堪，没有一堵墙是完整的。很多墙壁上还刻有图案，图案的样子是一样的，好像是一个人，但是那个人长得很奇怪……”

“你上报时说这个古城的地理位置在北纬三十七度二十三分，东经一百零八度十分。但是，你后来再经过这个地方时却没有看到这个古城了？”左煜道。

“是的。我想，这个古城应该又被风沙湮没了。”黄丘北说。

“这个当然是非常有可能的。”段平接口道。

左煜又问：“黄先生说的我们都知道了，这里离你当初看到古城的地方还有多远？”

黄丘北答道：“这可远了，还有几百公里。到那里去，最好不要开车，要用骆驼。你们有骆驼吗？啊，你们的人也不少，骆驼可要好多匹呢。”

“我们正在联系租骆驼的地方。”左煜又说，“黄先生能当我们的向导吗？”

黄丘北很为难，指了指商店里面堆放的水、面包等货物，说：“我以贩卖这些东西为生，跟你们走了我就没生意做了。而且，我妈最近身体不好，我家就我和我妈两个人，我每天得照顾我妈。非常不好意思，我不能跟你们离开这里。”

左煜只好作罢，向黄丘北告辞，和段平等人出了商店。他对段平说：“段老，接下来，我们回到前几天住的地方，我的学生应该把租骆驼的事弄好了，然后我们去黄丘北说的那个地方。”

段平表示赞同。

左煜回头看向走在他们身后一言不发，刚才借他手机找信号的傅红雪，问道：“红雪，现在有信号了吗？”

傅红雪抬头看着左煜，抱歉地道：“啊，刚才我找信号时不小心把手机掉沙丘下了。我想跑下沙丘去捡，突然起了风沙，我睁不开眼睛。后来等风沙一过，我睁开眼睛时，面前已经没有沙丘了，也没找到你的手机。对不起，左煜，我把你的手机弄丢了。”

左煜蹙了蹙眉，喊住已经走到前面去了的胡然。胡然走回左煜面前，问左煜什么事。

左煜道：“把你手机借给我用一下。”

胡然立即弯腰从裤子里面掏出手机递给左煜。左煜接过手机来，低头一看，有两格信号，立即往队伍之外走了一点，拨打司玥的号码。

胡然猜到左煜是在给司玥打电话，又转身融进队伍里往前面走了。傅红雪则有些心慌，她一时冲动给司玥发了一条那样的信息，左煜如果和司玥通了电话，司玥应该会问左煜“分手”的事。那样，司玥就知道了那条信息是别人发的，不是左煜发的。左煜也会猜到是她发的信息，因为她借了他的手机。

她发了“分手吧”那条信息后，给齐管家打了电话，让他们从司玥的手机上悄悄把左煜的号码设在拦截黑名单里，让司玥不会轻易发现，让左煜和司玥不能联系到彼此。而司玥又收到了那样的信息，在一直联系不到左煜的情况下，她一定不会再坚持，一定会认为自己被左煜分手了。至于左煜，在考察过程中，大多时候都没有信号，她只要在左煜准备给司玥打电话时找借口岔开就是了。

但是，傅红雪一时没有想到左煜会用胡然的手机给司玥打电话。胡然的手机号没在司玥的手机号码拦截黑名单里，因此，她一定不能让左煜用胡然的或者别人的手机来给司玥打电话。

可是，现在她要怎么阻止左煜给司玥打电话呢？傅红雪想到给齐管家打电话，让他想办法把现在考古队所有人员的手机号码都设在黑名单里。不过，这是在这之后的事了，现在她还得设法阻止左煜。

傅红雪走到左煜身边，对左煜说：“左煜，我忽然想起一件紧急的事要跟家人说。你能让我先打个电话吗？”

左煜似乎没有听到傅红雪的声音，继续拨打司玥的电话。傅红雪的心提到了嗓子眼，害怕左煜打通了司玥的电话。她不由得大声喊：“左煜！”

左煜蹙着眉头，因为他已经把号码拨出去了，却一直提示繁忙。他又拨打了几个，仍然提示繁忙，最后他似乎才想起傅红雪要手机打电话的事来。他心神不宁地把手机递给傅红雪，说：“那你先打，打完再把手机给我。”

傅红雪接过手机，又往旁边走了几步。然而，她避开左煜之后拨打的号码却是齐管家的。

“齐管家，我想你应该想法子把考古队所有成员的号码都设置在司小姐的手机拦截黑名单里。”

电话那端的齐管家一笑，说：“我早就设置好了，在你打电话来让我把左教授的号码设成拦截号码后，我就把考古队所有成员的号码都设置了。”

傅红雪心里一喜，感叹齐管家比她想得更周到。

傅红雪不再怕左煜给司玥打电话了，她和齐管家通完话后就朝前面的左煜走去，还笑道：“左煜，你打吧，我打完了。”

左煜一边伸手接手机一边问傅红雪：“还有信号吧？”

“有，这里的信号比刚才还多一格。”

左煜给司玥拨打电话，电话里面仍然提示“你拨打的用户忙”。之后一直没有信号，左煜也一直没有打通司玥的电话。

回驻扎地的途中，左煜走在一行人的最后。学生们看到帐篷时，都兴奋起来，拔腿往前面跑，惹来沙尘飞扬。傅红雪的心情也不错，回头喊左煜，也不由得加快了步伐。

很快，他们到了帐篷前，马东也从帐篷里走了出来。突然汽车的引擎声传来，声音由远及近，渐渐清晰。不一会儿，大家便看到飞扬的沙尘弥漫了半个天空，有一辆车拐着弯往他们这边开来，车子穿越沙尘越驶越近。大家看清了那是一辆豪华轿车。最后，豪华轿车在他们面前停下。

一男一女从车上下来，女人身着黑色半透视连衣裙，妖娆如火，她从飞沙中走来，一举一动，妩媚动人。

大家都看入了迷。

傅红雪最先反应过来，蹙眉道：“司小姐？”

司玥挑眉看向傅红雪。

傅红雪被她看得很不自在，硬着头皮支支吾吾地道：“左……煜还在后面……”

“我找你。”司玥抬了抬下巴，居高临下地看着傅红雪。

司玥的目光非常犀利，那样犀利的目光有一种难以言喻的压迫感，让人不敢和她对视。傅红雪突然心慌起来，她没想到司玥会从天而降般突然出现在这里，不说找左煜，却说找她。难道司玥是知道什么了吗？可又怎么会？她自认为并没有什么地方露出破绽。傅红雪努力让自己镇定下来，却仍然笑得很不自然：“司小姐找我有什么事？”

“‘分手吧’那条信息是你发的吧？”司玥盯着傅红雪。

在场认识司玥的人不禁疑惑起来，不认识司玥的人则很好奇。傅红雪见司玥当着这么多人的面直接这么问，心就像被悬空吊起来了一样，惊慌失措。她不自在地朝司玥笑道：“司小姐在说什么？什么分手？我怎么听不懂？”

走在最后的左煜远远地就看到司玥了，黄沙漫天，而她站在那里是那么耀眼。他惊讶她怎么会突然来这里了，同时加快了脚下步伐朝她走去。快要走到司玥面前时，他却忽然听到了她质问傅红雪的话。左煜心中疑惑不已，再次加快了步伐，走到司玥面前，惊讶地道：“司玥，你怎么来了？什么分手？”

傅红雪见左煜到了，更加慌乱不已。众人也都想知道事情的始末，不由得都目不转睛地看着司玥。

司玥抬头看着左煜，郑重地问他：“左煜，是你要和我分手的吗？”

左煜蹙眉：“胡说什么？”

司玥又问：“十五日，也就是三天前，下午三点二十一分五秒，你的手机在哪里？”

左煜看向傅红雪，道：“在红雪那里。”联想到刚才司玥质问傅红雪的话，左煜一下子明白过来了，他沉声问，“红雪，你拿我的手机，以我的名义给司玥发信息说要分手了？”

傅红雪硬着头皮抵赖：“没有，不是我发的，我没有发过这样的信息。当时我是借左煜的手机找信号想给家人打电话。但是，我没拿稳手机，手机掉到了小沙丘下。我想跑下去捡，却忽然起了风。风沙之下，我不敢睁眼。等风一停，我睁开眼睛，那个小沙丘已经不见了，左煜的手机也不见了。我并没有用左煜的手机给司小姐发任何信息。”

“当时是起了一点风。”杨琴说。

司玥冷笑一声：“那么就是手机被埋在黄沙之中了，那是鬼给我发的信息？”

傅红雪道：“或许是手机被人捡起来了，然后发了一条恶作剧的信息，或者说是发错了信息。”

这样的说辞，所有人都听出来了是在狡辩。当时大家在黄丘北的商店那里，左煜、段平、季和平、谢娜、肖齐在商店里面，其他人在外面。当时四周都没有外人来，而且他们离开商店的时间正好是下午三点三十分。

大家都在窃窃私语傅红雪为什么要用左煜的手机并以左煜的名义给司玥发“分手”的信息。杨琴知道傅红雪喜欢左煜，明白傅红雪是想拆散左煜和司玥。她以前觉得傅教授和左教授更般配，现在对傅教授的做法却不敢苟同。

司玥又笑道：“傅教授这么希望我和左煜分手？认为我和左煜分手了，你就能和左煜在一起了？傅教授这么天真，是怎么当上教授的？因为不要脸吗？你这样的人也配为人师表？”

“不要脸”这三个字，司玥说得很重。傅红雪被气得不行，却有口难言。她看向左煜，发现左煜的脸色很难看，对她很失望的样子，她的心不由得抽痛了一下，转身拔腿跑开。

段平手下的学生窃窃私语，左煜的学生们却都愣在原地，有些不敢相信傅教授能做出这样的事来。

还是老教授段平说了一句：“回去准备！明天又要出发了。”然后率先离开。其余的学生们便都散去。

左煜这才转身看向司玥，知道她突然来这里是因为“分手”的短信。他伸手去牵她的手，柔声说：“司玥，走吧，先休息一下。”

司玥却甩开了他的手，说：“我不是来找你的。”

左煜知道她闹别扭了，轻哄道：“被别人钻了空子让你不高兴了，都是我不好。我怎么会和你分手呢？司玥，不要生气了。”

“都是你不好？你还挺会给傅红雪承担责任的嘛！”司玥斜睨着他。

左煜笑了一下：“我不是那个意思。好了，先进去再说，这里风沙大。”

一直站在司玥旁边一言不发的姜哲涵终于搞清楚了状况，司玥马不停蹄地开了三天两夜的车到这个沙漠来，是因为被一个心存嫉妒的女人冒名分手。而她明显知道那条信息是别人冒名发的，却还是跑了过来。除了质问，应该还有别的原因，那个原因会是什么？

同时，姜哲涵一直打量着左煜，他这才知道司玥的男朋友就是眼前这个男人。男人的长相让姜哲涵也不由得赞叹，当然，身高也是他不能企及的。但是，除了长相和身高，他还没看出这个男人有什么好的。想到这里，姜哲涵就自然而然地拿自己和左煜比，除了身高、长相，他没觉得自己比左煜差，因为他还是个天才摄影师，拿过很多奖，只是司玥从来不关心摄影。

左煜也发现姜哲涵了，他从容地向姜哲涵伸出手，自我介绍：“你好，我是司玥的男朋友，左煜。”

姜哲涵也伸出手，握住左煜的手：“摄影师，姜哲涵。”

司玥补充了一句：“法律上的弟弟。”

姜哲涵愣了一下，左煜发觉姜哲涵的手有些僵硬，不动声色地放开了姜哲涵的手，让对方跟着他和司玥一起走。然后，左煜又去牵司玥，司玥仍然避开。

左煜只好和司玥并肩走在前面。

姜哲涵走在后面一直盯着左煜和司玥的背影看。

到了左煜的帐篷外，左煜正好看到马东从旁边的帐篷里出来。左煜叫住马东，让他带姜哲涵去休息一会儿。

姜哲涵听左煜的意思是，他晚上也要跟这个男人住一个帐篷了。而左煜和司玥却会住在一起？他正这么想时，司玥已经踏进左煜的帐篷里了，管都不管他。他不情愿地跟着那个叫马东的学生走。

司玥进了左煜的帐篷便自顾自地盘腿坐在地上，脱掉黑色高跟凉鞋。她只不过下车走了几步鞋子里面就满是沙子，硌得她的脚疼。

左煜跟马东说完话便进了帐篷，他走到司玥面前蹲下，抬起她的脚一看，小巧的脚掌心上有很多沙子，还有一些地方微微泛红。他低头给她清理脚上的沙，然后给她轻轻揉脚，说："这次考察结束之后，如果还要带队考察，我会重新寻找一个副领队，不会再让她留在我的队里了。"

司玥怪声怪气地说："我可不关心这个。"

"这一路很辛苦吧？"左煜问。

司玥不想理他，左煜轻柔地给她揉脚，然后说："因为一条假信息就千里迢迢赶过来了，是不是想我了？"

司玥翻了个白眼，却并没有否定，而是道："想又有什么用？"

左煜说："我也很想你。但是这里很多地方都没有信号，我想给你打电话也打不出去。"

"你说说你一天都在做什么。"

"前几天一直在找发现古城的人。每天六点出发去找，一直到晚上八九点，三天前才找到。"

司玥道："你每天那么忙，有时间想我吗？"

"白天一有空就想。"

"晚上呢？"

"太累，一歇脚就睡着了。"

司玥轻哼了一声。

左煜问她："脚还疼吗？"

司玥又不说话了。左煜站起身来，把她揽进怀里，轻柔的声音在她耳边缓缓响起，惹得她一阵酥痒。

他说："司玥，你来了，让我很惊讶，也很惊喜。"

司玥想起一直联系不到他，让她心烦意乱的那些日子来。司玥抬头，在他下巴上咬了一口。左煜吃痛，司玥却又吻上了他的唇，夹着激情和愤怒。

"左煜，我要惩罚你。"

就在这时，杨琴在外面焦急地喊：“左教授，左教授！”

左煜和司玥的动作一停，杨琴还在外面喊。左煜皱了皱眉，让司玥等他，然后起身朝外面走去。

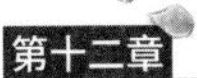

第十二章 我会留在这里

司玥坐起身来把衣服穿好，然后又躺下休息。这一路过来虽然姜哲涵帮着开了车，但是她还是累得很。而且，对于外面到底发生了什么事，她并不关心。

左煜走出帐篷就见杨琴在外面走来走去的，他问道：“出什么事了？”

杨琴已经在那里来回走了好一会儿了，听到左煜的声音，她赶忙转身，走到左煜面前，满脸焦急地说：“左教授，我刚才去傅教授的帐篷里找她，发现她不在里面。她会不会想不开啊？天都快黑了，她一个人出去，万一遇到什么危险怎么办啊？”

左煜对傅红雪很失望，他没想到她会对他和司玥做出那样的事来。如果不是司玥聪明，一看那条信息就知道不是他发的，那么他和司玥之间久不联系，还不知道会生出多少误会来。这个时候，听到傅红雪的事，他就更加生气。

杨琴见左煜薄唇紧抿，脸色沉得吓人，原本想说即使傅教授有错也不能让她出事的话也吞了回去，只站在那里望着左煜，焦急地等他的指示。

良久，左煜终于沉声开口：“把马东、胡然、季和平叫上，跟我一起出去找人，你留在这里。你们师母在休息，她起来后，有什么事，你照应一下。如果太晚，晚饭也不用等我们回来吃。”

“好，我去叫他们。”杨琴一说完便跑去叫其他人了。

左煜转身走进帐篷，见司玥果真闭上眼睛在睡觉，便轻手轻脚地退了出来。

虽然考古队驻扎的地方离沙漠的边境不远，但是一眼望去全是黄沙，无边无际。马东在原地转了一圈，有些不知所措地问左煜："左教授，我们该往什么地方找啊？也没有脚印，脚印肯定被风沙给弄没了。"

左煜抬手看了一下手表，计算了一下傅红雪跑开的时间，大约有半个小时。他又看了看天色，还有一个多小时天色就要黑下来了。

他果断地对几个学生说："沙漠里的天气变幻莫测，我们一人找一个方向，但是最多找一个小时。无论你们找没找到人，一个小时后必须回来。"

"都能辨清方向吗？"没等学生们开口，左煜又问。

"能！"几人异口同声。

左煜点头，指定了他们分别寻找的方向后，说了一句"找人"，便转身率先往他要找的方向出发了。

胡然看着左煜的背影，皱眉道："一个小时不知道够不够……要是没找到傅教授，万一她出事了怎么办？"

季和平道："按左教授的吩咐做。我们不能长时间离队，不然又该有人来找我们了。而且，傅教授走了半个小时左右，我们花一个小时找人，按时间算也差不多了。"

胡然道："那我们赶紧找人去！"

学生们分头寻找，一边在沙漠里奔跑一边喊"傅教授"。

一个小时很快就过去了，天色也渐渐黑下来，几个学生喊得嗓音嘶哑也没有找到傅红雪。他们记得左煜的吩咐，时间太晚，沙漠里的天气变幻莫测，不敢再找下去，便都回到了住的地方，只有左煜一个人没有回去。

这个时候，司玥已经起来了，也听杨琴说了发生的事情。司玥站在帐篷外，看到几个学生从暮色之中走回来，唯独不见左煜，她便一直站在那里。杨琴来问她要不要先吃饭，她没说话。见司玥神色冷淡，杨琴便没有再问，讪讪地回去了。

姜哲涵在马东的帐篷里休息，马东他们去找人的事他是知道的。他也不关心那个什么傅红雪，一直在里面休息。这时出来，见司玥这副模样，他不由得愣了一下，然后走到司玥身旁，问了声："姐，怎么站在这里？"

"你还没走？"司玥侧头看向姜哲涵。

姜哲涵耸了耸肩："我才跟着你到这里好不好？就要我立刻回去？而且，你都没回去。"

"明天天亮后你就走。"

“那你呢？”姜哲涵看着她。

司玥说：“我会留在这里。”

“跟着那个什么左煜？”姜哲涵皱着眉头，“这个地方这么荒凉，风沙又大，你堂堂司家千金竟然为了一个男人跑到这个地方来受苦！妈妈的话你真的不听吗？”

司玥道：“这是我自己的事。”

姜哲涵哼笑了一声：“你现在站在这里也是在等他吧？你的男朋友现在不管你，去找别的女人了……”

司玥神色变冷，姜哲涵立即打住，讪讪地说：“这个沙漠十分辽阔，我来这个沙漠摄影时都不敢深入沙漠，只在边境照了几张。这里不是什么人都能待下来的。”

司玥说：“我高兴的时候，什么事情都难不倒我。”

“高兴？就是凭你喜欢是吧？”

司玥扬了扬下巴，不再和他继续这个话题，也不再管他，抬手看了一下腕表，十点钟了。虽然这个地方晚上十点才天黑，但是时间也不早了。

沙漠里面只有一点点光亮了，左煜已经找了傅红雪将近两个小时，他正打算回去，忽然发现了一串脚印。他沿着那串脚印走，走到一个沙丘上，脚印没有了，但有人滚下去的痕迹。左煜往沙丘下一望，深深的暮色之中，傅红雪正蹲在地上。

左煜快步走了下去，到了傅红雪面前，淡声问：“你怎么回事？”

傅红雪抬头看左煜，心有些疼，又有些无地自容，声音很低：“我从上面摔下来，脚崴了，走不了。”

左煜没再说话，弯腰去拉她的手臂，把她拉起来。

“左煜……我……走不了。”傅红雪说。

已经很晚了，天上也没有月亮和星星，不能再耽搁下去，左煜只好背对着她蹲下身去。傅红雪见左煜要背她，立即倾身趴在他的背上，双手攀着他的脖子。

左煜说：“手掌放肩上。”

他的意思是要她和他保持距离。傅红雪神色黯然，却只能照做。

左煜背着傅红雪急匆匆地往回走，傅红雪心里既苦又甜。苦是因为左煜知道她对他和司玥做的事了，不知道会怎么看她。甜是因为他现在还会背她，并没有不管她。

傅红雪说："谢谢你，左煜。"

左煜道："你应该说对不起，明天你就回去。"

"你要我回去？"傅红雪惊慌地道。

"这支考古队你没有必要再待下去了。"他本来打算等这次考察结束后就不再和她组队，但是现在他一刻都不想和她多待。

傅红雪说："左煜，我只是一时鬼迷心窍发了那样的信息。对不起，我……我只是太喜欢你，太爱你了……我爱了你三年多，以为默默守护你是对你最好的，这样的爱更深刻。我们有共同的事业和梦想，我们可以天长地久。我没想到你突然喜欢上了别的女人……"

"你不用再说这些话，我们不过是共事而已。"

傅红雪的眼睛涩涩的："难道我们这几年的相处，抵不过你和司玥几个月吗？"

"我喜欢的是司玥。"

"那要是没有她呢？她要是没出现呢？"

"我们也不可能。"

傅红雪突然觉得心灰意冷："为什么？我到底什么地方不好？我们以前配合得那么默契。我们互相扶持，这都不是爱情吗？"

"不是。"

傅红雪咬紧了唇，心痛得无以复加："左煜，你现在是不是很讨厌我？"

"我对你很失望，你不用再多说什么了。"

傅红雪觉得自己被一根棍子重重地敲了一下，她忍着心痛低声说："对不起，左煜。我以前不是这样的，以后再也不会这样了。但是我不能离开考古队，考古是我的事业，我有我的理想。"

左煜无心再和她多说。

天已经完全黑下来了，帐篷里面有手电筒的光或烛光。而外面没有星星没有月亮，远处的天地一片漆黑。司玥站在那里就没有挪动过脚，姜哲涵站在她旁边也同样没离开过。

"姐。"姜哲涵忍不住喊了一声。

司玥没有应，定定地看着远处黑漆漆的夜，因为她听到脚踩在沙子里发出的声音了。但是，只有一个人的脚步声，是左煜一个人回来了？

司玥心里正这么想着的时候，就看到左煜背着傅红雪从漆黑的夜里向她走来。司玥微眯了眼，然后一个转身就进了帐篷。姜哲涵要跟进去却被司玥斥了一声“出去”，他只好退出去了。

这时，左煜的学生、段平、段平的学生都围了过来。

“傅教授是受伤了吗？”谢丽惊讶道。

“好像是。”谢娜答。

左煜让马东过来扶人，等他蹲下身，马东立即扶住傅红雪。左煜站起身来后便往自己的帐篷里走，他刚才看到司玥了。

司玥睡了一会儿后就一直站在外面等左煜，帐篷里面并没有点蜡烛或开手电筒。这个时候，帐篷里面漆黑一片。她进去之后就站在门边。

左煜紧接着进去，虽然里面很黑，但是他能感受到司玥就站在旁边。她的气息离他很近，他轻喊了声“司玥”。司玥没出声。左煜凭着感觉伸手一捞就把她捞进怀里了。他低头在她耳边问：“怎么没点灯？”

司玥终于皱眉道：“你身上难闻死了，不要抱我。”

左煜低笑：“原来是在吃醋？司玥，红雪的脚崴了，走不了路，我也不能把她丢在沙漠里不管。因为，即使是个陌生人我也会帮助她的。”

司玥推开左煜，撇了撇嘴：“要是个陌生人我才不会帮，和我又没关系。”

“是吗？”左煜又把她抱进怀里。

“是呀。我可不善良，不做滥好人。还有，你的红雪和你不是陌生人，那是你什么人？”司玥的语气古里古怪的。

“同事。”左煜无奈地笑道，“什么我的红雪？尽胡说八道。”

“可你不是口口声声喊人家‘红雪’？除你之外，我没有听到别人像你这样喊过。她不是你的又是谁的？”

左煜哭笑不得：“从一开始我和她同在一个考古队时就这么喊了。一个称呼而已，没有任何意义。你介意，那以后我叫她傅教授好了。”

司玥道：“左煜，我心里还是非常不舒服。你没有背过我，却背过别的女人。”

“那只是无奈之下的办法，因为我更不可能抱着她回来。”左煜顿了一下，说，“我没背过你吗？”他想了一下，仿佛自言自语般道，“好像是。”

司玥哼了一声，又要推开他。不过，左煜不松手，她的力气简直可以忽略不计。左煜在她耳边柔声说：“如果可以，我可以背你一辈子。”

司玥的心怦怦直跳。然后，她又不以为意地道：“教授现在说情话越说越顺畅了。”

左煜轻声笑：“好了，不要不高兴了，也不要不舒服了。我让她明天回考古所。”

“谁？”

“明知故问。”

司玥道：“我确实不想再看到她了。”

“不会了，现在我们不说别人了。司玥，我们先吃点东西。”

司玥的确早已饿了，于是点了点头。左煜放开她，让她站着不动，他去拿手电筒。

拿到手电筒，左煜打开开关，帐篷里面顿时亮了起来。他拿着手电筒走到司玥面前，说：“杨琴应该留了吃的，我们去找她。”

考古队驻扎的地方是一块面积很小的绿洲，可以煮点东西吃。左煜他们出去找人时，杨琴就和段平的学生一起煮了面条。不过，杨琴给左煜他们留的是凉面。

司玥跟着左煜走出帐篷，傅红雪已经被马东扶着回了她自己的帐篷，不过，外面还有人站在那里议论纷纷。见左煜和司玥走出来，便不再说了。杨琴笑着道：“左教授、师母，你们应该饿了吧？还有点凉面，放在我那里了。你们等一下，我去给你们拿出来。”

左煜点头。

杨琴转身要走，一个委屈的声音响起：“我也没吃。”

左煜和司玥转头，姜哲涵还站在一边呢。司玥还没说话，左煜已经开口了：“那就一起吃点。”

司玥和左煜并肩坐在地上吃凉面，手电筒放在他们面前。姜哲涵走到司玥右手边坐下，一边吃一边对她说：“这碗面很难吃。姐，你也能吃得下？”

司玥竟然自豪地说：“我还吃过野菜。姜哲涵，你不是来过这个沙漠吗？当时吃的是什么？这点苦还吃不了？”

姜哲涵讶异地看着司玥，简直觉得不可思议。他又看了左煜一眼，心想：司玥心甘情愿吃苦都是因为眼前的这个男人，这个男人到底有什么魅力能吸引司玥？

左煜听了司玥的话却有些心疼，他又想起齐管家代司玥的外婆说的那些话来。他侧头对司玥说："司玥，明天你也回去吧。"

司玥不愿意："我才来你就让我走，我不回去。"

"不要任性，这里不是你能待的地方。"

"我不管，你能待我就能待。"

姜哲涵插话了："这点我赞同左教授。姐，在沙漠里你会被太阳晒黑，皮肤也会变差。离开水源很可能会缺水，还只能吃些难以下咽的干粮。"

司玥自然是爱美的，但她还是拒绝回去，她烦透了左煜在的地方总是没有信号。她对左煜说："我明天开车去外面买些装备。"

她说的外面就是沙漠外面了，他们现在这个地方离外面还不算太远，开车两个多小时就可以出去。

"不可以。"左煜坚决要她回去。

司玥也没心情吃东西了，把手里的凉面放在一边就站起身往帐篷走。左煜看了司玥一眼，然后转头对姜哲涵说："明天你们一起走，路上请你多多照顾一下司玥，一定要注意安全。"

姜哲涵道："她是我姐，我当然会好好照顾她。"

左煜点了点头，放下碗筷，拿起面前的手电筒，又把司玥放在地上的那碗凉面端起来，然后站起身往帐篷走。

"司玥，不是饿了吗？还剩这么多，再吃点。"左煜走到坐在地上的司玥面前，扬了扬手上的那碗凉面。

司玥说："我不吃了，但是我也不走。"

左煜道："你不是要找你爸爸吗？我已经整理出了考古界从事考古工作的所有人员的名单，你回去后就可以好好调查一番了。"

"真的？"司玥一喜。

左煜点头："你答应回去，然后多吃点我就把名单给你。"

司玥想了一下，很爽快地说："好啊，我答应。"然后接过左煜手上的东西又开始吃。

等司玥吃完，已经是晚上十二点了。左煜坐着打开电脑，司玥走到他身边，然后靠到他怀里，和他一起看。

名单很长。左煜分了类，比如资深的考古专家、有领队资质的、有设计施工资质的、学者等等。每个名字旁边有其本人的照片。资深的专家不多，司玥从上往下看了一眼就记住他们的名字和照片了。没有一张照片和司玥像的，因为司玥长得像她母亲。

左煜说："目前为止，我只得到这些名字和照片，更多的信息还要等。这些资深专家我都接触过，不过，他们的私事我就不得而知了。"

"我会一个个好好查的。"司玥说。

左煜把数据导入了司玥的手机，然后关电脑。电脑一关，司玥一个转身就将双腿分坐在左煜的两条腿上，双手勾住他的脖子。

"现在该睡觉了吗？"司玥抬头看着他。

"嗯。明天早上你早点走，那个时候的阳光不……"

"烈"字还没说出口，他的唇就被司玥吻住。司玥的舌尖一边和他纠缠一边含含糊糊地说："我坐在车里有空调，怕什么太阳？你巴不得我早点走是不是？"

"早点安全到家我才放心。"左煜一边和她接吻一边说。

司玥在左煜的怀里睡得很香。太阳还没升起来时，左煜就睁开了眼睛。他看着怀中熟睡的人，低头在她额头上轻轻一吻。他说要她早点走，却也舍不得，因此并没有催她起来。他一直抱着她，直到她缓缓睁开眼，还伸了一个懒腰。

"该起床了。"左煜说。

"嗯，我还想睡。"

"等送了你，我们也要出发了。"

司玥磨磨蹭蹭不想动，左煜便亲自给她穿衣服，司玥顺势紧紧地贴在他身上。左煜把她从身上扒拉开，给她穿好衣服。

司玥和左煜一起出帐篷，却见傅红雪站在外面。

"左煜，我想留下来。"傅红雪说。

司玥站在左煜旁边，低头翻看手指甲。

左煜看着傅红雪说："考古所那边还有一个考察项目急需人手，你回去后，正好解了燃眉之急，这里就不用再留了。"

其他的人也来了，听左煜这么说，他们都知道原因，没有人说话。

左煜让马东开车送傅红雪一程，一边的段平开口了："左煜，我们要早点出发。傅教授要回考古所可以搭你女朋友的车出去，这样就不用等马东送人回来了。"

左煜还没开口，司玥就说："我不想载人。"

"这个时候就不要斤斤计较了。我们早点结束考察工作，左煜也能早点回去。”段平说。

“我不愿意。”司玥就是不同意。

左煜对段平笑道：“段老，等几个小时也没关系。”

听左煜这么说，段平睨了司玥一眼，似乎对她的不识大体很不赞同。

司玥才不管段平的态度，马东得了左煜的吩咐便要去开车。左煜又叫住马东：“十二匹骆驼都还在吧？”

“都在呢。”马东答。

左煜点头，让马东和傅红雪出发，然后又让姜哲涵和司玥上路。

就在这时，胡然焦急地跑过来说：“左教授！左教授，只有九匹骆驼了！我刚才去看，只有九匹了！”

大家赶忙跑到马东拴骆驼的地方一看，果然只有九匹了。

“这下怎么办？我们往沙漠里面走必须要骆驼啊！”杨琴道。

左煜蹙眉思考。

司玥忽然笑着说：“左煜，我不走了。”

左煜还没开口，老教授段平就说道：“考古队不留闲杂人等。”

司玥挑眉看着段平：“如果我帮你们把骆驼找回来呢？”

骆驼是拴在树上的，在骆驼的活动范围之外有骆驼的脚印和人的脚印。左煜看到了这些脚印，段平和其他人也看到了。

段平不以为然地道：“顺着这些脚印就能找到骆驼了，不用劳驾司小姐。”

其他人也是这么认为的，根据脚印顺藤摸瓜，总能找到的。左煜希望司玥回家，因此对她说：“回去吧，到了给我打电话。”

司玥不情愿地道：“你的手机都没了，我怎么给你打电话？”

站在一边的傅红雪低下头，是她把左煜的手机扔掉的。其他人也都不由自主地看了一眼傅红雪。

左煜说：“马东送傅教授出去后，那里有卖东西的地方，前些天我们路过时看到也有手机卖，我让马东帮我带一个回来。”

司玥又说：“你的手机十有八九打不通。要是回去了，我才不想浪费精力给你打。”

“那我给你打。”左煜说。

段平咳了一声，对当着众人的面依依惜别的两人道：“抓紧时间吧，我们还要去找骆驼。”

左煜点头，对身旁的司玥和姜哲涵道："你们上路吧。"然后，他又看向马东，"你要送傅教授，也可以走了。正好我们要找骆驼，我们一边找一边等你回来。"

大家都往停车的地方走，因为骆驼和人的脚印也是沿着那个方向印下的。然而，那些脚印到了停车的地方却没有了，只有黄沙，又是风的杰作。考古队的人都不禁皱紧了眉头。

"没有脚印，我们怎么知道那些偷骆驼的人带着骆驼往哪里走了呀？"谢娜说。

"就是呀。"谢丽附和。

杨琴看向左煜："左教授，这下怎么办呢？"

段平的学生也都异口同声问："段教授，这要怎么找啊？"

左煜和段平都望向一望无际的荒漠，一时没有说话，因为没有脚印，在辽阔的沙漠上是很难寻找骆驼的。还没有上车离开的马东也有些着急地道："这十二匹骆驼是租赁店最后的骆驼了，没有多余的。要是找不回来，不说要赔偿，我们的考察工作也会耽误。"

"那你是怎么看骆驼的？竟然被人给偷了！"杨琴埋怨道。

"我出去找了傅教授一圈回来，有点累，晚上守了一会儿就回帐篷睡了。谁知道竟然会有人来偷骆驼呢？"马东说。

傅红雪又低了低头，好像都是她的错。

杨琴又道："刚才左教授问的时候，你还说骆驼都在。还好胡然去看了一下，发现骆驼少了，不然还不知道什么时候才会发现。"

"当务之急是找到骆驼。"季和平道。

大家又都看向左煜和段平，而左煜和段平都在思考。姜哲涵已经拉开车门了，催司玥上车。

司玥却笑眯眯地看着左煜和段平，道："我说过我能帮你们找到骆驼。不过，条件是我要留下来。"

段平转头看向司玥，见她很有自信的样子，他倒想看看她是不是真的能找到。他笑了一下，道："我们要尽快找到骆驼才好上路，如果今天上午你能把骆驼找回来，你要留下来，我没意见。"

"好啊。"司玥走到左煜面前，去拉他的手，笑道，"我的教授，我就先不走了，帮你们找骆驼去了啊。"

她刚才当着大家的面说话，左煜不好斥责她，这时才低声在她耳边轻斥："你答应了我要回家的。找骆驼的事交给我们，你赶紧和你弟弟一起离开。"

"我又反悔了啊。"司玥冲他眨了一下眼睛。

左煜斜睨着她："不要任性。"

司玥不再跟他多说，放开了他的手，对大家说："一个上午的时间，我会找回骆驼的，你们就在这里等我吧。"

说完，司玥要了一头拴在树上的骆驼就往沙漠深处走了，姜哲涵赶紧关上车门去追司玥。

"姐，我们回家吧！你给他们找骆驼干吗？"姜哲涵一边追司玥一边喊。司玥却不管他，只顾着骑骆驼往前走。

姜哲涵只好折返回来，也牵了一匹骆驼骑上去追司玥。

司玥和姜哲涵的身影离考古队的人越来越远。

几个学生道："我们就在这里等吗？"

段平道："当然不是，我们也要找。"

谢娜道："段教授说得对。要是司小姐找不到骆驼，我们却在这里傻等，那就耽误很多工作了。"

"对。"谢丽点头。

杨琴见谢家姐妹这么不相信司玥的能力倒是有些不平了，她对众人道："我们师母非常聪明，找骆驼这种小事怎么可能难倒她？你们不要太小看了师母。"

"要找回来才知道啊。"谢娜当着左煜的面不好说，倾身在杨琴耳边小声说。

杨琴也压低了声音道："那你们就等着瞧吧。"

左煜让杨琴、胡然、季和平也去找，杨琴等人立即行动起来。还没有上车离开的傅红雪道："左煜，我也想留下来帮大家的忙，多一个人找会更快找到的。"

左煜说："不用了。"然后又对马东道，"你现在就送傅教授出去。"

马东点头："好的，左教授。"

傅红雪望着左煜，有些怨愤地道："我不过是做错了这一件事，你就要我离开，会不会小题大做了点？会不会有些公私不分？"

左煜神色淡淡的："我不想我和司玥之间再发生什么事，你最近的工作也常出错。好了，多余的话没必要再说。马东会把你安全送出去，考古所里的一些项目也在等你回去做。”

傅红雪见左煜的态度一点转圜的余地都没有，只能忍着心痛转身拉开车门上车。马东紧接着坐上了驾驶位，然后发动车子，往沙漠外面开去。

左煜看了一眼司玥和姜哲涵走的方向，也牵了一匹骆驼跟了上去。

“这里一个鬼影子都没有，上哪儿去找骆驼？”姜哲涵放眼一望，茫茫世界，除了沙还是沙。

司玥说：“少了三匹骆驼，而我们刚才只看到一个人的脚印，也就是说那三匹骆驼是被一个人偷走的，他一个人赶三匹骆驼走不快。只是不知道骆驼是什么时候被偷的。”

“不说骆驼是什么时候被偷的，小偷和骆驼走了多远，就说这四面八方的，也不一定是我们找的这个方向啊。”姜哲涵说，他忽然又笑了，“找不到最好，你就可以跟我一起回去了。”

司玥觑了姜哲涵一眼，悠然地说：“这个方向当然是最可能的方向。”

“为什么？”

“骆驼被称为‘沙漠之舟’，它们在沙漠里面的作用就是交通工具，用于骑乘或者托运东西。小偷和骆驼的脚印走到我们停车的地方就因为风刮没了。那么，小偷不是要出沙漠就是要进沙漠的深处。而要出沙漠，还不如偷我们的车，因为出沙漠这条路还算好开车，骆驼的速度肯定没有车快。”

姜哲涵点头：“一般情况下，骆驼每小时能走14.5公里到16公里。”

“所以，小偷偷骆驼是要去沙漠深处。”司玥断定道。

“即便小偷是要去沙漠深处，但也不一定就是我们走的这个方向啊。”姜哲涵又提出刚才的疑问。

司玥这个时候出奇有耐心，她对姜哲涵说：“女人的直觉。”

“是吗？”姜哲涵不怎么相信。

司玥说出了刚才出发时就发现的一件事：“刚才也起了一点风，黄沙里有一个东西被风吹起来，很快消失了。虽然很快，我没看仔细，但我想那是骆驼身上掉下来的毛。”

姜哲涵恍然大悟，却又道：“即使方向对了，我们也不知道小偷走了多久。如果走得久了，我们也追不上啊。”

司玥说：“所以，我们一刻也不能停。”

两人骑着骆驼一边走一边说。走了片刻后，司玥看到了骆驼的脚印。她心中一喜，加快速度追上去。

渐渐地，司玥和姜哲涵看到对面不远处的沙丘上有一个男人骑在一匹骆驼上，后面还牵着两头骆驼。

“站住！”姜哲涵看到男人和骆驼，知道司玥的推测是对的，忽然激动不已，对着对面沙丘的人大喊出声。

那人也听到姜哲涵的声音了，骑着骆驼又牵着骆驼使劲往前走。姜哲涵紧追上去，司玥也跟上。

那个男人弄了三头骆驼，速度不如司玥和姜哲涵快，他们很快就追上了他。姜哲涵去拉骆驼，男人骑着骆驼朝姜哲涵冲，把姜哲涵撞下了骆驼，姜哲涵一个翻滚，滚下了沙丘。

司玥皱眉大喊了声“姜哲涵”，那个男人已向她狠狠冲来。司玥紧抓着骆驼身上的绳子，却仍然被横冲上来的骆驼给撞落在地。司玥大叫一声，身子滚进黄沙里。男人哼笑了一声，骑着身下的骆驼，又牵着另外两头骆驼继续走。

司玥抓起一把沙子就朝男人身上扔，沙子进入男人的眼睛里，很疼。男人揉了几下眼睛，跳下骆驼，满脸戾气地朝司玥走去。

沙丘下面的姜哲涵抬头，看到男人气势汹汹地朝司玥走近，不由得大喊：“玥玥，小心！”

司玥也看到男人气愤的样子了，知道男人要是动手自己会吃亏。她想站起来跑，但是身子陷进黄沙里，她一时站不起来。男人已经走到她的面前了。

“臭女人！敢往我的眼睛里扔沙子！看我不收拾你！”男人弯下腰，伸手钳住司玥的下巴，表情恶狠狠的，目光在她的脸上一扫，哼笑了一声，“还是个大美人！这眉眼真能魅惑人！让我想想怎么收拾你。”

“玥玥！”姜哲涵一边在下面喊，一边努力往上面爬。

男人的脸越凑越近，司玥眉头一蹙，想偏开头，无奈男人的手死死地钳着她的下巴，她动弹不得。司玥努力转移男人的注意力，还试图和他谈判：“是你先偷了我们的骆驼，我才阻止你走的。”

男人果然停止了把嘴巴凑上前去的动作，嗤笑一声：“我偷了你们的骆驼？你们的骆驼叫什么名字？你喊它，它会答应吗？这几匹骆驼本来就是我的！是你们两个来抢我的骆驼，完了还向我扔沙子！”

司玥见他停下了动作，松了一口气，她对面前的男人道：“它们当然有名字，我叫它们的名字它们就会跟我走。”

而司玥却想错了，男人不打算和她多说，因为他的眼睛还很疼，也急着上路。他的另一只手从衣服口袋里摸出一根绳子，然后放开司玥的下巴，把她的两只手拉起来捆在一起。

司玥的手被结实的绳子捆得很疼，她皱紧了眉头：“你要做什么？”

男人狞笑着把司玥从沙子里面拉起来，然后拉着她手上的绳头，把她拖到了他刚才牵的一匹骆驼面前：“你让我吃了苦头，我也要让你吃点苦头！”说完，他把捆司玥双手的绳头系在了骆驼身上，把司玥和骆驼系在一起，然后翻身上了他刚才骑的骆驼，牵起另外两头骆驼就要往前跑。

“站住！”姜哲涵已经从沙丘下爬上来了，他张开双臂想拦住男人的去路，而男人根本就不理会他，骑着骆驼就要朝他冲过去。

司玥看出了男人的意思，朝姜哲涵大喊：“姜哲涵，你让开！”

姜哲涵不让，男人骑着骆驼冲了过去，姜哲涵又被撞到了沙丘下面。司玥也因为男人往前冲刺而倒地，身子跟着另外两头骆驼被拖出了好几米，疼得她大喊。

男人还想往前面冲，忽然有一个影子从后面闪过，紧接着挡在了男人的面前。

司玥一抬头就见左煜骑在骆驼上，愤怒地盯着拖她的男人。

“哟，又来一个！”

男人哼笑一声，吐了口口水在双手上搓了几下，双手一摊，摆出要打架的架势，嘴上还说：“来吧！”

男人的话刚说完，骑在骆驼上的左煜就对着男人的脑袋一拳挥了过去。男人蒙了一下，也朝左煜的头挥拳头。左煜的脑袋迅速一偏，躲过那一拳，对着那人的脸又招呼了一拳。男人想躲，身子一偏，掉下了骆驼，沿着沙丘往下滚，滚到了沙丘下面的姜哲涵面前。姜哲涵趁机对男人拳打脚踢，男人抱着头又往下面滚。

姜哲涵跑去追。

沙丘上面，左煜跳下骆驼，一边喊着“司玥”，一边跑到司玥面前，把她从地上扶起来，解开捆在她手上的绳子。

“怎么样，司玥？受伤了吗？”左煜问。

司玥嗯了一声，说：“疼。”

左煜想起她擦破一点皮的伤都会觉得很疼，刚才他远远地看着她的身子被拖出几米远，不用问，她肯定疼得难受。左煜说："我们赶紧回去，我帮你看看伤。"

司玥转头看沙丘下面，姜哲涵还在追那个小偷。她回头，想对左煜说什么，发现几匹骆驼忽然都跪下了。

"怎么回事？"司玥问。

左煜看向几匹骆驼，沉声道："骆驼下跪，大风要来了。事不宜迟，我们必须马上走。"说完，左煜转头朝沙丘下面的姜哲涵喊，"不要追了，马上有大风，我们赶紧离开！"

姜哲涵听到左煜的声音，停下了脚步，又往沙丘上面爬。

左煜不等姜哲涵，把几匹骆驼拉起来，然后把司玥抱上骆驼，他再一跳，坐在了司玥身后，把她圈进怀里，和她同骑一匹骆驼，又赶着其他几匹骆驼往回走。

有左煜在，司玥全身都放松下来。她靠在他的怀里，说："你怎么会赶来的？"

左煜轻斥道："你虽然聪明，但不熟悉沙漠，很有可能遇上未知的危险，我怎么可能不跟着？即便你找到了骆驼和小偷，你们又怎么能轻易从小偷手上把骆驼弄回来？刚刚不就遇到危险了吗？要是我再慢点，你恐怕就要遍体鳞伤了。"

"教授心疼吗？"司玥问。

"你说呢？"左煜低头看了她一眼。

"我怎么知道？"

左煜没有再说，因为耳边已经响起呼呼的风声了。他回头，姜哲涵骑着骆驼在后面追赶他和司玥。而再后面，天色黄澄澄的，漫天黄沙像是马上就要蔓延过来一样。

司玥也知道情况不妙，还得加快速度。她冲后面的姜哲涵喊："你走快点！飞卷来的黄沙就在你头上了！"喊完，她和左煜两人不再多说，凝神骑着骆驼，和即将席卷而来的黄沙赛跑。

司玥和左煜、姜哲涵堪堪躲过风沙。看着席卷而去的沙尘暴，司玥悬着的心终于落下，无力地靠在左煜的怀中。

姜哲涵也在这时赶了过来，很不自在地看了一眼左煜怀中的司玥，问道："姐，你没事吧？"

“嗯。”司玥懒懒地应了一声。

姜哲涵神色黯然，转开头，没有再看被左煜紧紧抱着的司玥。

到了考古队驻扎的地方，正好一个上午过去，去寻找骆驼的其他人都已经回来了。见姜哲涵走在前面，左煜抱着司玥骑在骆驼上紧随其后，左煜和司玥身后还跟着三匹骆驼，大家都很惊喜。

“师母真的找回骆驼了！太了不起了！”杨琴大喜过望，说完，看向谢娜、谢丽两人。

谢家姐妹道：“不知道骆驼是左教授找到的还是你们师母找到的？”

杨琴说：“师母能找到骆驼，左教授也能找到骆驼。”

三人你一言我一语地说着。

段平见到骆驼被找回来了，等左煜抱着司玥下了骆驼，然后牵着她走到他面前才语带质疑地道：“果真是司小姐找到的？”

司玥抬了抬下巴，道：“对啊。”

段平皱眉，很不喜欢司玥这一副傲慢的样子，他说了一句：“年轻人要谦逊，不要因为做成一件事而沾沾自喜，扬扬得意。”

段平对司玥的态度很不友好，这让左煜有些吃惊。因为段平作为老一辈的考古学家平时是非常平易近人的，并不是那种会挑刺的人，他也很尊敬段平。

司玥嘀咕：“古板的老头。”

她声音很小，段平却听到了，他的脸立即就垮了下去。左煜捏了捏司玥的手，轻咳了一声，道：“段老，司玥为了找骆驼受了伤，我带进去处理一下伤口。”

左煜是在对段平说司玥为了帮考古队找回骆驼而受了伤，她是有功的。左煜明显的袒护让段平看了他一眼，然后只说了句：“左煜，等你那个学生回来我们就立刻出发去找古城。”

“好。”左煜笑着应了一声，然后牵着司玥回了帐篷。

一进帐篷，司玥就开始脱衣服，她身上沾了很多沙。等她脱完，左煜看到她身上红了一大片。司玥也在喊疼。左煜先给她清理了身上的沙，然后让她趴下，帮她涂点药膏。他一边涂一边说：“司玥，你还要留下来吗？”

司玥痛呼了一声：“你轻点。”

“所以你还是和姜哲涵一起回去吧。”左煜道。

司玥道：“我帮你们把骆驼找回来了，你还要我走，你这不是过河拆桥吗？”

左煜正色道：“今天很幸运从沙尘中安全回来了，沙漠里像这种风沙天气很多。”

司玥说：“我现在就想跟着你走一程，风雨不惧。”

左煜涂药的手一顿，司玥翻转身来平躺着盯着他。刚才左煜在给她涂背，她一翻转身，他的手就自然而然地放在了她胸前。

“转过去，还没涂完。”

马东回来后，不仅给左煜带了手机，还给司玥带了几套衣服。马东笑着道：“左教授说要给师母带衣服，我也不知道师母喜欢什么样的，把店里最贵的衣服都买回来了。”

司玥从家里匆匆赶到沙漠，没有带衣服。司玥接过衣服，说了声谢谢。等马东离开后，司玥才说：“教授，这算是你给我买的衣服吗？”

左煜道：“等回去了，我亲自陪你去买。”

司玥道：“好啊。”

午饭之后，考古队开始出发去寻找古城了。一共十二匹骆驼，却有十三个人，于是，司玥和左煜一路同骑一匹骆驼。

司玥靠在左煜怀中，放眼一望，黄沙和天连成了一片，没有尽头。她的余光瞥见段平在看自己，她霎时转头，段平不慌不忙地移开了视线。司玥却看到了段平脸上的不赞同的表情，她昂首，不以为意地笑了一下。

司玥从小到大去过很多地方，但是，和左煜在一起之前，她从来没有到过沙漠，因为她知道沙漠有危险。不过，她现在和左煜一起骑着骆驼，回头看长长的足迹，望着遍地的黄沙，她觉得非常兴奋，嘴角都不由自主地高高扬起来。

坐在她身后一只手抱着她的左煜问：“热不热？累不累？”

“不热，不累，我很喜欢这种感觉。”

左煜也不由得弯了弯唇，又问：“那渴了吗？要不要喝点水？”

司玥说：“要。”

左煜让骆驼停下来，放开司玥，然后侧身弯腰，从挂在骆驼身上的行李袋里拿出一瓶水来，拧开瓶盖后，手从司玥胸前绕过去将水递给她。司玥接过水，喝了几口，转身把水递还给左煜。

见左煜没有喝水就要把水瓶放回去，司玥道："你不渴吗？"

左煜说："不渴。"

而司玥看到左煜的嘴唇已经非常干了，她对他说："我再喝一口。"

左煜又把水给司玥，她转回身背对着他喝了一大口，然后另一只手向后上方伸出去，勾住了他的脖子。左煜低头，司玥同时后仰起头，两张嘴霎时对在了一起。司玥将水渡进了左煜的嘴里。

因为这一茬，司玥和左煜两人落在了考古队的最后。她和左煜两人刚才的动作也没有人看到。司玥忽然觉得，傅红雪不在，没有人打扰她和左煜，真是一件让人愉快的事。

傍晚的时候，夕阳挂在天边，黄色的余晖照在沙漠上，暮色之美是别的地方不能比的。走在前面的考古队成员们已经下了骆驼，开始安营扎寨了。

司玥看到地上有几只黑漆漆的东西在跳，她疑惑地问道："左煜，那是什么呀？"

左煜低头看了一眼，说："跳鼠。沙漠里面的很多动物都是傍晚以及晚上出来活动的。"

司玥恍然大悟地点了点头："长得虽然丑但很可爱。左煜，我们以后要不要养只动物？"

"你想养跳鼠？"

司玥说："怎么样？"

左煜说："跳鼠有人工饲养的。你要是喜欢，以后买回来养就是。"

"好啊。"

"天快黑了，我们也过去搭帐篷吧。"左煜抬头看了一眼天色。

司玥却忽然转身，双手勾住左煜的脖子，对他说："教授，这一整天我们都和别人在一起，我想和你单独走走。趁夜幕降临，趁他们看不到我们的时候。"

左煜盯着她满含风情的眼睛，低笑道："你又在胡思乱想什么？"

司玥和左煜回到考古队时，其他人的帐篷已经搭好了。姜哲涵跑过来问司玥："姐，你们去哪儿了？怎么现在才到？"

司玥说："嗯，我和左煜两个人骑一匹骆驼，骆驼速度有点慢。"

姜哲涵当然不相信，脸色不怎么好的他看了一眼司玥旁边的左煜，揉了揉额头，身子忽然往地上一倒。

左煜眼疾手快地扶住姜哲涵，姜哲涵又揉了几下头。左煜看了一下他的脸色，问道：“你是不是中暑了？”

姜哲涵摇头：“不知道，我的头很晕。”

“赶紧回去休息一下。”左煜放开了姜哲涵的手。

姜哲涵想转身往回走，身子又是一晃，左煜和司玥同时伸手扶住他。左煜对司玥说：“我先送他去休息。”

司玥却跟着去了。虽然她平时并不关心姜哲涵，但是在沙漠里面，姜哲涵没有别的亲人，她多多少少还是要管一管他的。

傅红雪走了，姜哲涵用的是傅红雪的帐篷。左煜把他姜哲涵进帐篷后，问他：“还有没有哪里不舒服？”

姜哲涵摸着自己的胸口。

左煜说：“是中暑的症状，我去拿点药过来。”

说完，左煜就出去了。司玥走到姜哲涵面前，问：“中暑了？”

姜哲涵又开始揉额头：“好像是生病了。”

司玥想了一下，说：“姜哲涵，明天你回家吧。”

“你和我一起回去。”

“我和左煜在一起，现在还不想回家。”

姜哲涵沉默了一下，看到她垂在身侧的手，情不自禁地伸手握住她的手。

司玥皱眉，用力想把手扯回来却扯不动。她低头看着姜哲涵，道：“力气这么大，你没有中暑，也没有病吧？”

姜哲涵的眼神一闪，放开她的手，又揉了揉额头，说：“只是一点头晕胸闷，我想不是中暑，也没有生病。”

“那我走了。”司玥转身便走。

左煜拿了药过来，刚好遇见走出姜哲涵帐篷的司玥。

司玥拦住左煜：“他没有中暑也没有生病，不用送药过去了。”

左煜看了司玥一眼，说：“没关系，我给他一点药备用也好。”

司玥不再多说，由着左煜去姜哲涵那里。而她和左煜的帐篷已经搭好了，是马东、胡然、季和平搭的。她往那个帐篷走，途中遇到了段平。她像没有看到他一样，继续往前走，和他擦肩而过。

段平皱着眉摇了摇头。左煜在他面前是后辈，要称呼他一声段老，而她就像没看到他一样和他擦肩而过，太过目无尊长了！他越看她越觉得糟糕，左煜到底喜欢她什么？

第二天一早，考古队的人继续出发。

司玥和左煜两人依然走在最后。

片刻后，走在前面的人员忽然停了下来。司玥和左煜发现后，赶上前去，只见一个男人捂着头背对着司玥和左煜蹲在地上。虽然看不清男人的正面，但是司玥觉得那个背影熟悉得很。

而段平正在对那个男人说："可以，你就暂时跟着我们一起上路吧。"

"谢谢，谢谢。我朋友离这里不远，等到了我朋友那里，我会更隆重地感谢段教授。"

司玥发现男人的声音也很耳熟，她在脑子里过了一遍，忽然，她想起什么来，对段平道："不能把他留下来！"

段平听到司玥的声音，转过身看向她，皱眉道："你说什么？为什么不能留下来？我已经答应把他留下来了。"

司玥说："他就是那个偷骆驼的小偷。"

众人都诧异不止。

"是吗？"段平也没想到面前这个男人会是偷骆驼的人。

而那个男人抬起头来，诧异地对段平道："骆驼？什么骆驼？"

段平道："就是我们骑的这些骆驼！"

"我没有偷过骆驼，我发誓！"

"那天不止她一个人看见了那个小偷，左煜和姜哲涵都看到了。左煜、姜摄影师，你们看看这个男人是不是那个小偷？"段平让那个男人转身给大家看。

男人转身，司玥、左煜、姜哲涵一惊，男人的长相和那个偷骆驼的人相差十万八千里。姜哲涵摇头，道："不是那个人。"

段平笑道："司小姐现在心服口服了吧？连你的弟弟都说不是那个小偷。"

而司玥坚持道："一定是他，我看背影就看出来了。"

段平笑道："看背影也能看出来还这么坚定？简直就是笑话！你看出来了，你弟弟和你男朋友却没有看出来，你是天才？"

"信不信由你。"司玥知道段平对她有偏见，她也懒得和他争辩。

"他会不会戴了什么人皮面具呀？"杨琴不确定司玥说的是真是假。

马东直接去扯了一把男人的胡子，男人疼得嗞了一声，并没有什么面具。

段平笑道：“还人皮面具，你们以为是在演电影？”

司玥盯着蹲在地上的那个男人看，她相信自己不会辨认错误，而男人的脸为什么和小偷的脸不一样呢？

左煜，我喜欢你

对于偷骆驼的男人，司玥记得很清楚。当时那个男人还用绳子将她的手绑起来，然后把她拖了好几米远。敢这么对她的人，她怎么可能认不出？虽然面前这个男人的眼神和表情里没有戾气，但是，司玥仍然认为他和那个男人很神似。

男人和司玥对视片刻，捂着肚子赔笑道："小姐肯定是认错人了。我叫田波，来找一个朋友，但是迷路了，不知道该怎么走。现在还有点肚子疼。"

司玥半眯了眼看着面前这个自称田波的男人，他和那个偷骆驼的人长得不一样，她没有证据证明两个人是同一个人。

其他人也认为仅凭一个背影并不能断定这个男人就是那个小偷，更何况连见过那个小偷的姜哲涵都说了不是。

段平让人把田波从地上扶起来，说会把他带出去找到他的朋友。

司玥还想出声阻止，左煜对她使了个眼神，她便默不作声了，看着那个男人被人扶起来，跟着考古队的人一起走。

晚上，考古队的人依然住帐篷。在沙漠里走了两天，司玥觉得骨头都要散架了。她懒洋洋地趴着，动都不想动，只是有气无力地说："左煜，你也不相信我吗？"

左煜还在整理睡垫，睡垫并没有完全铺好，司玥趴着的地方还有些皱。

他一边用手扯平，一边对司玥说："你确定那个田波就是偷骆驼的人吗？"

"对呀，每个人的背影都是不一样的。一般情况下，即便在人山人海中，彼此熟悉的人也能一眼就认出对方的背影来。但是，我能认出并不熟悉的人的背影，只要我看过一次。除此之外，那个田波的声音和眼神也和那个小偷很像。"

左煜又扯了扯睡垫，道："你既然说确定，我就相信你。而刚才我不让你阻止段老是因为这个田波既然是偷骆驼的人，其相貌前后不一样定有蹊跷。他前有偷盗骆驼的举动，现在又找到考古队和我们一起同行，其中定有原因。"顿了一下，左煜拧眉道，"或许……和我们要寻找的古城有关。"

司玥想了一下，讶异道："他们也想找古城？"

"他们？"左煜想了一下，道，"对，是他们。他偷骆驼是为了在沙漠里行走。假设他进入沙漠的原因也是想找古城，而他偷了三匹骆驼，可见他不是一个人，他有同伴，至少两个同伴。他偷的骆驼被我们追回来了，他又想方设法地留在考古队。马东说过这段时间骆驼不好找，田波留在考古队的原因之一就是可以借用我们的骆驼和我们同行。而接近考古队又最能了解考古队的行踪以及寻找古城的进度。"

"所以，我们要查清他到底是不是为了寻找古城而来。"司玥道，"古城里面真的有宝藏吗？"

左煜笑道："不知道，史料也没有记载。我们是考古，不是寻宝。"

司玥哦了一声，又道："我一定要弄清他的容貌为什么前后不一样。"

"嗯。他敢那样对你，我是不会饶了他的。"左煜终于把睡垫都铺平了，他侧躺在她身边，伸手抚摸她的头发。

司玥听左煜这样说，心里甜甜的。她懒懒地嗯了一声，又有气无力地说："就是那个古板的老头，不知道为什么对我有偏见，总是针对我。说我是闲杂人等，不能留在考古队，现在却留下一个目的不纯的人在考古队，真是前后矛盾。我觉得他一点都没有前辈的样子，你还叫他段老。左煜，他这样对我该不会是喜欢你吧？"

"嗯？"左煜把她的身体翻转过来，捏了捏她漂亮小巧的鼻子，"胡说八道！你真是什么都敢说。"

司玥顺势把头靠在左煜的肩膀上，眯着眼笑了。两人没有再说话，因为他们都很疲惫。她枕着他的肩膀，他搂着她的腰。良久，司玥才又缓缓地说："教授，现在有信号吗？"

左煜把司玥移开了一些，然后坐起身来，弯腰从脚的那头拿起他的手机。

“有信号。”低头看了一下手机屏幕，他说。

司玥伸手：“我打个电话。”

左煜把手机递给司玥，司玥直接用左煜的手机拨通了司焱的电话。

“哥，帮我查一下这些人。”

司焱听到司玥懒洋洋的语气，不由得问道：“这些天你又消失了，奶奶问了你很多次。我给你打电话也打不通，你又去哪儿了？”

司玥缓缓地道：“你现在怎么有闲心管我的事了？我不告诉你。司焱，我让你帮我调查一些人。”

“求我还敢直呼我的名字！”

司玥笑着喊了一声“亲哥哥”：“亲哥哥，快去拿纸笔记下来。”

司玥说完就直接缓缓念了：“万致远，51岁，S大学考古系教授；刘保国，49岁，G考古所考古学家；张耀光……”

坐在她旁边的左煜一听，心想：她这是要把几千个人的简介都念完？当然，左煜听到她的声音越来越低，越来越低，最后完全听不到了。左煜一看，她的眼睛紧闭着。左煜知道这两天把她累坏了。他拿开她握在手上的手机，听到手机里面传出一个清朗的声音：“司玥，你就打算这么念？”

左煜清了清嗓子，对着话筒说道：“司先生，我会把名单传给你。”

“左教授？”

电话那端的人一下子就反应了过来。

“司先生叫我左煜就好。”

“左煜，玥玥既然跟着你，请你好好照顾她，不要辜负她。”司焱很干脆地换了称呼，还一本正经地以兄长的名义说话。

左煜听出司焱的态度和司老夫人不一样，司焱是站在司玥的立场上的，并不反对他和司玥在一起。左煜郑重地道：“司先生，请你放心，我会好好照顾司玥，不会辜负她。”

“那再见。”

“再见。”

左煜和司焱结束了通话，弯腰亲了亲司玥的脸，给她盖好薄被，然后起身开电脑，给司焱发名单。

另一边，姜哲涵也在通电话，电话是司玥的母亲司慧茹打过来的。

“你们现在在哪里？”司慧茹问。

姜哲涵实话实说。

司慧茹很生气：“她竟然为了一个男人跟去了沙漠！你还帮着开车送她去！”

姜哲涵忙安慰道：“妈，您别生气。我最开始的时候并不知道姐是来找他的，要是知道，我一定拦着。”

“他们两个晚上也在一起吗？”司慧茹直接这么问了一句。

姜哲涵支支吾吾了好一会儿，才嗯了一声。

“哲涵，妈交给你一个任务：你一定要让你姐立刻回家！不能让你姐和那个什么教授在一起！”

姜哲涵犹豫。

司慧茹道：“哲涵，连你也不听妈的话了吗？”

姜哲涵咬了咬牙，终于说：“好。我想办法让姐回家，想办法分开他们。”

挂断电话，姜哲涵深呼了一口气，他当然也不希望司玥和左煜在一起。更确切地说，他不希望司玥和任何一个男人在一起，他一直在心里默默喜欢她，他不想叫她“姐”。

他走出帐篷，外面黑漆漆的。他摸黑走到左煜的帐篷前，司玥现在就和左煜在一起。她是不是睡在左煜的怀里？姜哲涵的心忽然被什么东西揪着，隐隐作痛。司玥好像很喜欢左煜，他有什么办法能够分开他们？

经过两天半的时间，考古队的人终于到了黄丘北所说的地方。但是，那里和考古队这两天半走过的地方一样，依然是一片黄沙，根本就没有古城的影子。太阳西斜，一圈圈光晕从天空直射到辽阔的沙漠上。

司玥觉得他们所在的沙漠广阔空旷又神秘。

“左教授，这里什么都没有，那个黄丘北会不会说了假话？”杨琴看着左煜问。

段平的学生也这么问段平，他们也怀疑黄丘北的话的真实性。

左煜道：“说谎除了哗众取宠，黄丘北不会得到任何好处，他没有必要撒谎。而且，经考古所的调查，黄丘北为人老实忠厚，他自己也说过他再次经过这里时没有再见到古城。”

段平点头：“黄丘北没有撒谎，那么，他当时看到的古城在这里，而现在却没有了，这其中肯定有原因。”

“什么原因呀，段教授？”所有的学生都问段平。

段平猜测道：“我想，古城应该被黄沙给掩埋起来了。”说完，段平看向左煜，“你认为呢？左煜？”

左煜想了一下，说：“有这个可能。”

“那我们要挖吗？”马东问。

左煜摇头：“先探测一下。”

说完，左煜让胡然和季和平拿出探测仪来探测。胡然和季和平将仪器架设在地上，然后开始调试。调试好之后，大家都盯着探测仪的指针看。因为如果下面有东西，探测仪的指针会转动，还会指出方向。

然而，大家盯着指针看了许久都没有看到它转动。

马东道：“看来这下面没有古城。”

胡然、季和平附和，其他的几个学生也跟着点头，而左煜和段平的目光仍然停在探测仪上。站在左煜身侧的司玥也出乎意料地对下面有没有古城感兴趣，她也紧紧地盯着那台探测仪。姜哲涵则还在想让司玥回家、让司玥和左煜分手的法子，因此，他一直心不在焉。

又过了一会儿，探测仪的指针终于微微动了一下。左煜和段平互看一眼，异口同声道：“下面有古城！”

学生们都雀跃起来，笑着说：“原来古城真的在这个地方！”

司玥也笑了一下，她想知道左煜他们要寻找的古城到底是什么样子。看来，不久以后，她就能看到了。

“左教授，我们现在可以挖了吗？”马东问。

此时，夕阳西下，过不了多久就会天黑了。左煜对段平说：“段老，天色不早了，我看等明天再挖好了。”

段平想了一下，道：“也好。”

左煜让学生们搭帐篷，先安顿下来，明天一早开始挖。

学生们立即行动起来。司玥瞥了一眼站在人群中的田波，她还没找到田波长相前后不一的原因。田波发觉了司玥的目光，朝她友善地笑了笑。司玥移开目光，并不接受他的示好。

等帐篷搭好后，天就完全黑下来了，不过，天上挂着一轮明月。大家都坐在帐篷外面，借着月光拿出干粮开始充饥。

左煜进帐篷拿东西，司玥不大吃考古队的干粮，为了充饥勉强吃了几口，还得喝很多水，左煜备的水大多让司玥喝了。

段平看到司玥大口大口喝水的样子，皱紧了眉头，沉声道："在沙漠里，水非常珍贵。像你这样喝水，不知节约，水很快就会没有的，你浪费的是整个考古队的水资源。"

司玥睨了段平一眼："这是左煜额外给我准备的，你管不着。"

段平道："无论是不是为了你一个人准备的，你这样也是浪费水资源！水资源可不是你一个人的！"

司玥失笑："我口渴才喝水，水喝到肚子里也叫浪费吗？段老教授，因为你一把年纪都没有人像左煜为我着想这样为你着想，所以你才……嗯……羡慕嫉妒、小题大做、恼羞成怒吧？"

司玥已经听说了段平没有成家、没有子女的事了。

其他人一听，都默不作声，他们奇怪段平对司玥的挑剔，也不赞同司玥不尊敬段平。但因为司玥和左煜的关系，大家只能什么都不说。

段平一听，立即板起了脸，张嘴就开始斥责："目无尊长！"

正在喝水的司玥被呛了一口，一阵咳嗽。而段平斥责司玥的时候，左煜刚好出了帐篷来找她。见司玥被呛了一口，左煜赶忙走到她身边，蹲下身子给她拍背。等司玥终于不再咳嗽了，左煜才说："别喝这么急。"

司玥想说自己是被别人的话给呛着的，而左煜却先她一步对段平说："段老，司玥并没有不尊敬您，她只是无心之言。"

段平哼了一声，站起身来就往自己的帐篷走。

司玥也没心思再喝水吃东西了，因为那些东西本来就很难吃。她站起身来，也回了帐篷，左煜跟着进去。司玥听到左煜的脚步声，转过身来，对他道："那个老头一点都不可爱，根本就没有让我尊敬的地方，只会倚老卖老。"

左煜觉得段平对司玥的态度有些奇怪，但他不知道为什么。他安抚她道："他不了解你，所以才那么说你。要是了解你了，他就不会那么说了。"

司玥不以为然地道："我才不需要他了解我，他对我的看法我并不在意，也影响不了我的心情。"

左煜笑道："这就好。"

两人又说了一会儿，说到了田波身上。

司玥说："左煜，你说他如果是冲着古城来的，那今天晚上或许就是个弄清楚事实的机会。”

左煜点头：“他看到了今天的探测，知道古城就在这里。如果他是冲着古城来的，那他就一定会把这件事告诉他的同伴。”左煜低头看手机，“这里有信号，我们或许可以去瞧瞧他会不会给他的同伴打电话。”

司玥笑眯眯地道：“教授说的就是我想说的。”

左煜和司玥一说完便往田波的帐篷走去。

姜哲涵一整天都心烦意乱，他想出去透透气，刚从帐篷里面出来就见月光下的司玥和左煜牵着手往一个偏僻的地方走，他立即跟上。

左煜和司玥悄悄地到了田波的帐篷外面，他们互看一眼，倾身去听。

却在这时，司玥听到一声呼唤：“姐！”

司玥和左煜转身瞪着姜哲涵，等他俩再转身时，田波已经站在他们面前了。

朦胧的月光下，司玥和左煜牵手并肩站着，视线都在面前的田波身上。田波疑惑地看着眼前的情景，目光扫了一眼姜哲涵就移到了司玥和左煜身上。

“左教授？你们怎么会在这里？”田波问。

左煜不紧不慢地道：“我和司玥随意走走，你不必在意我们。”

这么晚了左煜和司玥还牵着手在外面走，大多数人都会认为他们是在约会。田波会意地笑了一下，有些不好意思地道：“是我打扰你们了，你们继续。”说完就又进了帐篷。

司玥和左煜互看一眼，他们知道田波起了戒心，这之后要再探听点什么消息恐怕很难了。

“对不起，姐，我好像打扰你们了。”

姜哲涵的声音再次从身后传来，司玥转身没好气地瞪着他：“你的确打扰我们了，既然都知道了还不回去？”

“我……”姜哲涵顿了一下，看着他们紧紧相牵的手，低声说道，“姐，我找你有事。”

司玥看着姜哲涵：“什么事？”

“我们单独谈谈，左教授可以先回避一下吗？”

司玥目光审视着姜哲涵，左煜神色不变，在司玥的耳边说：“很晚了，早点回来。”说完就往回走了。

等左煜离开，司玥走到姜哲涵面前，问道："你有什么事要找我？"

姜哲涵想了一下，说："妈知道你现在和左教授在一起，很生气。我们回家好不好？不要惹妈妈生气了。"

司玥皱眉："是你告诉妈妈的？"顿了一下，司玥又道，"不过，我也并不在乎妈妈是否知道，我是不会跟你回家的。"

姜哲涵早就知道司玥会这么说，之前他就不止一次要她跟他回去，而她都拒绝了。他只是还不死心地问最后一遍，而司玥的答案是一样的。姜哲涵没有办法，心想或许只能从左煜身上着手了。

司玥知道姜哲涵要说的话就是要她回家，她说完那句便不管他了，抬脚离开。

司玥回到帐篷时，左煜已经歇下了。她轻手轻脚地走到左煜旁边躺下，却忽然被他抱进了怀里。

司玥看着他棱角分明的脸，笑道："我就说呢，才这么一会儿你怎么就睡着了。"

左煜说："司玥，我的确很困。"

"教授年纪大了，是要早些睡。"

"嗯。晚安。"左煜也不和她闲扯，低头亲她额头，然后闭着眼睛睡了。

司玥听着他平稳的呼吸声也很快入睡。

第二天一早，左煜起床和考古队的人一起挖黄沙。司玥一个人起得最晚。考古队的人顶着剧烈的阳光挖得汗流浃背，司玥在帐篷里不想出去，因为外面太热。

和她一样待在帐篷里面的还有姜哲涵。不过，姜哲涵正在手机上看有关左煜的资料。自从知道司玥有男朋友，而且这个男朋友还是考古学家的时候，他就找人调查了左煜。这天，他正好拿到了左煜的有关资料。资料上面显示左煜出生于书香世家，父母都是教授，现在还在大学里面任教。而左煜年轻有为，是考古界最年轻最资深的考古学家。除此之外，就没有别的信息了。

在司玥之前，左煜没有女朋友？姜哲涵有点不太相信，因为左煜已经三十三岁了。三十多年一直单身，姜哲涵是不信的。于是，他让人继续调查，尤其是在左煜生命里出现过的女人。姜哲涵想知道更多和左煜有关的信息。

司玥还是出了帐篷，她要给左煜送水。左煜看了一眼和大家一起挖掘的段平，段平额头上、脸上和手臂上的汗珠都连成串了，正一股一股地往下流。他对司玥道："把水给段老。"

司玥瞥了一眼段平，年近六旬的人，满头白发，还精神抖擞，只是瘦骨嶙峋得让人有些心惊。她走到段平面前，把水递给他。

段平看了她一眼，没有接："已经有人回去给大家拿水了。"

这时，田波抱了十几瓶水过来。司玥二话不说就把水拿了回来，转递给左煜。左煜喝了水，对司玥说："太晒了，你不要出来。"

司玥说："帐篷里面虽然不晒，但是很热。左煜，我觉得我快蒸发了。"

"还是比这里好，快回去。"

左煜一说完，段平就睨了司玥一眼。司玥笑着说"好"便回去了。等司玥一离开，考古队的人也中途休息。段平对左煜道："左煜，没想到你找了一个豪门千金做女朋友。这样的女朋友什么都不会做，还得把她捧在手心里……"

"段老，司玥很好。"左煜只说了这么一句。

段平不以为然地笑了一下，又好像叹了一声："你们这些年轻人呀，别人说什么是听不进去的，很多事情只有亲身经历了才会知道。"

左煜道："段老对司玥有偏见，能告诉我为什么吗？"

段平道："我看人向来很准，几十年来从来没有看错过人。左煜，你们在一起没有多久吧？依我之见，她现在喜欢你只不过是一时的激情。等激情过去，她很快就会把你忘得一干二净，转身去找别人了。"

左煜若有所思地道："段老是在说别人的一段故事？"

段平蹙了蹙眉，一本正经地道："我是在提醒你，左煜。"

左煜笑了一下："谢谢。"然后就什么都没有说了。

考古队挖了一天却没有什么收获。更糟糕的是，挖开的黄沙被风一吹又回填了，挖出来的坑只剩一片平平整整的黄沙。

"要怎么办啊？左教授，沙漠不像泥土，挖开了只要没人动都不会自动回填。而我们好不容易挖了一天，因为大风，一切努力又都白白浪费了。"杨琴道。

左煜拧眉思考，这一直就是个问题。

"要是风又能把黄沙全部吹开就好了。"司玥见夜幕降临，又出去找左煜，知道左煜他们挖出来的沙又被风给吹得回填了，因此说了这一句。

段平道：“你这是异想天开，想当然了。”

司玥看向段平，道：“段老教授只会传统的办法，你怎么知道这是异想天开？”

段平嗤笑：“不是异想天开，难道你是天文学家，不，确切地说，你会魔法？想让老天吹风就吹风？方向还不会错？”

司玥道：“我要是天文学家或者魔法师，或许早就解决这个问题了。”

后来，天公作美，一直都没有大风，左煜他们挖的坑已经很大很深了，也接近探测仪探测的深度和宽度，却根本没有古城。

左煜对马东、胡然、季和平等人道：“把探测仪拿过来，重新探测一下。”

几个人按照左煜的吩咐，把探测仪重新架设在地里，调试，最后探测。

大家等了很久都没有看到指针有所动作，连微微地动一下都没有。这种现象让所有人都有些目瞪口呆、不知所措。

“探测仪会不会出故障了啊？”胡然问。

其他的人也都点头表示同意。左煜开始亲自调试、探测，指针仍然没有动。大家等了很久，探测仪还是刚才的样子。

“为什么探测仪不动了呢？”杨琴问。

“说明这下面没有我们要找的古城，是不是，左教授？”季和平道。

左煜点头。大家都曾听到左煜和段平两人说下面有古城，而现在又说没了。这也太奇怪了，好不容易挖开却什么都没有。

“昨天探测仪的指针动了，为什么呢？难道昨天下面有古城？”杨琴问。

段平皱着眉头在思考，左煜却是直接点头：“昨天这下面有古城。”

“所以这个古城真的会动！”杨琴觉得稀奇得很，非常激动。

“但是，相应地，我们现在没有方向，该到哪里去找古城呢？”谢娜问段平。

司玥也觉得会移动的古城很不可思议，她一直在听他们的谈话。等大家没有说话了，司玥若有所思地道：“应该不会太难找。”

众人的目光霎时都落在司玥身上，谢娜难以置信地道：“不会太难找？难道司小姐知道该怎么找？”

段平也质疑地看着司玥。

司玥懒懒地说：“很简单呀，昨天傍晚的时候你们探测到有古城，而现在探测却没有了，说明古城就在一个晚上的时间里转移了。对于一座城市来说，转移的速度并不会有多快。我相信古城就在这周围，扩大范围探测应该就能探测到了。”

等司玥说完，大家看着左煜和段平，似乎在等两人的决定。左煜说：“从现在开始扩大范围探测。”

段平张了张嘴，最后什么都没有说。

而加大范围探测后还是没有探测到，大家都认为古城并不在附近了。司玥却忽然指了指前方三十米处，对众人道：“古城在那边。”

“为什么？”杨琴问。

其他人看向司玥，他们并没有看到指针动，她凭什么说古城会在那个方向？司玥似乎有些犹豫，左煜在她身边鼓励她：“没关系，司玥，你尽管说。”

司玥对左煜点了点头，说：“刚才指针很轻微地动了一下。不过，的确很奇怪，指针又转回去了，速度非常快，以至于让我怀疑是错觉。”

“那肯定是你的错觉了。”段平说，“我们这么多人在这里都没看见指针在动。而且，一般情况下，指针不会出现动了又返回去的现象。”

大家都点头，前几天司玥根据背影说田波是偷骆驼的人，现在又在大家都没看到指针动的情况下说指针在动，他们不相信司玥的眼睛。

左煜走到探测仪面前蹲下身子，仔细查看一番，发觉有点不对劲，再次查看。

段平见他眉头微蹙，也走过去，蹲下身看：“左煜，有什么问题吗？”

“探测仪出故障了。”左煜说。

段平也仔细检查了一遍，然后点头：“的确出故障了。”

“啊？”学生们大吃一惊。

“那刚才师母看到的是不是对的？”马东问。

谢娜道：“这就不知道了，探测仪都出问题了。”

“除非我们现在就去那边挖，然后看能不能挖到。”谢丽接着说道。

除了司玥和姜哲涵，其他人都围着左煜和段平，等左煜和段平发话。左煜还没说话，段平就道：“当然不能挖，还没探测出来就贸然行动，这是蛮干。”

马东道：“可是现在探测仪坏了，也不能再探测了，还不如在师母刚才指的地方去挖动试试。”

段平立刻道："既然探测仪坏了，无论刚才司小姐看到指针在动是不是错觉都不能作数。"

"我们只是去那边挖一下试试，总比什么都不做好啊！"胡然站在马东那一边，然后看向左煜，等待左煜的指示。

左煜看向季和平，说："你最擅长仪器的维护，能修好探测仪吗？"

季和平立即说："我试试。"

左煜点头，对段平说："段老，那就等探测仪修好了再说？"

"嗯。"段平表示同意，因为他根本就不相信司玥说的。

站在人群之外的姜哲涵对身旁的司玥道："姐，看来这里只有我一个人相信你。我相信古城就在那边。"

司玥看了姜哲涵一眼，说："不止你一个人。"

姜哲涵当然知道司玥的意思是左煜也是相信她的，但他见左煜并不采纳学生的意见去司玥指的地方挖，而是对那个段老教授说等探测仪修好再说，因此，他道："左教授也是站在段教授那边的。"

司玥不以为意地笑了笑："左煜相信我看到指针动了，但是探测仪出了故障，因此他不确定刚才指针是不是误动；还有，那个段老头算是左煜的前辈，左煜这样做是出于对前辈的尊敬。除此之外，还有最重要的一点。"

"什么？"姜哲涵问。

司玥却不跟姜哲涵说了。最重要的一点是，对于她来说，这是一件非常小、一点也不重要的事，不能用信不信任来说。

姜哲涵见司玥不想多说，也识趣地不再说什么。

季和平修探测仪的时候，左煜和段平仍然带着考古队在附近考察。而天气越来越热，考古队储备的水不足，大家都是能忍着不喝水就不喝。司玥和姜哲涵没有跟着出去，田波不是考古队的人也没有跟去，他们和司玥一样都留在帐篷里。

司玥坐在帐篷里用左煜的笔记本电脑看司焱发给她的邮件，邮件里面写着，关于她父亲的事，目前还没有眉目。司玥回了邮件，就关了电脑。她很渴，但是她知道考古队的水不多了，因此忍着尽量不喝水。这时，姜哲涵从外面进来，手里拿着一瓶水。

"姐，喝点水吧。"姜哲涵把那瓶水递给司玥。

司玥没有接，说："我不渴。"

姜哲涵道："渴不渴我一眼就看出来了，这是我那一份，你尽管喝就是了。"

司玥还是没接，拿起旁边的一瓶水喝了一口，然后看向姜哲涵，道："你自己留着。我和左煜还有。"

姜哲涵郁闷憋屈了很久的气一下子就冒上来了，他皱眉看着她，大声道："姐，你和他在一起不过才几个月，而你就认为你们是一体的了？你和他比和我还亲？不过就是一瓶水，你也分得这么清楚！你忍着不喝水不就是因为想给他多留点儿吗？那我把我的水给你好了，你却因为不想要我的而喝你给他留的水！从小到大，我对你好，你就是不领情是不是？"

司玥是坐着的，她抬头看着姜哲涵，不紧不慢地说："你姓姜，我姓司。我从小就在司家长大，我和左煜的确更亲。"

姜哲涵心头一痛，看着她的眼睛道："你的意思是我们不是姐弟？"他正好不想喊她姐。只是，如果不喊她姐，他和她似乎就真的一点关系都没有了，那她不会像现在这样坐着看着他说话。

司玥说："仅限于姐弟。"

无论她的答案是什么都不是他想听的，就像这句——仅限于姐弟，而她又说她和左煜更亲，她的意思是她和他仅限于没有血缘关系又没有一点感情的姐弟。姜哲涵觉得很无力，他一直都在讨好她，而她一直都拒他于千里之外。他看着她一点都不在乎的表情，拧开那瓶水，一口气就把一整瓶水喝完了。他也是口渴得很了，他忍了很久也没喝，就是想给她多留点水。

姜哲涵喝完了那瓶水就一个转身，怒气冲冲地出去了，而他一出去就后悔了。她对他的态度一直都没变过，而他竟然因为一瓶水就和她争吵了起来。姜哲涵越想越烦躁，回到他自己的帐篷后，他又灌了几瓶水下去，把分给他的水都喝完了，也不管这之后他还有没有水喝。

下午的时候，阳光更炽热。姜哲涵口渴难耐，而他的水已经喝完了。他只好去杨琴的帐篷里拿了一瓶没有分发下去的公用的水。考古队的水都放在杨琴那里，每天由她分发下去。

第三天，夜幕降临时，左煜和段平带着考古队回来了。因为没有探测仪，他们出去了几天也没有什么收获。

左煜先去找司玥，司玥还睡得昏昏沉沉的。左煜走到她身边坐下，喊了声“司玥”。司玥翻了个身，还要继续睡。左煜把她的身子翻转过来，轻笑道：“司玥，你知道几点了吗？”

司玥缓缓睁开眼睛，看着面前那张英俊的脸，眉眼一弯，伸出双手攀着他的脖子：“我的教授回来了。”

“嗯。”左煜笑道，“快点起来吧。”

“我的身体都睡软了，起不来了。”司玥说。

“谁叫你睡这么久？晚上该睡不着了。”

“不睡觉又不知道做什么，这里一望无际的全是黄沙，出去也热。”司玥的双手攀在他的脖子上，但是没有力气，她噘着嘴说，“你过来，我想亲你一下。”

左煜低头，主动吻住她的唇。司玥的身子软绵绵的，接起吻来却异常热烈。和司玥在一起之前，左煜从来都是淡定从容的，而现在却热情地吻着身下的人，比司玥更热烈更激情，几天的疲惫顿时都烟消云散。情人之间的接吻有一种妙不可言的感觉。

深吻之后，左煜坐起身来，对司玥说：“该起来了。你穿好衣服，我先去看和平把探测仪修好没有，然后我们一起出去吃点东西。”

探测仪还没有修好。季和平说得换一个零件，而换零件很麻烦。因为探测仪是从国外进口的，零件也必须从国外原产商那里买。

“就不能用市场上的零件代替吗？如果从国外买，又要花费很多时间。”马东说。

季和平想了一下，说：“就怕匹配不好。”

左煜道：“先在国内买来试试。我立刻联系考古所。”

夜里，司玥果然睡不着了。她趴在左煜的胸膛，听着他沉稳的呼吸声和咚咚咚的心跳声，手忍不住伸进他的衣服，在他胸膛和腹肌上摸了一遍，最后，她的手放在他的胸前，手指在那两点上缓缓摩挲。左煜低沉暗哑的声音传来：“就说你会睡不着，现在来惹我。”

司玥故作吃惊地道：“教授醒了呀？哎，我应该轻点。”

左煜一个翻身就把司玥压在了身下，司玥的手从他的胸前移开，隔着他的衣服张嘴咬了上去……

第二天，左煜和段平照例要带考古队出去，杨琴分发水的时候发现水少了很多。马东道：“又来了小偷？”

司玥一听，就将目光落在了考古队之外的田波身上。而田波说道：“昨天下午我看见姜先生进了司小姐的帐篷，后来又进了杨琴的帐篷，拿了一瓶水。”

姜哲涵道：“我的确拿了一瓶，但是我只拿了一瓶。”

“那怎么少了这么多？”杨琴疑惑地道。

谢娜皱眉道：“而且考古队的水每天由杨琴负责分发，你却自己进去拿了，这不合规矩吧？”

谢丽接着道：“姜先生把水给司小姐了？怕不止拿了一瓶吧！”

“我只拿了一瓶，而且没有给我姐。”姜哲涵道。

“有没有给，我们去司小姐那里看一下就知道了。”田波说。

而司玥那里就是左煜那里，虽然田波这么说，但是大家都没有动。

谢娜和谢丽小声说：“听说左教授的女朋友是豪门千金，她怎么可能忍受得了这么热的天气和口渴？怕是她让她弟弟拿了不少水，怎么可能只拿了一瓶水？”

姜哲涵听到了两人的谈话，瞪了两人一眼，说：“我只拿了一瓶水，而且不关我姐的事。”

大家都没说话。

司玥和左煜都半眯着眼看向田波。片刻后，司玥转身进了帐篷，将里面的水都拿了出来。

大家一看，都讶异司玥那里还有这么多水。

谢娜更是大惊道：“这么多水……难道不是……”

所有人都听出了谢娜话中的意思：这么多水难道不是擅自拿的？

一直没开口说话的段平霎时皱紧了眉头，他相信他的学生说的话，因为前几天司玥一个人就用了很多水，虽然那是左煜亲自给她额外准备的，但是现在她还有比他们每个人手中更多的水——几乎多了十瓶水，定然是她或者她弟弟擅自拿了还没有进行分发的考古队的水。

段平看着司玥，沉声道：“你是千金大小姐，在家里被娇生惯养，但是考古队不是你家！资源都是公有的，不是你一个人的，不能想怎么拿就怎么拿！刚才你弟弟还不承认。现在你既然把水拿了出来，承认拿了水，看在左煜的面上我也不便多说什么。考古队的水不足，你把这些水还回来让杨琴重新分发。”

司玥嗤笑一声，昂首看着段平：“谁说这些水是我或者姜哲涵拿的你们考古队的水了？这是左煜给我备下的和考古队前几天分发下来的，我忍着口渴给左煜留下来的！”

“你说不是就不是吗？水瓶都是一样的。如果这些水不是擅自拿的没有分发的水，那少了的水又是谁拿的？”谢娜道。

“她说不是就不是。”左煜的脸色很不好看。不仅因为他们当着他的面这样质疑司玥，还因为他们想当然地下结论。

大家听到左煜开口了，语气也笃定得很，而且还带着怒气，都不敢出声了。把话挑明的段平也觉得尴尬难堪不已，左煜这样说相当于是当着所有人的面驳斥他，不给他面子。他一时沉默不语。

左煜却又开口说出了让段平更加难堪的话：“水瓶是一样的，司玥拿出来的水多，杨琴那里的水少了，这就能说明司玥擅自拿了考古队公有的水吗？你们似乎都知道了司玥的家世背景，她家境好，的确是被家人捧在手心里呵护宠爱着长大的，但是这就有理由证明她受不了苦而对考古队公有的水不问自拿吗？司玥的性子我最清楚不过，她如果真的拿了就会坦然承认，她如果不承认更不会把这些水拿出来让你们指责！你们一个两个想当然地下结论，能多用脑子思考一下吗？”

在场的人都沉默不语，所有人大气都不敢出。左煜的学生们从来没有看到左煜这样生气，就是平时对他们生气时，他也只是板着脸语气重一点，但从没有像现在这样带着怒意。段平的学生不如左煜的学生那么了解左煜，但在这些天的相处之中，也知道左煜的脾气很好，是不轻易发火的。

当然，在这些人之中，段平是最难堪的。虽然是谢娜说完之后左煜才开口的，但是很明显，左煜也是在对他说的，他觉得自己的一张老脸都不知要往哪里搁了。一向尊敬他的左煜竟然这样当众疾言厉色地驳斥他……没想到左煜竟然这样护着司玥。段平虽然觉得左煜说得有理，自己理亏，但是心里仍然不舒服，只是一时哑口无言。

司玥也没想到左煜说了这么一大堆话为她出头，他以前对段平可一直是恭恭敬敬的。她看向段平，段平的脸色难看得很，脸上的皱纹显得格外深刻。她漫不经心地移开了视线。

现场鸦雀无声了很久，太阳已经高高升起。

左煜终于又开口了：“今天还要出去考察，但是考古队的水不足了，因此还要有人去找水。”

大家都没说话，只等左煜吩咐。左煜说：“季和平依然留在这里修理探测仪。马东、胡然、杨琴去找水，其他人跟着我和段老出去考察。”

左煜嘴里的其他人是指考古队的人，不包括司玥、姜哲涵、田波。

“是！”左煜一说完，学生们都异口同声地道。

然后，左煜对司玥说：“司玥，把这些水分一些出来给大家。”

司玥不愿意，坚决地说：“不！这些都是我给你留的。”

左煜知道了她为了给他省水自己渴了都不喝，心疼她跟着他总是受苦。他还想说什么，司玥却又道：“我不是给他们省的，你要是把我省下来的水给了他们，你对得起我的心吗？你说我任性自私也好，不讲理也好，我就是不把水给怀疑我偷水的人！”

她说得更严重，直接把刚才其他人说的“不问自拿”说成是“偷”。虽然大家的确觉得她自私，但是说不出一句反驳的话来，只能沉默不语。

左煜看着她，她也仰首看着他。最后，他伸手抚了抚她长长的鬈发，叹了一声，没有让她把水拿出来重新分发，而是嘱咐她：“司玥，你不用顾着我。天热要多喝水，不然中暑了怎么办？我出去考察的时候，你只管好好照顾自己就是，不许再为了给我省水而不喝水了。”

左煜对司玥的温声细语大家都听到了，他平时虽然脾气好，但是和温柔是不一样的。大家都有些好奇、有些惊讶地看着左煜，因为他对司玥才会这样。

司玥笑着说：“知道了。”然后踮起脚当众在左煜脸上亲了一下，他一怔。司玥却笑眯眯地道：“左煜，我喜欢你。”

左煜想起几个月前他从博物馆门口出来，她穿着齐膝的红色连衣裙，踩着十厘米的高跟鞋，站在门口，媚眼如丝，她对他说：“左煜，我喜欢你，做我男朋友好吗？”当然那次他拒绝了她，因为他和她才见第二次，而且她不是他喜欢的类型。而后来他们在一起后，司玥说过很多次她喜欢他。左煜从回忆中回过神来，他对司玥笑了一下，温声说：“我知道了。”

阳光照在左煜和司玥的身上，像是给两人镀了一层金色的光晕，他们站在光芒之中，耀眼不已。刚才因质疑司玥而被左煜训得一言不发的学生们也觉得这样的画面很美。

段平则看不过去了，撇开了脸。在他心里，热恋中的年轻人太不知天高地厚了，什么山盟海誓都是过眼云烟，没有做得了准的。

左煜交代了司玥之后，便让考察的人和找水的人都立即出发。大家都整理好装备上路，除了杨琴。

杨琴走到司玥面前，对她说：“师母，我没有怀疑你。”

司玥点头。

然后，杨琴又对司玥旁边的左煜道：“左教授，我们不找出偷水的人吗？”

左煜说：“不用，我们没时间找。”事实上，他知道是谁偷的。

司玥见杨琴疑惑，道：“反正不是姜哲涵，他说只拿了一瓶也就是只拿了一瓶。”

姜哲涵听到了司玥的话，不由得抬头望着司玥，她的语气很笃定。她相信他。

混蛋

左煜在司玥耳边小声地说了几句话后便走了。司玥若有所思地看了一眼田波，田波正望着出去考察的考古队，她只能看到田波的背影。刚才左煜对她说水是田波偷的，怕是他的同伴缺水，所以他偷了考古队的水，顺便想嫁祸在她的身上。但是左煜又对她说他不在，让她暂时不要声张，他怕田波对她做出什么事来。

事实上，刚才司玥一听到水少了，第一个想到的偷水的人就是田波。田波先是为了和同伴穿过沙漠，偷了考古队的骆驼，后来因为没有成功偷走骆驼，他改了主意，掩人耳目地混进考古队，趁机得到考古队的资源，而现在因为同伴缺水，他又偷了考古队的水给同伴。田波的背影再一次映入司玥的眼帘，这个背影和偷骆驼的人的背影一样。而且这时，他的背影充分反映出了他对考古队的关注。司玥不需要再多求证什么，就已能断定田波和他的同伴是为古城而来的。古城里面到底有什么秘密？不过，田波容貌的前后变化仍然让她百思不得其解。并且，还有一个问题，田波的同伴又在什么地方？是一直跟着考古队的吗？现在左煜他们不在，田波应该会抓住机会和同伴联系。

司玥想，或许跟着田波能找到他的同伴，也能得知古城的秘密。

就在这时，田波转身，司玥立即移开了目光，低头看着她刚才抱出来的放在地上的水。姜哲涵也在这时走到司玥面前，有些愧疚地道：“姐，对不起，刚才是我连累了你，你才会被他们怀疑。”

司玥抬起头看了姜哲涵一眼，没说什么，弯腰捡起两瓶水扔给了他，然后说："剩下的帮我抱回去。"

姜哲涵有些无地自容。昨天他还要给她水，现在却是她给他，他真后悔昨天对她说的那一通话。他站在原地，看着司玥的背影，说了声"对不起"。

司玥就像没听到一样，脚步不停，继续走。姜哲涵弯腰抱起那些水跟在司玥身后。

田波站在一边看完了两人的举动，出声喊："司小姐、姜先生！"

司玥和姜哲涵的脚步一顿，都转身看着田波，目光带有审视之意。

田波笑了一下，提议道："我们都不是考古队的人，却每天用考古队的资源。不如我们也出去找水？就不怕别人说我们吃白食了。"

而此时跟着左煜、段平出去的谢娜和谢丽也正窃窃私语，说即便司玥没有拿那些水，即便她弟弟真的只拿了一瓶，但是司玥姐弟俩并不是考古队的人，考古队的水和食物本来就有限，他们两个一直待在考古队里是在吃白食，相当于考古队在养着他们。肖齐不以为然："如果段教授的家人在这里，你们也会说他们是吃白食吗？"

谢丽反驳："司小姐不过是左教授的女朋友，算什么家人？"

"那你们把左教授当什么了？你们这样算尊敬左教授吗？"

谢娜和谢丽不说话了。

而这边司玥听了田波的话，猜测他知道自己不会跟着他一起去找水，他是在找借口离开他们的视线，去办他的事。比如跟着考古队，又比如把偷来的水拿去给他的同伴。司玥哼笑，对田波道："我才不管别人怎么说，我偏不去找水！"

姜哲涵也说："要去你去，这么热的天别想拉着我们！"

田波叹了一声，只好说："那我一个人去了。"

司玥没理他，转身回了帐篷。姜哲涵也抱着水转身跟了进去。田波站在那里看了一会儿，没看到司玥和姜哲涵出来才转身离开。

姜哲涵把怀里的水都放了下来，抬头一看，没看到司玥，转身才见她不知什么时候走到了帐篷门边，正倾身听着外面的动静。他走到司玥身边，奇怪问道："姐，你听什么呢？"

司玥又听了片刻才转身对姜哲涵说："我们跟在田波后面。"

姜哲涵想起司玥说过田波是偷骆驼的人。他当然相信司玥，但是他不赞成去跟踪田波。

他蹙眉道："他们不信你的话最后吃亏是他们的事，你不能跟着，我可不想你出任何意外。妈让我立即带你回家，你却不听我的。你现在跟出去我坚决不同意！"

司玥道："好，你不去我一个人去。"

司玥把手机拿在手上，掀开帘子就要出去。姜哲涵一把捉住她的手，咬牙切齿地道："你从来都不是个爱管闲事的人，你这样做又是因为左煜对不对？"

"考古队的事就是左煜的事。"司玥说。

姜哲涵嗤笑："左煜的事就是你的事？"

司玥并不在乎姜哲涵的想法和态度，点头，然后怒斥道："放开我！"

姜哲涵的手却越捉越紧，司玥一向怕疼，横眉瞪着他，一字一句地道："姜哲涵！"

姜哲涵从来就不舍得对她硬来，片刻后渐渐放开了她的手，喃喃道："你的事就是我的事。"

司玥低头看自己的手腕，她的手腕被他握得很红。而她也听到姜哲涵喃喃出口的话了。她抬头盯着姜哲涵，开口想说什么却被他抢先了："我知道你要说什么，你不必再强调。不是要去跟踪人吗？我们走吧。"

司玥打算跟着田波的脚印走，却发现沙漠里有两个人的脚印。她正疑惑着，就看见前面不远处的季和平了。

姜哲涵道："左煜不是让他留下来修探测仪吗？他怎么在这里？"

司玥想了一下，道："探测仪要换一个零件，零件没到探测仪就修不好，他不用一直留下来修。"

"那……"

姜哲涵的话还没说完，季和平也看到他们了。他往回走，走到司玥和姜哲涵面前，疑惑地喊了声："师母怎么会出现在这里？"

司玥反问："你怎么在这里？你在跟踪田波？"

季和平点头："左教授说田波跟着考古队目的不纯，让我多盯着田波。"

司玥笑道："我也是来跟踪他的。"

季和平却皱眉："师母，左教授让我不要把这事告诉您，不能让您跟着来。"

司玥道："我已经来了。这里不能多说，我们赶紧跟上。如果刮风，有可能黄沙又会把脚印掩埋起来，我们就不知道田波往哪个方向走了。"

季和平犹豫了一下，又转头看了一眼那一长串脚印，最后只好点头。

季和平对司玥说田波扛了个袋子在肩上，不知那个袋子里面装的是什么。司玥道："是考古队丢失的水。"季和平恍然大悟，考古队的水是被田波偷了。

三个人沿着田波留下的脚印走。越过沙丘，司玥看到了沙丘下扛着麻袋的田波。田波忽然转身，司玥三人立即退下沙丘。田波站定，往司玥等人藏身的沙丘看了一会儿，又转身继续往前走。

最后，司玥看到了一顶帐篷。田波再次转身往后面看，还好一路上有不少沙丘，司玥他们把身体隐藏在沙丘之后，田波并没有发觉。

田波见没有人跟踪，进了那个帐篷。司玥、姜哲涵、季和平赶紧跟过去，小心翼翼地走到帐篷前，竖起耳朵听里面的动静。

田波说："这些足够你们几天的量了。"

一个男人道："进展怎么样了？"

田波道："还没找到。"

接下来响起的是个女声："据我们测定，地点就在那附近。"

司玥愣了一下，女人的声音有些熟悉。

田波道："应该快了。"

女人道："我们的族人世世代代找了几千年，终于要找到了。"

田波说："是呀。希望到时候这个东西能派上用场，也不枉宋叔叔的一条性命。"

帐篷里面顿时没了声音，大家似乎都一下子沉默了下来，为那个什么"宋叔叔"的性命。过了好一会儿，田波才说："好了，我得走了。"

司玥本来打算用手机拍照，姜哲涵自告奋勇，说他是摄影师，拍照的事情交给他。因此，姜哲涵一路上都在用手机拍照，把田波扛着袋子一路走到这个帐篷里的样子都拍了下来。这时，他忽然听到田波说要走了，立刻想把手机收好，却不小心将手机掉在了地上。

帐篷里霎时传来一声大喝："什么人？"

姜哲涵弯腰去捡手机，司玥对季和平使了一记眼神，然后拉起姜哲涵就跑。

田波紧接着追了出来，他低头看了一眼地上的脚印，双眼一眯，三个人！

他顺着脚印追出去。

司玥跑出几步就跑不动了，也知道沙漠里面的脚印非常明显，田波沿着脚印就能追到他们。

到了一个沙丘之后，司玥停下脚步，松开姜哲涵的手，气喘吁吁地对姜哲涵和季和平说："你们先走！"

姜哲涵握了握刚才被司玥牵着的那只手，这是她第一次主动牵他，虽然是因为事出紧急，但他还是回味无穷。这时听她说要他和季和平先走，姜哲涵立即道："是因为我才被发现的，玥……姐，我不会丢下你的！"

季和平也说："师母要是有什么事，我没法跟左教授交代！"

司玥已经听到脚步声了，脚步声越来越清晰，又回想起刚才那几个人的谈话。族人，什么族人？这里面似乎有个很大的秘密。他们要是被发现，不知道会有什么后果。司玥蹙着眉头，千思百转，快速想着有没有办法躲过去。

司玥没有想到能够躲避的法子。她想，除非突然刮大风，大风卷起漫天黄沙，否则他们很快就会被人发现。偏偏这时风平浪静，艳阳高照。紧要关头，司玥再次扭头对身旁的姜哲涵和季和平说："你们赶紧跑，把这事告诉左煜他们！"

姜哲涵不为所动："我不关心他们。"

司玥瞪了姜哲涵一眼，季和平也道："我必须负责师母的安全！"

司玥皱眉道："这么说来，你们脱不开身都是我的责任了。我可不想负这个责，你们赶紧离开！姜哲涵你要是不听我的，以后连'姐'也不必叫了。季和平你要是这么迂腐，不回去找你们左教授搬救兵，我们一个都跑不掉，到时候考古队的人不知道事情真相，上哪儿找我们？又怎么防着田波那几个人？"

季和平被司玥说得有些犹豫了。姜哲涵却还坚持着不离开，他说："不叫就不叫！季和平回去告诉他们就是了！我是绝对不会丢下你一个人的！"

在司玥的记忆里，姜哲涵很少不听她的。她看到姜哲涵眼里的坚定，知道是说不通了，便将目光移到季和平身上："必须有一个人离开这里！"

季和平也想通了，得有人告诉左教授这件事情。他点头："师母放心，我回去告诉左教授后，立即来找你们！"

司玥点头，示意季和平快走，季和平立即拔腿就跑。然后，司玥又横了姜哲涵一眼，姜哲涵却冲她笑了。司玥心想还好季和平被她说动了，田波和他同伴的事必须让左煜知道。

而就在这时，田波已经来到了司玥和姜哲涵面前。看着司玥二人，他哼笑一声："你们跟踪我？"而刚才他明明看到三个人的脚印。他抬头，看到了季和平拼命奔跑的背影，恍然大悟，却并没有去追季和平。

司玥开门见山地道："你们到底是什么人？"

"想知道？那你们只能留下来，哪里都不能去。"

司玥还没来得及说话，姜哲涵就一拳挥向田波的脸上。田波的脸忽然被揍了一拳，顿时火冒三丈，抡起拳头和姜哲涵打起来。司玥弯腰抓起一把沙子就想朝田波扔去，手却被人捉住。她迅速回头，看到一个和她差不多年纪的女人。女人嗤笑道："你确定要反抗？我劝你不要动，也少受些皮肉之苦。"

司玥双眼微眯："廖七七。"

廖七七扬了扬眉："司小姐的记忆力真好。我们不过是在那个旅馆见过一面，不，当时你被左教授从大火中救出来抱在怀中，并没有和我正面见过，却竟然记得我，真是让我佩服不已。"

"火是你放的！"司玥断定道。

廖七七得意地笑了一下："是呀，警察到现在都没有查出来。而现在被你知道了，那很抱歉，你再也走不了了。"

而司玥心思早已快速地转了一遍，她看着廖七七道："你和巴城博物馆的保安宋子高、魏齐串通偷了六壬式罗盘。你在旅馆里放火，烧毁了考古队的资料，让人不知道丢失了文物。因为资料上记载了一千二百四十三件文物信息，这么多的信息考古队的人没人记得全……当然我记得。与此同时，宋子高和魏齐合谋偷了六壬式罗盘，还拿另一件文物充抵数量。宋子高被捕后，说罗盘卖了，后来还和魏齐双双自杀。而偷盗贩卖文物罪不至死，所以宋子高并没有说真话！想必罗盘现在在你这里，因为警察至今没有追查到这个罗盘。巧的是，我在我弟弟的相机上看到了六壬式罗盘，照片背景也正好在沙漠。"

廖七七吃了一惊，没想到司玥的思维转得这么快。她笑了一下，不吝称赞：“司小姐很聪明。”

司玥又道：“刚才听你们说‘宋叔叔’，这个宋叔叔就是宋子高了。还有族人……你们和宋子高是一样的人。你们所说的族人是什么？宋子高在巴城博物馆做保安做了七八年，向来兢兢业业，目的就是寻找六壬式罗盘，继而盗取。如今，你把罗盘带到沙漠里来，还想方设法地让田波跟着考古队，了解考古队的行踪，那么，你们盗取罗盘是为了寻找古城。而你们为什么寻找古城？古城有什么秘密？”

廖七七惊叹道：“司小姐心思活络，真是让我大开眼界。”因为，司玥的容貌，会让大多数人认为她太过漂亮，除了漂亮没有别的优点，也就是花瓶一个。当初廖七七看到左煜从大火中把司玥救出来，紧张地抱着她，廖七七也以为身为教授的左煜也只是一个喜欢漂亮女人的男人。而现在，廖七七知道她太小看面前这个漂亮女人了。

司玥又问了一遍：“你们是什么人？为什么寻找古城？古城有什么秘密？”

廖七七仍然笑道：“司小姐这么聪明，我不敢告诉你太多了。”

而和田波打架的姜哲涵已经被田波制服，双手被田波反手扣在背后，被押着走到司玥面前。田波哼笑道：“跟我们走吧！”

司玥和姜哲涵的双手被绳子绑在了身后，到了刚才的那个帐篷里。帐篷里没有其他人，而司玥记得刚才是有三个人在说话。除了田波和廖七七，应该还有一个人。那个人又去哪儿了？

不过，此刻司玥最希望的是季和平能快点回去找到左煜。

而她正这么想着时，外面传来了脚步声。她抬头一看，两个人从外面进来。走在前面的不是季和平又是谁？季和平的手也被反绑在身后，而跟在他后面的是一个三十多岁的男人，想必就是田波、廖七七他们的同伙了。

司玥皱眉看着眼前的一幕，她身边的廖七七从她身上掏出手机，给左煜发了条信息：我们找水去了。然后廖七七把手机给了田波。

司玥听到廖七七对田波说：“现在你和司小姐他们在‘找水’。你和森哥留下来，我去考古队。考古队一找到古城我就和你们联系。”

被称为森哥的人嘱咐道：“七七，你要当心，不要被考古队的人发现你的真实身份。”

廖七七笑道：“你放心吧。在当初那场大火中我可是‘救’过左煜的一个学生，好像叫什么胡然。我是他的救命恩人，他只会好好待我，考古队的人也不会怀疑我的。”

廖七七说完就出了帐篷。司玥看着廖七七消失的方向，心中担忧左煜他们相信廖七七，把廖七七留在考古队。

两天后，中午，左煜和考察队其他成员回来了。出去两天，手机都没什么信号。快到住的地方了才有点信号，恰好有一条短信进来。左煜还没来得及看信息，就有电话进来。

左煜一看，是考古所打来的，他立即接起来。考古所所长对他说探测仪需要更换的零件已经买到，并由人送到了沙漠的边境，现在应该到了。所长让左煜派一个人去取。结束了通话后，果然有人给左煜打电话，说零件到了，要立即去拿。左煜说了声“好”，对身旁的段平说了零件到了要立即派人去拿的事。

段平立即高兴地道：“我这就让肖齐去拿。”

“天快黑了，明天一早再去拿吧。”左煜说。

段平想了一下，说：“也好。”

左煜和段平两人说着话时已经到了帐篷外。左煜大步进了自己的帐篷，去看司玥，却不见司玥的人影。左煜想起刚才那条信息，他拿出手机，低头一看，那条信息正是司玥发来的。左煜蹙眉，她出去找水了？和姜哲涵？他已经派了三个人出去找水，她还要去？左煜立即给司玥打电话，却提示关机。

左煜立即出了帐篷，果然没见姜哲涵。不光如此，也不见季和平和田波，他顿时觉得事情蹊跷。正在这时，段平从另一边走过来，对左煜说：“我刚收到田波的信息，他和司小姐几个人出去找水了。”说完，段平补充了一句，“难为他有心。”

左煜奇怪司玥竟然会和田波一起出去，因为她一直都怀疑田波的身份。虽然有司玥和田波手机发来的信息，但是左煜仍然觉得事情不对劲，除非他和司玥通电话，听到她的声音。因为在前不久就发生了他的手机被傅红雪拿去擅自给司玥发信息的事。总之，左煜不相信司玥会和田波一起出去。会出现那条信息证明司玥的手机不在她本人手里，而拿到司玥手机的人却给他发来这种信息，田波也跟段平说和司玥他们去找水，这只能说明一件事——司玥出事了，她在田波手上！

而田波跟着考古队的事情和古城有关，难道是司玥发现了什么秘密才出事的？左煜叫住段平，道：“段老，我们必须马上找到司玥他们！”

段平见左煜神色紧张，不似工作中淡然的样子，不由得道：“为什么？她不过是去找水而已。一起去的有好几个人，有什么可担心的？”

为了节约时间，左煜直接说：“田波的身份有疑，我不想司玥有任何意外。”

段平想起司玥说过田波是偷骆驼的人，而田波和那个人的容貌却不一样，他是绝对不信司玥的话的。他道：“我认为田波的身份没有什么好怀疑的。我也相信司小姐和田波一起不会有什么意外，他们找到了水很快就会回来的。大家才从外面考察回来，马上就快天黑了，已经没有力气出去找人了。”

段平的几个学生听段平这么说，都点了点头，他们已经筋疲力尽了，现在只想躺着休息。左煜的目光扫了几人一眼，知道他们都不愿意出去找人，他不再多说，直接转身要去找。

却在这时，出去找水的学生马东、胡然、杨琴回来了。他们身后还跟着一个女人。左煜觉得那个女人很面熟，又见几人都两手空空地回来，脚步不由得一顿。

马东走到左煜面前，很泄气地说：“左教授，我们找了几天也没有找到水。”

左煜想了一下，按照现在的储水量，省着喝还能支撑全队人三天的量。因为还要考察，他们必须马上补充更多的水。

段平听到了马东对左煜说的话，走过去对左煜道：“这么说来，我们只能寄希望于田波他们了，希望他们能够找到水。”

左煜道：“只怕田波并没有去找水。”

段平知道左煜还想去找司玥，他沉着脸道：“我看司小姐并不会有什么意外，左煜你不要太杞人忧天了！”

左煜还是叫了声“段老”，语气却很果决：“我去找司玥他们！继续找水的事由段老您的学生负责。”

段平摇头叹了一声。

左煜又要走，那个让左煜觉得有点面熟的女人出声叫住了他：“左教授，你好，我们又见面了。”

左煜抬了抬下巴，以示回忆，虽然他对廖七七丝毫都不关心。这时胡然走上前来，对左煜说："左教授，她是廖七七，还记得吗？上次我们去古墓考察住的那家旅馆着了火，是她救了我。她来沙漠旅行，途中没了水，来找水，正好和我们遇上。"

左煜点了一下头，他并不关心廖七七。他看了一眼满头大汗的几个学生，没有开口让他们出去找人，抬脚自己一个人离开。

晚上的光线很暗，左煜找了一个晚上都没有找到司玥。他心里焦急，怕她跟着田波出了意外。

第二天一早，段平就派肖齐去拿更换的零件了，忘了左煜说的要他的学生去找水的事。

有零件了，段平急着把探测仪修好以找出古城。

探测仪一修好，段平就让学生们把仪器安装好，开始探测。

探测仪探测的结果令人大吃一惊，因为探测到的结果正是那天司玥所指的那个方向。

"没想到司小姐说的是对的，那时我们一个都不信。"谢娜说。

"那我们现在怎么办？"谢丽问。

段平果断地道："挖！"

"可是左教授找人还没回来。"肖齐道。

"管不了那么多了。"段平说。他本来就不赞成左煜去找人，而左煜偏要去。那么，考察工作只好由他来带领了。

于是，段平和手下的学生们开始挖。

廖七七很高兴，没想到这么快就找到古城了。

而此时司玥、姜哲涵、季和平被绳子绑着手臂困在那个帐篷里，没有怎么吃东西更没有怎么喝水。几人的嘴唇都干裂得厉害，左煜却还没有找到司玥。

司玥、姜哲涵和季和平被困了几天，田波每天只给他们每人吃一个饼、喝一小杯水。而那几天的气温又非常高，司玥有些中暑，头一直昏昏沉沉的，手脚还被绑着，坐在地上浑身难受。

田波的手机响了，他当着几人的面接起电话。司玥虽然昏昏沉沉的，但还是听清了田波说的话，知道考古队的人已经找到古城的地点了，正着手开挖，等古城一出现，田波和周森就去和廖七七会合。周森就是廖七七那天喊的那个“森哥”，司玥还听说左煜来找他们了。

“我不会让左煜找到我们的。”田波最后说了一句，然后挂断了电话。

田波把手机放进裤兜里，扭头扫了司玥几人一眼，然后把视线落在司玥的脸上，嗤笑道：“你现在很希望左煜找到你吧？放心，他是绝对找不到这个地方的。不然，都过了四天了，他怎么还没有来？所以，你们就不要有任何奢望了，老老实实地待在这里，等找到古城了，也许我会把你们带到古城，让你们和考古队的那些人会合。”

司玥抬头看着田波，有气无力地说：“你把我们带到古城是要利用我们要挟考古队的人，达成你们的目的。你们千方百计地偷到六壬式罗盘，跟着考古队找到古城，而六壬式罗盘能测定方位，那么你们是要在古城中寻找东西了。是宝藏吗？”

田波倒没有否认，点头道：“让你们知道了也没关系。反正，等找到了古城，你们也就没有任何价值了。当然是宝藏，是只有我们才该得的宝藏。”

姜哲涵和季和平都愤怒地盯着田波，司玥倒是比他们两个冷静。

田波不以为意地继续道：“当然，那些宝藏不光是钱财，还有很多不传世的宝贝。”

“什么宝贝？”姜哲涵瞪着田波。

田波睨了姜哲涵一眼，神秘一笑：“到时候你们就知道了。”

帐篷里面一下子安静下来，大家都在思考事情。片刻后，司玥打破沉默，问田波：“现在可以告诉我们为什么你的容貌变化这么大了吗？”

田波对他们说了这么多，也算是承认了前些天偷考古队骆驼的人正是他。他道：“你们已经知道这么多了，我也不介意多告诉你们一件事，毕竟人死也要死得明白。”

司玥的眼皮微微一抬。

田波说：“我们有一种神奇的药，数量不多，会配置这药的人也已经不在世了。因此，没有特殊情况，不能服用。而服药后，容貌在五个小时之内就可以发生很大的变化。当然，五个小时后，容貌又会恢复回去。”

司玥几人都没想到竟然真有这样的药。

“想必这药是你们族的秘药，你们到底是什么人？”司玥一直想知道这个问题。

这时，周森探进头来叫田波。田波又扫了司玥几人一眼，走出帐篷。

司玥半眯着眼睛看着田波和周森，想从他们身上看出一些端倪。然而，她什么也没有发现。

田波走出帐篷后，就对周森道："森哥，什么事？"

周森道："有人来找他们了。不过，被我引到了别的方向。他朝那个方向找，一辈子也找不到人。"

田波点头："我刚才接到七七的电话，说考古队的左煜来找人了。你看到的那个人就是左煜，是考古队的领队。那次偷骆驼时我和他交过手，他的身手很好，不像是只会搞学术研究的人。"

田波偷的骆驼被人截回去后，周森听田波说过左煜的身手。他道："就算他身手好，我也不是吃素的。更何况，我们还是两个人，他一个人肯定不是我们两个人的对手。而且你忘了我们的血统吗？万一他找到这里，我们也不怕。"

田波表示赞成："现在就希望七七那边顺顺利利的。"

田波和周森又说了一会儿话便回去看着司玥他们几个人了。

左煜找了两天，沙漠没有任何痕迹。就在刚才，他忽然发现了一串脚印。他辨别了一下方向后，沿着那串脚印走。走了大概三个小时，脚印忽然没有了，眼前是无边的黄沙，还有无数起伏的小沙丘。他又给马东打了电话，问马东司玥他们回去没有。

"左教授，师母他们还没有回来。他们出事了吗？我和其他人出来找找吧？"马东说。

起风了，风不大，却仍然有沙子飞起来。左煜一只手握着手机，另一只手挡在眼前，沉吟道："找到古城所在地了……你和胡然来找就是了。杨琴留在考古队里，听从段老的安排。"

马东说："好的。"

那边马东挂了电话就去找带领队伍的段平，对段平说了刚才左煜说的话。

司玥他们几天没有消息，段平这才有些吃惊。不过，他仍然皱眉道："当初就不该留她下来，尽会找麻烦拖后腿！你们都出去找人了，古城的事要拖到什么时候？真是个麻烦！等找到了人，我看她还是立即离开这里好了！"

马东辩了几句："季和平、田波和师母一起不见的。我们的骆驼是师母找回来的，古城所在地师母也早就指出来了，是您不信师母的话。要是信了师母，也不至于到现在才找到古城，拖延了这么久的时间也有您的责任。"

最后一句话，马东说得很小声，段平却听到了。他皱着眉头盯着马东，语气不好地道："你和胡然要去找就立刻去！找到了人就赶紧回来，这里需要人手！"

而胡然正和廖七七一边说笑一边挖掘，廖七七还拿出纸巾给胡然擦额头上的汗。胡然低头看廖七七，笑着说她也是满头大汗。

马东喊了胡然一声，把左煜说的话对胡然说了。胡然立即放下工具要跟马东一起去找人，走出两步后，胡然回头对廖七七道："七七，我先去找师母他们了。"

廖七七笑道："去吧，我等你回来。"

胡然立即扬起了嘴角，转身和马东离开了。

廖七七等胡然和马东的背影消失后，找了个借口走开，又给田波打电话，说左煜的两个学生也去找人了。

左煜不知道司玥他们在哪个方向，他站在原地想了一会儿，田波离开是为了给同伴送水。司玥、姜哲涵和季和平会在田波手上，想必是跟踪田波知道了很重要的秘密，而且他们跟踪田波时被发现了。而田波跟着考古队是为了古城，考古队已经找到了古城，田波却没出现……

田波没出现的原因一是要看着司玥他们；二是认为自己的身份可能会被怀疑；三是对古城已经有把握。被怀疑？有把握？

左煜想起田波曾经偷了三匹骆驼，那么他的同伴至少有三个人。看人用不了三个人，最多两个人就可以。那么田波有把握进入古城是因为他们三人中有一个人能进，那个人为什么能进呢？

左煜恍然大悟，田波怕自己的身份被怀疑，困住司玥他们后没有再回考古队，有很大可能是他找一个考古队不会怀疑的人继续跟着考古队，也能更快更准确地了解古城的情况。这个人也是田波的同伴。

不被考古队怀疑！左煜想起了突然冒出来的廖七七。廖七七在旅馆起大火时忽然出现，在几天前又突然出现，非常巧合，非常蹊跷。左煜立即给杨琴打电话。

外面的天已经黑了。田波给司玥他们吃饼，司玥不知是饿晕了、渴晕了，还是中暑昏迷了，紧闭着眼睛。

姜哲涵喊了几声“姐”，司玥都没有回应。

“玥玥！玥玥！”姜哲涵又喊。

季和平听到姜哲涵这么称呼，愣了一下。不过，他现在也没时间想太多，跟着喊“师母师母”。

田波把饼给了姜哲涵和季和平，走到司玥面前，见她昏迷了便把饼收了起来。

姜哲涵见田波不管司玥，怒道：“她中暑了，而且一天没喝水了，你能拿点水来吗？”

田波道：“我们本来就没有多少水，给她喝了我们喝什么？”

姜哲涵道：“你们找古城不就是为了钱财吗？你要多少尽管开口，我们都能满足你！”

田波哼笑：“你们很有钱。不过，我们并不稀罕你们的钱。”

姜哲涵和季和平都很奇怪，他们要找宝藏却又说不稀罕钱。不过，姜哲涵也没有深想，他只担心司玥有什么三长两短。他又放低了声音对田波道：“请你给她喝点水吧，我们每天不是有一小杯水吗？你现在给她喝，把我的那杯也给她。”

季和平说：“我那份也给师母。”

田波想了一下，倒了一杯水喂给司玥喝。

司玥还没醒。

“再倒一杯呀！”姜哲涵说。

“每个人每天只有这么多，你们自己放弃不要是你们自己的事，不能给别人。”

“浑蛋！”姜哲涵骂了一句。

田波却毫不介意，转身忙自己的事去了。

姜哲涵又转头看着司玥，喊：“玥玥！玥玥！”

司玥还是没有反应。

十五年前的女人

一轮明月挂在天空，月光照在还在忙着挖掘古城的人身上。段平年近六旬，却精神抖擞，他的学生们也热情高涨。他们都想快点看到古城。

廖七七也在挖掘的人当中。为此，段平感到非常高兴，感谢了廖七七，因为左煜和他的几个学生都不在，考古队人手不足。

廖七七希望尽快看到古城，因此很卖力地“帮忙”。而杨琴却有些心不在焉地盯着廖七七，因为白天的时候，杨琴接到了左煜的电话。左煜对她说廖七七这个人有问题，嘱咐她留意廖七七，要是能拿到廖七七的手机号就好了。杨琴说胡然就有廖七七的电话，左煜说廖七七肯定有一部专门跟田波他们联系的手机，她要得到的就是那部手机的号码。

“左教授是要看那部手机上的通讯录吗？”杨琴当时问。

左煜说：“她一定会把通话记录都删除的，你只管拿到号码就是了。有号码我就有办法查到她的通话记录，这样也就能找到司玥他们。”

杨琴相信左煜说的话，相信廖七七还有一部专门和田波他们联系的手机。她一直找机会寻找那部手机，所以在挖掘时很不专心。段平无意中看到杨琴的样子，不由得皱紧了眉头，让她认真点。

杨琴说：“段教授，天都黑了还要继续吗？不如明天一早再来？”一直在这里挖，她根本没有机会拿到廖七七的手机。

段平道：“现在时间还早，今晚又有月亮，视线也好，比白天凉快，我们应该趁此机会多挖。”

廖七七插话：“我赞成段教授的说法。”

段平赞赏地对廖七七点了点头，又对杨琴说：“你们左教授不在，我们缺人，为了加快进度，所以也只能工作晚点了。加把劲吧，等找到古城了，一切都是值得的。”

说完，段平又去指挥别的人了。杨琴心里挂念着已经失踪好几天的司玥、季和平他们，知道左煜在等她拿到廖七七的号码，按照号码查廖七七的通话记录，根据记录里的号码查找季和平他们的下落。因此，对于段平的安排她不太满意。

突然，杨琴在月光下看到一部手机从弯腰挖掘的廖七七身上掉落在黄沙里。廖七七太过认真地挖掘，没有发觉。杨琴心里大喜，希望落在黄沙里的手机就是她要找的那部。

杨琴的眼睛一直盯着那部手机，心里在想法子怎么神不知鬼不觉地引开廖七七，然后捡起那部手机。恰在这时，廖七七转身往前面走了两步，然后继续挖。杨琴心道：天助我也！她拿起铲子往那部手机那里走去，假装去那边挖。

杨琴很顺利地走了过去，她环顾一周，没有人注意。她悄然蹲下身子，很顺利地捡起了那部手机。她嘴角一扬，正打算把手机放进自己包里却突然听到段平在喊她。

“杨琴，把手机给廖小姐后到这边来挖。”段平顿了一下，又说，“那部手机应该是廖小姐的吧？”

原来就在杨琴要把手机收起来的时候，被段平看到了。段平无意之中来了这么一句，把所有人的注意力都吸引了过来，包括廖七七的。

廖七七转身看到杨琴手中的手机，惊讶了一下：“正是我的手机，什么时候掉的？我竟然不知道！”

杨琴只好把手机递给廖七七，并说：“我刚刚捡起来的。”

廖七七接过手机，对杨琴笑着说了声“谢谢”。

杨琴面上笑道：“不用客气。”然后看着廖七七把手机收起来。

“对了，杨琴你还没有我的号码吧？我们留个联系方式，随时可以联系。”廖七七突然说，然后报了一串数字。

杨琴知道廖七七报的号码只是她跟外人联系时用的号码，并不是跟田波他们联系时用的。无论刚才那部手机是不是廖七七和内部人员联系时专用的手机，杨琴知道廖七七更加谨慎了，要得到对方的另一个号码非常困难。

大家又开始工作。杨琴抬头看着兢兢业业的段平，犹豫着要不要把左教授对廖七七的怀疑告诉他。

左煜没有等到杨琴的消息，没有得到廖七七和田波等同伙联系的号码，也就无法查起司玥、姜哲涵、季和平三人被田波带到了什么地方。

他站在沙漠中，抬头拧眉看着天上的月亮，心绪不宁，不知道司玥他们现在怎么样了。他努力让自己静下心来想。

月亮忽然隐入云层，左煜忽然想到了一件事：田波他们要去古城，应该驻扎在考古队的附近，不会离考古队太远！田波偷水也能证明这点。如果他们离考古队很远，田波偷的水也就成了“远水解不了近渴”了。左煜恍然大悟，他应该就在考古队的周围寻找，不该越走越远！

一想到这里，左煜立即转身往回走。

很快，左煜发现了另一串脚印，脚印的大小和他白天跟着走的一样。很明显，这两串脚印是同一个人留下的，看来白天他是被人误导了。而那个人既然这样误导他就更证明了对方就是田波的同伙，左煜只要跟着现在的脚印走就能找到田波他们。

过了大约一个小时，左煜借着月光隐隐约约地看到前面不远处有一个帐篷。他长腿一迈，快步往那个帐篷走去。

还没走到帐篷跟前左煜就看到一个中年男人站在外面瞭望，像在放哨。左煜绕了一圈，悄然走到了那个男人身后，从背后给了那个男人的脑袋一拳。

左煜那一拳很用力，但周森是练过的，没有立即被打倒。他被人从后面偷袭，顿时大怒，转身之际，右腿横扫。左煜快速避过，再抬脚一踢，正中周森面门。周森一边和左煜对打，一边想大叫提醒帐篷里面的田波注意。而左煜动作很快，他竟不能分神。

帐篷里面，田波闲得无聊，拿着手机在玩游戏，因为姜哲涵的声音把外面的打斗声都盖住了。

姜哲涵说：“田波，我现在想喝水了，请你倒杯水给我。”

田波放下手机，转身看向姜哲涵，忽然笑道：“今天的水你已经放弃了，不能再有。不过，你现在还想要喝，就得算明天的份了。也就是说，你现在喝了的话，明天的水就没有你的份了。”

姜哲涵想都没有想就点头：“好！”

于是，田波倒了一杯水喂给姜哲涵，因为姜哲涵他们的手脚都被绑起来了。

姜哲涵就着田波举的杯子喝了一口，然后侧头，将唇对着司玥的唇，把嘴里的水渡给了她。

季和平、田波都大惊。

“哈，你喜欢自己的姐姐？”田波挑眉看着姜哲涵。虽然姜哲涵和司玥不同姓，但是，他们并不知道姜哲涵和司玥不是亲姐弟，以为一个跟着母亲姓，一个跟着父亲姓，就像那段时间流行的取名方式一样。

姜哲涵没有接话，而是对田波道：“我再喝一口。”

田波觉得不可思议，想看热闹，便又把水杯送到姜哲涵嘴边。

姜哲涵又喝了一口，再次侧头将唇覆在司玥的唇上。

左煜进来时，正好看到这一幕。

“司玥！”看到姜哲涵的举动，左煜吃了一惊，心头一跳，但同时他发现司玥闭着双眼，像是晕了过去，因此大喊了司玥一声。

突如其来的声音让姜哲涵一愣，而他却并没有停止动作，仍然将唇覆在司玥的唇上，慢慢地把嘴里的水渡给她。

田波在听到左煜的声音时，才惊觉有人闯了进来。他将手中的水杯往地上一摔就转身朝左煜冲过去，快到左煜跟前时田波抡起拳头就向左煜的面门招呼。左煜的目光从司玥和姜哲涵身上移开，落在满脸戾气的田波身上，迅速应付迎面而来的拳头。

田波一拳没中，又使出一拳，左煜却不等他的拳头再次出手，以让人惊叹的速度捉住他的手臂，再一用力，将他狠狠地摔在了地上，接着一脚踢在了他的身上。田波吃痛，对左煜恨得牙痒痒的，迅速翻身站起，和左煜拼斗起来。

田波的身手不如周森，片刻之前左煜就把周森给撂倒了，现在周森还吃痛地躺在地上。因此，左煜对付田波毫不费力，两下就把田波教训得动弹不得。

这时，刚才被左煜撂倒的周森也跟进来了。他见田波也躺在了地上，气愤地哼了一声，立刻又和左煜打了起来。周森挑衅道：“刚才是我失误才让你打倒了我，现在我们来真正较量一下吧！”

左煜没有说话，从容应对再次出手的周森。周森果然比田波难缠了许多，左煜必须全神贯注才能招架。拳打脚踢中，两人都受了伤。而田波已经从地上爬起来，和周森一起对付左煜。

又喝了些水的司玥渐渐有了反应，她的眼皮微微动了动，接着，她的一双眼睛缓缓睁开，眼前是姜哲涵的脸，他的唇紧贴着她的唇。司玥惊醒，猛然偏开了头，分开了她和他的亲密接触。

姜哲涵见她醒了，总算是松了一口气，还紧张地问："玥玥，你感觉怎么样？"

司玥知道是他给她喂了水她才从昏迷中醒来的，而他采用的是那种方式！司玥回头瞪了姜哲涵一眼，不过，她听到了打斗声，迅速将目光从姜哲涵身上移开，抬眼看向前方。

左煜来了！司玥大喜，他找到她了，他找到他们了！然而，她还没高兴完，就见左煜被周森和田波两人夹击，心神一凝，担忧起左煜来。左煜身手敏捷，但是他以一敌二，难免被拳头打中或是被脚踢中。司玥见田波和周森两人一个从左煜的面前出拳，一个从左煜的身后踢出一脚，拳头和脚都快要袭击到左煜时，司玥拼尽力气大喊了一声："小心！"

左煜早有预料又早有准备，迅速闪身躲过去。周森的拳头打在田波的胸前，田波紧接着一脚踹了出去，踢到了周森的下身。两人都用了狠力，打到对方后，双双往后退。左煜趁机一脚横扫两人的下盘，将两人都踹在了地上。田波和周森在地上躺了好一会儿才起来，恨恨地看了左煜一眼，迅速灰溜溜地跑了。

左煜立即朝司玥走去，一边问她有没有事，一边蹲下身子把她手脚上的绳子解开。

司玥还是头晕目眩，她有气无力地对左煜说："疼。"

"哪里疼？"左煜担忧地问。

"手和脚，好疼啊。"司玥颦眉，可怜巴巴地望着左煜。

左煜低头查看司玥的手脚，手腕和脚腕都被勒出了红红的印记，在她白皙的皮肤上尤其显眼。左煜轻轻揉了一下，安慰着说："没事了，司玥，回去我给你处理一下。现在你等一下，我把他们的绳子解开。"

左煜把季和平的绳子解开，然后走到姜哲涵面前，目光沉沉地盯着他看了半晌，还是蹲下去给他解开了绳子。姜哲涵知道左煜看到他刚才的举动了，他也没觉得不安或尴尬，而是坦然地看着左煜，仿佛自己内心的情感被人知道了对他反而是一种解脱。

"走吧，我们赶紧离开这里。"左煜站起身来，对姜哲涵和季和平说道。然后他走到司玥面前，把她背起来，率先走了出去。

季和平和姜哲涵的脚有些麻，适应了一会儿才跟着往外走。

而就在这时，原本风平浪静的夜突然起了大风，沙尘被迅速卷起，把整个天空都遮挡了起来，原本月光皎洁的夜霎时一片漆黑，呼啸的风声传入耳中。

大风太过迅疾突然，左煜拿出手电筒让司玥拿着，迅速转身，背着司玥一边跑一边对季和平、姜哲涵吼道："跑！"

季和平、姜哲涵不敢懈怠，借着微弱的光紧跟在左煜身后。

然而风声越来越大，夜越来越黑，季和平回了一下头，风沙就在他们身后，黑压压的一片。他赶紧回头，拼命地跑。

但是，他们的速度远远不及风速。他们被风卷走，被沙掩埋。

风平浪静时，月亮又出来了，照在黑暗的沙漠上，沙漠里又有了光。左煜和司玥他们却被风沙吹散了。沙子把左煜的身子深深埋着，左煜使出浑身的力气才从沙里出来。他站起身来，环视一周，沙漠的地形因风沙而改变了，完全不是刚才的样子。他大声喊："司玥！季和平！姜哲涵！"

没有人回答他，因为司玥昏迷着躺在沙里。季和平、姜哲涵也才醒来，他们从沙里钻出来，不知身在何处，都在喊几人的名字。

左煜一边找一边喊，不一会儿，他听到了季和平的声音，循声找去，看到了也在找人的季和平。

"左教授，你没事吧？"季和平跑到左煜面前。

左煜摇头："找你师母和姜哲涵！"

"好！"

一会儿后，左煜和季和平找到了姜哲涵，就只差司玥了。

姜哲涵大喊："玥玥！"

左煜皱眉看了姜哲涵一眼，不过事出紧急，他没有时间和姜哲涵计较。

最后，左煜找到了司玥，她躺在地上昏迷不醒。左煜把她从地上抱起来，低头喊了她好几声。

司玥睁开眼睛，看到左煜灰头土脸的样子。她微微动了动唇，用微弱的声音喊了一声："左煜。"

"嗯。"左煜问，"司玥，是不是浑身疼？"

司玥眨了一下眼睛，示意很疼，连话都不想说了。

左煜道："我们先休息一下，等明天一早再走。"

姜哲涵和季和平也走了过来，左煜对他们说了这个决定。因为他们都精疲力尽了。

大家都躺在地上，季和平、姜哲涵睡得很沉，他们都累坏了。司玥睡在左煜怀里，左煜单手搂着她的腰，虽然疲惫却没有睡着。因为在露天里，他随时要注意有没有危险。

之后都是风平浪静的。天微微亮时，姜哲涵醒了，睁开双眼转头就看向司玥那边。司玥还躺在左煜的怀里，左煜察觉到了他的目光，转过头，审视的目光直射在他身上，让他觉得有些压迫感。姜哲涵皱了皱眉，拿出气势来和左煜对视。

两人对视了很久很久，谁都没有说过一句话。

太阳升起的时候，季和平和司玥都醒了。司玥浑身像散了架一样。左煜把她背起来，对另外两人道："回考古队。"

几个人在沙漠里缓缓走着。司玥把头埋在左煜的肩窝。季和平忽然往回跑，到了左煜面前，递给他两样东西："左教授，我捡到水和吃的了，应该是田波他们存在帐篷里的，昨晚的风沙把帐篷吹没了，这些东西跟着散落。"

左煜把司玥放下来，接过季和平手上的水和饼干，拧开水瓶给司玥喝，然后打开饼干的塑料纸，取出一块给司玥。

司玥又饿又渴，喝了水吃了饼干后终于有点精神了。左煜又要背着她继续走，她却说："等等。"

"怎么了？"左煜问。

司玥一边回想一边缓缓道："左煜，你知道他们是什么人吗？"

左煜摇头。

司玥把先前听到的田波、廖七七、周森的谈话内容说了一遍。

"六壬式罗盘在他们身上？"左煜吃了一惊。

司玥点头，然后皱眉道："你昨晚和田波、周森交手时，他们的衣服被撕破，我看到他们后背靠肩处有相同的文身。那个文身很奇怪。"

"什么样的文身？"左煜和季和平异口同声地问，姜哲涵走到司玥旁边站着没说话。

司玥蹙了蹙眉，左煜轻声道："还能记住吗，司玥？"

司玥一边想，一边用手指在地上画。

"左教授，这是什么图形？"季和平觉得那个图形很奇怪。

左煜沉吟道："这不是图形，是字。"

“字？什么字？”季和平不认识。

“息字。”

“息？这是什么字体？代表什么意思？”

“这是商朝息族人用的。”左煜道。

“商朝息族？”季和平努力回想着自己所学的知识，“和商朝王室多次联姻的能征善战的息族人？可历史中的息族人早就不在了啊。”

左煜没有回答季和平的问题，因为他也有所疑惑。

走了一个小时，司玥让左煜把她放下来休息一下。左煜说：“不用，我们要尽快赶回去。”因为这里手机没有信号，他联系不到考古队的其他人。

姜哲涵停下脚步，等左煜背着司玥赶上来便说：“左教授，你歇一下，我来背她。”

左煜睨着姜哲涵。

“不用。”左煜说。

“我看你很疲惫。”姜哲涵用着商量的口吻。

“不用。”左煜又说了一遍。

姜哲涵耸了耸肩：“我是怕你把她给摔着。”

“我精力很好。”左煜盯着他。

走在最前面的季和平也停下了脚步转身看着后面的几人，左煜和姜哲涵的话让他嗅到了硝烟的味道。

趴在左煜背上的司玥也听出了不对劲，她心思一转，猜测昨晚姜哲涵喂她喝水的样子被左煜看见了。现在这两人面对面地站着不动，四目相对，是在对峙?

司玥和季和平都没有说话。左煜和姜哲涵对视良久，目光都很沉。

“左煜，还是先休息一下吧。”司玥没有说要姜哲涵背，而是这么对左煜说。因为她看到了左煜的疲惫，他好像一夜没睡。

而实际上，左煜已经两天两夜没有睡了。左煜转头对司玥说：“没关系。”然后往前面走了。

姜哲涵和季和平赶紧跟上。

又走了半个多小时，司玥对左煜说：“我累了，左煜，我想休息一下。”

左煜停下脚步，把司玥放下来，然后坐在地上。季和平、姜哲涵也跟着坐下来休息。

左煜低头看着司玥，笑道：“趴在我背上也累吗？”

司玥道：“当然累，我担心你随时把我从背上摔下去。”

左煜知道了她是在担心他，他笑了一下：“不会。”又道，“那我休息一下。”

“嗯。”司玥说，“教授辛苦了。看你一脸倦色，我很心疼。”然后在左煜的唇上亲了一下，“快休息吧，我的教授。”

左煜的身子往后一仰，整个身子就躺在了黄沙上。司玥侧头看左煜，不过片刻的工夫他就呼吸平稳绵长，睡着了。她坐在他旁边静静地看着他。

司玥对左煜的亲密姜哲涵都看在眼里，她这样安静的样子是他很少看到的，有一种和平时不一样的美丽。她的每个神态举止都让人心动。姜哲涵看了司玥很久，司玥的视线始终在左煜身上。最后，他移开了视线，抬头看着蔚蓝的天空，心里也跟万里无云的天空一样空空荡荡的。

季和平在研究沙漠的地形，辨别考古队所在的方向，因为昨晚的大风，地形全变样了。刚才有左煜在，他们不用花心思找方向，左煜说怎么走他们就怎么走。现在，左煜在休息，他想找一下方向，等左煜醒来，也不用再让左煜劳心费神。

司玥把目光从左煜身上收回来时，发现只有姜哲涵坐在旁边。她疑惑地问：“季和平呢？”

姜哲涵回过头看着司玥，手指往左前方指：“他往那边去了，刚刚跟我说去找路了。”

司玥看到了一串脚印，点了点头。姜哲涵对司玥说：“那瓶水喝完了吗？要不要我再去找点水？”

司玥把那瓶水扔给姜哲涵，姜哲涵伸手接住，低头一看，里面还有很多水，然后抬头疑惑地看着她。

司玥说：“你也喝点，但是”

“但是不准接触瓶口”，这句话还没说完姜哲涵就对着瓶口喝了一大口，然后笑道：“谢谢玥玥。”

司玥横眉看着他：“不准再这样叫！”

姜哲涵说：“昨晚我们那样的时候，左煜是看见了的，但是他并没有说什么。姐，我想，他并没有多爱你。”

司玥半眯了眼，轻笑一声：“你一个外人倒比我清楚了。”

“好，我是外人。不过，外人当然比当局者看得更清楚。”

司玥警告道：“姜哲涵，不要自以为是。”

姜哲涵说：“我没有自以为是，我看得很清楚，是你鬼迷心窍，沉浸其中。”

“不要以为你照顾了我，就可以大放厥词。姜哲涵，无论我和左煜怎么样都和你没有关系。而且，事实上，你和我也可以算是没有关系。”

心疼的感觉顿时涌上心尖，他抬头望着她，目露哀伤。对他，她总是很轻易地说出这种绝情的话。

司玥又扭头看左煜，姜哲涵也没有再说话。半个小时后，左煜睁开双眼，坐起身来。司玥问道：“怎么就醒了？”

“我们还得赶路。古城已经找到了，廖七七他们也会跟着去古城。无论他们的目的是什么，都不能让古城因为他们而有所损毁。”左煜说。

司玥只好说：“好吧。”

季和平在这时也回来了，他找到了最近的路。左煜和司玥他们继续上路了。

季和平一边走一边说：“左教授，我刚刚一直在想，那个息字现在基本没有人认识。所以，田波他们一伙真是息族人吗？听他们说要找宝藏，商朝时，息族人骁勇善战，很多息族的女子嫁给王室，或许真有很多金银财宝？”

司玥道：“恐怕不光是金银财宝，因为姜哲涵对田波说如果他们要钱尽管开口，而田波却说他们不稀罕钱。”

“比金银财宝还要宝贵的宝藏是什么？那个东西就在古城，所以他们才费尽心思地寻找古城，继而跟着考古队。”季和平又说。

“和息族有关。”司玥猜测道，“息族有什么风俗？”

“没有史料记载。”左煜说，“所以，我们要在古城被挖掘出来前赶回去。无论他们要找的是什么，我们的目的是要保护古城。”

而古城已经完全露出了地面，不是因为考古队员的挖掘，而是因为昨晚的那一场大风。昨晚的大风刮的面积很大，当时段平带领着考古队所挖掘的地方也被大风卷过，段平等人匆匆逃命。

等风平浪静时，一座城池也展现了出来。廖七七竟是第一个看到那座古城的，古城陈旧，破败不堪，到处都是坏了的石头墙壁。然而，即使破败不堪也能看得出几千年前这个城池是多么坚固宏伟。

廖七七立即和田波、周森联系，恰好打通了田波的手机。廖七七从田波那里知道左煜把司玥他们救走了，她得赶在她的身份被曝光前进入古城，找到息族祖先给后人留下的东西，然后毁掉古城。

廖七七挂断电话，便从一扇破了一半的城门进去。段平和杨琴紧接着找了过来，看到眼前屹立在荒芜的沙漠里的古城都惊叹不已。段平的其他几个学生随后赶到。

段平让他们小心翼翼地进去。

左煜和司玥他们紧赶着归队。半途中，左煜发现有信号了就立即给段平打电话。而电话却没有拨通，段平的手机关机。左煜又给杨琴打电话，拨通了却没有人接。左煜蹙眉，只好给也出来找司玥他们的马东、胡然打电话，说人找到了，让他们赶紧归队，并告诉段平要提防廖七七。

挂断电话后，左煜让大家加快步伐。

“左煜。”被左煜背在背上的司玥突然喊了一声。

“嗯？”左煜侧头。

司玥用手指了指前方两百多米处，那里有脚印，脚印的尽头有两个背影。

“是田波和周森！”季和平也看到了，惊诧地出声，“他们是要去古城？”

左煜把司玥从背上放下来，对她说了句“你在这里等我”就朝田波、周森跑去。季和平看了司玥和姜哲涵一眼，说了句“我也去”就跟在左煜身后跑了。当然，姜哲涵没有去追，他走在司玥身后半步的地方。

司玥抬眼望着左煜，左煜很快就追上了田波和周森，跟他们打了起来。紧跟过去的季和平也加入了，和左煜一起对付田波、周森。

司玥要跟过去，手臂被姜哲涵猛然捉住：“你不能过去，以免误伤。”

司玥冲姜哲涵喊了声：“放手！”

姜哲涵道：“你不过去我就放手。”

“我不过去了。”司玥也怕田波或周森突然从她身上下手，抓住她来要挟左煜。

姜哲涵这才放开了司玥的手，她远远地看左煜他们缠斗。很快，左煜和季和平就将田波、周森制服，反手押着两人。司玥和姜哲涵往左煜所在的方向走。

“你们把我们困住也没有什么关系，因为七七已经进古城了。她很快就会拿到想要的东西，然后毁掉古城。”田波说。

“你们即便要找东西也不能把城毁了啊！”季和平说。

田波阴森森地一笑：“那是些宝藏。那些宝藏是息族先祖留下的，城也是息族先祖修的。先祖有遗言，找到他给我们后人留下的宝藏后就将城毁掉。那座城将永远不会再出现。”

廖七七进入古城后，从身上拿出六壬式罗盘来。她将手掌摊开，罗盘放在手上，双眼紧紧地盯着罗盘。罗盘的天盘、地盘转动，她跟着转动的方向在古城里面绕过一面面石壁、一根根石柱。

段平一行人进入古城后，很快发现了廖七七。

“廖小姐最先进来的？”段平有些吃惊。

“是的，段教授。”廖七七朝段平一笑。

“你手上是什么？”段平蹙眉，紧接着惊诧地道，“六壬式罗盘！”

廖七七点头笑：“是的。”

杨琴想起了巴城博物馆丢失的六壬式罗盘，她瞪大眼睛道：“罗盘是你偷的！”

“是我。不过，这个本来就是我们的！”廖七七说。

“你在找什么？”段平又问。

廖七七道：“宝藏。”

“宝藏？这座古城里有宝藏？”段平的几个学生非常惊讶。

“是的。你们来跟着我一起寻宝吧。”廖七七笑着邀请。

段平的学生半信半疑。杨琴道：“你们不要信她的！她来历不明，左教授说了不能让她进古城！”

段平也皱眉道：“廖小姐，昨天很感谢你和我们一起挖。但是现在考古队要考察，你不便再留下来。”

“我现在不能离开。你们既然进来了，更是永远都不能离开了！”廖七七意味深长地笑了一下。

廖七七手上的罗盘还在转，根据罗盘的指示，她走到了一个破烂的墙根处，然后弯腰，搬开一块石头，里面的东西露了出来。

“呀！真是珠宝！”谢娜惊讶地吼道。

其他的学生都围了过去，段平也觉得奇怪，不禁凑上前去。廖七七见大家正好奇地看着墙根的珠宝，对着一行人撒了一把灰白色的东西，灰白色的东西弥漫在空气里，让段平他们看不清眼前的东西。廖七七趁机用绳子把段平几个人拦腰绑在了一起，然后又转动罗盘，跟着罗盘所指的方向走。

最后，廖七七终于在一堵墙前停了下来，蹲下身子，搬开地表的石头，里面有一个小坑，坑里有一个石盒。廖七七拿出那个石盒，打开一看，是几片兽骨，兽骨上面刻着图形和文字。

廖七七看了一遍，迅速将兽骨收起来，然后开始放火。

浓烟从古城中升起。段平一行人被困在城中，动弹不得。

左煜等人远远地就看见浓烟了。

司玥才从田波手里拿回来的手机也在这时响了，是司焱打过来的。

她立即接起：“哥，什么事？”

“司玥，关于你爸的事，我查到的确是考古学家，姓段，年纪五十多岁……”

因为信号不好，通话断了，司焱后面的话还没说完。

姓段的考古学家，年纪五十多岁……

司玥抬头看着远处冒烟的地方，顿时大惊，拔腿就往古城跑。

“救火！”左煜说了一声，拔腿就跑。季和平也是一惊，拉着绳子开始快跑，绳子另一端捆着田波和周森。姜哲涵见司玥从左煜身上下来接了个电话就拼命地跑，也迅速跟了出去。田波和周森见古城起火了，心中大喜，知道廖七七拿到东西了。他们拖着季和平，季和平因此落在了最后。

而左煜很快就超过了司玥，跑在了最前面。姜哲涵追上司玥后速度就慢了下来，想跟在她身边。司玥侧头冲姜哲涵道：“不要管我！去救火！”

姜哲涵点了点头，也跑到了司玥前面，紧跟在左煜身后。

火势还不算很大。因为古城大多由石头垒成，着火的是古城中少数易燃的木质类物品。但是，那些木质类物品非常有研究价值，不能被火烧了。除此之外，左煜还听到了声声“救命”的呼喊。

“什么工具都没有怎么灭火呀？”赶上来的姜哲涵气喘吁吁地问左煜。

“用沙！”左煜果断地道。

“对，沙可以灭火！这里是沙漠，不缺沙！”姜哲涵反应过来，但又在瞬间皱了眉头，“我们没有装沙子的工具，难道要用手捧沙子吗？”

左煜直接把身上的白衬衫脱了下来，二话不说就用白衬衫裹起了黄沙，往火上洒。姜哲涵看到左煜的腹肌和完美的身材嫉妒了一下，也效仿对方把衣服脱了下来装沙子。

司玥还没赶到就见到了火光，刚才的浓烟却少了，这证明火势越来越大了。司玥赶到现场后，耳边响起许多人的呼救声，抬眼一看，眼前的左煜和姜哲涵都光着上身在用衣服卷起黄沙灭火。而她不能脱衣服，她立即折返回去，停在了田波面前。当日田波偷骆驼，她的手被他用绳子绑起来，把她系在骆驼上拖着她走。司玥眯了眯眼，把田波身上的衣服扒了下来，田波的手被绑着，衣服袖子因此被撕破了。司玥拿着田波的衣服急忙跑向着火现场。

季和平急着去救火，管不了田波和周森，他把手中绑着田波和周森的绳子放开了，迅速朝左煜他们的方向跑去。

廖七七拿到东西放了火就出了古城，但是她刚离开就远远地看到田波、周森在左煜他们手上。她找了个沙丘躲起来，打算找机会救田波和周森。见季和平去灭火，没有管田波二人，廖七七立即走出沙丘，跑到田波两人面前把他们身上的绳子解开。

“找到了吗？”周森和田波异口同声地问。

廖七七点头，然后扯了扯嘴角：“就凭他们四个人，大火恐怕没那么好灭！这座城池将不会再出现！现在我们赶紧离开这里！”

周森和田波点头，迅速和廖七七离开了。

呼救的声音越来越弱，加上司玥灭火的人一共才四个，他们的动作都不敢停，不断地用沙子灭火。很快，司玥就精疲力竭了，动作也慢了下来。就在这时，马东和胡然赶了回来，他们二话不说，立即加入了灭火的队伍。

最后，左煜几人终于把火灭了。段平等人被绳子绑着，都晕了过去。司玥硬撑着走到段平面前。他和其他人一样，躺在地上，紧闭着双眼，只是他的脸上留下了岁月的痕迹，头发也稀疏发白。司玥盯着段平，脸色很不好。

左煜走到段平身边，蹲下身子查看了一番，松了一口气，对跟过来的季和平说道：“他只是晕了过去，我们再去看看其他人。”

司玥听到左煜这么说后，硬撑着的身子终于一软，倒在了地上。

“司玥！”左煜听到响声，回头一看，担忧地喊了一声，并伸手把她抱进了怀中。

左煜他们及时把火灭了，古城被烧了一小半，段平他们都只是晕了过去，不久便醒了，反而是司玥还在昏迷当中。

“左教授，师母怎么了？”杨琴问。

左煜看着怀中的人，说：“她恐怕是累坏了。”

杨琴松了一口气，没事就好。段平皱眉看了左煜怀中的司玥一眼，暗暗说了两个字：“娇气！”

就在这时，响起了沙沙的脚步声，脚步声不止一人，是一群人。左煜和其他人顿时抬头循声看去，十几个警员正押着廖七七、田波、周森朝这边走来，为首的是左煜他们在古墓考察时相识的江队长。

“左教授。”江队长走到左煜面前，笑着招呼了一声，目光在司玥的身上停留了一秒，愣了一下，“司小姐没事吧？”

左煜笑道：“没事。江队长，抱歉，我现在不能站起来和你说话。”

“哈哈，理解。”江队长紧接着说，“左教授，我们按照你提供的线索找到了六壬式罗盘，以及毁坏古城及文物的这几个人。”

左煜点头：“罗盘的下落是司玥发现的。”

“司小姐聪慧过人，我早就领教过了。”江队长笑了，然后转身对其中一名警察说，“把东西拿过来。”那名警察走了过来，递了几样东西给左煜。江队长接着说：“这是在廖七七身上搜到的，应该是古城里面的东西。左教授正在考察古城，所以请左教授看看它们是什么东西。”

左煜单手抱着司玥，另一只手一样一样地接过那名警察递过来的东西。

“这些都是兽骨，上面刻了字，是甲骨文。”左煜说。

段平和考古队的其他人听到左煜这么说，都围了过来。

“原来是甲骨文。”江队长恍然大悟，“那是珍贵文物了。不过，这上面刻的都是些什么字？问廖七七他们，他们只说不知道。”

左煜低头仔细辨认，段平等人也和左煜一样。最后，左煜和段平互看一眼，都有些意外。

马东看完后立即皱眉道：“有五个字是目前所收集的甲骨文中没有的，是什么字呀？”

胡然接口道：“目前为止，收集、保存的刻有文字的甲骨有十五万片左右，含有四千多种文字图形，能够识别的，也就是说知道意思的有两千八百个。这五个字不在那两千八百个字中，也不在那四千多种文字图形中，我们从来没有见过。”

“甲骨文字数又有突破了。”季和平说出了这个结论。

江队长看向左煜，等他的定论。左煜点头：“有五个字在目前所知的甲骨文中没有出现过。但是，其他这几片兽骨上的文字已经能说明这上边记载的是什么。”

“那么，记载的是什么？”江队长又问。

左煜对段平道：“还请段老也听一听，看我说得是否正确。”

段平点头：“你只管说。”

左煜道：“这是占卜部族存亡的记事，说的是部族有一场难以避免的浩劫。这场浩劫几乎让这个部族从世上消失，幸存的人只有隐忍才能苟活。但在三千多年后的一个乙丑日，部族有壮大的机会。”

“为什么是乙丑日，不是乙丑年？”段平问左煜，“这里只说了乙丑，并没有说是乙丑日还是乙丑年。”

左煜道：“这几片甲骨文上有五个字是目前收集的甲骨文中所没有出现过的，可见这些甲骨文是商朝时期的。商朝开始就有以干支纪日的做法，所以应该是乙丑日，而不是乙丑年。”

段平沉思半晌，赞成左煜说的。江队长明白了甲骨文的意思，点了点头，却又问：“那这个部族是什么部族？”

“息族。”左煜说完，看向廖七七，道，“你们真是息族人？”

廖七七哼道：“当然！”

左煜道：“史料中，息族在商朝就没落了，后来也没了记载。如果你们真是息族人，三千多年了，息族与汉族早就融为一家了。华夏子孙，同属一宗，几千年来，文明同源。而且，卜卦之辞，大多都是牵强附会，并不真实。现在是科技文明的社会，你们又怎么会相信几千年前的卜卦？”

“不管真假，我们族人都有让这座城池消失的使命。”廖七七说。

“这座城池是商王为一名妃子所建的，那名妃子的身份不明。不过，如今看来，那名妃子应该是出自息族吧？而且在商朝，本来就有很多息族女子嫁入商朝王室。后来息族没落，商王对息族人越来越冷落，也包括这位妃子。她悄悄让人算的这个卦辞记录不能随意毁掉，不然就不灵了。而她怕被外人看见，又想让息族同胞知道，于是藏在了城中，只传话给息族人，让他们找到这些记载，然后把城池毁掉。我说得对吗？”左煜看向廖七七、田波和周森。

“对。”廖七七说。

“息族人如今有多少？”左煜问。

廖七七嗤笑：“就剩我们三个了。”

大家不知道廖七七的话是真是假。江队长道：“无论怎么样，你们偷盗文物、损毁古迹、绑架他人，都是铁证如山，你们必须跟我们走一趟！”

江队长把廖七七、田波、周森带走了，而考古队还得留下来。他们找到了古城，接下来还有考察工作，那些烧掉一小半的古迹还有很大的研究价值。因此，考古队又撑起了帐篷。

快天黑时，司玥才醒来。她缓缓睁开眼睛，见到左煜的脸，她对他眨了一下眼睛。

左煜笑道：“你醒了？”

“嗯。”司玥说，“我好饿。”

“走吧，我们出去吃点东西。”左煜把司玥扶起来往外面走。

司玥一动，这才觉得浑身酸疼，脚也还是软的。左煜紧紧牵着她的手出了帐篷。

“千金大小姐醒了？”正在吃东西的段平见左煜牵着司玥出来，不由得说了一句。

司玥眯了眯眼，觉得面前的人非常讨厌，他怎么会是她的父亲？如果他真是她父亲，也难怪母亲会不告诉她父亲的事，连问都不让她问。

司玥吃完晚饭后再次接到了司焱的电话，听司焱的意思，段平符合她父亲的所有条件。司玥挂断电话就烦躁地把手机扔在了一边。

左煜带领考古队考察古城。过了两个多月，考察进入了尾声。司玥的心情一直不怎么好，尤其是看到段平的时候。

司玥的母亲司慧茹给姜哲涵打了许多次电话，问他怎么还和司玥待在荒芜的沙漠，怎么还没让司玥和左煜分手。

每次和司慧茹通完电话，姜哲涵都要追问去查左煜的人，问他们关于左煜身边的女人的调查结果。

皇天不负苦心人，姜哲涵得到了一条信息，十五年前，左煜身边出现过一个女人，叫夏莞莞。

你是我的药

十一月，白天的时候沙漠里面的气温依然非常高，到了晚上气温则迅速下降。因为温差太大，司玥有点感冒。左煜喂她吃了感冒药，她很犯困，在帐篷里睡觉。一个上午她就醒了一次，头还是有些晕沉沉的。

左煜和段平带着学生们对古城做最后的考察，再过两天，他们就可以离开沙漠回去了。

姜哲涵来看望司玥，问她的感冒好些了没有。司玥点头：“好多了。”

姜哲涵站着看坐着的司玥，看了好一会儿，叹道：“姐，你这几个月瘦了很多。现在还病了，左煜也不管你。”

司玥看了一眼姜哲涵，没有说话，神情恹恹的。姜哲涵又问司玥要不要吃东西，她摇头，却对姜哲涵说：“我还想再睡会儿，你出去吧。”

姜哲涵蹙眉：“还要睡？是不是感冒还没好？”

司玥没有回答，又一头栽了下去，要睡。她举起手臂一挥，示意姜哲涵出去。姜哲涵只好说：“那你再休息一会儿吧。”说完转身出去。

走了几步后，姜哲涵忽然又顿住脚步，转身轻轻地走到司玥的面前。她果然又闭上了眼睛。他伸手在她额头上摸了一下，没有发烧，他放了心。他站着看了她一会儿，她的脸色不太好。他的目光移到她的唇上，想起了两个月前他喂她喝水的样子，他的唇紧贴着她的唇，那柔软的感觉让他心神一颤，每次想起就会心跳加快。

姜哲涵看着司玥，不由自主地蹲下了身子，然后低头，情不自禁地在她唇上一吻。司玥的眼皮微微一动，但是并没有醒来。

“你在做什么？”

一声沉喝把流连在那柔软的触感中的姜哲涵唤醒，姜哲涵的唇离开了司玥的唇，转头一看，只见身材颀长的左煜站在门口，对方脸色肃沉。姜哲涵缓缓站起身来，咳了一声，说：“她病了，我在这里看着她。”

左煜道：“你出来！”

姜哲涵跟着左煜出了帐篷。左煜转身盯着姜哲涵，想起了两个多月前对方喂司玥水的那一幕，当时算是情有可原，而刚才的情况他就绝对不容许了。左煜警告姜哲涵：“司玥是我女朋友，你是她法律名义上的弟弟，不要对她有非分之想。”

姜哲涵笑道：“只是法律名义上的弟弟，我和她没有丝毫的血缘关系，我喜欢玥玥没有违背任何伦理道德。”

左煜道：“如果我和司玥不是男女朋友你才能说这样的话。”

姜哲涵哼了一声，不甘心地道：“我从小就喜欢她，你和她才在一起多久？而且不管是司家还是玥玥的妈妈，都反对你们两个人在一起。”

“而现在我还是司玥的男朋友，司玥家人对我和司玥在一起的态度这事和你没有关系，不是你乘人之危的借口。”

姜哲涵心想，他口口声声说是司玥的男朋友，而司玥都生病了他还只顾着考察，不在她身边照顾她，他又有什么资格做她的男朋友？

左煜说完转身就进了帐篷。

姜哲涵心里非常不痛快。

左煜走到司玥面前，也伸手摸了一下她的额头，然后坐在她旁边守着她。古城那边本来还有一点工作，左煜拜托给了段平，所以提前回来了。

司玥再次醒来时，见左煜坐在身边，不由得问：“晚上了吗？左煜，你们考察完了吗？”

左煜把她扶起来坐好，说：“还是中午。考察的事这两天可以做完，再过几天我们就可以回去了。你感觉好些了吗？”

在左煜面前司玥便开始撒娇了，她噘着嘴无精打采地说：“头晕晕沉沉的，浑身无力。”

左煜柔声说：“等吃了饭再吃一次药。”

“左煜，你就是我的药。”司玥把头靠在他肩上，懒懒地说。她最近心情不好，而他又在忙着古城考察，没有时间陪她。

左煜单手搂着她的腰，低下头，轻轻吻她的眼睛、鼻尖，还有红唇。司玥酸软的身子瘫在他的怀里，任他吻她。片刻后，司玥的脑子清醒了一些，她在他怀中仰了仰头，开始回应他的吻，舌尖和他的舌尖纠缠在一起。

两人分开时，司玥又懒懒地说："我又没劲了。"

左煜忍不住笑了："别硬撑着，等你感冒好了，你要怎么样都依你。现在去吃点东西，补充点能量。"

司玥不知道左煜从哪里弄的粥，她已经很久没吃过米饭了。她端着那碗粥一口气喝完了。

傍晚，温度不那么高了，司玥的感冒也已经好很多。左煜牵着司玥在帐篷附近散步。

"司玥，现在能告诉我你最近怎么了吗？或者说，那天那个电话的内容是什么？"司玥这些日子闷闷不乐，左煜都看在眼里。他还看出她不想提，他便没有问。现在过了这么久，她心情也没有好，还生病了，他觉得他应该主动问她了。

司玥停下脚步，看着黄昏中的沙漠，竟很平静地说："我哥查到了我父亲的下落。他是考古学家，叫段平。"

左煜吃了一惊："确定了？"

"我哥前两天又打了电话来，确定了。"司玥自嘲地笑道，"那么让人讨厌的老头竟然是我爸。我不想和他相认，也不想质问他为什么抛下我和我妈两个人了，因为我真的很不喜欢他。他也非常不喜欢我，对我有偏见。从此以后，我再也不会提我的父亲了。"

左煜想起段平一见司玥就对她有偏见的事来，心中有些疑惑，觉得哪里不对劲，但是又说不好。他想，他应该找段平谈谈了。

和段平讨论完这次的古城考察后，左煜对段平道："段老，我有一个问题一直想问您。"

段平笑道："什么问题？"

左煜很认真地问："段老为什么对司玥有偏见？从你们第一次见面您就是这样。"

段平没想到左煜会问这个问题，他的目光微微一闪，道："没有原因，我对她也没有什么偏见。"

左煜道："您对司玥的偏见非常明显，考古队的所有人都知道了。"

段平坚持道："我对她并没有偏见。"

左煜沉默了一下，道："司玥和许多其他家境好的女孩不一样，她聪明骄傲却不自大，随性豁达，娇柔却并非不能吃苦，她的父母应该为有这样的女儿而感到骄傲。"

段平沉默不语，心中却想：骄傲？是傲慢吧！随性？是任性吧！娇柔？应该是娇气才对。

左煜说完这些便转身离开了。

古城的考察终于告一段落，司玥和考古队的人骑着骆驼离开沙漠。

结束古城考察后，左煜和段平谈起了息族人，想对息族人着手进行研究。而就在左煜给江队长打电话要问问息族人的事时，被告知廖七七、田波、周森也自尽了。当初廖七七说息族人只有他们三个了。那么，现在，息族人是彻底从这世上消失了吗？

回去的途中经过发现古城的黄丘北的小卖部，左煜跳下骆驼，让司玥等他一下，他去买点东西。段平和其他人继续往前面走。不过，走了一段距离后，段平折返回来，他也想到要买一样东西，所以让学生们先走。

忽然，司玥听到了身后啊的一声喊叫。她赶紧回头看，只见段平的下半身陷入了黄沙中。沙子还在流动，他的身子还在继续往下降。

流沙！司玥一下子反应过来，跳下骆驼便朝段平走去。

"把手给我！"司玥走到段平面前，果断地说。

段平一动，他的身子越沉越快，就快淹没脑袋了。司玥皱眉，走过去主动拉起段平的手。段平说："你快走！你那里也开始陷了。"

"我不会让你死的！你抛弃了我们母女，别想这么容易就死掉！"司玥大声说道，并没有离开，使劲拉着段平的手。她的力气不大，但是段平因为她沉得慢些了。后来，司玥的力气实在承受不住段平的重量了，她心中一慌，松开了段平的手。

段平讥笑一声，她就这样跑了。而很快，段平就发现司玥牵着骆驼朝他走来。在离他还有大约一米远时，司玥把骆驼身上的绳子放下来，扔给他。然后一拍骆驼，骆驼就朝沙漠前面奔跑了。段平的手拉着骆驼身上的绳子，顺利被骆驼从流沙里拉了出来。

安全之后的段平倒是觉得司玥聪明，转身去看司玥，见她摔了一跤，正好摔在他刚才陷入的流沙里，身子迅速地往下沉。段平一惊，又转身去救司玥。

买完东西的左煜回来，远远地就看到司玥陷入流沙里了，撒腿就跑。就在沙子到了司玥的下巴时，左煜到了司玥那里，伸手把她拉了上来。

段平看着被左煜牵着的司玥，想起刚才他身陷流沙时她说的话，犹豫了一下，还是问："司小姐没事吧？"

司玥淡淡地嗯了一声，然后不理段平，转身要往前面走。

"你刚才说的是什么？"段平叫住司玥。

"没什么，我什么都没说。"

段平沉默了一下，说："我听到了，什么抛弃你们母女？"

司玥不想和他多说，还是要走。

段平道："莫非你不是司慧茹和别的男人的女儿？"

司玥停下脚步，转身，半眯着眼看着段平。

"我没有父亲！"她一字一句地说。

段平听出了司玥的意思，他皱眉道："难道你是段琨的女儿？"

司玥疑惑地望着段平。

出了沙漠，一阵寒风刮来，司玥打了个寒战。大家下了骆驼，找到了停放车子的地方，由马东去还骆驼，其他人等马东还了骆驼再开车离开。

左煜和段平一行人告别。司玥为了躲避寒风，坐在了车里，而坐在车里的她却在发呆。

刚才段平说："段琨是我的弟弟，二十五年前和你母亲分手后就失踪了，到现在都杳无音信。"

原来，她的父亲叫段琨，但是在二十五年前，也就是她还在她母亲肚子里时，他就失踪了。段平一直认为是司慧茹的原因才让段琨失踪，所以一见到司玥就讨厌她。

那边，左煜和段平告别后，手机忽然响了，屏幕显示是一个陌生号码。左煜接起来喂了一声。

电话里传来女人的声音："是我。"

女人的声音和左煜多年记忆中的一个声音相像，却又不完全一样，但是，仅凭这个声音和她刚才说的那两个字，左煜的脑海里就已经浮现出一双澄澈的眸子和清丽的面容来。他握着手机站在阳光照耀下的黄沙中，愣了半晌，有些不确定地问："谁？"

“左煜，我是莞莞。”

脑海里那双澄澈的眸子正含笑望着他，左煜抬头，看着广阔的天空，淡声道：“是你？”

“是我，左煜，好久不见。我们能见一面吗？”

“我不在家。”

“你在外面带队考察吧？听说你选择了考古事业。”

“嗯。”

“那是你一直以来的理想，你实现了，我很为你高兴。”顿了一下，夏莞莞的声音低了几分，“左煜，能告诉我你什么时候回来吗？”

“还有两三天。”

“那我们三天后再见，可以吗？”

左煜沉默了一下，说：“可以。”

“下午三点，在老地方好吗？”夏莞莞问。

左煜道：“好。”

左煜挂断了电话，还站在原地，有些失神。

司玥在发愣中回过神来，目光望向车窗外，正好看到左煜失神的样子。她降下车窗，冷风一下子灌了进来，她打了个喷嚏，喊了左煜一声。左煜回神，抬起头看向司玥，朝她走去。

走到司玥的车旁，左煜拉开车门上了车。司玥已经把车窗关闭了，但她还在打喷嚏，前几天的感冒还没好彻底。左煜伸手抚摸着她比从前瘦削了些许的脸庞，说：“回去了好好补补，这么憔悴，看上去像是我欺负了你。”

司玥眯眼一笑：“好啊，我要十全大补。”

左煜说：“可以。”又看了她一眼，“系好安全带，我开车了。”

司玥娇滴滴地道：“亲亲教授，我要你给我系嘛。”

左煜无奈一笑：“司玥，我起鸡皮疙瘩了。”他虽然这么说，但是倾下身去给她系安全带，系好后，亲了一下她的额头和鼻尖，准备坐正。司玥道：“别人都说我的唇漂亮性感，看着就想亲，教授觉得呢？”

左煜又亲了一下她的唇，然后正色道：“姜哲涵说的？”

司玥不过是逗他的，没料到他突然就提到姜哲涵了。司玥媚眼含笑，故作惊讶地道：“教授怎么无缘无故地提到他了？”

左煜不说话，直接又吻住了她的唇，吮吸一番才坐正了身子，说：“能对一个女人说出这种挑逗的话，只能证明那个男人居心不良，姜哲涵就是对你居心叵测，不是他会是谁？”

司玥笑眯眯地道：“教授的反射弧是不是太长了点？几个月前的事了现在才来吃醋，我以为你并不在乎呢。”

左煜的眼睛平视前方，从容地道：“哪个男人看到别的男人亲自己的女人会不在乎？”

“‘自己的女人’这种话不像是教授会说的呢。”司玥很受用地笑道，“真动听。”

左煜睨了她一眼，发动车子。后面两辆黑色吉普车紧跟其后，几辆车子驶过，沙尘飞扬。出沙漠后，那些高高卷起的沙尘渐渐都向后退去，最后没有了踪影。

司玥跟着左煜到了考古所，左煜把古城考察的报告写好后，考古所所长给左煜和左煜带领的考古队队员放了假，让他们好好休息一番。

司玥没有在考古所看到傅红雪，她无意间听到杨琴和马东他们几个说傅红雪去别的地方做拯救型考察了。

左煜和司玥一起回A城，到了A城已经是四天后了。左煜把司玥送到公寓门口时接到了夏莞莞的电话，夏莞莞问他回来没有。左煜说：“回来了。”

“那明天有空吗？明天见面吧？”夏莞莞说。

左煜答应了，问了夏莞莞住的地方，把见面地点约在了她住的酒店附近，时间是下午三点。

第二天下午三点，左煜准时到了约定的咖啡馆。他走进咖啡馆时，靠窗边的一个位置上坐着一个穿白色毛衣正低头看菜单的女人。她似乎发觉了他，缓缓抬起头来，然后站起身来，轻轻喊了一声“左煜”。

左煜点了一下头，不急不缓地喊了声“莞莞”。

“左煜，这些年你怎么样？你过得好吗？”两人点了咖啡后，夏莞莞看着他说。

左煜道：“挺好的。你呢，杳无音信，去哪里了？”

夏莞莞说：“在英国伦敦待了两年，后来一直住在巴黎。”

左煜看着比以前成熟许多的夏莞莞，说：“长高了不少，看来你真挺好的。这就好。”

夏莞莞咬了咬唇，然后笑道：“我坐着你也看出我长高了吗？”

“嗯，你以前坐着的时候可没这么高。”

“那时，我们常常坐在公园里看书，你的确比我高很多。啊，对了，等会儿我们再去那个公园看看好吗？”

左煜缓缓地说：“那个公园已经不在了，那里变成了一间饭店。”

夏莞莞一愣：“那家鱼丸店呢？还在吗？”

公园旁边有家鱼丸店，鱼丸很出名，生意非常好，每天都排很长的队。夏莞莞最喜欢吃那家的鱼丸，左煜常常在那家店还没开门时第一个在门前站着，每天第一串鱼丸都是他买的。买到鱼丸的他迅速跑回家，敲他家隔壁的那扇门，门一开，他就把鱼丸递给来开门的人，让那个人把他买的鱼丸带给她。那时，他住在她家对面。

两个人都沉浸在回忆中。最后，左煜最先回神，他说：“那家鱼丸店没有在那里了，搬地方了。”

“搬去哪里了？”

“在市中心的美食城里。”

“哦，不知道味道变了没有，好想再去吃一回。”

左煜笑了一下：“都多大了，还喜欢吃？”

“嗯。”夏莞莞说，“因为我喜欢就会喜欢一辈子。”

左煜看着夏莞莞，夏莞莞也看着他。良久，左煜的目光从她身上移开，低头，视线落在咖啡杯上，端起咖啡喝了一口。

左煜和夏莞莞认识时，他十八岁，她十七岁，他住在她家隔壁。她家有扇铁门，有很多次他都会翻过那扇铁门去找她。他们父母不在家，她家里的灯坏了时，她到他家睡。有一次他趁她睡着时，突然鬼使神差地亲了一下她的额头……

“左煜，我现在还是一个人。”还在回忆中的左煜忽然听到夏莞莞这么说。

夏莞莞说完就有些尴尬，她也不知道自己怎么忽然就说出这种话来。左煜没想到她话锋一转，微微愣了一下，笑道：“是太挑了吗？”

夏莞莞咬了咬唇，摇头不语。左煜也突然不知道说什么好。两个人面对面地坐着，很沉默。刚才还在叙旧，这时的气氛却有些压抑。最后，夏莞莞还是忍不住问：“左煜，你结婚了吗？”

“没有。”

夏莞莞微微启唇，还要问什么，却听左煜说：“不过，我有女朋友。”

夏莞莞一愣，有些不自在地笑道："你这么优秀，没有女朋友才奇怪。"顿了一下，又收起了不自在，轻松地笑道，"谈过几次恋爱呀？"

左煜好笑道："你这是在查户口吗？"

"快说说呗。"

左煜想到司玥，目光之中浸满笑意："一次。"

"就是现在的女朋友？"

"嗯。"

"她叫什么名字？是怎样的一个人？"

左煜不自觉地放柔了声音："她叫司玥。"

"不说她是怎样的一个人，那就是很喜欢她了？"

左煜笑道："是。"

夏莞莞神色一暗，很喜欢就是爱吗？她想问他是不是打算和那个叫司玥的女人结婚，但是话到嘴边却没有问出口，她不敢问。她在国外十五年，每天都在思念他，她在想他一定也是喜欢她的。最后，她不顾一切地回来了，可是他有了喜欢的人。十五年前的那天，他让她第二天在公园等他，他有话对她说，而她没有去。那一次他想对她说什么？是不是那一次她错过了他就永远错过了？她现在回来已经什么都不能对他说了。

"那改天有机会把你女朋友叫出来吃顿饭吧，我们认识认识。"最后，夏莞莞说。

左煜道："我问问她。"

"好。"

两个人又说了一些叙旧的话，夏莞莞说先请左煜吃晚饭。左煜道："你才回来，应该是我请你。"

夏莞莞笑道："那我就不客气了。"

左煜叫来咖啡馆的服务员把账结了，然后和夏莞莞去吃晚饭。

司玥睡到中午的时候接到母亲司慧茹的电话，司慧茹让她立即去姜家一趟。等挂断了电话，她外婆也打电话来，让她马上回司家。司玥不用想就知道他们要对她说什么。不管是姜家还是司家，司玥都不想去，直接推托说她感冒了，要睡觉，等过几天再去，然后挂断了电话。

司玥自己吃了午饭之后，开始查段琨的资料。奇怪的是，考古界没有段琨这个人。而段平对她说的是段琨也是考古学家，曾经和她母亲非常相爱，但是后来两人不知为什么大吵了一架，分开后就再也没有音信了。司玥觉得很奇怪，段琨既然是考古学家，为什么她查不到他的信息？

司玥给司焱打电话，约他一起吃晚饭。到了下午五点半，司玥到了约好的餐厅，直接进了VIP包房，而司焱六点才来。

“司焱，你迟到了！”司焱进来时，司玥不满地道。

司焱看到司玥已经好好地坐在位置上了倒是吃了一惊：“以前你总是比约定的时间晚半个小时，今天怎么这么积极？”

“我饿了啊。还有，我有事情问你。”

司焱已经猜到她要问什么了，他叫来服务员把菜点了，然后看着她，说：“问吧。”

司玥道：“你找谁查的？说段平是我爸，我爸是段平的弟弟段琨。”

司焱也很奇怪，他说：“我们好不容易才查到你爸是考古学家，姓段，五十多岁，在G考古所，是教授，符合这个条件的只有段平。”

司玥明白了：“段琨——我爸的信息被人抹去了。”

司焱正色道：“你怀疑是奶奶指使人做的？”

“肯定是外婆。她从来不告诉我关于我爸的事，反对我找爸爸，还不准我提。”

“那你还要坚持找吗？”司焱问。

司玥坚定地点头：“当初我想找到他，看看他长什么样子，质问他一个男人为什么这么不负责。现在他失踪了，我更想找到他，看看他躲到什么地方去了。”

司焱沉默了一下，说：“司玥，我马上要去一趟温哥华。找你爸的事我不能亲力亲为了，奶奶那里我也不能给你遮挡了。”

司玥说：“没关系，你把你的人脉和人手给我就是了。”

“可以。”司焱点头。

服务员进来上菜了。等服务员把菜放下后，司玥才问：“你去温哥华找小慕吗？她好多年没回来了，我怪想念她的。”

司焱沉默了一下，说：“去温哥华出差，顺道看一下她。”

司玥漫不经心地哦了一声。

吃了晚饭，司玥挽着司焱的手臂走出包房。她嬉笑道：“哥，我这样挽着你，你可能更找不到女朋友。”

司焱也打趣道：“你要是没男朋友，别人看着我在你身边，你也找不到男朋友。”

“所以，我们郎才女貌。可惜了我们身处现代社会，要是在以前，表兄妹亲上加亲，还是美事一桩呢，是吧？”

两人开着玩笑，走到了餐厅门口。司玥抬头看门外时，看到了背对着她的左煜，还有和他并肩的一个娇小女人。她的脚步不由得一顿。

而司玥的笑声清晰地传入了和夏莞莞走在前面几步的左煜耳中。左煜立即转身，见司玥挽着一个英俊不凡的男人，男人脸上挂着宠溺的笑容。他没见过司焱，但他猜到了。他冲司焱点了一下头，然后看向司玥，喊了她一声，轻声道：“你们在这里吃饭？”

司玥的目光却停在左煜身旁的夏莞莞身上，只见眼前的女人清丽脱俗，给人一种温柔似水的感觉，看上去很舒服。她不由得多看了几秒，然后才将目光转向左煜，意味深长地道：“你们也来这里吃饭？”

左煜点头，对司玥介绍：“这是我多年以前的好友，叫夏莞莞。”然后对夏莞莞说，“我女朋友司玥。还有，司玥的哥哥。”

刚才司玥打量夏莞莞的时候，夏莞莞也在打量司玥。夏莞莞从没见过这样漂亮的女人，媚骨天成，妖娆摄人心魂。这样的女人怕是让许多男人爱慕不已的。听左煜说面前这个女人就是他的女友，她惊讶于左煜竟也会喜欢上这样妩媚的女人，又觉得他们在一起郎才女貌，天造地设，让人羡慕。夏莞莞失神了好一会儿，笑着招呼司玥：“你好，司小姐。”

司玥点了一下头，又看向左煜，正要开口说什么，司焱就说：“我忘了还有一件重要的事。司玥，我就不送你了，我先走了。”

司玥放开司焱的手，朝他挥手，示意他有事快走。然后，司玥对左煜说：“我也要走了。”

左煜道：“我送你。”然后对夏莞莞说，“莞莞，这里离你住的酒店也近，走五分钟就到了，很方便。”

夏莞莞笑道：“我知道了，不会迷路的，你们走吧。”

左煜忽然蹙了一下眉，以前的她方向感很差，总是迷路。他道：“我和司玥送你过去吧。”

夏莞莞抿了抿唇，笑着说：“左煜，不用了，我已经不是小孩子了。你和司小姐先走吧。”

这家餐厅离夏莞莞住的酒店非常近，左煜也不再坚持，和司玥率先离开了。

夏莞莞抬头看着左煜和司玥的背影，心里难过。要是以前，他一定会送她到门口的。

“左煜，这些年我真的好想你。”夏莞莞的眼睛涩涩的。她抬手揉了揉眼睛，往酒店走，却不知走到什么地方去了。这里的一切都变了，她迷路了。

司玥也没开车出来，因为这里离她的公寓也不远。她的手被左煜牵着，她和他在街上缓缓走着，就当是在散步。

“司玥。”在人行横道前等绿灯时，左煜轻轻喊了她一声，缓缓说，“我喜欢过莞莞，在我十八岁的时候。”

司玥看着前方车来车往，笑道：“我猜到了，或许不只是喜欢。左煜，你爱她吧？后来怎么分开了？”

左煜道：“我和她没有在一起过，有一天，她和她的父母无声无息地消失了。”

他没有反驳她的话，司玥就明白了。她漫不经心地道：“哦，爱而不得，这是最让人难忘的吧？”

“司玥，不要多想，已经过去十五年了。”左煜扳过她的身子，让她和他面对面地站着，他低头看着她的脸。

司玥眨了一下眼睛，轻笑道：“我知道。但是，我想我说错了一句话，你不是没有刻骨铭心的爱情。”

左煜把她抱在怀中，低头在她耳边说：“司玥，那不叫刻骨铭心的爱情，那只是少年时的一段情怀。”

“哦。”但是司玥认为，即使是少年的情怀也是最难忘的情怀。而那一段岁月，她没有参与，也无法置喙。左煜没有错，这事却让她不甚唏嘘，又有些不是滋味。因为在过去的几个月中她就觉得他把热情都给了别人，而今天她知道了那个人叫夏莞莞。

司玥在他怀中抬头，不满地道：“教授背我绕着市中心走一圈吧，惩罚你在我没出现的时候爱过别人。”

那要走好几个小时。

左煜说：“好吧。”

他转身蹲下身子，司玥一下子就跳了上去。

左煜把司玥背回公寓时，夜已经很深了。

左煜背着她绕着市中心穿过了各个大街小巷，从黄昏走到了灯光璀璨的夜晚，这时左煜的额头上已经冒出了几颗汗珠。他看着她直勾勾的眼睛，忽然低头吻住了她的唇，双手紧接着放在她的臀上，稍一用力就把她整个人都提起来了。他一边吻她一边抱着她往卧室走。

司玥早上起来的时候没看到左煜。她走出卧室，来到客厅，听到厨房有声音。她穿过客厅，走到厨房门口，透过玻璃门看到了左煜在里面忙碌的身影。她拉开玻璃门，走到左煜身后，从背后抱着他，露出脑袋笑眯眯地道："教授早啊。不过，我记得我这里没有食材呀，在做什么呢？"

左煜侧头看了司玥一眼："你还好意思说，你每天都在外面吃吗？"

"我不是才跟着你从沙漠回来吗？当然没有买食材。不过，以前也很少买。"

"我就知道。"左煜又回头看火。

司玥说："我从来没做过饭。"

"你一个人住在外面都是怎么过的？"

"去餐厅吃啊，或者叫外卖，或者回司家，偶尔去姜家，反正不会挨饿。"

左煜说："司玥，我教你做饭吧。以后我不在，你可以自己做一点，再好的餐厅都不如自己做的健康。"

司玥噘嘴道："为什么不是请阿姨来做饭？"

"当然也可以，但是你不是一直没有请吗？"

"为什么我们要分开，你会不在？"司玥又闹别扭了。

左煜轻声道："无论怎样，我总有不在的时候。"

"我就不学，让你惦记着我还一个人在家挨饿。"

左煜忍不住笑了，关了火，把锅里的鸡蛋装盘，转身看着她，却是一本正经地说："无论什么时候我都会惦记着你。"

吃了早饭，左煜陪司玥逛街。看上一件衣服司玥就去试，然后问左煜好不好看，左煜都笑着点头："好看。"

衣服、鞋子、包包，司玥买了许多，左煜两只手都提不动了。

"好累啊。"司玥说。她已经很久没逛街了，逛街是个体力活。

左煜找了个地方休息，然后和司玥吃饭，最后去看电影。司玥说：“吃饭、逛街、看电影……教授，有没有别的新鲜的约会方式？”

左煜很认真地想了一下，说：“没想到。”

司玥笑着瞪了他一眼：“没情趣！”

就在这时，左煜的电话响了，是考古所的所长打来的。左煜接起来喂了一声。然后，他听到电话里说：“左教授，你受邀参加三天后的考古学术研讨会，地点在R博物馆，早上九点开始。”

R博物馆就在这个城市，也就是左煜和司玥相遇的那家博物馆。左煜对着话筒说了句：“好，我会准时参加。”

左煜和司玥看完电影回去已经是晚上九点了。两人都有些疲惫，而躺在床上就又如胶似漆地纠缠在了一起。

突然门铃响了，声音越来越急促。左煜让司玥在床上休息，他穿好衣服去开门。

左煜穿过客厅，走到门口开门，门外站着两个人。一个中年妇女，还有一个老太太。中年妇女的容貌和司玥非常像，左煜一下子就猜到两人的身份了。

“伯母？司老夫人？”

门外站着的正是司玥的母亲司慧茹和司玥的外婆司老夫人。

决绝

司慧茹和司老夫人听司玥提过左煜，她们虽然没见过左煜的人，但在司玥的公寓里见到男人，她们不用想也知道是谁。更何况，她们面前的男人虽然穿戴整齐，但脖子处的吻痕却清晰得很，司慧茹和司老夫人的脸沉得可怕。

“你就是左煜左教授？”司老夫人板着脸，看着左煜。

左煜道：“是的。”

“教授不带学生，不搞研究，深更半夜却在我外孙女这里，现在你们这些教授的作风都是这样的吗？”司老夫人虽然说得很慢很轻，没有大喝，但是话语之中的尖刻和嘲笑却非常直接。

左煜知道司玥的家人不赞成他和司玥在一起，他没有怪他们，他知道原因。左煜和和气气地对司老夫人和司慧茹说：“二位先请进来说。”

司老夫人率先踏进房门，司慧茹紧随其后。两人走进客厅，扫了一眼卧室的方向，卧室还关着门。她们眉头一皱，在客厅的沙发上坐下，然后都脸色不善地盯着左煜。

左煜去倒了两杯水，放在司老夫人和司慧茹面前的茶几上，然后坐在她们对面，语气和缓地道：“司老夫人、伯母，我对司玥是真心的，我很珍惜和司玥的感情，希望和她一直在一起。二位是司玥至亲至爱的人，你们都在为她考虑，我很理解你们的心情，也知道你们在担忧什么，你们是怕我因为工作而不能照顾到司玥。”

司老夫人见左煜态度诚恳，有礼有节，脸色缓和了些，道："你是教授，是国家栋梁，既然知道这些道理，我们也不用多说，就开门见山了。左教授，为了玥玥着想，希望你离开玥玥。"

司玥在卧室里面听到了说话声，她没想到这么晚了外婆和母亲竟然会来。她霎时坐起身来，穿好衣服就打开卧室门。

左煜和司老夫人、司慧茹听到开门声，都朝卧室门口看去。见司玥穿着睡衣站在那里，脸上还有可疑的红晕，司老夫人刚缓和了的脸色又沉了下去，司慧茹也皱着眉。

"我是不会和左煜分手的！"司玥说，"这是我和左煜之间的事。是我和左煜恋爱，不是你们和他恋爱。幸不幸福是我来感受，不是你们凭空想象的。就算是左煜去偏僻得不能再偏僻的地方，我们一年半载都见不到面也是我的选择。"

"司玥！你现在简直是鬼迷心窍！你和他才相处不到一年，就以为感情很深了是不是？以为只要有爱就能克服一切？你不要太天真了！一辈子那么长，会发生很多你想象不到的事。我坚决不同意你们两个在一起！"一直没说话的司慧茹冲司玥说。

司玥道："妈，不要把发生在您身上的事想象到我身上。"

司慧茹听她这么说，脸色非常难看。而司玥继续道："您和外婆都不告诉我爸爸是谁，但是你们这么反对我和左煜，我就能猜出个大概。我不知道您和我爸是因为什么分开的，或许就是因为不能忍受分隔两地。但是，我是我，我如果真不能忍受了，我就去找他，天涯海角我都要找到他。"

"不要提你爸！"司慧茹和司老夫人同时出声喝住司玥。

司玥昂首："是，你们不要我提。我没有爸爸，从来就没有，也不能奢望有。你们都很爱我，我因此不需要再有父爱。父爱是个什么东西？没有它，我也长这么大了。"

她的语气忽然变得很轻很轻，但听了却让人难过。

司老夫人和司慧茹忽然不说话了。左煜从沙发上站起身来，走到司玥面前，也不顾还有人在场，张开双臂将她搂进了怀中。司玥的头靠在左煜的胸膛，突然觉得很难过很委屈。左煜抱着司玥微微侧转了身，他看着司老夫人和司慧茹，说："你们担忧的事情不会发生，或许伟大的爱情是不管多远不能见，不管多久不相见都依然深爱，而我不希望我和司玥这样，我不舍得司玥受相思却不能相见之苦，我和司玥的爱情是自私的，我想一直都牵着她的手，她需要我的时候我都在。”

司玥听左煜这么说，愣了一下，从他的怀中抬起头来看着他。

司老夫人嗤笑：“她需要你的时候你都在？你怎么在？不做考古研究了？”

司玥皱了一下眉。

左煜道：“我自有打算。”

司老夫人从沙发上站起身来，依然语气强硬地道：“今天时间也晚了，我不想多说。总之，我不会同意你们在一起，除非你不做教授了。”说完，司老夫人叫上司慧茹，说了声“我们走”便离开了。

司玥眉头深锁，左煜抬手轻抚她的眉毛，说：“司玥，相信我。”

司玥看着他：“你想做什么？不准听她们的话！”

左煜笑了一下，只说：“不要担心。”

司玥仍然盯着他，左煜低头吻她的眼睛。

考古学术研讨会在R博物馆如期举行。司玥接手了司焱给她的人马，让人继续调查段琨的消息后就去博物馆找左煜。她没有开车，直接打车去。车子停在博物馆前，司玥打开车门下车，眼前是几十级台阶。她穿着黑色高跟鞋一步一步地缓缓朝台阶上走，红色风衣的衣摆被秋风吹起，墨黑的鬈发也随风飞扬，她想起和左煜初见的情形来。那时，她走在这里的台阶上，忽然崴了脚，身子向后仰，她的腰上霎时传来一道力量，然后她落在了男人宽阔的怀抱中。她第一眼就看上了他。

想到这里，司玥的嘴角高高扬起，更加缓慢地在台阶上走。她计算着时间，等她走完台阶，研讨会刚好结束，她一抬头就能看到左煜了。

五分钟后，司玥走上了最后一级台阶。她抬头，不少人陆陆续续地从博物馆门口出来，她没看到左煜。司玥一直站在最后的那级台阶上等左煜。片刻后，参会的人似乎都走完了，左煜还没出来。司玥感到奇怪，抬脚要进去找左煜却忽然看到西装革履的左煜从里面出来了，旁边还有一个女人，是夏莞莞，两人有说有笑。

司玥把抬出去的脚收了回来，站在原地看左煜和夏莞莞。

左煜也发现司玥了，侧头对夏莞莞说了一声，快步走向司玥。

“你怎么来了？”左煜含笑看着司玥。

司玥说：“我是无业游民啊，无聊得很，所以就来找你了。”然后意有所指地道，“怎么？你怕我来这里啊？”

左煜捏了一下她的鼻子。

夏莞莞也走上前来，笑着和司玥打了个招呼，然后对左煜说：“那我先走了，不要忘了明天上午九点。”

“好。”左煜点了下头。

等夏莞莞离开，司玥昂首看着左煜。左煜道：“莞莞进了A市地理杂志社，有个五千年前古文化探究的专题要采访我，时间定在明天上午九点。”

司玥哦了一声，不再继续这个话题。左煜牵起她的手往台阶下走。

第二天，夏莞莞采访完左煜，请他吃饭。饭后，两个人刚走出餐厅一会儿就下起了大雨。A市的停车位紧张，从餐厅到左煜停车的地方要走二十多分钟。左煜把西装脱下来递给夏莞莞，让她挡在头上，并说：“雨太大，我们去那边躲躲。”

夏莞莞接过左煜递给她的西装，举在头上，然后顺着他指的方向一看，前方三十多米的地方有一个公交站台，可以挡一下雨。她点了一下头，说：“好。”

左煜和夏莞莞快速跑到了那个公交站台，夏莞莞把左煜的衣服从头上放下来，气喘吁吁地笑道：“左煜，以前我们去爬山遇到的那场雨也有这么大，我们都被淋成了落汤鸡。”

左煜想了一下，点头，说：“你一回家就发烧了。”

“嗯，那天我爸妈不在，是你一直守着我的。”

左煜看着眼前的瓢泼大雨，只点了一下头。

忽然，左煜垂在身侧的手被人捉住。

“左煜……”

一道微弱的声音也跟着响起。

左煜侧头，见夏莞莞微微躬身，脸色有些苍白，她的手拉着他的手，借他的力。

“怎么了？”左煜反握住她的手，让她不至于摔倒。

夏莞莞不说话只摇头，过了好一会儿才把手从左煜的手里抽出来。左煜见她的脸色仍然不好，不由得问：“生病了？”

“没有。”夏莞莞朝他微笑，“不用担心。”

左煜半信半疑。

夏莞莞补充："每个月都会这样，是身为女人的烦恼。"

左煜顿时明白了，不再说话。

两个人静静地站在那里等雨停，谁也没说话。因为叙旧的话都说过了，刚才吃饭的时候，左煜和她也几乎都在谈古文化，没有其他的话题。十五年没见，他们之间已经非常生疏了，有许多的隔阂。夏莞莞叹息，时间真是无情。

左煜一直在看手表，十多分钟后，雨势渐渐小了，夏莞莞对左煜说："我们走吧。"

左煜见她的脸色依然苍白，问道："你没有问题吗？"

夏莞莞微微皱了一下眉，却依然道："没有问题。"因为她看到左煜频繁看表，知道左煜还有事，虽然她私心想和他在一起，但是她知道他已经有女友了。她再难过心痛也只是她一个人的事了。

左煜又让她把他那件衣服举在头顶遮雨，雨没有刚才那么大了，衣服举在头顶很有效。

到了左煜停车的地方，左煜和夏莞莞上了车，他把夏莞莞送到酒店后就驱车离开了。夏莞莞看到他的车子渐渐消失，心里空荡荡的。

研讨会结束之后，左煜的假期也结束了，他得去一趟考古所，还有他带的那些学生们，他得考查一下他们。

考古所离A市有三个多小时的车程，司玥因为母亲病了所以没有跟去。

司玥从司慧茹的房间出来就打算离开，被姜哲涵拦住："妈妈那天从你那里回来就生病了。"

司玥斜睨着姜哲涵："你想说我妈生病是被我气的？"

姜哲涵道："差不多就是这样。"

司玥失笑："那我早该离开了。"

说完，司玥想拿开姜哲涵拦在面前的手，伸出的手却被他反手握住："听说左煜离开了，你这么着急走是又想去找他吧？"

"是，但这不关你的事。"

姜哲涵说："我给你看一样东西！"说完，拉着司玥的手就朝他的房间走。到了房间，姜哲涵转身把门反锁了。

司玥半眯着眼看着姜哲涵："你干什么？"

姜哲涵把司玥拉到沙发上坐下才松开她的手，然后从一个抽屉里拿出几张照片和一沓资料递给她："你看看。"

一张照片是在山间独木桥上，左煜横抱着夏莞莞过独木桥。照片里的两人青涩而充满朝气，其他几张照片都是在公交站台上左煜握着夏莞莞的手的情形，是前几天的照片。

司玥把照片扔给姜哲涵："这些照片能说明什么？"

"左煜曾经很喜欢夏莞莞，你看下这些资料就知道了。他每天第一个去鱼丸店买第一串鱼丸给夏莞莞。他们总是去一个公园跑步、看书。他们爬山遇到大雨，两人孤男寡女在山上过了一夜。那一年左煜家和夏莞莞家是邻居，他们双方父母不在家时，夏莞莞会去左煜家过夜，或者左煜去夏莞莞那里。夏莞莞生病，他一直守在她身边……而现在夏莞莞回来了……前两天左煜还牵着夏莞莞的手，就是照片里的那个样子。"

姜哲涵见司玥把资料扔在了一边，便把他调查到的有关左煜和夏莞莞的信息全都说了出来。

司玥却只睨了姜哲涵一眼，然后站起身来要开门离开。姜哲涵皱了皱眉，手握成拳，迅速上前一步拉住司玥的手，道："姐，你知道妈妈为什么反对你和左煜吗？因为妈妈不愿看到你走她的老路。"

"这些说辞我已经听了好几遍了。"司玥说。

"当初妈妈和你爸在一起。他们分隔两地，你爸总是不在妈妈身边，妈妈也联系不到他。那时，妈妈一个人非常苦，哪知却换来你爸的背叛。他和一个女学生暧昧不清，还弄大了那个女学生的肚子！妈妈知道后和他分手，那时妈妈已经有了你。妈妈伤心欲绝，怀胎很不稳，生你的时候，妈妈大出血，差点没保住性命。你知道妈妈和爸爸为什么抱养我吗？因为妈妈生了你之后又得了一场病，不能再孕！现在，左煜又离开了对吧？你和左煜不就是这样吗？左煜和夏莞莞不就是这样吗？"

司玥从来不知道这些事，震惊地看着姜哲涵："这些事你是怎么知道的？事实真相是这样的吗？"

姜哲涵说："你是说你爸的事？那天妈妈从你那里回来后生病了，我无意中听到她说的梦话。至于左煜和夏莞莞，这些照片和资料都是证据。"

司玥一直在找父亲，表面上是想质问父亲，其实她是真的想让自己有个父亲。母亲和外婆从来不许她提父亲，没有说过关于父亲的任何事。在寻找父亲的过程中，司玥也不愿去猜测父亲有多么十恶不赦。因此，听到姜哲涵的这番话，她心里难过。

“玥玥，我们都是为你好。”姜哲涵叹息一声。

司玥面无表情地站在那里。良久，司玥甩开姜哲涵的手开门出去。在左煜和夏莞莞的事情上，司玥相信左煜。

而她打开门后，看到母亲站在门外。

“你又要去哪儿？”司慧茹脸色苍白，她很生气，说话却有气无力的。

司玥看到一脸病容的母亲，又想到姜哲涵刚才的那番话，低声说：“我回家。”

司慧茹道：“你要是去找左煜，就不要叫我妈了。”

司慧茹在生病，司玥不想跟母亲吵。她没有回答，和司慧茹擦肩而过。

而司玥还没有走出姜家，姜哲涵就追上了司玥，并一把捉住她的手。这天，姜哲涵像这样捉住她的手已经是第三次了。司玥烦躁地用力甩手，沉喝道：“姜哲涵，你放开！”

姜哲涵也吼道：“妈妈晕倒了！”

过了好几天司慧茹都没有醒来。医生说司慧茹心理创伤大，自己不想醒来。一大堆司家、姜家的人围在司慧茹床边，司玥一个人远远地站在墙角。等其他人陆陆续续离开了，她才走到母亲的床边，静静地注视着司慧茹。

“是不是一定要我和左煜分手您才肯醒来？”

她等了很久都没有等到母亲的回答。司玥闭了闭眼，然后拿出手机给左煜打电话。

电话只响了一声，就被接起，司玥听到左煜轻唤了她一声，她似乎能看到左煜浅浅的笑容。

“明天我来接你，不要贪睡。”左煜说。

司玥沉默，左煜喊了她好几声。

“发生什么事了，司玥？”左煜不断地问她。

最后，司玥终于开口了。她说：“左煜，我们分手吧。”

“怎么了，司玥？”左煜不相信自己听到的。

“分手，左煜，我说分手。”

“为什么？为什么突然分手？”

“我选择了家人，放弃了你。”

“司玥，我说过我可以解决的！”左煜的声音高了几个分贝。

“不用了。左煜，分手吧，趁我们的感情还不深。”

“感情还不深？”

“嗯。还没有深到让我不顾家人的地步。”司玥的心狠狠抽痛了一下。

“你怎么这么不相信我？他们反对我们在一起不就是因为我的工作吗？我不再做考察就是了！”

司玥难过得喘不过气来，她咬紧牙关，还是说：“左煜，我已经决定分手了。这次，不用再考虑三天。”

说完，司玥挂了电话，对着病床上的人说了句：“妈，您醒来吧。我和左煜分手了。”

说完，司玥走到窗边愣愣地看着窗外。外面又下雨了，一场秋雨一场寒。

第二天，司慧茹竟然真的醒了。司玥看望了司慧茹就回了自己的公寓。

司焱留给司玥的人查到了她父亲的一点线索，她父亲失踪前去了一个叫“下沽村”的地方。

司玥从姜哲涵那里听了父亲和母亲的那些事后，心里怨责父亲。听到有关父亲的消息后，她仍然想找到他，为了得到一个答案：他为什么背叛母亲，真的是为了那个女学生？

得到消息后，司玥亲自去下沽村。她和左煜已经分手了，她得找点事情做。

去下沽村的路上一直下雨。路途太远，司玥乘了飞机又转高铁，然后坐大巴。然而没有车子能够到下沽村，还得徒步走好几十里路。

司玥下了巴士，寒风吹得她直打哆嗦。她扯了扯围巾，让围巾遮住口鼻和大半张脸，然后，抬眼一望，只见崇山峻岭，悬崖峭壁，不见人烟。

下沽村就隐藏在崇山峻岭之间，通往下沽村的路全是狭窄而陡峭的山路。司玥走了没多远就走不动了，停下脚步，手撑在石壁之上，大口大口地喘气。

“小姐，要帮忙吗？”身后突然传来一道声音。

司玥回头，只见一个三十岁左右的男人背着行囊正朝她笑。司玥在思考要不要让他帮忙，因为这山路实在是太难走了。

见司玥打量自己，男人很干脆地伸手把她的背包取了下来，说：“我帮你拿着这个。”

司玥的身上顿时一轻，也不再拒绝，笑道："谢谢先生。"

"我叫林东阳，是来爬山的。你也是？"

司玥点头："司玥，也是来爬山的。"

"司玥。"林东阳重复了一遍，然后笑道，"这山可不好爬啊。"

司玥休息了一会儿，和林东阳一起沿着狭窄的山路走。而她只走了一会儿就又走不动了，感觉脚肿了。她朝走在前面的林东阳喊道："林先生，你把背包给我，你自己先走吧。"

林东阳转身看司玥，见她在路边的一块秃石上坐了下来，一脸疲惫。他走回司玥身边，把背上的两个背包都卸了下来，在她旁边的一块石头上坐下，笑道："那就休息一下再走。"

"要喝水吗？"林东阳从包里拿出一瓶水递给司玥。

司玥没有接，笑道："我也有。"然后朝林东阳伸手，林东阳把她的包递过去。司玥从包里拿了一瓶水出来，拧开瓶盖喝了一口。

两人一边休息一边闲聊，林东阳说了各地很多千奇百怪的风俗文化以及这些文化的渊源。他说这些文化渊源的时候，多有实证。司玥听出来他是个很考究很注重史实的人。

不知不觉，两人闲聊了许久。林东阳看了一下手表，对司玥道："我们今天爬不了多高了，得找个地方歇脚。我知道有个叫下沽村的地方，离这里还有十多里路，是最近的，我们去那里吧。"

司玥的目的地就是下沽村。她本来想找借口和林东阳分道扬镳，没想到他提出去下沽村。司玥想了一下，说："好。"

而司玥刚走出几步，脚上就传来钻心的疼痛。她的脚真的肿了。

林东阳回头，见她又停下了脚步，脸色也不好，他不由得道："司小姐走不了了吗？"

"嗯，我脚疼。"司玥疼得咬牙。

林东阳走到司玥面前，把两个背包卸下来，蹲下身子："上来吧，我背你。"

司玥犹豫了一下，倾了身，双手攀着林东阳的肩。林东阳将那两个背包的背带挂在手臂上，然后将司玥背了起来。

林东阳背着司玥到达下沽村的时候，天色已晚。下沽村有十几户人家，都是竹屋，竹屋很密集，十几家人挨在一块。没有客栈或旅馆什么的，林东阳和司玥只能找居民投宿。而林东阳背着司玥找了几家，那些居民都摇头拒绝：“快走！快走！我们这里住不下！”然后砰的一声把门关了。

司玥道：“他们不欢迎我们。”

“好像是的。”林东阳皱了皱眉，“还有最后一家，我们再去问问。”

林东阳敲响了最后一家人的门，过了好一会儿门才打开。司玥看到一个白发苍苍的老人。

“老大爷，我们是来爬山的，没有住的地方，能在您这里住一下吗？”林东阳礼貌地问。

林东阳一说完老人就说：“不能。”然后，门又被关上了。

这已经是最后一家了，没有人愿意让他们留宿。而天色越来越晚，山里的气温也越来越低，司玥冷得打了个哆嗦。

林东阳没带多少东西，不能露宿，他站在那个老人的门口皱着眉道：“这下不好办了。”

司玥让林东阳把她放下来。林东阳把她放下来后，扶着她的手臂。司玥对林东阳说：“他们很少去外面，也不欢迎外人到这里来。”

林东阳点头：“这个村子看上去很落后，居民有点故步自封，不愿意接受外来的任何人和任何事，他们惧怕一切改变。”

司玥想了一会儿，道：“这里的老人不愿意接受外来的人、事，或许年轻人不这样。林先生，刚才开门的那些人中，你有没有看到哪家有年轻人？”

林东阳也觉得司玥说得有道理，他回想了一下，兴奋地笑道：“有！有两家开门时我看到了年轻人！是两个二十岁左右的男子。”

“那我们再去那两家看看。”

林东阳扶着司玥往回走，到一家门前，林东阳敲门，出来开门的果然是一个二十岁左右的男人。

“怎么又是你们？”男人皱眉，说得更直接，“我们这里不欢迎你们，你们走吧！”

林东阳还没说话，男人就把门关了。

司玥和林东阳互看一眼，无奈地往另一户人家走。

这次来开门的也是一个二十岁左右的男人，和刚才那个男人的态度一样，看到司玥他们就要关门。

司玥扯了扯围巾，把口鼻和下巴都露了出来，对男人道：“先生，我们实在是没地方住。如果你能让我们住下，你要什么都可以。”

男人看到司玥的样子愣在了原地，林东阳也惊艳不已。一路上，司玥的围巾遮住了她的大半张脸，林东阳虽然从露出的眼睛和上面的小半张脸就知道司玥很漂亮，但没想到她的漂亮能夺人心魄。

司玥见面前的男人一副痴呆的表情，低头看了一下自己，又把刚才的话说了一遍。

"你能给我什么？"良久，男人回过神来，微红着脸对司玥说。

司玥见他的态度发生了转变，笑着正要说话，一个声音喝道："阿海，我说过多少次了，不能把外面的人留下来！"

司玥抬头，一个中年女人站在男人身后。

"妈，我知道了！"男人回头看了女人一眼，砰的一声又关了门。

司玥皱眉道："真是顽固不化！"

林东阳这时才回过神来，对司玥道："看来我们只有露宿山中了。"

司玥也想不出还有什么法子，她转身，抬头看着暮色霭霭的天，暗下决心：她一定要留下来。段琨是在这里失踪的，她一定要留下来！

林东阳扶着她的手臂说："走吧。"

司玥的目光看向前方，忽然就愣住了。前方暮色之中走来两个人，是左煜和夏莞莞。

左煜也看到司玥了，目光在司玥被林东阳握着的手臂上停留了一下，快步朝她走去。

到了司玥面前，左煜轻唤了一声："司玥。"

司玥点头："你好，左教授。"

左煜皱眉。

左煜目光沉沉地盯着司玥，司玥和他对视片刻，若无其事地移开目光，侧头对扶着她的林东阳说："我们走。"

林东阳看了一眼脸色不好的左煜，犹豫了一下，点头，扶着司玥就走。司玥和左煜擦肩而过，突然，她的另一条手臂被人捉住。紧接着，她听到左煜沉声说："这么晚了还要去哪儿？"

司玥动了动手臂，想把手臂从左煜的手里抽出来，而左煜却握得很紧。她皱眉道："不用左教授管。"

左煜说："有话等一下好好说，先找地方住。"

没有地方住的确是个问题，然而他们敲遍了每一家的门都没有人愿意让他们住下来。左煜又能有什么办法？司玥思忖，脚步却停了下来。

林东阳也跟着停下了脚步，他看着左煜说："这里的人不欢迎外人打扰，他们不会让我们住下来的，我们刚才已经试过了。"

"那怎么办啊？山里的气温很低，尤其是晚上，我们不能露宿啊。"夏莞莞走上前来，站在左煜身边。

司玥扫了一眼夏莞莞，没有接话。

左煜接口道："你们跟我来。"他的手还握着司玥的手臂，他把司玥拉转身来，拉着她就打算走。左煜的力量很大，林东阳不由得放开了司玥，而她一个趔趄差点摔倒。

左煜另一只手赶紧稳住司玥的身形，蹙眉道："脚怎么了？"

司玥语气淡淡的："没什么。"

而左煜一把就将她抱起来了。司玥心里一紧，惊呼一声，却没有挣扎。左煜就那么打横抱着司玥往居民家走。夏莞莞想起了十五年前左煜抱着她走独木桥的情形，她神色暗了暗，紧跟在左煜身后。林东阳看到眼前的一幕，对司玥和左煜的关系已经猜了个大概。他皱了皱眉，跟在几人身后。

左煜走到一户人家门前敲了敲门，主人正要开口赶人，左煜却道："请问村长家在哪儿？"

开门的人愣了一下，又犹豫片刻，往前面指了指，然后又关了门。

左煜抱着司玥往那人手指的那个方向走。司玥发现那个方向是刚才那个白发苍苍的老人家的家，反应过来那个老人就是下沽村的村长。而刚才那个老人也拒绝了她和林东阳，难道左煜去敲门就不会被拒绝？司玥不由得好奇了。

左煜抱着司玥走在前面，夏莞莞和林东阳紧随其后。到了那个老人家，左煜抬手敲门。门被人慢悠悠地打开，老人皱眉看着左煜、司玥几人，沉着脸道："我已经说过这里不能留宿了！"

左煜笑着对老人道："我来找您是想跟您说阿松的事。"

老人半信半疑地看着左煜，左煜笑着把有关阿松的一些消息说了出来。老人犹豫了好一会儿，对左煜道："你可以留下，但是其他人不能留下。"

司玥、夏莞莞、林东阳皱了皱眉。左煜笑了笑，从容地道："他们都是和我一起来的，还请村长能够行个方便。"

老人深深地皱起了眉头，过了好一会儿才不乐意地侧身让几人进门。

老村长家一共四间卧房，而家里只有村长一人，左煜几人有三间房可以住。左煜和林东阳一间，司玥和夏莞莞各一间。

左煜把司玥抱进房。房间里的摆设很简单，一张木床、一个木柜，然后就没了。左煜把司玥放在床边，蹲下身子，朝上卷起她的裤腿，看到她的小腿，他立即皱紧了眉："怎么肿这么高？"

司玥说："谢谢你，你可以出去了。"

左煜审视着她："这么快就和我形同陌路了？"

司玥移开了视线，盯着门口，缓缓地说："不然要怎么样？我们已经分手了。"

"我不同意分手！"

司玥又看向左煜，心里一疼："你不同意又有什么意义？我不想再和你在一起了，你还会强迫我吗？"

很少生气的左煜此时非常生气，他沉着脸道："我跟你说过我会处理，你就是不信我，这么武断地就做了决定！你对待我们之间的感情就这么草率，一点也不珍惜？"

这还是左煜第一次用这么重的语气跟司玥说话，她心里很不好受。她垂眸道："在电话里我已经说得很清楚了，左煜，我选择了家人。"

"我没有让你在你的家人和我之间选择，也永远不会让你选择。我只是让你给我一个处理我和你家人之间关系的机会，你可不可以不要这么武断？"

司玥说："我已经对我妈说了我们分手，武不武断都不重要了。左煜，从此以后，我们各自安好吧。"

左煜脸色铁青，他盯着司玥看了许久，最后，他什么都不再说了，站起身来，转身离开。

听到关门的声音，司玥的身子向后一仰，疲惫地躺在了床上。

司玥仰躺在床上，心里既难过又烦躁。她不想去想他，不想去见他的，而他竟然来了这里，不知道他是怎么找到这里来的。最后，她烦躁得将露在床沿外的双脚猛地一踢，她脚上的一双鞋跟着飞了出去，正好砸在开门进来的左煜肩上。

司玥听到声音不对劲，赶紧坐起身来，看到左煜手里端着一个碗，而她的鞋子正从他的肩上掉下来。司玥并没有觉得有什么不好意思，反倒皱着眉道："你怎么又来了？"

左煜默不作声地弯下腰把司玥的一双鞋子捡起来，走到她的面前，蹲下去把鞋子整齐地摆放在床前，把碗放地上，又伸手抬起她已经肿得很高的腿，另一只手沾了一点碗里的东西后在她的腿上轻轻揉搓着。

司玥想收回腿，却被左煜握得动弹不得。她瞪着他：“你干吗？”

左煜轻声说：“这是我从村长那里要的药酒，对消肿很有效，擦了药酒休息一晚上，明天就会好一些了。”

“不要你管！”司玥说。

左煜不说话，只低着头帮她揉脚，一圈一圈地揉着，很温柔。他一揉就像揉在她心上一样，让她既难过又难以再说拒绝的话。她一言不发地低头看着他的动作。

左煜给她揉了很久才停了下来，也在这时，他才开口打破沉默：“等吃了饭就好好休息。我就住在你隔壁，有事随时可以叫我。”

司玥动了动嘴唇，却没说出话来。

左煜深深地看了她一眼，轻声道：“司玥，我先出去了。”

“嗯。赶紧出去吧。”司玥说。

左煜的薄唇紧抿成一条线，端起那碗药酒转身走出了司玥的房间。

“司小姐的脚好些了吗？”左煜从司玥的房间出来，住在司玥对面的夏莞莞正好开门，看到左煜便担忧地问。

左煜说：“她的脚很肿，到下沽村这一路很不好走，她受了不少苦。”

夏莞莞点头：“难为她了。不过，她来下沽村做什么呢？”

左煜说：“这个我就不知道了。”

夏莞莞看出他脸色不好，联想到刚刚看到的他和司玥的那一幕，不由得问：“左煜，你和司小姐怎么了？吵架了吗？”

左煜说：“没什么。”然后问夏莞莞，“你怎么样？在路上的时候，你就有点头晕，现在好了吗？”

夏莞莞是地理杂志社派过来专访下沽村的，在中途遇到左煜，左煜说来找司玥，两人才结伴同行。 夏莞莞并不知道司玥和左煜这些天的事，见他不打算说司玥的事，她抿了抿唇，然后笑道：“已经好多了。”

吃饭的时候，夏莞莞也觉得左煜和司玥有问题，但她没有再问，因为她发现左煜不希望别人问他和司玥的事。

晚上的时候，司玥睡得迷迷糊糊，突然有敲门声响起，敲门的人力气还挺大。她缓缓睁开眼睛，坐起身来，翻身下床，走到门边问：“谁？”

“把灯关了！”

是老村长的声音。

司玥习惯在睡觉时开灯，不开反而睡不着。她打开门对老人说：“可以开一晚上吗？”

“不可以！”老人皱紧了眉，“晚上睡觉时必须把灯关了！”

司玥狡辩道：“我还没睡。”

“没睡也把灯关了。这么晚了，你还点着灯做什么？”

左煜、林东阳、夏莞莞都开门出来了。司玥看了左煜一眼，转身回房把灯关了。

村长这才离开，大家也纷纷回房，而司玥在床上躺了一会儿又听到了敲门声。她猜到了这次敲门的人是谁，因为这次的敲门声很轻，不像刚才老村长敲门时重得像砸门一般。

漆黑的夜里，司玥的心跳得厉害。她不去开门，敲门声就还在继续。她听了一会儿，还是忍不住起床，一瘸一拐地摸黑走到门边拉开门。外面也是一片漆黑，但她能感受得到她面前站着一个人。

“司……”

左煜还没说完，司玥就扑进了他的怀里，她抬头吻住他的唇，她的吻激烈而充满侵略性。左煜的心跳猛然快了几拍，热情地回应她的吻，并伸手搂着她的腰，往房中走了几步，右脚向后一勾，关了门。

第二天一早，司玥猛然睁开双眼，她感觉自己昨晚像是做了一场春梦。而她一侧头就看到躺在身边的左煜了。她知道昨晚的事都是真实的，还是她主动的。她没有慌乱，只是平静地起床，穿好衣服，然后开门出去了。

司玥走出房间，来到村长家的堂屋，村长正坐在堂屋之中，戴着老花镜看书。

“村长。”司玥喊了一声。

老村长抬头，神色古怪地睨了司玥一眼：“什么事？”

“我想跟你打听一个人，他的名字叫段琨，是一名考古学家。二十五年前他来过这里，村长认识他或者说记得他吗？”说完，司玥从衣服口袋里摸出一张照片递给老村长看。

“没有这样的人来过。”老村长瞟了一眼，说得很肯定。

“他的确来过这里，并且是在这里失踪的。”

老村长看着司玥道：“二十五年前我三十五岁，记忆力很好，没有这样的一个人来过。我看你找错地方了，我劝你离开这里，去别的地方找！”

见老村长说得这么笃定，司玥不由得道：“或许别的村民见过段琨？”

“他们也没见过！只要村里来了陌生人，他们都会告诉我这个村长！”

司玥见老村长一口咬定没有一个叫段琨的人来过便不再和他说话，走出堂屋，去了别的村民那里，挨家挨户地问。而她得到的答案都是没有一个叫段琨的人来过。

“唉……”

司玥问完最后一家村民出来，似乎听到前面有人在喊她。她抬头就看到一个男人挑着柴朝她走来，是那个叫“阿海”的男人。司玥在心里想，他就更不可能见过段琨了，二十五年前他还没出生。

阿海已经走到她面前了，红着脸说：“听说昨晚你住村长家了。”

司玥点头。

阿海不好意思地笑道：“昨天没留你们在我家住实在是因为我们从来不留陌生人，除非征得村长的同意。”

司玥点头，表示知道了。

阿海又痴痴地看着司玥，听到有人咳了一声他才回过神来，脸红得像要下蛋的鸡，赶紧说了一句“我先走了”就挑着柴慌不择路地跑了。

司玥转身，看到左煜站在几步之外，她神色不变，转身往前走。

“司玥。”左煜几步追上司玥，喊了她一声，又道，“等一下我和你一起去找你爸的线索。”

司玥停下脚步，转身看着左煜，道：“谢谢左教授。”

她一本正经地喊他“左教授”，就像其他人的语气一样。左煜蹙眉看着她：“司玥，你什么意思？”

不用跟我说

司玥没有躲闪，迎着左煜的目光说："昨晚是我一时冲动，对不起。"

"一时冲动？"左煜一字一句地重复着，眼里有不甘，有怒意。

司玥点头："是的，我们已经分手了，昨晚的事代表不了什么。"

"好一个代表不了什么！和不是男友的人上床，你就是这么随便的女人？"左煜很生气，也不顾什么身份，说出来的话非常难听。

司玥动了动眼皮，吐出一个字："对。"停顿片刻，她又云淡风轻地补充，"只是满足生理需求。"

左煜怒目看着她，却半天都说不出话来，对于她，更难听的话他说不出口。更何况这事的问题不止在她，她家人的阻挠也是很大的一个问题。而他气的还有一点，就是她倔强起来的时候无论他说什么她都不听。他才不信她"满足生理需求"的鬼话！

"左煜，我希望我们到此为止，好不好？我不想我妈再有什么不测。我已经没了爸爸，不想再没有妈妈。我曾经想，无论有多少阻挠我都不怕，不在乎，只要我们在一起，因为我爱你是我们两个人的事，和任何人无关。而事实上，我做不到……看到我妈躺在病床上昏迷不醒，我做不到。"

两人面对面地站着，对视了许久，司玥终于开口，把心里的话都说了出来，语气是从来没有的无奈。

左煜早已没了怒气，只心疼不已。他上前半步，把她拥入怀中。

司玥靠在他怀里瓮声瓮气地说："左煜，昨晚那样的事，以后再也不会发生了。”

左煜的心又像是被插了一刀，他更加紧地抱着她，抬头看着前方，晨曦时分，崇山峻岭雾气缭绕，他们身在其中是如此渺小。

左煜说他会帮司玥一起寻找她的父亲。天色还早，左煜和司玥回到了村长家。夏莞莞和林东阳已经起来了，早餐也是夏莞莞做的，他们和村长已经坐在桌边了。夏莞莞一见左煜和司玥进来便向二人笑着招手：“快来吃饭了。”

左煜和司玥点头，走到桌边两个空位坐下。林东阳笑看了二人一眼，昨晚本来是他和左煜一间房的，而左煜中途出了房间就没有再回过房，今早左煜又是和司玥一起从外面回来的，昨晚左煜睡在哪里就不言而喻了。不过，林东阳和左煜不熟，也就没说什么玩笑之语，只是埋头吃饭。

“你们什么时候离开？”大家正吃着饭，老村长忽然抬头问。

“我脚疼，现在走不了多远，还得多打扰村长几天。”司玥说。

“我爬山也不急。”林东阳道。

夏莞莞也开口道：“我是A市地理杂志社的，有个山村文明的专题要做，要在下沽村待一些日子。”

老村长皱着眉头，说：“村子里从来不留外人，也不做什么杂志报道！我希望你们今天就走，不然就破了规矩！我没法向村民交代！”

“村长，我会付给你足够的报酬，希望村长能让我们住下。”司玥道。

“不行！”老村长的态度非常强硬，一口回绝。

司玥觉得老村长这么抗拒外人留下来有些不可思议，仿佛外面的人来这里会给他们带来不好的影响，或者会抢走他们宝贵的东西。

司玥正在沉思，左煜笑着对老村长道：“村长，阿松在派出所的笔录录了一半就消失了，你不想找到阿松吗？”

老村长有些犹豫。

左煜又道：“等有阿松的消息了，我们再离开可以吗？我们不会破坏村里的宁静，请村长放心。”

老村长最后答应了几人留下来。

司玥、夏莞莞、林东阳对于左煜口中的“阿松”都很疑惑，不知那个阿松是什么人。等老村长出门了，左煜对几人道：“阿松是村长的孙子，十九岁。半个多月前他忽然到了我们考古所附近的一个派出所，说要报案，却不说报什么案，对做笔录的警察说了自己的名字，说了下沽村，以及他是下沽村村长的孙子，说了这几句之后就忽然缄口不言，趁去洗手间的机会消失了。做笔录的警察是我的一个朋友，这事没头没尾的，有些奇怪，和这位朋友吃饭时，他把这事当作怪事说了出来。而我查到段琨来过下沽村，我又找不到你，就猜到你来下沽村了，对于阿松的事也跟着留了心。”

左煜的最后一句话是看着司玥说的，也表明他这次来下沽村是专门来找她的。司玥和他对视一眼，不着痕迹地移开目光。

夏莞莞和林东阳也从左煜的话中察觉出段琨和司玥有关系，司玥是来找段琨的。夏莞莞想起昨天问左煜司玥来这里做什么时，左煜说他不知道，她这时才明白过来左煜只是不想告诉她。她心里有些不是滋味，以前什么事情都不会瞒着她的左煜现在连这一点小事也不跟她说。

司玥、左煜、夏莞莞、林东阳为着各自的目的出了门。在一个分岔路口，司玥一个人率先走上了左边的路。林东阳往前面走，夏莞莞要往右边走。左煜站在分岔路口，抬脚要跟着司玥，夏莞莞突然喊了一声“左煜”。

左煜转身。

夏莞莞说：“这里的山路很不好走，你们要小心。”

左煜点头：“你也是，注意悬崖，不要迷路了。”

夏莞莞笑道：“放心，不会。”

左煜也笑了一下：“我去找司玥了。”

“好。”

左煜转身跟在司玥身后。司玥的脚还没好，走起路来还是一瘸一拐的。左煜几步追上她，牵起她的手。司玥的脚步一顿，左煜的手又紧了紧，大手将她的小手全部握住：“不要逞强，路不好走，别摔到悬崖下去了。”

司玥没有挣扎，任由他握着她的手，沉默地在山路上走。忽然，司玥心头一紧，她停下脚步，道：“段琨不会摔到悬崖下去了吧？”

“不会。”左煜宽慰道。

“那为什么这里的人都说没见过他？”司玥一边想一边说，“段琨除了考古就是考古。”说到这里，她皱眉，“或许还和女学生有过暧昧。不过，我想，段琨来这里是做考察的，一个人或者和那个女学生一起。因为，那个女学生也失踪了。而下沽村的人非常不欢迎外人进来，段琨他们是避开下沽村的人进来的吗？”

“来下沽村考察……来下沽村考察……”左煜缓缓念了两遍，“下沽村有什么是需要考察的？”

司玥接道：“左煜，下沽村有什么历史？这里有什么考古价值？”

左煜摇头：“没有关于下沽村的记载。”

“仿佛下沽村是有史以来就有的？”司玥觉得古怪。

“我们再往前面走走看看。”左煜对司玥说。

司玥点头。

前面的雾气更浓，一片白茫茫。一米之外的景色，他们都看不到。左煜紧紧牵着司玥的手，气温也越来越低，她一连打了好几个喷嚏。左煜放开司玥的手，把自己的外套脱下来给她。而司玥忽然看到一个人影闪过，再定睛一看，又只见白茫茫的一片。

司玥和左煜没有什么收获。天黑时，两人回到了村长家。林东阳也回来了，只有夏莞莞一个人还没回来。左煜给夏莞莞打电话，手机关机了。

“司玥，我去找一下莞莞，她方向感不好，只怕是迷路了。”左煜说。

司玥道：“你不用跟我说。”

左煜看了她片刻，转身出去了。

又过了一个多小时，左煜和夏莞莞都没回来。

左煜的手机也打不通，司玥站在窗前向外一望，黑漆漆的一片，村民们早已把灯熄灭了。整个下沽村，仿佛只有她这间房才点着灯。门外又响起了急促的敲门声。司玥不耐烦地转身，走到门边开门。看到白发苍苍的老村长，司玥知道他又来催她关灯了。

“都九点了，怎么还不关灯？”

果然，司玥听到老人不悦的质问声。司玥说：“我平常十一点睡觉，九点还很早。”

“这里不是你家！”

司玥心情不太好：“我交十倍的电费好吧？”

“不是电费的问题！你给多少钱都没用！节约是美德！你这样浪费资源，明天就离开这里！我这里很不欢迎你！”

老人说得有理，司玥只能在心里表示不满。她深吸一口气，说：“我知道了，我会关灯的！”

这时，嘎吱一声，隔壁的门开了。林东阳走出门来，手里拿着一根蜡烛，走到司玥面前递给她：“左教授他们还没回来？你点这个等他们吧。”

司玥接过林东阳手中的蜡烛，说：“我没有等人。”

林东阳道：“你就不要狡辩了。不过，左教授出去已经有两个多小时了吧？他还没找到夏小姐？不会出什么事了吧？”

司玥沉着脸不吭声。

林东阳建议道：“要不我们出去找找？”

司玥终于说道：“你我都不熟悉这里的路，最好让村民们帮着一起找。夏莞莞要写山村文明这个专题，就会报道这里的村民和地理环境。她今天没有采访村民，想必是去周围查看地理环境了。因此，她走不远。左煜也应该想到了这点。而左煜这么久都没找到夏莞莞，有可能是夏莞莞被困在什么地方了。那个地方有些隐秘，信号也不好。当然，还有一种可能……”

“还有一种什么可能？”林东阳听司玥说得有理有据，倒是有些吃惊，听她说还有一种可能，不由得好奇起来。

司玥却没有再说了。因为那种“可能”是她别扭的心思作怪而猜测的，也就是：左煜已经找到夏莞莞了，然而夜晚的山路非常不好走，左煜怕夏莞莞又出事，正牵着夏莞莞的手一边往回走一边“叙旧”呢，或许不是牵着手，是背着或者抱着呢。司玥的脑海里忽然出现少年时期的左煜抱着少女时的夏莞莞过独木桥的情形。她的心情又烦躁起来。

林东阳见司玥脸色不好，也不再问了，而是对还站在司玥房门口的老村长道：“村长，可以让村民们帮忙寻找左教授和夏小姐吗？”

老村长很不高兴：“村民们已经睡了。”

司玥回过神来，道：“村长帮一下忙吧，以后，晚上我都不开灯了。有村民帮忙找，或许很快就找到了。如果现在能报警我们也不会麻烦你们的。只是，报警得在二十四小时之后。”

老村长皱眉道：“你们真是麻烦！”说完，转身出门叫村民去了。

司玥跟着要出门，林东阳提醒她：“这个时候，外面的温度很低。”司玥停下脚步，折返回去套了件厚厚的外套。

村民们走得很快，司玥的脚还没有完全消肿，跟不上他们。林东阳折返回来扶司玥。司玥不让他扶，让他跟着那些村民，找到左煜。

林东阳走后，又有人走回来了。司玥抬头，手电筒一照，她发现是阿海。阿海笑嘻嘻地说："司小姐，我和你一起走，以免你也走丢了。"

司玥没有拒绝，说了声"谢谢"。

阿海让司玥走在前面，他在身后跟着。司玥回头对阿海道："阿海，我们到比较险、比较偏的地方去找。"

"那我们得非常小心了，一不留神就有可能摔到悬崖下。"

"好。"

阿海和司玥专走难走的地方，但是，一个多小时过去了，他们还是没有找到人。

林东阳打来电话，说他们也没有找到左煜和夏莞莞。司玥担心左煜出事，不由得又问："这附近还有很偏的地方吗？"

阿海摇了摇头："我们都找完了，除非……"

司玥等他往下说，阿海却沉默不语了。司玥不由得开口道："除非什么？"

"我……我不能说。"

司玥皱眉："为什么？"

"不为什么，没有为什么。"阿海道，"我们回去吧，或许左教授他们已经回去了。"

司玥拿出手机一看，说："这个地方还有一格信号。他们如果回去了，一定会给我打电话的。阿海，你带我去一点信号都没有的地方。这附近应该有这样的地方吧？你刚才说除非……所以，一定有这么一个地方是不是？你欲言又止的那个地方到底是什么地方？在哪儿？"

阿海犹豫了许久，他看着司玥眼睛一眨不眨地盯着他，他又红了脸。最后，他咬了咬牙，说："你跟我来！"

只见阿海转身朝另外一个方向走，司玥赶紧跟上。

大约一刻钟之后，司玥跟着阿海到了一个阴气森森的地方。四周怪石嶙峋，还有一块巨石和其他的怪石独立开来，立在中央，像是一块巨大的墓碑。司玥举着手电筒，发现巨石上刻有文字，但是，那些文字她不认识。她快速地扫了一眼，不太关心上面刻的是什么字，她开口喊左煜的名字。

她刚喊出"左"字，就被人捂住了嘴巴。司玥侧头瞪着阿海，阿海轻轻地嘘了一声，说："不要说话。"

司玥不理解，疑惑地瞪着阿海。阿海道："你答应不要喊，我就放开你。”

司玥只好点头，阿海缓缓放开捂住司玥嘴的手。司玥张嘴，又要开口，阿海赶紧把手指竖在唇边，做了一个噤声的动作。

司玥不再说话，觉得这里很古怪，又觉得整个下沽村都古里古怪的。阿海还示意司玥要轻手轻脚地走。

忽然，司玥听到有人低泣，在巨石之后。司玥赶紧越过巨石，只见朦朦胧胧的夜色中，左煜急匆匆地往前走。离左煜几步之远的地方，夏莞莞正蹲在地上一边哆嗦，一边哭，她的一只脚陷进了石缝里。

“莞莞。”左煜担忧地喊了夏莞莞一声。

夏莞莞抬头，左煜正好走到她面前蹲下。夏莞莞见是左煜，迅速扑进他的怀里，哭喊着：“左煜……左煜……你终于来了！左煜……我好冷，我好痛，我好怕！”

左煜拍了几下夏莞莞的背，轻声安抚着她的情绪：“没事了，没事了。”

夏莞莞伸出双手抱着左煜的腰，脸紧紧地贴在左煜的胸膛上。左煜一只手拿着手电筒，另一只手把夏莞莞的手从他腰上拿开，身子后退了些许，拉开了他和她之间的距离，脱下自己的外套披在她身上，然后低头看她的脚。她的左脚夹在两块石头之间，那两块石头一大一小，但是小的也有一百多斤的样子。两块石头之间的间隙很小，不过，间隙是下宽上窄。看样子，小的那块石头是后来滚下来的，正好和原来的石头一起将夏莞莞的脚夹在了中央。

“莞莞，你再忍忍，我把石头搬开。”左煜抬头看了一眼没有再哭出声，却仍然在抹眼泪的夏莞莞。

司玥站在后面看着只穿了一件白色衬衣的左煜把手电筒递给夏莞莞，然后小心谨慎地用力将小的那块石头搬开。夏莞莞的脚被解放出来，左煜小心翼翼地脱掉她的鞋，查看一番。她的脚背和脚踝处很红很肿，还好石头缝隙是下宽上窄，她受的伤并不严重。

这时，左煜发现有光闪了闪。他回头，只见司玥拿着手电筒站在离他几步远的地方，旁边还有那个一看到司玥就脸红的叫阿海的男人。夜色太浓，左煜看不清司玥的表情。

“司……”

左煜刚喊出一个字，司玥就转身迅速往回走。阿海紧跟在她身后，不过两秒，司玥和阿海就走到了那尊巨石后，左煜看不见了。

在左煜出声喊司玥时，夏莞莞也抬头，看到了司玥。而司玥转身就走，很显然是看到她和左煜刚才那一幕而生气了。夏莞莞想起左煜和司玥本来就不对劲的事，皱了皱眉，很抱歉地对左煜道：“对不起，左煜，司小姐可能误会了，你回去之后一定要好好哄哄她。”

左煜转过头嗯了一声，然后把她扶起来：“你这脚走不了了，我背你回去。”

“谢谢。”

左煜转身，夏莞莞倾身，双手攀在他的肩上。

左煜背着夏莞莞一边走一边问：“这个地方这么偏僻，你怎么会走到这里来的？”

夏莞莞说：“我的东西掉下来了，我下来捡。一块石头忽然滚了下来，我没来得及反应，脚就被石头卡住了。”

左煜沉吟道：“以后不要一个人来这些地方了，这里的地势很险峻，一不留神就会有危险。”

夏莞莞见左煜这么关心她，心不由得怦怦直跳，但又有些难受。

只听左煜又道：“找一个下沽村的村民陪你一起来。”

夏莞莞微微抬起头，眼睛涩涩的，突然就想流眼泪。她被困在那个地方有几个小时了，黑漆漆的，她又冷又怕又疼，心里一直想着他，想着如果他在就好了，想他来救她。最后，他终于来了，而他再也不能陪伴她了。

“左煜……你冷吗？”过了好一会儿，夏莞莞调整好情绪，担忧地问他。这个时候的气温只有零下几度，而他把外套给了她，只穿了一件衬衣。她怕他因此感冒。

左煜说：“不冷。”

这之后，两个人都没怎么说话，一路沉默地回了下沽村村长家。

左煜把夏莞莞背回她的房间，找了药膏来给她后便去敲司玥的门。

司玥的房间里没有点灯，黑漆漆的，伸手不见五指。她躺在床上并没有睡，听到轻轻的敲门声，她知道是左煜，理都不想理他，依然躺在床上不动。

“司玥，我知道你没有睡，开一下门，我有话对你说。”左煜又敲了几下门后，里面还是没有动静，他不由得压低声音说。他知道她能听见他说话。

什么话？他想对她说什么她猜都能猜到，不外乎就是他早就不喜欢夏莞莞了，他对夏莞莞的照顾只是出于朋友之情，她扑进他怀里，他让她抱只是安慰她，并不能代表什么。但是，少年时期的感情，又是那样爱而不得，终归是与众不同的。司玥烦闷得很，听到左煜一直敲门，一直喊她开门，她不耐烦地翻了一个身。

司玥又想起她和左煜已经分手了，他没有跟她解释的必要。烦躁的她又翻转了一下身，心里已经开骂了：左煜，左煜，“叫兽”！平白让人烦恼！

司玥听到门外的左煜一直在打喷嚏，她更生气。这就是英雄救美的下场！活该！她更不想给他开门了。

“司玥，我有重要的事对你说，关于你爸的。”

后来，司玥听到左煜这么说，哼了一声。想找借口进来？没门。

“我发现了一点你爸的线索。”左煜又说。

司玥终于坐起身来，下床，摸黑走到门口开门。

门一开，左煜走进房来，又打了一个喷嚏：“怎么不开灯？”

“我跟村长说如果让村民们出门找你，我晚上就不开灯了。”司玥以生气的口吻说着。

左煜一听，原来是因为自己：“那我去拿蜡烛。”说完，他转身，走了一步忽然又停下来，仿佛害怕他出了这扇门，她又不让他进门了。以她的性子，她是绝对做得出来这种事的。他转身问她：“你这里有蜡烛吗？”

司玥把林东阳给她的蜡烛找了出来点燃，然后把蜡烛放在木柜上。

左煜走到司玥面前，看着她。她瞪着他，眼里似喷着火花。忽明忽暗的烛光映照着她的脸庞，长长的鬈发随意地散落在脸庞、肩上，每一个瞬间都美得不可方物。

“你发现什么了？”司玥的语气很不好。

左煜缓缓说：“我一直在想下沽村到底有什么值得考察的，结果那块巨石给了我答案。那块巨石，就是刚才你看到我和莞莞的那个地方，在你身后的那块巨石，上面刻了些字符，有些字我认识，字体最早出现在五千多年前，有些字我也不认识，要做深入研究。段琨教授来下沽村应该是发现了这块巨石，所以来做考察的。所以，我们再仔细找找，一定能找到更多的线索，尤其是在刚刚那块巨石周围。”

司玥看见了巨石上刻的字，但是她一个也不认识。因为她要找左煜，所以并没有在意这件事，但是，只要她仔细一想也能想到左煜所想到的。现在经左煜一提，她早已思绪万千。

刚才那个地方是阿海带她去的。阿海知道那个地方，而且还不让她说话，让她轻手轻脚地走路，想必是怕别人发现他们在那个地方。而阿海为什么怕别人发现呢？恐怕是因为外人不能去那个地方，也就是说，那个地方是个禁地。又为什么要设一个禁地？那里有什么是不能被外人知道的？或者下沽村的人有什么信仰或忌讳？司玥觉得事情越来越扑朔迷离了。她直觉段琨失踪和走入禁地、发现文字有关。这样说来，下沽村的人肯定知道段琨。他们说没见过段琨是在说谎！

司玥道："那个地方有什么秘密，我们或许可以问问阿海，希望他能告诉我们。"

左煜点头："可以一试。但是那块巨石上面的文字很古怪，要是能把上面的文字都破译了，或许也是一条线索。不过，因为事出紧急，我只匆匆看了一眼，那些不认得的字，有些不记得了。明天我再去看看。"

左煜想起司玥惊人的记忆力，又说："对了，司玥，你看到过刻的那些字没有？记不记得？"

司玥想了一下，对左煜的态度还是很不好，淡淡地道："记得。"

"那拿纸笔写下来，我再研究研究。"

房间里没有桌椅，司玥站在木柜前，趴在木柜门上，凭那一眼的记忆写巨石上的字符。左煜站在她旁边，举着蜡烛给她照明，偶尔打几个喷嚏。司玥听他打喷嚏就抬头瞅了他一眼。

最后实在听不下去了，她瞪着他道："你不知道去穿衣服吗？如果没有衣服就去夏莞莞那里把衣服要回来！"

左煜听到司玥别扭的话，看到司玥别扭的样子，有想把她搂入怀中的冲动。她吃醋了，他不想让她不高兴。他和她明明都互相在乎。他左手举着蜡烛，右手伸出去捋她额前的头发，柔声说："所以司玥，我们复合好不好？我对莞莞什么想法都没有，现在她只是我很久以前就认识的一个老友。不要因为她吃醋，我说过，就算是我不认识的陌生人受了伤，我也会帮忙。"

司玥的目光一闪，硬着头皮道："我才没吃醋，你爱帮谁就帮谁，爱抱谁就抱谁。我们已经分手了，你不用跟我解释你和别的女人的关系。你和那些女人到底是什么关系已经和我没有关系了。"

左煜把手上的蜡烛放在木柜上，一把将司玥拉进怀里紧紧地抱着。他低头，下巴抵在她的头上，轻轻地说："什么那些女人？司玥，我只这样抱过你，只想一直这样抱着你。”

“左教授，你这不是耍流氓吗？”司玥狠狠地在他胸膛上咬了一口。

左煜只穿了衬衣，被她咬一口，生生地疼。他眉头都没有皱一下，把司玥抱得更紧，轻声问道：“那你答应了吗？”

说完，左煜又打了几个喷嚏。司玥皱着眉头，沉默了许久才开口：“没有。”

左煜叹息一声。

司玥又补充一句：“你去和夏莞莞复合吧。”

“司玥，不要再这样说了，我喜欢的是你。”左煜抱着司玥，几乎要把她揉进自己的身体里了。

喜欢和爱是不一样的。这个时候，司玥非常在意他说的每一个字、每一个词，他从来没说过爱她。即便曾经她发现文物被盗后，他说谢谢她，而她说“谢谢你不如我爱你”，他也一句话都没有说。本来就心烦意乱的司玥开始用力推左煜，而左煜仍固执地紧紧抱着她。

最后，司玥败下阵来，任他抱着她，嘴上恨恨地道：“臭教授！臭流氓！你这个样子让我非常讨厌！”

“那我要怎么做你才不会再讨厌我？”左煜顺着她的话说。

“立刻离开这里！在我眼前消失，永远不要出现在我面前，永远不要让我看到你！”

“那我不介意让你讨厌。”

“左煜，你现在怎么这样无赖？你还是为人师表的教授吗？”

“我也不知道。”

左煜在她耳边轻轻说：“司玥，除非我不在了，我才能在你面前永远消失。”

司玥又说了句：“无赖！”

再次听到左煜的喷嚏声时，司玥横眉道：“回去穿衣服！”

左煜这次听话了，说：“好。”

左煜穿了外套后，又到了司玥的房间。司玥已经把巨石上刻的字完全写下来了。左煜指着认识的字对司玥说：“这是‘人’，这两个字是‘归位’，还有这个是‘引’……”

左煜和司玥盯着纸上的字符，两人的头紧紧地凑在一起。

“没有一句完整的话。左煜，所有的字连起来到底是什么意思？”司玥非常奇怪。

左煜道：“我也不知道。”

司玥垂眸沉思。

左煜对她说：“时间不早了，我们先休息吧。”

司玥一看腕表，已经快凌晨两点了。她不由得打了个哈欠，点了下头，转身便往木床那边走。到了床边，坐下，见左煜跟着走过来，司玥想起他说的“我们先休息吧”其中的“我们”，不由得昂首道：“你还不走？”

左煜不急不缓地说：“你先睡，我帮你吹了蜡烛再走。”

司玥审视着左煜，他淡定地说：“快睡吧，睡太晚的话皮肤会不好。”

司玥想说不用他吹蜡烛，她就点着蜡烛睡，最后却没有说。她不再管左煜，脱掉外套，直接躺在了床上。

左煜帮她把被子盖上，然后走回木柜前，对着蜡烛吹了一口气。蜡烛熄灭，整个房间陷入一片黑暗。左煜摸黑走到司玥的床边，轻声说：“晚上睡觉尽量不要点灯，司玥，习惯就好了，我在你旁边。”

司玥哼了一声。

黑暗中，左煜弯腰，准确地在司玥的额头上亲了一下。司玥的心怦怦直跳，她想和他接吻，想和他尽情地吻。而那样的话，他们真是扯都扯不清了，虽然他们现在也是斩不断理还乱的状态。这样畏畏缩缩、瞻前顾后的自己让她非常讨厌。

司玥虽然随性，但也理智。她答应过她母亲，如果她再把母亲气得一病不起，或者更严重，她和左煜又怎么能幸福？什么吃醋不吃醋，和现实比起来，是多么可笑！

司玥在难过中睡去。左煜等她睡着，又吻了吻她的唇才转身出了她的房间。

第二天，司玥起得出奇的早，她没吃早饭，直接去了阿海家找阿海。

开门的人是阿海的母亲，司玥被告知阿海去砍柴了。这里的人生活得很传统，司玥想起那天也是一早就看到阿海挑着柴回来。司玥想在阿海家等，阿海的母亲说不方便，她只好在门外等。

这里的人真的一点都不欢迎他们。司玥以前会认为是下沽村的村民怕外人扰乱了村里的宁静，故步自封，不愿意接受外面的人和事。而现在，司玥认为不完全是这样。他们或许是怕外人在下沽村发现什么，所以不欢迎他们，也撒谎说没见过段琨。司玥在紧闭的房门前等阿海，希望阿海能够告诉她真相。

司玥等了半个多小时，终于看到一个挑着柴的男人由远及近地走来。她赶紧走上前去，到了阿海面前，她笑着喊了一声："阿海。"

阿海笑着点头："司小姐这么早就起床了？"

"是的。"司玥看了一下四周，对阿海说，"我有一件事想问你，希望你能告诉我。"

阿海把肩上的柴放下来，点头道："什么事？你尽管问吧。"

司玥开门见山："昨晚你带我去的那个地方是什么地方？当时为什么不让我说话？那块巨石上刻的是什么字？"

阿海道："那个地方叫'思过崖'，是做了错事的人去思过的，平时不准人去，所以我让你不要说话。石头上的字我不认识。"

"只是思过，平时也不能进去？没有别的原因？"司玥觉得奇怪。

阿海道："没有。"

阿海的回答和司玥之前的猜测相差有点大，那个地方只是用来思过的？而平时没有人思过也不能进去？

"司小姐，我先走了。"阿海笑了一下，又嘱咐司玥千万不要再去那个地方了。说完，他挑起柴走了。

司玥转身，蹙眉看着阿海的背影。左煜从一旁走到司玥身边，问她："他说了吗？"

"说了。那个地方设为禁地是因为那是思过崖，思过的人才能去那里。"司玥一边看着阿海的背影一边回答。

左煜也有些意外："这么简单？"

司玥点头："除非他说谎。不然，肯定不会这么简单。"

左煜道："那些字符得尽快破译了。"

司玥看着阿海的背影，忽然皱起了眉头："左煜，我怎么觉得这个阿海有点不对劲？"

"什么地方不对劲？"左煜也看向阿海。

司玥道："今天的阿海走路姿势和以前的不一样。"

"哪里不一样？"

司玥道："走路时，两只脚用的力度不一样。虽然都是左脚更用力，但是今天的阿海左脚的力度要小于以前。”

这么细微的区别，很多人都不会察觉，左煜不知道阿海以前走路的样子。

“或许是脚受伤了。”左煜说。

司玥点头：“这个当然有可能。究竟是不是，我们很快就能知道了。”

司玥喊了走到家门口的阿海一声。阿海远远地看着司玥，问她什么事。

司玥让他过来，她有一样东西给他。阿海放下柴走回司玥的面前，笑道：“给什么？”

司玥一边掏东西，一边“不小心”轻轻地踩了一下阿海不对劲的那只脚。阿海还和平时一样。

司玥说：“啊……我忘带了，明天给你。”

“好。”

阿海又转身，挑起柴开门进了家门。司玥问左煜：“你看出阿海有什么不对劲吗？”

左煜说：“他今天看到你没有脸红。”

司玥眼睛一眨不眨地看着左煜，左煜泰然自若地回视着她。

片刻后，司玥说：“这个阿海给我的感觉不像是以前的阿海，不像是昨晚带我去那个地方的阿海！”

司玥没听到左煜说话，不由得道：“你不信？”

第十九章

A lesson in love

震荡

左煜道："我信。因为，他的神态的确和以前的阿海不一样。我还在想，这个人不是阿海，他和阿海又长这么像，那么他们两个会不会是双胞胎？而他为什么要冒充阿海？真正的阿海又在什么地方？那个地方真的是思过崖吗？"

"左煜，这些问题的答案，我想我们也不能问下沽村村民了。我发现这里的所有人都在撒谎，下沽村充满了古怪。我们再悄悄去一趟思过崖吧？"司玥正色道。

她少有这么正经的样子，左煜知道她找父亲心切。他环顾一周，没有人，回头对司玥说："我们这就走！"

司玥点头，和左煜悄悄往那个叫思过崖的地方去。这个时候的雾气依然很浓，能见度只有一米左右。不过，这对司玥和左煜来说正好。因为大雾之中，他们不易被发现。

过了没多久，司玥和左煜就来到了思过崖的那块巨石前。那块巨石有三米左右高，他们只能看到最下面的两竖排字，上面的字淹没在浓浓的雾气之中。这雾竟然比昨晚上的还大。

司玥和左煜互看一眼，都不说话，只用眼神示意彼此继续往前面走。他们穿过林立的怪石，司玥的手臂忽然被左煜拉住，迫使她停下了脚步。司玥这时才发现前面已经没有路了，是一个悬崖，只见茫茫白雾由下而上地笼罩着悬崖，不知深浅。要不是左煜及时阻止她，她就掉下去了。司玥深吸一口气，还有些惊魂未定。

昨天晚上的时候，他们没有走到最边上，也就没有发现这个悬崖。而司玥现在才看清他们左右两边是悬崖上很窄的路，大概有二十厘米宽，只能背靠着石壁一步一步地小心翼翼地移动。

“司玥，你在这里等我。我沿着这个悬崖走一圈，看看会不会有发现。”左煜对司玥说。

“左煜，这很危险！”

左煜道：“我会小心的，好好在这里等我。”

说完，左煜放开司玥的手臂，向右跨出一步，走上悬崖边上的路，身子迅速背靠着石壁，然后一步一步地往右边移。

司玥的心跳得厉害，这个地方太危险了，一不小心就会掉下去的！

“回来！左煜，回来！不要去了！”司玥压低声音朝左煜道。

左煜笑了一下，示意她宽心，他不会有事，脚步继续往右边移。司玥眼睛一眨不眨地看着他的动作，他每动一步，她的心就被高高提起，再缓缓放下，她觉得她的心都快要蹦出来了。

渐渐地，左煜的身影消失在浓雾之中，司玥看不到他了。看不到左煜的司玥更加担心，不知道他的情况怎么样了。尤其是过了半个多小时，司玥还没见左煜回来，不由得胡思乱想起来。昨天晚上她让他消失，永远不要出现在她面前。他说除非他不在了，他才能从她面前永远消失。想到这里，司玥的心隐隐作痛，仿佛一语成谶一样。司玥皱眉，昨天晚上她为什么要说消失这种话？不可以！左煜不可以消失！

司玥焦急地站在原地等左煜。又过了十多分钟，左煜还是没有回来。司玥喊了几声“左煜”，没人回应，她更加焦躁不安。

忽然，一声巨响传来，司玥感觉脚下的地在震动。巨响之后，连续不断的声音从身后传来。司玥回头一看，有一块巨石朝她的方向倒下来。还好司玥反应快，迅速往旁边一跳，躲过了倒下来的巨石，而倒下的巨石把他们出去的路堵死了。司玥皱眉看了一眼被堵死的路又转头盯着悬崖边上，希望看到左煜回来。

司玥又盯了几分钟后，她终于看到了左煜从雾中走出来，他走完了悬崖边上的路。司玥两步走过去，扑进左煜的怀里，惊魂未定地道：“我不找段琨了！我不找他了！左煜，你要是出了意外，我会恨死我自己！”

左煜单手搂着她的腰，安抚道："我没事，司玥，别担心。"

司玥从他怀中抬头，一下子吻住他，舌尖迅速钻进去，用力地缠上他，接吻可以让她实实在在地感受到他。此时此刻，她什么都不管，只想这样吻着他。

左煜也是空前的热情。刚才听到那声巨响，他担心司玥有事，赶紧折返。看到司玥好好地站在这里他才放心。

司玥听到有东西掉落的声音，但是左煜的两只手都搂着她的腰，和她忘情地接吻。忽然，又有巨响传来，两人立即停下动作，往身后声音来源的方向看去，没有看到什么，但是这声音和刚才的声音一样，司玥和左煜都知道又有巨石倒下来了。

"司玥，我们赶紧出去！"左煜捡起地上的一个东西，然后牵起司玥的手。

"头骨！"司玥看到左煜手里的东西，惊异地道。

"嗯，我在悬崖边上发现的，离这个头骨不远的地方还有一个石洞。详细的情况我们回去再说！"

"好！"司玥抬头看着眼前被堵死的路，蹙眉道，"但是，我们要怎么出去？左煜，没有出口了。"

横挡着出口的巨石有四米多高！不过，左煜对司玥说："我们可以出去。"

说完，左煜从外套口袋里拿出一根带抓钩的绳子。他抓住绳子的一端，用力将有抓钩的那端往上一抛，抓钩恰好固定在巨石顶上。左煜用力拉了拉，觉得牢固后，让司玥抓着绳子往上爬。司玥费了很大的劲才爬到了巨石顶上，左煜随后爬了上去。然后，左煜捡起绳子，到了巨石的另一边，握住绳子的一端，又让司玥顺着绳子下去。等司玥双脚着地后，左煜顺着绳子滑了下去。

左煜和司玥回到了老村长家，进了司玥的房间。

"这个头骨是什么人的？看样子有些年头了，到底是怎么回事？我们要报警吗？"一进房，司玥就把门关上了，奇怪地问左煜。

左煜道："报！从外观看，这个头骨是个女人的，年龄在二十岁左右，死了有二十多年。"

"二十岁左右，死了二十多年？"司玥突然想到一个人，沉声道，"会不会是段琨的那个女学生？”

“不无可能。”

司玥哼了一声：“他果然和女学生暧昧！”

左煜道：“司玥，这还不确定。”

司玥说：“我有预感这就是段琨的那个女学生，她叫刘敏。”她越想，眉头皱得越深，“听说段琨让她怀孕了，不知道她的其他部位还能不能找到。而刘敏在那里，段琨或许也在那里。他不是失踪了，而是和刘敏一起出事了！”

左煜发现司玥有些激动，他侧头看着司玥，安抚道：“司玥，我们先不要做过多的猜测。”

司玥心烦意乱。左煜报了警，但是下沽村地处偏僻，又在山上，离得最近的派出所没什么警力，且大半都出警去了，来下沽村得要好些时间。

“那个山洞是怎么回事？里面有什么？”司玥又问。

左煜道：“山洞被石门关着，石门大概有一米高，半米宽。我刚想仔细看就听到巨响声了，怕你有事就赶紧折返。”

“那些字符还要破译吗？”

“要。”左煜把头骨放在一边，又拿出司玥写的字符，开始研究。

门外忽然响起了敲门声，司玥开门，见是林东阳，不由得诧异地道：“什么事？”

林东阳道：“我或许能帮你们。”

司玥狐疑地盯着林东阳，林东阳朝她伸出手，笑道：“×国考古学者林东阳，很高兴认识你。”

“×国？考古学者？”左煜抬头看着林东阳。

“是的，左教授，多多关照。”

林东阳走到左煜面前，问道：“我们可以一起研究这些字符吗？”

“看来，你早就知道这些字符的存在了。你来下沽村也不是爬山的，而是为了这些字符？”左煜道。

“是的。”林东阳觉得没有必要再隐瞒了。

左煜想了一下，点头：“那好。”

左煜和林东阳一起探讨，只破译出东南西北这几个字，还有十多个字没有破译出来。司玥想起之前的“人”“归位”，现在又有“东南西北”四个字，但其中的意思还是不明白。

司玥对那些字体、字义以及变形、演变等一窍不通，闲坐在一旁。

门外又响起了敲门声，司玥开门，是夏莞莞，对方手里端着一碗汤。

夏莞莞对司玥、林东阳点了下头，算是打招呼，然后对左煜说："左煜，你把这碗姜汤喝了吧。昨晚回来听你一直打喷嚏，本来一早就煮好姜汤了，但你一早出门了，现在才看到你。"

"莞莞，我已经不打喷嚏了。你的脚好了吗？不要再到处跑了。"左煜道。

"走两步路没什么，不管怎样，你还是喝一点吧。"夏莞莞把碗递到左煜面前，一直保持着那样的姿势。

左煜看着司玥，司玥移开眼，凑过头去和林东阳一起看字符。

左煜对夏莞莞说："真的不用了，莞莞。"

夏莞莞眉头一蹙，身子一晃，碗掉在了地上，碎成了片，姜汤也洒了一地。她差点摔倒，左煜迅速伸手扶着她。

"哪里不舒服吗？"左煜问。

"没事，我没事。"夏莞莞蹲下身子捡碎片，左煜帮着她捡。碎片捡完后，夏莞莞让左煜忙，她去把碎片扔掉。

左煜又和林东阳讨论字符。司玥则退到了一旁，拿出指甲油，一边涂指甲，一边想段琨的事。

左煜和林东阳还是只破译出了几个字，没有完整的一句话。最后左煜和林东阳只得出了司玥的房间，等明天再讨论。

司玥觉得整个下沽村的人都在撒谎，也包括老村长。但是吃晚饭时，老村长的神情举止跟以前一模一样。饭桌上反常的却是夏莞莞，一副无精打采的样子。

饭后，左煜才发现夏莞莞发烧了，而且还烧得不轻。左煜跟司玥说他去帮一下夏莞莞，司玥又恢复毫不在乎的样子："你去啊。"

左煜照顾了夏莞莞一晚上，夏莞莞才慢慢地开始退烧。而司玥一早就叫林东阳和她一起去思过崖了。

司玥的脚已经完全消肿了，她走在前面，林东阳背着他的背包走在她后面。到了昨天倒下的巨石前面，司玥停下脚步，转身看着林东阳。

林东阳跟着司玥经过刻字的巨石和林立的怪石之后，又见眼前有巨石挡道，感叹道：“我找了这么久，原来在这个地方！”说完，他卸下背包，从包里拿出了左煜用的那种带抓钩的绳子，用力向上一抛绳，将绳子固定好。

司玥和林东阳一前一后顺着绳子往上爬，越过挡路的巨石就看到了悬崖。

“山洞在悬崖上？”林东阳问司玥。

“对！”司玥点头。

“左边近还是右边近？”

左煜并没有对司玥说过从哪边走更近。司玥想了一下，昨天左煜是往右边走的，后来他说是听到巨响后折返回来的，说明原路返回更近，也就是往右边走离山洞更近。于是，司玥肯定地道：“右边。”

“好。那我往右边走！”林东阳说，“你在这里等待。”

司玥也想进那个洞看个究竟，但是悬崖边上的路实在是太窄了，她光看着都心惊胆战，不敢保证自己能安稳顺利地走过去，只好道：“你也小心点。”

林东阳紧靠着崖壁缓缓挪动身体，小心翼翼地走着。这时的雾气没有昨天浓，没有拐弯前司玥都能看见林东阳。快到拐弯的地方，林东阳的右脚忽然一滑，身子晃了一晃，好在他的左脚没跟过去，双手也紧紧地抓着崖壁才没有坠落到悬崖下去。司玥看得额头冷汗直冒。因为雾气没那么大之后，司玥目测了悬崖至崖底的距离，下面简直是万丈深渊。

林东阳小心翼翼地拐过弯后，司玥就看不到他了，她在想那个山洞里到底有什么秘密。假设那个头骨真是段琨那个学生刘敏的，那么段琨和刘敏一起来考古，他们先发现了刻字的巨石，然后发现了悬崖边上的山洞，想去山洞里面考察。悬崖峭壁上的路不好走，刘敏出了事。

但是，路不好走的最大可能是掉下万丈悬崖，刘敏的头骨又怎么会出现在悬崖边上的山洞旁边呢？悬崖峭壁上的路只有二十厘米左右宽，窄的地方或许还没有这么宽，是放不下一具身体的。也就是说刘敏不是在山洞旁边出事的，头骨是后来被人放在那里的。下沽村的人不欢迎外来人，平时不让人来这个思过崖，所以，是下沽村的人发现了在考古的段琨和刘敏，把刘敏的头骨放在山洞旁的？那么，刘敏是怎么死的？是意外的还是人为的？下沽村的人又为什么把刘敏的头骨放在山洞旁边？段琨又在哪里？他是死是活？

司玥不希望那个头骨是刘敏的，仿佛这样的话，段琨也就只是失踪。而那个山洞或许就能解开这一切秘密，司玥这么希望着。

此时此刻，司玥也没心思想左煜了，没心思想他通宵陪伴别的女人，现在是不是还陪着她。她只想林东阳快点进入山洞，回来后把山洞里的一切都告诉她。

夏莞莞的烧虽然退了，但还在昏睡着。左煜稍稍放了心，但夏莞莞还没醒，他不方便离开。他去司玥的房间敲门，发现她不在房间，去他和林东阳住的那间房，林东阳也不在。左煜猜测司玥一定又去了思过崖，林东阳也是考古学者，对于下沽村很感兴趣，肯定也去了。他们两个是一起去的？左煜捏了捏眉心，担心司玥走上那个峭壁，转身出了房就要去找她。

“左煜……”

路过夏莞莞的房间时，左煜听到夏莞莞微弱的呼唤。左煜的脚步一顿，转身推开夏莞莞的房门走到她床边。

“醒了？现在感觉怎么样？”左煜站在夏莞莞床前问。

夏莞莞揉了揉额头，要坐起身，左煜弯腰扶着她半坐起来。夏莞莞有气无力地说：“左煜，我没事了。”

左煜看到她脸色苍白，蹙眉道：“莞莞，我怎么觉得你回国后身体差了许多？”

“有吗？我怎么不觉得？”夏莞莞微微一笑。

左煜点头：“不要讳疾忌医，小病都拖成大病了。等回去后，我建议你去做一下体检。”

夏莞莞霎时垂了头，听到他这么说，她的眼睛忽然一涩，又想流泪。十五年前，如果她不离开，他会不会每天都这样对她说？

“莞莞，莞莞？”

“嗯？”左煜喊了夏莞莞两声她才回过神来，低低地应了一声，仍然垂着头。

“你的烧退了，现在也醒了，没什么大碍。司玥出门去了，我不放心她，得去找找。你在这里好好休息。”左煜心里想着司玥，并没有注意到夏莞莞情绪的变化。

夏莞莞努力让自己镇定下来，抬头笑着说：“好。左煜，注意安全。”

左煜点头，转身出去。

夏莞莞又感觉有些头晕了，她下床去找她的包，里面有药，却没有站稳，竟倒在了地上。

左煜刚刚走到门口，忽然听到砰的一声闷响，赶紧转身，见夏莞莞身体侧躺在地上，一副很痛苦的样子。他又快步走回去。

“怎么摔跤了？”左煜把夏莞莞扶起来。

“我……没事。”夏莞莞顿了一下，忽然又说，“左煜，可不可以先不走？”

司玥在悬崖边上等了将近一个小时都没见林东阳回来。思过崖上，手机没有信号，她联系不到林东阳，不知他那边的情况，也不知道他是不是安全。她等得很焦急。

最后，司玥壮着胆子走到峭壁边上，双手抓着峭壁，想走上去。却在这时，轰隆隆的巨响声传来。司玥走回去，只见左边的石壁上突然开了一个洞，确切地说，是一道一米左右高半米宽的门，尺寸和左煜说的那个山洞的石门差不多。

司玥觉得奇怪，弯腰走进那道石门，里面一片漆黑。司玥打开了手机的手电筒软件，光一亮，就看到面前是一道长长的走廊，有两米多高，宽度刚好容下一个人，上下左右都是石壁。

司玥顺着走廊走了二十多分钟，走廊渐渐变宽。她走进了一个石洞，洞里的景致让她惊讶不已。而林东阳也在那里，正背对着她站着。

石洞的洞顶和两侧墙壁上全是画。画面上全是裸着上半身的人，男女都有。他们的腰间缠绕着兽皮，正匍匐叩拜。在这些人之外，有一幅虎头人身的画像。男男女女们叩拜的就是那个虎头人身的动物。

“是壁画！几千年前的壁画！笔法虽然不精细，但是也栩栩如生，让我感受到了万人叩拜的壮观场面！”林东阳回头发现了司玥，非常激动地告诉她。

司玥对洞中的画也是惊叹不已。但是，她的惊叹是出于一个赏画人的角度，而林东阳的感慨和激动是出于一个考古学者的角度，他们关注的侧重点并不相同。

司玥还没说话，林东阳又说了：“这些画面反映了当时人们的信仰。他们朝虎头人身的动物叩拜，或许说明那时的人崇拜虎，把这个虎头人身的动物当神。因为，远古时期，人们叩拜的对象多是神灵。我们再往前面走走。”

司玥也想探个究竟，看看洞里还有些什么。

“字符！林东阳，这里的有些字符和那块巨石上的一样。”司玥拿着手机照明，走了几步后，发现墙壁上还有字。

林东阳走到司玥身边，拿起手电筒照了一下，发现果然是字符。他蹙眉道：“只认识一个‘人’字。”

司玥借着手电筒的光往前面走了几步，又发现了字，而且字数非常多，密密麻麻的，但是字体却和刚才的那些不一样，刻上去的年代也不一样，好像是才刻上去不久的。

“这些字你认识吗？”司玥将走在另一边的林东阳叫过去。

林东阳瞪大了眼睛，大惊失色地盯着那些字看。

司玥见他一副大惊的样子，不由得道：“怎么了？”

“这是西周后期普遍采用的大篆体，却是后来人刻的。啊，是说的一个故事！”林东阳又吃了一惊。

“什么故事？”司玥见林东阳如此惊讶，也不由得好奇起来。

林东阳照着那些字念：弟子因奸人而孕，奸人因车辇而亡，弟子寻余庇佑。余为师，亦生怜悯，师心顾……

林东阳念到最后，司玥越来越震惊，神色越来越凝重。故事语言半文半白，司玥一下子就听明白了。

故事说的是：我的一个学生遇到坏人，被坏人侮辱怀了孕。最后恶有恶报，坏人因车祸身亡。而学生怜惜肚子里的生命，最后不想打掉肚子里的孩子，来找我帮忙。我是她的老师，又出于怜悯之心，答应帮她隐瞒，并对她多有照顾，而流言也因此而起。慧茹，我和你分开太久，没来得及跟你解释。那天见面我正想跟你说这事，你却没给我机会，直接提出了分手。我伸手拦住要离开的你，你在我的手臂上狠狠地咬了一口，头也不回地和姜先生走了。我的学生们说你是千金小姐受不了苦，最终选择了一个门当户对的男人，而我是绝对不相信的。你和我在一起就一直在受苦，我都记在心里。

但是慧茹，以你的性子，你并不是一个会因为流言就和我分手的女人，除非你确信这不是流言。我这些天一直在想你为什么这么决绝，忽然想起一件事来。一个多月前，刘敏忽然肚子疼，我带她去医院，医生检查后说没有大碍，多休息就好。我和刘敏都放了心，一起往医院大门走。而就在大门口，刘敏喊了一声“老师”，我侧头，她忽然扑上来亲了我一下，说喜欢我。我认识到事情的严重性，没有再管她，也不再带她这个学生。但是，那一幕你是不是看见了？她说的话你也听见了，对不对？

我现在才想起这件事来，你应该是因为这件事才这么决绝的吧？但是，我已经没有机会再向你解释了，因为我被困在这个洞里出不去了。对了，刘敏悄悄跟着我到了下沽村，说要和我一起考察，我让她回去，她不愿意。我和她争吵之时引来了下沽村村民。他们说这是禁地，不许任何人来，并要将我和刘敏捉起来，刘敏反抗时掉下了万丈悬崖。他们没把我怎么样，只是封死了这个山洞。

这里面有几千年前的壁画，还有一个墓室，很有研究价值。不过，我心有余而力不足了。怕他们认出来，我用的是大篆字体。

慧茹，我很想你。但是以后我再也不能陪在你身边了，你要保重，要找一个爱你的人替我继续爱你——段琨。

司玥听林东阳念完最后一个字，心里情绪震荡，原来父亲没有背叛母亲！母亲错怪了父亲，她也错怪了他。而他被困在这个洞里，死了！司玥用手电筒照明，想寻找父亲。

“他在哪儿呢？他躺在哪里？”司玥焦躁出声，到处寻找。

“司玥，你是在说……”林东阳疑惑地看着司玥。

“段琨！我要找到他，哪怕是骸骨！”

“他和你有关系？”

司玥有些哽咽：“他是我爸，我从来没有见过的爸；我是他女儿，他从来不知道的女儿。”

林东阳大吃一惊，今天让他吃惊的事真是太多了。

“等我拍几张照片，我再和你一起找。”林东阳拿出相机开始拍照。

“不许拍！”一个声音突然传来。

司玥抬头，讶异地道：“阿海！”

司玥辨别得出这个阿海是真正的阿海。她很奇怪，他怎么会在这里。

左煜把夏莞莞扶到床边坐下，道：“你还有什么事吗？”

夏莞莞看得出来他很想离开。她咬着唇，还没开口却又听左煜说：“我担心司玥，我突然有一个不好的预感，我不能留下来。你好好休息。”

夏莞莞松开咬着的唇：“我知道了。左煜，你去找她吧。希望她不要有事。”

左煜点头，再嘱咐她一句："记住，下沽村人说的话不要相信。"

"嗯。"夏莞莞叹息一声，心里说不出的难受。

左煜开门出了夏莞莞的房间。

"左教授留步！"

左煜刚走到大门口，就被老村长拦住了。

左煜停下脚步，看着老村长道："不知村长有什么事？"

老村长道："关于阿松的事，不知左教授有消息了没有？"

左煜有些抱歉地道："目前还没有消息。"

老村长叹息一声，点了一下头："我知道了。"

"村长，我还有事，就先告辞了。"

老村长盯着左煜："左教授要去什么地方？这里地势险峻，很多地方都很危险，最好不要乱走。"

"好。"左煜又向老村长告辞，朝思过崖走去。

山洞里，阿海看了司玥一眼，又微微红了脸，但是他没有立即说话，而是朝洞最里边的方向跪下，然后磕头。

司玥和林东阳诧异地看着阿海。

阿海磕了三个头后才站起身来，转身对司玥说："司小姐，你们怎么到这里来了？"

司玥说："我是来找人的。阿海，你怎么在这里？"

阿海却没有回答，而是叹道："我果然不该带你到这附近来找人。司小姐，你们也不该找到这里来。你知不知道，你们进来了就出不去了？"

"为什么？"林东阳开口，"我知道出口。"

阿海道："神是不会让你们出去的。"

"神？"司玥吃惊地看着阿海。

阿海点头，对司玥和林东阳解释道："这里是神修行的地方，任何人不能进来，包括下沽村的人。进来的人只能终身在此守护神的修行。我就是因为带你到这附近打扰了神的修行，必须进来终身守护神灵。"

司玥半眯了眼，下沽村的人信神？这里是他们认为的神的修行之所，所以才禁止外人进来，继而也不欢迎外来人到下沽村来，怕打扰了神灵？这世上，人们有着各种信仰，有些是根深蒂固的，外人很难说服他们不去信，只要不把他们所信的强加于其他人，其他人虽然无法理解但也愿意求同存异。但是，司玥却不认同太过迷信的做法。而且，她总觉得哪里不对。

阿海又对司玥和林东阳说："现在你们既然进来了，那就和我一起守护神灵吧，虽然……"

他没说完，弯腰坐下，背靠着石壁。

"虽然什么？"司玥问阿海。

阿海说："虽然……其实，我并不想在这里看到你。因为，你给我的感觉，不属于这里。"

司玥发觉阿海的精神不太好，刚才他还有些脸红，现在的脸色却有些苍白，好像是生病了。他背靠着石壁，好像没有什么力气。司玥道："阿海，你要不要喝点水？林东阳，你包里有水吗？"

"有。"林东阳把包放下来，开始找水。

阿海却摇头："不喝，不能喝。"

司玥道："我看你脸色不好，喝点水试试？"

阿海说："我们是守护者，不能吃，不能喝。"

司玥终于发觉哪里不对劲了："不能吃不能喝？这岂不是在这里等死？"

阿海微微一笑："到这里来了就不能说是死，而是修行。和神一起修行，和神一起与世长存。"

"好了，这是彻底的迷信，愚信了！也就是说，你进来后的这两天什么都没吃也什么都没喝？"司玥觉得可笑。

"修行是不需要吃、不需要喝的。"

"什么修行？你会被饿死、渴死的！"司玥盯着已经有气无力的阿海道。

"先喝点水吧。"林东阳把一瓶水递给阿海。

阿海没有接瓶子，而是缓缓说："来守护神的修行是一件最伟大最神圣的事。下沽村每年都会选人来守护，来守护的人都不能带吃的喝的。今年本来选的是阿松，就是村长的孙子，而阿松却背叛了神，离开了下沽村。这里已经好几个月没有人守护了，直到前天才选定了我来。"

前天正是大家去找左煜和夏莞莞的时候。而昨天一早，司玥就发现阿海不在了。她蹙眉道："是谁选定的你？村长？"

阿海点头。

司玥那种不对劲的感觉越来越强烈，她对林东阳和阿海道：“我看这不是守护，而是禁闭，是害人命！什么神不神的，全是骗人的话。村长每年都会选守护者？那么，村长就是这个骗子！”

“司玥小姐！请你不要不尊敬村长，不要亵渎神灵！”阿海不赞同地提醒司玥。

司玥却不说话了，而是继续往洞里走。

“不能再进去了！里面不是我们能进去的地方！”阿海激动地喊司玥，但是因为两天没吃没喝，他的声音有些弱。

司玥看到了石壁上的“禁止入内”四个字。而这四个字是现代的简体汉字，和洞里的其他字格格不入。司玥嗤笑，这里面定有古怪！刚才阿海说他前天才被村长选定为守护者送来这里，而她却认为村长是因为阿海带他们到这附近来而惩罚阿海的。村长之所以惩罚阿海，是因为怕她和左煜他们发现这个山洞。既然是值得敬重信仰的神，来守护神灵是一件伟大神圣的事，那么阿海来了，为什么会有人在他们面前冒充阿海？这样遮遮掩掩，恐怕进山洞来不是什么伟大神圣的事，而是怕外人知道这是害人命的事！

同时，司玥还认为这里没有神，只有别的不可告人的秘密。而且，父亲在遗书上提到这里面有间墓室。那间墓室又在哪儿？有什么秘密？司玥借着手电筒的光抬头看着石壁上“禁止入内”这四个字，猜测里面就是墓室了。

“不要进去！司小姐，你会被神惩罚的！”阿海努力站起身来，想要阻止司玥。

而司玥并不听阿海的话，又往里面走了几步，一扇石门堵住了她的去路。

林东阳已经跟了上来，见面前挡路的石门，不禁蹙眉道：“这要怎么进去？这道门和刚才在悬崖上的门不一样，好像不是门，好像里面并没有路了。”

“我爸说这里有墓室，那就肯定有。因为他出不了洞，只可能是在这里面发现的。”

林东阳点头：“有机关？司玥，我们找找。”

阿海也缓缓走了过来。

司玥试着问：“阿海，是不是有机关？”

“不知道，我没进来过。就是知道，我也不能跟你们说，不能亵渎神灵。”

司玥和林东阳开始在石壁上找机关，然而他们找了很久都没有找到。

阿海说：“看来这里并没有机关。”

司玥想起刚才自己是从另一边进的洞，或许就是自己碰到机关了。她坚信这里面还有机关，和林东阳继续找。

忽然，司玥踩到一个什么东西，只听轰隆一声，挡在面前的那道石门开了。司玥和林东阳互看一眼，双双进去。

“不要进去！”阿海只有这一句话，而司玥和林东阳根本就不听。

进去之后的司玥和林东阳又是一番惊叹，只见里面正中央摆着一口棺材。而其他地方堆满了各种各样巧夺天工的东西，除了那口棺材，简直就像是一个藏宝洞！

阿海听到司玥和林东阳的惊叹声，好奇地朝里面看了一眼。借着司玥的手机和林东阳的手电筒光，阿海看到了里面的情景，也愣了。

“这里没有神，恐怕只有某些人私吞的财物！”司玥回头对阿海说。

阿海还是有些难以置信：“不会的！不会的！”他说着说着，身体就倒下了。

“他肯定是饿晕了，我去给他灌点水。”林东阳对司玥说。

“嗯。”司玥点头。

阿海被灌了水后，睁开了眼。林东阳又给他吃了点东西，他的精神好了很多，也能站起来了。

就在这时，轰隆隆的巨响声传来。

“难道又是巨石的声音？”司玥蹙眉道。

阿海艰难地开口：“是……我看你们要硬闯进来，向村长报了信。这个声音是村长他们把洞堵死的声音……我们……我们再也出不去了……”

司玥瞪着阿海：“你怎么报的信？”

阿海说石壁上有个机关，村长说这里有异常就告诉他，碰那个机关他就能知道。

司玥急忙往外面跑，一边跑一边说：“我们看看还有没有出路！”

几个人找了很久都没有找到出路。而且，司玥刚才进来的那条走廊也已经被封死了！

阿海很后悔地道：“没有出口，这个洞被堵死了，我们出不去了。”

司玥狠狠地瞪着阿海。

左煜刚走到思过崖就看到巨石坍塌，所有的石头都砸向悬崖上那个山洞的方向，轰隆作响之后，碎石四射。

老村长和几个年轻力壮的村民站在一旁，冷眼看着。左煜冲过去，那几个年轻力壮的村民也朝他冲过来。

左煜和几人交手，那几人不是左煜的对手，被他两三下拽倒在地。

老村长说：“左教授，你不该来这里。而且，你救不了他们。他们亵渎了神灵，现在被神惩罚了。”

左煜哼了一声，走到老村长面前，掐住他的脖子：“告诉我，怎么进去？”

“他们出不来，你也进不去！”

左煜的手又用力掐着老村长，老村长喘不过气来，仍然嘴硬道：“他们出不来，你也进不去！”

“你不信我掐死你？”左煜铁青着脸，声音里透着从来没有过的戾气。

老村长咳嗽几声，说不出话来。

“住手！”

左煜听到身后有人喊，掐着老村长的脖子转身，见夏莞莞被人押着朝他走来。

押着夏莞莞的那人道：“你敢动村长，我就把她也解决掉！”

两个世界

“左煜……左煜……”夏莞莞被人反手押着一路惊慌害怕地到了这里。她看到左煜就像看到了救星，期待地喊着左煜。而她的声音并不大，巨石不断倒塌的声音几乎掩盖了她的声音。她的脸色苍白，看得出来她的身体还没好。

左煜皱着眉头。在这之前，他只知下沽村的人在说谎，但并没有想到他们会罔顾人命，刚才竟然还说什么神灵，用神灵来糊弄人！现在那么多的石头都在往那个山洞倒塌、滚去，眼前的路已经完全被封住，他不敢想象司玥是什么情况。想到这里，左煜掐着老村长脖子的手劲又大了些，他真恨不得一下把对方掐死。

“啊！左煜……左煜救我！”

押着夏莞莞的那人和阿海长得一模一样。他见左煜还不松手，狠狠地扭了一下夏莞莞的右手臂，她的右手臂几乎要断了。

左煜见夏莞莞苍白着脸充满期冀地望着他，手紧了又松，松了又紧，最后还是松了力道，盯着夏莞莞身后的人，喝道：“放开她！”

“你先把村长放开！”

左煜听到不断响起的轰隆声，心一直紧绷着。因为夏莞莞，他们是绝不会松口说出怎么进乱石横飞的山洞了。而他已经没有时间和他们纠缠了，救司玥要紧！他松开老村长的脖子，用力地推了一把。老村长被推得摔倒在地，哎哟一声。押着夏莞莞的那人也猛地向前推了夏莞莞一下，夏莞莞被推得向左煜扑去。她顺势扑进左煜的怀里，紧紧地抱着他，也终于松了一口气，喃喃道："左煜，吓死我了，吓死我了！还好有你在……还好有你在……"

左煜掰开夏莞莞环在他腰上的手，拉开柔若无骨地靠在他怀里的夏莞莞，转身就朝乱石轰塌的方向冲去。

"你干什么？那边到处都是不断掉下来的落石！左煜，你不要命了吗？"夏莞莞大惊失色地看着左煜。

一块块石头朝左煜的方向砸去，左煜堪堪避过，冲到了挡住去路的已经堆了三米多高的乱石前，还有石头不断往下掉。左煜避过大石，他的肩膀、背部不可避免地被碎石砸中。

左煜每被砸中一下，夏莞莞就惊呼一声。

老村长的骨头几乎都快被左煜摔断了，此刻疼得不行。他被人从地上扶起来，看了一眼左煜，恨恨地说："他既然想进去我们也不用拦着他，就让他去送死吧！他们打扰了神的修行，本来就该受到惩罚！就是死也是咎由自取！"

扶着他的人点头赞同地道："村长说得对！"

夏莞莞看到左煜拿出绳子还要往上面爬，根本就不在乎砸在身上的石头，担忧得哭了出来，在原地使出浑身的力量哭着大喊："不要去了！左煜，你不要去了！你会被砸死的！你要是出事了，我再也不活了！你……你知不知道我还喜欢你！这十五年来，我每天都在想你！"

夏莞莞一说完，就像再也没有力气了一样，双脚一软，摔倒在了地上。

而左煜根本不听她的话，仍借助绳子往上爬，紧接着头也被石头砸了一下。

夏莞莞绝望地看着左煜，哭着喊他的名字。她看到左煜爬了上去，站起身来了，但是左肩上又被一块盘子一般大小的石头砸中，然后不断有石头砸在他身上，大的、小的……夏莞莞一边大哭一边使劲摇头。最后，她实在看不过去了，回头瞪着还在揉腰的老村长："这一切都是你搞的鬼？赶快让这些石头停下来！"

"一时半会儿停不下来，这是神的惩罚。"老村长全身都在痛，皱着眉哼道。

"什么神？胡说八道！这都是骗人的话！你们这是在害人命！你们再不救人的话，警察来了，你们也跑不掉！"

老村长冷冷地看着夏莞莞："你和他们是一起的，你也应该受到神的惩罚！阿冒，把她推到悬崖下面！"

"是，村长！"

阿冒走到夏莞莞面前，一把抓住她的手臂，把她拉起来。左边三米之外就是悬崖，阿冒抓着夏莞莞的手臂往悬崖边拖。忽然，阿冒"啊"了一声，松开了夏莞莞。他的脑袋被石头砸中，整个人一下子倒了下去。夏莞莞抬头往左煜那边看，左煜朝她吼了一声："走！"

夏莞莞回头，老村长没人扶着，又坐在了地上，还有几个倒地的村民正缓缓地从地上爬起来。夏莞莞回头看左煜，而左煜的身影已经消失了。她皱着眉头，转身，忍着身体的不适，努力拖着一双腿一边离开一边哭道："我不能拖你后腿……不能拖你后腿……你一定要好好回来……一定要好好回来……"

左煜越过了挡在面前的石堆，一路冒着被落石砸到的危险往山洞的方向走，他只知道峭壁上的洞门。但是，峭壁上原本有的路已经没有了，到处都是石头，一片废墟。左煜找不到进山洞的洞口，只怕山洞已经坍塌了，司玥和林东阳在里面凶多吉少……左煜摇了摇头，不会的！司玥一定没事！他一定要救她出来！博物馆地下室里他救出了她；旅馆大火中他救出了她；沙漠的风沙中他救出了她……她跟着他受了这么多苦，她经历了这么多都没有事，她这次也会好好的，他能救她的！

"坚持！司玥，你在里面再坚持坚持，我想办法，我一定有办法的！"

山洞走廊已经被堵死，山洞不断地震荡着，落石不断地往下面掉。司玥、林东阳和阿海三人都被落石砸中受了伤。林东阳看着不断往下落的石头，皱眉道："真的没有出口了，而且我们避无可避。"

阿海悔恨地看着司玥："对不起。"

一说完，阿海的肩就被一块落石砸中了，司玥的左手臂也被砸了一下，林东阳的背部同样没能幸免。

司玥怒气冲冲地说："说对不起有什么用？今天我们都会死在这里！"

她虽然这么说着，但是拿着手机照明转身往回跑："跟我走！"

"跟你走？我们还能走到哪儿去？"阿海已经放弃了。

"不想死就跟我走！"司玥回头冷冷地说了一声。

林东阳惊讶于司玥的冷静，见她一副笃定的样子，没有多问，打着手电筒跟着她就跑，反正眼前全是落石，已经没有别的路了。

阿海见林东阳和司玥都在往回跑，也跟着跑了。他真的后悔，他没想到村长会骗他，会骗整个下沽村的人。这里面根本没有神，只有一间墓室和一口棺材。不知那口棺材里面装的是什么人，而墓室里面堆满了各种稀罕物，真像司玥说的是村长窝藏的财物！阿海已经明白了村长嘱咐有人硬闯写着“禁止入内”的“神修之地”的墓室的话就给他报信的真正原因。那是因为他怕墓室里的东西被人发现，所以才让阿海报信。司玥说阿海被选定到这里来是村长对他的惩罚，惩罚他带她到了思过崖找左煜他们。现在阿海觉得司玥说得对，因为不吃不喝是活不了几天的。村长之所以惩罚他就是怕司玥他们发现这个山洞，发现洞里的秘密。而且，他还想起来，以前每年由村长选定的“守护者”都是因为没经允许就到了思过崖，是“犯错者”。

阿海又想起了村长的孙子阿松，阿松也曾经被选定成“守护者”来这里。难道村长连自己的孙子也害吗？阿海又想起阿松还在下沽村时，有一次对自己说他爷爷对他太严厉，他感觉自己不是爷爷的亲孙子。阿海忽然觉得或许阿松说得对，不然哪有爷爷对亲孙子这样的？阿海没想到村长会是这样的一个人。

阿海一番思考后发觉头上的落石越来越少了。他有些奇怪，继续跟着司玥和林东阳两人跑，最后跑回了那间墓室，发现墓室没有震荡，没有落石！

“这里面怎么没有受到影响？”阿海觉得不可思议，问司玥。

站在司玥身边的林东阳也在思考这个问题。

司玥淡淡地道：“这里有你们村长的宝贝，他只想困住我们，所以不会让他的宝贝有事，不会让石头落下来将这些无价之宝砸坏。否则，他神神秘秘地隐藏这么多年都是白费了。因此，墓室是整个山洞里唯一安全的地方。”

阿海恍然大悟。林东阳侧头看着司玥，这样一个漂亮又聪明的女人让人心动不已。他微微一笑：“如果大难不死，我愿以身相许。”

司玥挑了挑眉：“如果大难不死，我将爱我所爱，不顾一切。”

“左教授？”林东阳笑道。

司玥眉梢飞扬，没有回答。

林东阳却明白了，摊了摊手，叹气：“看来我是没有希望了。”

司玥又笑了笑，而下一秒却敛了笑，正色转身，她还要找父亲。现在其他地方她无法去找，但是这间墓室她要仔仔细细地查看。

司玥举着手机一照，亮光打在墓室的各个地方，她的目光跟着搜寻。她不敢肯定父亲的尸骨还在这里，因为村长肯定时常进入这个墓室。父亲的尸骨或许已经被村长处理掉了。而她又觉得村长把这个地方弄得如此神秘，一般人不能进来，尸骨放在这里也没人会发现。司玥把堆在墓室里的东西一件一件翻开。

林东阳则看着那口棺材出神。那是一口石棺，石棺周围刻着刚才他和司玥看到的那些壁画的场景，半裸着上身叩拜的人，他们在拜神。而那石棺非常大，他所带的工具无法打开石棺。他抬头见司玥到处翻找，甚至把一只精致的玉兔、一棵一米左右高的玉树都给踢翻了，玉兔和玉树应声而碎。他知道她在找段琨的尸骨，如今不能开棺，他也不着急，开始帮着司玥找。

阿海不知道他们在找什么，问司玥和林东阳，他们都不说话。于是，他也不问，跟着漫无目的地翻找。

司玥看到一尊一米左右高的银白雕像，她扔掉手里的一个碟子，走到雕像后面，顿时停下了动作。

林东阳没有听到司玥发出响声，走到她身边，低头一看，只见地上有二十几具尸骨。

“啊！”走过来的阿海惊呼一声。

司玥缓缓蹲下身子，惊慌失措地看着一堆白骨。她知道这里面有一具是她父亲的。她盯着白骨，气息不稳，悲从中来。但她忍着没有哭，喃喃道：“哪一具是……哪一具是段琨的？哪一具是我爸的？”

她不敢贸然去动，蹲在地上悲哀又无措地看着。

林东阳仔细查看着那堆白骨，问司玥有关段琨的身高、体重等信息。

“一米八，一百四十斤。”司玥说出前些天调查到的信息。

林东阳又仔细验看一番，指着其中一具对司玥说：“这一具去世的时间及尸骨的长短和你父亲差不多。”

司玥看向林东阳手指的那具尸骨，闭了闭眼，伸手去摸。

而就在这时，墓室也开始震动了。

“好像这里也要塌了。”阿海慌张地看着司玥和林东阳。

林东阳霍地站起身来，震动的声音越来越大，又过几秒，开始有落石往下掉。

“司玥，这里也不安全了！”林东阳回头看着还蹲在地上的司玥说。

司玥慢腾腾地抬头，林东阳将手电筒照向墓室门口，那里正在掉石头。

很快，墓室门口就被完全堵住了，而墓室里面也开始掉石头了，有些石头砸在尸骨上。司玥用身体护住父亲的尸骨，背上被盘子一般大小的石头狠狠地砸了一下。

“看来我们今天真的要死在这里了。”阿海泄气地说。

坐在地上的老村长听到响声有点不对劲，大惊：“墓室也塌了！墓室怎么会塌的？”他只动了其他地方的机关，没有动墓室的。难道是崩塌的动静太大，影响了墓室？这可糟糕了！

他惊慌失措，想站起身来，但他被左煜推得太狠，没人扶着站不起来。其他被左煜撂倒的人缓缓爬着，想起来却还是没能站起来，可见刚才左煜是下了狠手的。老村长恨得牙痒痒，他藏的那些东西……

轰隆声越来越大，有一种天崩地裂的感觉。左煜看到周围越来越多的石头，心急如焚，山洞里面的情形一定非常糟糕，他要怎么进去？怎么进去？

刚才村长提到神，左煜想起那块巨石上的刻字有“人、东、南、西、北、归位”。而“东、南、西、北”后面还各有一个字，“人”后有两个字，“归位”前有两个字，那些字到底是什么？字符和山洞有没有联系？有什么联系？

右边一块石头落下，左煜往左边一躲。

“正一！左正一！”左煜心里突然冒出“左正一”三个字。左、东南西北全是方位，这是在暗示方位！而这几个表示方位的字之后是距离！或许那些字符就是说的进洞的方法。

左煜得出这样的结论，心中燃起希望，努力思考东南西北后又是什么。

剧烈的震动不断地从脚下传来；骇人的巨响一直充斥在耳边；致命的落石就在他的头顶，以及山洞里！左煜催促自己快点破译那几个字。

“东三！南二！”

“西六！北五！”

“人叩拜、神方归位！”

“人叩拜东三南二西六北五神方归位！”往东走三，南走二，西走六，北走五就能让神归位了。

但到底是三步还是三米，还是别的什么？又是从哪里开始算起的？左煜焦急地想着。那几行字刻有五千多年了，那时没有“米”的说法，或许就是“步”了。而又是从什么地方开始算的呢？左煜认为老村长不一定知道字符的秘密。因为那些字，一般人并不认识。几千年前，人们常常向神祈祷风调雨顺，拜神是常有的事。字符中提到神并不奇怪，而且那个神有可能是当时的人把某个人给神化的。这个山洞或许就和此人有关。左煜猜测下沽村村长并不一定知道其中的详情，他装神弄鬼只是为了一己之私。

左煜并没有看到洞中的情形，但已经大致猜到了。

他认为那些字符就是几千年前刻的，或许是提示人们进山洞祭拜，但连村长都不知道那个方法。所以，他要试试看是不是像他所猜测的那样，因为，他现在没有其他办法能进去。那么，现在关键就是步伐要从哪里算起，要多大的步子。

一块两百多斤的石头落在了左煜面前，没有时间让他多考虑了，那就从最安全的地方算起吧。古代的人远比想象中聪明，他们找的地方可能是最安全的地方。

左煜抬头扫了一圈，后退几步，找了一个落石较少稍微安全的地方，再按左正一东三南二西六北五的方向和顺序大步走，到了一面破败的石壁前。石壁上隐隐约约刻了一个虎头，他把右手伸出去放在虎头上，只听轰的一声，右边原本全是石壁的地方突然开了口。而所谓相对安全的地方仍然是不安全的，落石依然很多。左煜顶着落石钻进洞口。

洞里面漆黑一片，落石却越来越多。左煜拿出手机照明，一边往里面跑一边喊司玥的名字。

左煜跑了几米，眼前又是一堵石壁。他四下环顾，又看到一个虎头。而这时，他的脚下和头上的震动越来越大。他没有退回去，伸手在那虎头上一按，只听一声巨响，面前的石壁打开。他的手机一照，看到蹲在地上的背影和一头长长的鬈发，落石不断往下掉。

“司玥！”左煜大喊一声。

司玥回头，惊诧又欣喜地看着左煜。

“跟我走！这里马上就要塌了！”左煜大步过去，牵起司玥的手把她从地上拉起来，然后匆匆往外走。

“等等！”司玥甩开左煜的手，返回去将那一具白骨抱起来。

左煜没有问，他已经猜到了，拉着司玥的手臂就往外跑。

左煜没有时间管林东阳和阿海，而林东阳和阿海也没有问，跟着左煜和司玥往外跑。

他们一直跑，每次都是前脚一离开，他们身后的山洞就开始坍塌。几人在最后关头冲出了墓室，而那墓室也已全面坍塌。

到了安全的地方，几个人都伤痕累累。警察也来了，左煜几人和几个警察一起到了村长家。几个警察把村长、和左煜交手的几个村民抓走了，另外还有警察在坍塌的思过崖那里调查。

下沽村更加沉寂了。司玥和左煜几人全身多处受伤，都在原来的房间休息，左煜给司玥上了药就将她紧紧地搂在怀里。

“司玥，我真怕再也见不到你了。”他低头在她耳边还有些后怕地说。

司玥也是惊魂甫定：“我也以为我们要永别了。”

左煜又紧了紧抱着她的手。司玥嗞了一声，道：“好疼。”

左煜松了力道，抱着她不说话，司玥靠在他怀里也不说话。一场天崩地裂，他们差一点就生离死别。此刻他们还能相拥着彼此就是莫大的幸福，什么都比不过他在她身边，她在他身边。片刻后，左煜低头亲她，从额头到鼻尖，再到嘴唇，温柔缱绻着，万般珍惜，永远都吻不够似的。

敲门声打断了拥吻的两人。

“左教授，警察在山上找到了夏小姐，她现在还在昏迷中，感觉不对劲。你要不要过来看看？”

是林东阳的声音。

左煜吻司玥的动作一顿，司玥推开他。左煜又把司玥拉进怀里，又是一番深吻才放开她。他低头看着她的眼睛，柔声说：“先好好休息，我去看一下她。”

司玥不说话，左煜就又抱着她。

“左教授？”林东阳在外面又喊了一声。

司玥不耐烦地推开左煜，怪声怪气地说：“你快去看看你的莞莞吧，不知她怎么会昏迷。我知道你想去看她。”

“又胡说了。乖，好好休息。”左煜在她脸上又亲了一下。

“嗯。”司玥终于点了点头。

左煜和林东阳一起到了夏莞莞的房间，走到夏莞莞的床前，见她脸色惨白，双眼紧闭，不由得蹙了蹙眉。

“得送医院才行。”左煜回头对林东阳说，而林东阳已经不在房间里了。他转回头，把夏莞莞扶起来，要背她。

夏莞莞缓缓睁开眼睛，见左煜背对着她，她惊喜地道：“左煜，你回来了！你没事！”

左煜听到夏莞莞的声音，回过身去，像是松了一口气：“你醒了？你得去一趟医院。”

夏莞莞慌忙摇头：“不用，不用。左煜，我不用去医院。我很好，你看我现在好好的，我看到你就好了。”

左煜看到夏莞莞的脸色，并不认为她是好好的。

夏莞莞却又道：“左煜，司小姐回来了吗？她怎么样？有没有事？”

“她回来了，受了伤。”

“那你快去看看她，陪着她，不用管我。”

左煜想起夏莞莞在思过崖上说的话，皱了皱眉，没再多说，站起身来往外走。

等左煜走出去后，夏莞莞下床，小心翼翼地走到自己的背包面前，从里面掏出一瓶药，拧开瓶盖往手里倒药。

却在此时，嘎吱一声，她的房门又开了。她抬头，左煜站在门口。她一紧张，手上的药瓶掉落在地上，药片从药瓶里面掉出来，散落了一地。

“左煜……”她有气无力地喊了左煜一声。

左煜走进房间，走到夏莞莞的面前，蹲下，捡起药瓶一看，顿时一惊，那是胃癌术后用的药。

“你……什么时候生病的？”左煜握着那个药瓶站起身来，难以置信地看着她。

夏莞莞低声说：“十五年前。”

十五年前？左煜蹙眉。

夏莞莞也不再瞒他了：“十五年前……我没有去赴约，突然离开就是因为生病了。”

左煜一时无语。

夏莞莞又缓缓道：“我以为我活不了多久，我不想让你难过，所以没对你说。因为我又想在痊愈之后回来见你，所以这些年我一直在积极治疗。但这十五年来，我每天都很想你，每天都想回来。在又做了手术后，我终于忍不住心中的思念，不顾一切地回来了。左煜，我……真的很想很想你。我每天都在怀念我们在一起的时光。”

左煜闭了闭眼：“莞莞……”

“我知道，我回来晚了是不是？左煜，我不知道我能活十五年。要是知道，我一定不去治疗，我想一直在你身边。我……很爱很爱你。”

“对不起，现在我什么都不能给你。”左煜有些于心不忍，却必须跟她说清楚。

夏莞莞弯着腰捂住肚子，神情痛苦。左煜上前扶着她，把她扶到床边坐下。

夏莞莞的眼泪流了出来，哽咽道：“你很爱她对不对？”

左煜轻轻地嗯了一声。

夏莞莞的泪流得更厉害了：“那你以前爱过我吗？那天你约我想对我说的话是什么？”

“莞莞，现在说这些已经没有任何意义了。”

夏莞莞抬手抹眼泪，胃也疼得厉害：“左煜，我想知道，告诉我好吗？”

左煜沉默了一下，叹道：“爱过。”

夏莞莞一直抹眼泪：“那天你想对我说什么？是我错过了。左煜，我好后悔，是我错过了，对不对？你那天想对我说的话是什么？”

“已经过去了，莞莞，不要再想了。”

夏莞莞摇头，捂着胃部艰难地开口：“我想知道。左煜，我想听你亲口说。左煜，听你说了我就没有遗憾了。”

左煜想起那段遥远的回忆，缓缓地道：“莞莞，你可以做我女朋友吗？然后嫁给我？”

司玥抱着那一具骸骨站在门外，她的心很痛。原来，多年以前他第一次对夏莞莞表白就想让夏莞莞嫁给他。司玥能想象得出，年少时，他对夏莞莞是多么纯粹的爱。司玥抱着白骨默默转身，她不想跟左煜说一声了，她要把骸骨交给在外等待的警察。

夏莞莞也讶异地看着左煜，然后悲痛地大哭。要是她当初不走，他就会娶她，无论怎样，她都可以和他做几年夫妻，其实哪怕一年或者一天也好。

“莞莞，不要哭了。你要好好治病，一定会遇上爱你的人。”

“可我爱你，这些年我心心念念的都是你……我……但我知道你不会回头了。”夏莞莞失声痛哭。

已经走出几步的司玥听到夏莞莞声嘶力竭的痛哭声，加快了离开的步伐。到了在门外等待的警察面前，司玥跟着警察走了，她想去亲眼看看尸骨的鉴定。

夏莞莞的胃很疼，得去医院。左煜去司玥的房间找她，而司玥早已不见了。他给司玥打电话，司玥的电话关机，左煜只好先把夏莞莞送医院再说。

一行人只有林东阳留在下沽村，他还要考察思过崖山洞、洞里的壁画，还有那口棺材里的人。

在等待鉴定结果时，司玥听说下沽村的老村长把犯的事都交代了。他从各地盗窃了很多珍贵的东西，其中不乏文物，以此来致富。而他觉得把那些东西放在家里不安全，一直在考虑把它们放在什么地方。三十年前，他无意之中发现了悬崖上的那个山洞，洞的隐蔽性让他大喜，觉得把盗来的东西藏在里面会很安全。洞里的那些壁画让他惊叹，里面还有一口棺材，让他忽然想到了一个世人不会怀疑他藏了东西在里面的主意。那就是造神，以“神”的名义不准外人闯入。

三十年前，为了让村民们相信“神”的存在，他把一个犯错的十岁的男孩推到悬崖下面了，并制造成是被神惩罚的假象。这事之后，大多数村民信了神；也有不信的，都被他推下了悬崖。最后，大家都对神的存在确信无疑了，那个悬崖也因此叫思过崖。至于每年都要选一个“守护者”，一来是为了掩人耳目，让村民们更相信神；二来是为了惩罚那些违背他的意思，不经过他允许就去思过崖的人。

有一次，他盗窃文物时发现了一个弃婴，他一时心软把那个弃婴抱了回来，把小家伙当亲孙子养。那个弃婴就是他的孙子阿松。一年前，阿松发现了他的秘密，他就想把阿松关进山洞里，选定阿松为“守护者”。而半个多月前，阿松逃走了。他怕阿松报警，一直在打听阿松的下落。后来，左煜等人来到下沽村，左煜说知道阿松的一些消息他才同意左煜等人在他家住下来。后来，他的事因为司玥和左煜等人被暴露。

司玥想起左煜说阿松去派出所报警，只说了一句话后找借口离开了派出所，并没有真的报警。想必阿松还顾念着老村长的养育之恩，最后没有亲手揭发老村长的罪行。

司玥又听说老村长还说了段琨和刘敏的事情。段琨发现了思过崖和山洞，进去考察，大着肚子的刘敏跟去，被老村长知道了，拉扯之间把刘敏推到了悬崖下面。段琨进了山洞，老村长堵住了山洞的出口，让段琨饿死、渴死在了里面。刘敏的尸骨被老村长找到时已经粉身碎骨了，他把刘敏的头放在了思过崖山洞洞口，对村民说是祭神。

司玥听完，霍地站起身来，问警察老村长被关押在什么地方。警察也知道段琨是司玥的父亲，带司玥去了关押老村长的那间房。房门一开，司玥就冲到老村长面前，一巴掌甩在了那张老脸上，脚也朝他身上踢。

老村长被司玥踢倒在地，“哎哟哎哟”地叫唤。警察迅速过来拦住司玥，提醒她这是警局，不可以乱来。司玥对面前的老头恨得牙痒痒，真想一巴掌抽死他，一脚踢死他。

“司小姐，不要激动！”警察把司玥拉出了房间。

而那具骸骨的鉴定结果也出来了，符合段琨生前的一切特征。司玥带着父亲的骸骨走出派出所，在门口看到左煜，他正朝她走来。

司玥停下脚步，看着左煜越走越近，最后停在了她面前。

“确定是伯父了？”左煜看着她手里的盒子，轻声问。

“嗯。”

左煜伸手要帮司玥拿，她侧身一避：“我自己来。”

左煜走在司玥身侧，见她沉默，宽慰道：“你爸爸很爱你妈妈，如果他知道你，他也一定很爱你。”

“嗯。”司玥说，“我不难过，我终于找到我爸了。我爸爸不是负心汉，他爱考古，也爱妈妈。就像你说的，如果他知道我的存在，也一定会非常爱我。”

她双手抱着装骸骨的盒子，左煜伸手搂着她的腰。司玥停下脚步，侧转身面对着左煜，轻声说：“我已经叫人来接我了，我要走了。”

她一侧身就避开了左煜搂着她腰的手。

左煜一愣，盯着司玥道：“我们一起回去。”

“不。”司玥拒绝。

左煜刚想说什么，他的手机响了，是医院打来的。左煜一听就皱了眉，挂断电话时，司玥已经走到前面去了，一辆黑色越野车停在了她的面前。左煜快跑追上去，拉着司玥的手说：“莞莞生了病，手术之后病情有点反复。这里的医院设施不全，我得把她转移到大医院去。我已经联系到她的父母了，她父母会很快赶回国，以后她的事就再也和我无关了。”

他目光沉沉地看着司玥，她一声不响地来到这个派出所，肯定是听到夏莞莞和他说的话了，而她却没问过他一句关于夏莞莞的事。他怕她多想，因此说了刚才那一番话，表明他和夏莞莞什么都没有，将来也不会再有联系。他不想让她闷闷不乐。

“我知道了。”

司玥说完，转身拉开车门上去了。

轰隆的马达声响起，左煜见那辆黑色越野车远去了才朝夏莞莞所在的医院走去。

司玥把父亲的骸骨送到了母亲面前，把父亲在思过崖山洞里刻的字原原本本地念给了母亲听。

司慧茹坐在椅子上一直沉默不语，司玥念完就转身离开了。

司慧茹靠着椅子靠背，双手搭在扶手上，抬头望着天空，望了很久，想起她怀着司玥摔倒在大雨中、生司玥时大出血差点一命呜呼，她恨透了段琨的事来。而她的耳边一直回响着那句“茹，余思汝甚”……一滴泪珠从眼角无声无息地滑落。

夏莞莞的父母赶到了医院，左煜见过夏父夏母后就离开了。夏莞莞望着左煜离开的背影，对父母说要离开国内，十五年前那些事就永远留在回忆里好了。她听左煜说了当年想对她说的话，那一段时光就彻底是过去了。

她知道左煜爱上了司玥，他能为司玥出生入死，为司玥不惧任何危险。她只有离开，祝福左煜和司玥。而左煜走得如此匆忙，连她祝福的话也没有听到。夏莞莞长叹一声。

左煜去了姜家找司慧茹，希望司慧茹答应他和司玥在一起。姜哲涵在一旁说：“我姐似乎和你分手了，你来找我妈也没用。”

左煜知道姜哲涵对司玥的心思，睨了姜哲涵一眼，没有答他的话，而是对司慧茹说：“我说过只要司玥需要我我就会一直在。所以，我以后外出考察的时间会很少，主要精力会在教学和考古整理汇编上，希望伯母能同意我和司玥在一起。”

司慧茹想起自己和段琨的事，叹道：“听哲涵说你和玥玥分手了，我不知道你们之间的事。但是只要玥玥愿意和你在一起，我没有任何意见。”

左煜又去了司家说服了司老夫人，而司玥却不在A城。

天气一天比一天冷，很多城市都下起了大雪。司玥爬到了雪山顶上。她弯着腰双手搭在膝盖上，呼出一团团白气，抬头时，看到前面十米之外的地方有两个十六七岁的男孩正用铲子铲雪，他们已经铲了一个大坑了。

司玥歇了一会儿，直起身朝他们走去。男孩专注认真地铲着雪，没有注意到司玥，司玥走到他们身旁停下脚步。

“剑！”一个男孩惊喜地喊出声。

司玥见那是一把青铜剑，有一尺多长，已经锈蚀，剑柄上还刻有字。

“我们是不是真的寻到宝了？挖到的是千年前的剑？”另一个男孩喜滋滋地跳下坑，把那把剑拿起来。

“不知道啊，希望是这样。”

“给我看看。”司玥对两个男孩说。

两个男孩这才发现司玥，愣愣地看着她。司玥见他们发呆，伸手把剑拿过来看。因为锈蚀，剑上刻的字有些模糊。但是，司玥还是辨认出来了，上面是金文。

“武子之剑。”司玥说。

以前在巴城博物馆，左煜他们整理文物时里面有一把矛，矛上也有刻字——曾子之矛。左煜说青铜器时期，有权势的人常常定制武器，在武器上刻自己的名字。

当时司玥恍然大悟：“宣布所有权。这个是曾子的矛，你是我的教授，我也应该在你身上刻我的名字。”左煜哭笑不得。

司玥说：“刻在胸口好不好？”

左煜脱口而出：“那是不是也要在你身上刻我的名字？”

她倾身附在他耳边，用只有两个人才听得见的声音说：“好呀。刻在你最喜欢摸、经常亲的那里……”

司玥想着想着，嘴角就不自觉地高高扬起。

“真的吗？为什么要刻‘武子之剑’这几个字？”两个男孩的声音打断了司玥的回忆。

司玥笑着说：“这是青铜器时期王孙贵族宣示所有权的一种方式。”

“青铜器时期？这真是文物？我们真的挖到文物了？”两个男孩兴奋地看着司玥。

司玥说：“刻字是金文，但是，这把剑到底是不是青铜器时期的文物就要做进一步鉴定了。不过，我们现在没有文物鉴定的仪器和工具，可以观察上面的锈，做初步判断。”

“怎么观察锈呢？青铜器形成期距今有四千多年，商周有三千多年，流传下来的器物多会有锈。这把剑上这么多锈，看来真的是那时的文物了。”

司玥记得左煜教学生辨别文物上的锈的事，对两个男孩说了锈色的种类。

一个男孩说：“落水器物的锈绿如玉，这把剑上的锈正是这样。这座雪山上的雪终年不化，这剑上的锈是真的。”

两个男孩又兴奋起来：“我们挖到了几千年前的文物！”

司玥说：“这只是初步判断，还有做工、纹饰也有讲究。”

两个男孩请求司玥再讲讲，她又说了一番。

“这些特征足以说明这把剑是青铜器时期的文物。”两个男孩说。

司玥笑道：“文物鉴别、考古方面我并不专业，到底是不是我说的这样，还得问专家。”

“她的判断没错。”

低沉而熟悉的嗓音在司玥耳边响起，她心头一跳，侧头便看到左煜英俊的脸。

左煜薄唇微抿，目光温柔地看着司玥。

“你是？”两个男孩看着忽然出现的左煜。

左煜的目光从司玥身上移开，看着两个男孩说出了自己的名字。

“你是××大学××考古所的左煜左教授？”一个男孩惊呼出声。

“你们知道我？”左煜诧异。

“我们一直准备当你的学生呢。”

“今年确实增加了些招生名额。不过，你们还没上大学吧？我只带研究生。”

司玥诧异地看着左煜，他曾说过他已经不招学生了。

“左教授，我们正朝这个目标奋斗呢。你看，现在我们就在考古，都挖到文物了呢。”

左煜笑了一下：“那就看以后我们有没有师徒缘了。”

两个男孩很高兴。

左煜对他们说：“你们只发现了剑？或许这里还有其他东西。”

“对，我们再挖挖看。”

两个男孩又开始在雪坑里挖，然后发现了几枚铜贝。

“这是什么东西啊？”两个男孩问左煜。

左煜说：“当时的一种货币，贝壳是我们发现的最古老的一种货币。随着经济的发展，贝壳不能满足货币流通的需要，先后出现了陶、石、铜等货币，而且最开始的形状都是贝形。这个铜贝就是三千多年前流通的货币，现在和财富有关的汉字也多含有‘贝’字旁。”

顿了一下，左煜又说：“那时的经济虽然不发达，但是人们还是很有智慧的，先有物品等价交换，后有流通的货币。这种货币流通的模式在几千年后的今天也同样在采用，只是流通的介质不一样罢了。”

男孩很赞同：“中国上下五千年，其中的文化和人类智慧令人赞叹、敬仰！”

“把这些东西交给就近的博物馆吧。”左煜最后对两个男孩说，然后看向司玥。

她穿着黑色的大衣，大红色的围巾下，她就像雪地妖艳的花。他伸手拍掉她身上的雪，给她紧了紧围巾，小心翼翼地说：“司玥，你妈妈和外婆已经同意我们在一起了。跟我回去，好吗？”

司玥诧异地看着他，他说服了母亲和外婆？

“夏莞莞的父母也赶回国了。”

他好像把一切都安排好了。司玥想起思过崖山洞坍塌时，她说“如果大难不死，我愿爱我所爱，不顾一切”。所以，她爱他，她一直在等他把夏莞莞的事处理好，其他的阻碍她都不在乎了。

左煜向司玥伸手，她笑了一下，把手放在他手心。左煜转身，牵着司玥在雪地里缓缓走，雪地里留下他们长长的足迹。

雪越下越大了。

司玥和左煜发现雪山里有一座废旧的木房，房顶堆满了厚厚的雪。

他们进了木屋，司玥跺着脚哈气搓手。

“好冷啊。”司玥的手脚都僵了。

左煜把她的手握在手心里搓。

“刚才怎么没喊冷？一个人跑雪山上来，胆子越来越大了！”左煜轻斥。

司玥说：“我等你处理旧情人的事等得很无聊啊，所以就来爬雪山了，而且我猜你会来找我。我就看雪山这么大，你能不能找到我，要是没有找到……”

“如果没有找到，你想做什么？”

“我至少一年都不理你。”

“这么久？”

“一年和十五年，谁更久？”司玥哼道。

“看不到你，一日三秋。你算算一年三百六十五天得多少个秋？”左煜把司玥的手搓得热了些。

“嗬，这些花言巧语教授说得很顺啊。”

“不是花言巧语，司玥。”左煜郑重地喊了她一声。

“嗯？”司玥疑惑地看着他。

“我很爱很爱你。”

司玥的心扑通扑通地跳起来：“很爱很爱多久？”

“上下五千年。”

司玥扑哧一笑。中国上下五千年的历史，他终归是爱考古的，脱口而出的也是中国文明史的年月。

“好吧，虽然别人都说爱你一万年，你足足比别人少了五千年，但我也活不了五千岁，姑且不计较了。”

左煜把司玥搂进怀里，低头问她：“还冷吗？”

司玥点头：“还冷，怎么办啊？”

左煜在想有没有生火的条件。

司玥抬头，忽然伸出一只手，摊开，好奇地问左煜：“这种石头在古代也是货币吗？”

“嗯。”左煜看了一眼。

“那这一颗石头可以买教授一晚吗？”司玥眨了眨眼睛。

左煜忍不住笑了，手指点了一下她的额头，在她的耳边说：“我不收钱。”

说完，左煜低头开始吻她……

外面冰天雪地，大雪纷飞，木屋内与木屋外则是两个世界。